아나하라트

공주와 구세주

3

ed therefore unto the LORD and said, O Lord
O destroy not thy people and thine inheritance,
h thou hast redeemed through thy greatness, which
hast brought forth out of Egypt with a mighty hand

아나
하
라트

공주와 구세주

3

김영지 장편 소설

마음지기
Maumjigi

아나하라트_공주와 구세주

3권

—

Ⅱ부 인간 1

프롤로그

개와 고양이

　무아카가 두미야의 마을을 습격하기 며칠 전이었다. 기달티와 아야라는 마주 앉아 교안을 짜고 있었다. 기달티가 가르치는 과목은 작문과 수학, 아야라가 가르치는 과목은 역사와 윤리. 교사는 둘뿐인데 학생은 수없이 많아서 교안 작성은 늘 밤늦게까지 이어졌다.

　그날도 두 사람은 촛불로 어둠을 밀어낸 채 교안 작성에 여념이 없었다. 밤이 깊어질수록 피로도 짙어졌다. 아야라는 자기도 모르게 긴 한숨을 내쉬었다.

　"힘들면 내일 해."

　아야라의 한숨이 흩어지자 맞은편에 앉은 기달티가 덤덤히 말했다. 그에 아야라는 힘없이 고개를 가로저었다.

　"오늘 할 일은 오늘 끝내야지. 넌 많이 했어?"

그렇게 물으며 고개를 돌린 아야라는 기달티를 보고 다시금 한탄했다. 기달티의 옆에는 이미 완성된 교안이 두툼하게 쌓여 있었다. 교안 작성은 늘 그랬듯이 기달티가 아야라보다 훨씬 빨랐다. 아직 할 일이 까마득한 아야라가 또다시 긴긴 한숨을 내쉬었다. 지금이라도 부지런히 써서 기달티를 따라잡아야 하는데, 눈이 침침해서 더는 일이 손에 잡히지 않았다. 그래서 아야라는 하던 것을 놓고 괜스레 기달티의 교안을 훑어보았다.

교안을 보자마자 아야라는 웃고 말았다. 기달티가 이렇게 빠른 이유, 그건 바로 악필 때문이었다. 웃음소리에 기달티가 손을 뻗었지만 아야라는 교안을 뺏기지 않으려고 그 손을 피했다. 반 명단을 보며 아야라가 말했다.

"야빈은 작문 상급반에 들어가도 될 것 같던데?"

"동생과 붙여 두려고."

기달티의 짧은 대답에 아야라는 고개를 끄덕이며 나머지 교안을 살펴보았다. 글씨가 제멋대로인 걸 제외하면 흠잡을 데 없는 교안이다. 하기야 이것도 벌써 몇 년째니 이제는 흠이 생기는 게 더 어렵다.

"아이들 수업은 좀 어때?"

"그럭저럭."

기달티는 다시 교안으로 시선을 옮기며 대답했다. 동시에 멈췄던 펜 소리가 다시 사각사각 시작되었다. 아야라는 어스름한 촛불과 그 곁에서 글을 쓰는 남자의 모습이 퍽 이채로웠다. 시선을 느낀 기달티가 다시 아야라에게로 힐끗 시선을 던졌다.

"왜?"

"그냥."

아야라는 그렇게 말하며 턱을 괸 채 웃었다. 그 새삼스러운 행동에 기달티의 눈이 가늘어지자 아야라는 손으로 웃는 낯을 가렸다. 밤이 깊어서인지 오늘따라 모든 것이 새로웠다. 그가 자연스럽게 글을 쓰는 것도, 아이들을 가르치는 것도, 이렇게 함께 마주 앉은 것도.

문득 감회에 젖은 아야라는 자연스럽게 옛날 일을 되짚었다. 아련한 향수와 함께 단편적인 기억이 새록새록 떠올랐고, 그것은 곧 깜빡이는 촛불의 도움으로 추억을 그리기 시작했다.

"야, 일어나."

문에 등을 기대고 앉아 있던 기달티는 소녀의 목소리에 고개를 들었다. 그의 앞엔 오랜만에 기세등등한 아야라가 서 있었다.

3일 전, 아야라는 키브사 공주가 죽었다는 소식을 듣고 방에 틀어박혔다. 그리고 밤낮없이 훌쩍대며 울어댔다. 분명 그랬는데, 지금은 대체 언제 그랬냐는 듯 사나운 표정이다. 기달티는 아야라가 또 뭘 하려나 싶어 멀뚱히 쳐다보았다. 그러자 아야라가 인상을 쓰며 재촉했다.

"일어나라니까?"

그러나 기달티는 대꾸하지 않고 무시했다. 곧 아야라가 불같이 화를 낼 거라고 예상하며. 그러나 그의 예상은 틀렸다. 아야라는 그저 태연한 목소리로 말할 뿐이었다.

"애 던진다?"

결국 화가 난 건 기달티 쪽이었다. 그는 고개를 확 치켜들며 눈을 부릅떴다. 그러나 아야라는 눈도 까딱 않고 그를 마주 보며 말했다.

"일어나."

반복되는 명령에 소년 기달티는 당황했다. 그는 이제껏 누구에게도 굴복한 적 없는 강한 영주였지만 어째선지 이 여자애는 거스르기가 힘들었다. 흉포한 데다가 겁도 없어서 불편했다. 기달티는 결국 마지못해 자리에서 일어났다. 그러자 기다리던 아야라가 빙글 몸을 돌렸다.

"따라와."

기달티는 영문도 모른 채 머뭇머뭇 아야라의 뒤를 따랐다. 그대로 아야라가 이끈 곳은 욕실이었다. 이미 욕조에 더운물까지 받아 둔 상태였다. 기달티가 그 앞에 우두커니 서자 아야라가 말했다.

"씻어."

기달티는 말없이 아야라를 바라보았다. 어린 소녀라면 그 색채 없는 눈빛에 움츠러들 만도 한데, 아야라는 오히려 눈을 치켜뜨고 그를 쏘아봤다. 결국 시선을 피한 쪽은 기달티였다. 그에겐 도통 익숙지 않은 일이었다.

기달티는 난감한 기분으로 상황을 살폈다. 대뜸 씻으라는 아야라의 요구를 이해할 수가 없었다. 그래서 이게 혹시 아야라의 새로운 탈출 작전이 아닐까 의심했다. 그러자 그 의심을 눈치챈 아야라가 재빨리 선수를 쳤다.

"걱정 마, 도망 안 가니까. 어차피 여기가 어딘지 몰라서 도망치지
도 못해."

말마따나 아야라는 돌아가는 길을 몰랐다. 그래서 그동안 기달티
를 닦달했던 거지, 만약에 길을 알았다면 이미 창문으로 탈출했을
거다.

"어차피 넌 나 보내 줄 생각 없잖아. 그래서 나도 그냥 여기서 살기
로 했어."

뜻밖의 말에 기달티가 어리둥절해하자 아야라는 막무가내로 그를
밀었다.

"그러니까 너 좀 씻어! 더러워서 같이 있을 수가 없잖아!"

아야라는 그렇게 소리치며 기달티를 욕실로 집어넣었다. 그대로 갇
혀 버린 기달티는 욕조를 돌아보며 난처한 표정을 지었다. 그러고 보
니 제대로 씻은 기억이 까마득했다. 지난 반년간 설원을 헤매던 그는
거의 짐승처럼 살았고, 당연히 위생 상태도 엉망일 수밖에 없었다.
그러니 이러한 아야라의 처사는 일부 합당했다.

욕실에 갇힌 기달티는 머뭇대다 옷을 벗었다. 그런데 그사이 밖에
서 발걸음이 멀어지는 소리가 들렸다. 기달티는 놀라서 상의를 벗은
채 달려 나왔고, 그를 본 아야라는 인상을 쓰며 발길질을 했다.

"미쳤냐? 왜 벗고 돌아다녀!"

그 드센 외침에 기달티는 하마터면 변명할 뻔했다. 걷어차인 것에
대해선 불평조차 할 수 없었다. 아야라는 누워 있는 아기를 안은 후
그를 다시 욕실로 밀어 넣었다. 제대로 씻을 때까지 못 나온다고 으

름장을 놓으면서.

기달티는 당황스러웠지만 최선을 다해 몸을 씻었다. 그러나 아야라는 그의 최선을 조금도 인정해 주지 않았다.

"하나도 안 씻었잖아, 바보야! 냄새 안 날 때까지 다시 씻어!"

아야라는 가차 없이 구박하며 그를 다시 욕조로 밀어 넣었다. 기달티는 이 처사가 부당하다고 느꼈지만 어째선지 시키는 대로 따를 수밖에 없었다. 욕실에서 물소리가 들리는 동안 아야라는 아기를 어르며 기다렸다.

사흘 전, 공주가 죽었다는 이야기를 듣고 아야라는 크게 낙심했었다. 그럼에도 이렇게 기운을 차린 이유는 공주가 생전에 했던 말 때문이다. 키브사 공주는 아야라에게 늘 말했다. 언젠가 보살핌이 필요한 사람을 만나면 내가 했던 것처럼 너도 그렇게 하라고. 공주는 그것이 자신에 대한 보답이라고 했다.

그 말을 떠올린 아야라는 가까스로 다시 일어났다. 공주가 죽었다면 굳이 마을로 돌아갈 이유도 없다. 사람들은 어차피 성미 고약한 고양이를 별로 반기지 않으니까. 하지만 여기에는 공주님께 보답할 길이 있다. 아야라가 기달티를 귀찮게 하기 시작한 것은 그 때문이었다.

잠시 후 기달티가 다시 밖으로 나왔다. 몸을 씻기엔 너무 빠른 시간이라고 생각하며 아야라는 못마땅하게 그를 쳐다보았다. 아니나 다를까, 그의 몸에선 여전히 악취가 났다. 세 번이나 욕실에 집어넣어도 소용이 없자, 아야라는 결국 직접 나서기로 마음먹었다. 먼저 알타쉬헤트를 바구니에 눕힌 후 전투적으로 팔을 걷어붙였다. 그러고는 만약 자신에게 더러운 것을 보이면 반드시 죽여 버리겠다고 엄중하게 기달티를 협박한 뒤 그와 함께 욕실로 들어갔다.

이후 기달티는 아야라에게 말 그대로 세탁당했다. 그가 할 수 있는 일이라고는 수건으로 하체를 가리는 것뿐이었다. 몸을 보이는 창피함보다 아야라의 면박이 두려웠다. 아야라는 기달티의 머리에 뜨거운 물을 들이붓더니 머리카락이 엉킨 걸 보고 가위를 들고 왔다. 머리카락 주인의 허락을 구하는 절차 따위는 생략됐다. 아야라는 서슴없이 기달티의 머리채를 싹둑싹둑 자르기 시작했다. 기달티는 말리고 싶었지만 아야라의 기세가 너무 등등해서 조용히 있을 수밖에 없었다.

위에서부터 몸을 씻기던 아야라의 시선이 그의 발에까지 닿았다. 소년의 발을 보는 순간 소녀는 움찔 놀라고 말았다. 그 발은 상처투성이인 데다가 두꺼운 실로 흉측하게 꿰매져 있었다. 그 상처는 곪고 썩어서 악취를 풍겼다. 그의 몸에서 나는 냄새의 정체가 이것이었다.

"이거 왜 이런 거야?"

아야라가 놀라서 물었지만 기달티는 대답하지 않았다. 이 상처에 대해 이야기하면 자신의 정체가 탄로 날 테니까.

두 발의 상처는 기달티 이전의 영주, 리쉬아가 저지른 만행이었다. 소년을 고문하는 취미가 있던 그는 기달티를 특별히 좋아해 오랫동안 공을 들였다. 그중 하나가 발가락 사이를 깊이 자른 뒤 자신이 좋아하는 색깔의 실로 도로 엉망진창 이어 붙이는 짓이었다.

그게 벌써 반년 전, 다른 상처들은 거의 사라졌지만 발의 상처는 좀처럼 낫지 않았다. 아마도 실 때문일 것이다. 더러운 실이 살을 파고들며 상처를 계속 덧나게 만들었다. 평범한 사람이었으면 이미 살이 곪아 죽고도 남았을 터다. 그럼에도 기달티는 그 실에 신경 쓰지 않았다. 극심한 통증 속에서도 그것을 내버려 둔 그의 반년은, 그토록 모든 것이 무의미하고 덧없었다.

그랬는데, 그 상처를 보는 소녀의 눈에 연민이 번지기 시작했다. 그것은 소년에게 기묘한 경험이었다. 대답을 얻지 못했지만 아야라는 묵묵히 발을 씻기기 시작했다. 아파도 참으라고 말하며 살에 들러붙은 실을 잘라 냈다. 고름을 짜내고 상처를 싸맸다.

처음 있는 일이었다. 누군가가 자신의 발을 씻겨 주는 것은. 깨끗한 발도 아니고 상처투성이에 썩어 가는 발인데, 아야라는 아무런 말도 하지 않고 그 발을 어루만졌다. 그때서야 기달티는 발이 욱신대며 아파 오는 것을 느꼈다. 그는 뒤늦게 아픔이 느껴지는 이유를 알지 못했다. 그저 모든 경험이 기묘할 따름이었다.

기달티가 새 옷을 입고 나왔을 때 아야라는 조금 놀랐다. 소년의 모습이 생각보다 너무 멀쩡해서. 아니, 멀쩡한 정도가 아니라 훤칠하니 잘생긴 편이었다. 그 지저분한 몰골 속에 저런 말끔한 얼굴이 숨어 있을 줄은 꿈에도 몰랐다. 아야라는 기달티의 외모에 내심 놀라면서도 이전까지와 다름없는 태도로 그를 대했다. 어릴 적부터 남자들을 피해 도망 다니던 고양이 아야라에게 남자란 일단 적. 아무리

잘생기고 선량해 보여도 남자라면 어쨌든 경계 대상이다.

　같은 맥락에서 기달티도 당연히 적이어야 하지만 이제 돌봐 주기로 했으니 대우를 달리 할 필요가 있었다. 하지만 사람 취급은 조금 과하고……. 아야라는 고민하던 중 마을에서 키우던 큰 개를 떠올렸다. 덩치는 커다랗지만 성격은 순해서 꽤 마음에 들었었다. 그러고 보니 조금 닮은 듯도 싶고? 아야라는 고개를 끄덕였다. 그래, 이제 적은 아니니까 키우는 멍멍이 정도로 대해 주자. 그렇게 마음먹은 아야라는 그를 식탁에 앉히고 '기다려'를 명령했다.

　한편 기달티는 아기를 안은 채 아야라의 부산한 모습을 멍하니 바라보았다. 아까부터 쟤가 왜 저러는지 궁금했다. 그가 부탁한 건 그저 아기를 돌봐 달란 건데. 뭔가 미묘했지만 어떤 반론도 제기할 수 없었다. 무슨 말이라도 하면 아야라는 곧장 험악하게 달려들 것이 분명했다. 아야라는 작은 여자애지만 폭발적으로 흉악했고, 알 수 없게도 기달티는 그 앞에서 한없이 작아졌다.

　결국 기달티는 이유도 묻지 못한 채 한동안 '기다려'를 수행했고, 아야라는 보상으로 따뜻한 수프를 차려 주었다. 이어 옆에는 빵이 놓이고 다른 접시들도 차곡차곡 얹어졌다. 마지막으로 그 앞에 주어진 것은 스푼과 포크였다.

　상을 다 차린 아야라가 맞은편에 앉더니 기달티에게 팔을 뻗었다.

　"아기 이리 줘."

　어리둥절해하던 기달티는 순순히 아기를 건넸다. 곧 아야라는 수프를 식혀 아기에게 먹이기 시작했다. 기달티는 그 모습을 멀뚱히 바라보았다. 그가 그렇게 미동도 않자 아야라가 물었다.

"안 먹어?"

그러자 기달티는 눈에 띄게 당황했다. 그는 이 식사가 자기 몫이라
는 사실을 믿지 못하고 아야라를 의심스럽게 쳐다보았다. 사람에게
실컷 얻어맞았던 개가 사람이 내민 빵 쪼가리를 앞에 두고 눈치를 보
는 것처럼. 호의를 선뜻 받아들이지 못하는 그 모습에 아야라는 또
인상을 썼다.

"뭐야, 그 표정. 이상한 거 아니니까 먹어."

아야라가 재촉하자 기달티는 머뭇대며 스푼을 손에 쥐었다. 맨 처
음 스프를 입안으로 떠 넣고 그는 깜짝 놀랐다. 음식이 따뜻해서였
다. 이런 음식을 먹는 게 얼마 만인지 몰랐다. 어쩌면 처음인 듯도 싶
었다. 들개처럼 돌아다니던 시절에 그가 입에 댄 것은 죄다 얼어붙고
말라비틀어진 음식 쪼가리였으니까. 이윽고 주저하던 소년의 손이
바빠졌다. 아야라는 공주님이 이런 기분이었을까 생각하며 소년을
바라보았다.

"너, 이름이 뭐야?"

갑작스런 아야라의 물음에 기달티의 손이 멈칫하더니 아예 움직임
을 그쳤다. 대답이 없자 아야라가 재차 물었다.

"이름 말이야, 이름."

기달티는 잠시 망설이더니 나직이 대답했다.

"없어."

"없어?"

기달티가 고개를 끄덕였다. 아야라는 고개를 갸웃대다가 다시 물었다.

"여기 너희 집이야?"

기달티는 잠깐의 고민 끝에 고개를 끄덕였다. 뺏었으니 내 것이 맞다, 그렇게 생각하면서. 하지만 아야라의 의혹은 끝이 없었다.

"진짜?"

미심쩍게 되물으며 아야라는 기달티의 표정을 살폈다. 마치 그의 마음을 읽으려는 듯.

"이렇게 부자면서 왜 거지꼴로 있었어?"

기달티는 이 물음에 답하지 못했고, 이로써 아야라의 의심은 더욱 깊어졌다. 아야라는 이 소년이 절대 성의 주인은 아니라고 확신했다. 그도 그럴 게 홀에는 네벨라의 문장이 찍힌 휘장이 걸려 있다. 그럼 이 성은 네벨라의 성이라는 소린데, 이 소년은 머리부터 발끝까지 아무리 뜯어봐도 네벨라와 연관이 없다. 거지꼴인 소년과 사치스러운 영주라니, 접점이 전혀 보이지 않았다.

"이 성이 네 거라고? 그럼 성주님이네?"

일부러 그렇게 비꼬았지만 기달티는 끝내 아무런 말도 하지 않았다. 아야라는 그게 영 못마땅했지만 계속 소년의 정체를 캐는 대신 더 중요한 질문을 던지기 시작했다.

"공주님은 어떻게 만난 거야?"

기달티는 이 질문에도 대답하지 못했다. 피네하스의 명령으로 공주를 죽이려 했다고는 말할 수 없었다. 사정을 까맣게 모르는 아야라만 더욱 조바심이 났다.

"공주님이 죽는 걸 직접 봤어?"

아야라가 재차 묻자 기달티는 그제야 고개를 끄덕여 대답했다. 드디어 답을 받았지만 아야라는 조금도 기쁘지 않았다. 도리어 가슴만 아팠다. 그것을 내색하지 않으려고 애쓰며, 하지만 목소리의 떨림만은 숨기지 못한 채 아야라는 다시 나직이 물었다.

"어땠어?"

"울고 있었어."

기달티의 대답은 생각보다 빨랐다. 왜 아픈 말만 이토록 빠른지 원망스러울 지경이었다. 아야라의 얼굴이 침울해지자 눈치를 보던 기달티가 재빨리 덧붙였다.

"그런데 자기 때문에 우는 건 아니었어."

아야라가 까닭을 묻듯 바라보자 기달티는 공주와 만난 이야기를 서툴게 시작했다. 물론 자신의 정체는 숨긴 채로. 그는 설원에서 죽어 가는 공주를 만났다는 것과 공주가 그를 위해 울었다는 것, 그리고 마지막으로 남긴 말까지 아야라에게 전했다. 그때 공주는 기다리라고, 반드시 돌아오겠다고 말했었다. 아야라는 그 마지막 말을 듣고 눈을 커다랗게 떴다.

"기다리라고 했다고?"

소녀의 눈이 반짝이는 걸 보고 기달티는 안심하며 끄덕였다. 한편 아야라는 생각에 잠겼다. 그러고 보니 두미야도 같은 얘길 했다. 공주님이 다시 돌아오겠다는 말을 남겼다고. 그래서 마을 밖에서 하염없이 공주님을 기다렸던 것이다. 그러다 이 녀석에게 붙잡혔고 공주님이 죽었다는 소식까지 전해 들었다. 그래서 다 틀린 줄 알았는데 지금 얘길 들어 보니 공주님은 죽어 가는 순간에도 돌아오겠다 약속했다. 그렇다면 아직 희망이 있는 게 아닐까?

"역시 너랑 같이 있어야겠어."

기다리라고 했다면 공주님은 분명 이 녀석을 찾아오시겠지. 그렇게 생각하며 아야라는 고개를 주억거렸다.

한편 기달티는 자신과 같이 있겠다고 한 이 소녀가 그저 얼떨떨했다. 분명 억지로 끌고 왔는데, 게다가 이름도 정체도 알려 주지 않았는데 왜 계속 이런 호의를 베푸는 걸까? 궁금했지만 아무것도 묻지 못했다. 까닭을 묻는 순간 이 모든 것이 없던 일이 될 것 같아서.

목욕도, 따뜻한 음식도, 함께 있겠다는 사람도 처음이었다. 그리고 그는 그게 좋았다.

그날 이후 소년과 소녀는 서로를 도우며 함께 살아갔다. 그 과정은 매일이 우여곡절이었다. 기달티든 아야라든 집안일을 해내기엔 너무 어려웠고, 그들은 매일매일 뭔가를 부수고 깨트리고 때로는 불태우며 성의 넉넉한 살림을 줄여 나갔다. 절대 성립될 수 없어 보이지만 두 사람 사이엔 싸움도 간혹 있었다. 그 싸움은 기달티가 아야라의 폭정을 참다못해 반기를 드는 순간부터 시작되는데, 그럴 때마다 아야라는 더 무자비한 탄압으로 필승을 거두었다.

아야라는 기달티에게 글도 가르쳐 주었다. 무지했던 소년은 상식과 지식을 차곡히 쌓아 갔다. 그럼에도 그에겐 미지의 영역이 남아 있었는데, 그는 여전히 아야라가 아기에게 젖을 먹이지 못하는 이유를 알 수 없었다. 그의 짧은 상식으로, 여자는 아기에게 젖을 먹인다. 그리고 아야라는 여자다. 그렇다면 아야라는 젖을 먹일 수 있어야 한다. 그는 이 논리의 빈틈을 찾을 수 없었고, 그래서 아야라에게 혹시 남자냐고 물었다가 무섭게 보복당하기도 했다.

시간이 흐르면서 그들 사이에 서로를 향한 신뢰와 우정이 쌓여 갔다. 그렇게 1년쯤 지났을 때 아야라는 이따금씩 두미야의 마을에도 다녀올 수 있게 되었다. 그들은 어설펐지만 그럭저럭 살아갔고 그들이 기르던 아기는 하루가 다르게 커갔다. 그리고 소년과 소녀도 금세 어른이 되었다.

아야라와 함께한 지 10년, 기달티는 스물여섯 살이 되었다. 어른이 된 그는 전처럼 무지하지 않고 현명했으며 지저분하지 않고 정갈했다. 혼자서도 부족함 없이 살아갈 수 있게 된 그는, 그때쯤 아야라에게 모종의 책임감을 느끼고 있었다. 어린 시절 다짜고짜 끌고 와 아기를 떠안겼다. 그런데 아야라는 아이뿐만 아니라 자신까지도 돌봐 주었다. 그가 사람답게 살 수 있는 건 전부 아야라 덕분이었고, 그 사실에 그는 깊이 감사했다. 한편으로는 미안한 마음도 있었다. 그 어린 소녀가 아기를 기른 게 벌써 10년, 그사이 소녀는 어엿한 숙녀가 됐고 혼기도 찼다. 그러니 이제 짝을 찾아 아리따운 신부가, 그리고 현숙한 아내가 될 준비를 해야 한다.

기달티는 이제라도 아야라를 보내 줘야 한다고 생각했다. 하지만 그건 생각뿐, 마음은 그렇지 않았다. 남매보다 가깝고 연인보다 긴밀하게 지내 온 시간이 이미 너무 길어서. 아야라가 성을 비우는 하루 이틀도 그렇게 고독한데, 평생 동안 그 빈자리를 감당할 수 있을까? 자신이 없었다. 그래서 그는 아야라가 자신의 짝이 되어 함께하면 어떨까 생각해 보았다. 남은 일평생을 지금처럼 함께. 나쁘지 않았다. 만약 아야라가 싫어하지만 않는다면, 혹시 아야라도 좋다고 한다면. 서툰 마음이 그렇게 속삭였고 그는 어느덧 그것을 바라게 되었다.

그리고 비슷한 시기에 아야라의 행동도 점차 얌전해지기 시작했다. 씩씩하고 용감하던 소녀는 온데간데없고 그 자리엔 상냥하고 아리따운 아가씨가 남았다. 그것은 아야라에게도 심경의 변화가 생겼음을 의미했지만, 당시의 기달티는 그것을 눈치채지 못했다.

그렇게 오랜 친구처럼 자라 온 두 남녀는 또 다른 관점으로 서로를 바라보기 시작했다. 자연스럽게 닿던 손끝엔 망설임이 생겼고 서로를 향한 눈길은 조심스러워졌다. 이전처럼 친밀하면서도 이제는 어느 정도 거리를 두며, 남매 같은 소년 소녀가 아니라 남자와 여자로 서로를 대했다. 그들은 느리지만 꾸준히 서로에게 다가가고 있었고, 작은 계기만 있다면 연인이 될 수 있는 순간을 앞두고 있었다.

그러나 정작 때가 되어 그들에게 찾아온 계기는, 바라던 것과는 정반대의 것이었다.

"스튜 만들어 뒀으니까 제때 먹어, 알겠지?"

아야라가 외출을 준비하며 말했다. 하지만 대답은 돌아오지 않았고 아야라는 의아해하며 돌아보았다. 아니나 다를까, 문가에 서 있던 기달티는 어쩐지 불만스러워 보였다. 또 시작이네, 아야라는 속으로 한숨을 내쉬었다.

아야라는 몇 달에 한 번 알타쉬헤트를 데리고 두미야의 마을에 다녀왔다. 그리고 기달티는 그것을 별로 좋아하지 않았다. 혼자 남는 게 싫어서다. 그런데 이번엔 사흘이나 머물다 온다고 하니 아까부터 저렇게 배신당한 표정이다.

이미 다 끝낸 얘긴데 기달티가 다시 한 번 물었다.

"더 일찍 올 순 없나?"

"안 돼, 제미라랑 약속했단 말이야. 금방 다녀올게. 겨우 3일이잖아."

아야라가 좋게 이야기했지만 기달티는 대답하지 않았다. 아야라는 약간 울컥했다. 예전 같으면 한 대 때려서라도 대답을 받았을 텐데, 옛날 생각에 주먹을 꽉 쥐었던 아야라는 이내 고개를 저으며 힘을 풀었다. 이젠 어른이니까 그러면 안 된다고 스스로를 달래며 차분하게 마음을 다스렸다.

아야라도 알타쉬헤트도 외출 준비를 마쳤고, 이제 두 사람을 두미야의 마을로 데려다주는 건 기달티의 몫이다. 그들의 외출을 탐탁지 않아 하면서도 기달티는 매번 손수 데려다준다. 정 싫다면 그냥 모른 척해도 그만인데, 그는 단 한 번도 고집을 부려 본 적이 없다. 그 우직한 모습을 보며 아야라는 몰래 웃었다. 예전에는 마냥 미련하다고 생각했는데, 그 모습이 이젠 어쩐지 사랑스러워서. 그래서 아무도 모르게 혼자 웃고 말았다.

　알타쉬헤트와 제미라가 방 안에서 뛰어놀 때, 아야라는 내심 기달티를 걱정하고 있었다. 밥은 잘 챙겨 먹고 있으려나? 또 굶고 있는 거 아냐? 그렇게 염려하고 있는데 거구의 남자가 다가와 투덜댔다.
　"한번 데려오라니까 왜 그렇게 말을 안 들어?"
　"절대 싫다는데 어떡해."
　아야라의 시큰둥한 대답에 두미야는 혀를 끌끌 찼다.
　"그놈은 뭔데 그렇게 비싸게 굴어? 와서 밥 한번 같이 먹는 게 뭐 어렵다고!"
　두미야의 핀잔에 아야라는 입을 다물고 아무런 말도 하지 않았다. 기달티가 이곳에 와서 인사하길 바라는 건 아야라도 마찬가지였다. 그럼 지금보다 더 확신이 생길 것 같았다. 하지만 10년이 지나도록 기달티는 마을에 단 한 발도 들이지 않았다. 아야라와 알타쉬헤트를 데려다줄 때도 마을 근처에 멈춰 그들이 들어가는 모습을 지켜볼 뿐이었다. 대체 왜 그러는지 이유를 물어도 무엇 하나 속 시원히 알려주지 않았다. 예전에는 그저 그러려니 했지만 이젠 알고 싶었다. 그가 어떤 사람인지.
　"언젠가 와주겠죠."
　아야라는 내심 서운했지만 자신을 필요로 하는 그 모습이 떠올라 오늘도 그냥 넘겼다. 이렇게 기다리다 보면 언젠가는 알게 되리라고 생각하며. 그리고 그 '언젠가'는 늘 그러듯 갑작스럽게 찾아왔다.

　아야라와 알타쉬헤트가 돌아오는 날이 되어 기달티는 마중을 나갔다. 전처럼 마을 근처에서 두 사람이 나오길 기다리려는데, 어쩐 일인지 그 자리에 서 있는 건 웬 여자아이였다. 아이는 누군가를 기다리듯 바들바들 떨며 주변을 살펴보고 있었다. 기달티는 그 아이를 바라보다가 눈이 마주쳤고, 재빨리 돌아섰다. 그러자 아이가 다급히 소리쳤다.

　"기다려요, 아저씨! 라이시 오빠네 아저씨 맞죠? 큰일 났어요, 아야라 이모랑 라이시 오빠가 잡혀갔어요!"

　그 말에 기달티는 몸을 틀어 아이의 앞으로 성큼 뛰어내렸다.

　"뭐라고?"

　기달티와 마주 보게 되자 그 여자아이, 제미라는 울먹이기 시작했다.

　"어제, 어젯밤에 어떤 사람들이 와서…… 아빠가 쫓아갔는데, 아저씨 오면 전해 달래요. 이거요."

　제미라는 꼭 쥐고 있던 종이를 기달티에게 내밀었다. 기달티는 구겨진 종이를 펼쳤다. 거기엔 두미야가 바쁘게 휘갈긴 글씨 몇 자가 적혀 있었다.

　'아야라와 라이시가 네벨라의 권속들에게 납치당했다. 북쪽 네벨라의 요새로 와라. 나는 먼저 쫓겠다.'

　제미라는 기달티가 종이를 구기는 것까지밖에 보지 못했다. 직후 그가 몸을 돌려 어디론가 사라졌기 때문이다.

"네벨라라니, 제기랄!"

쪽지를 읽자마자 기달티는 미친 듯 달렸다. 북쪽을 향해서 심장이 터질 듯이 뛰었다. 가슴속에서 불안감이 기어올라 목을 죄었다. 아야라와 알타쉬헤트가 잘못될지도 모른다는 상상은 두려움을 넘어 역겨움을 불러왔다. 그 둘이 키브사 공주처럼 사라질 수도 있다는 생각이 그를 미치게 만들었고, 동시에 그들을 납치해 간 네벨라에게 끝없는 살의를 느꼈다. 그 분노는 그가 지난 10년간 잊고 있던 검은 힘을 불러일으켰다. 오랜 시간 고요하게 살아온 그 남자는 살의와 악의에 물들어, 점차 예전 모습으로 되돌아가는 자신을 깨닫지도 못한 채 내달렸다.

낯선 곳으로 끌려온 아야라는 알타쉬헤트를 꽉 끌어안았다. 어제 늦은 밤, 정체 모를 괴한들이 두미야의 집으로 들이닥쳤다. 소리에 깬 두미야가 맞섰지만 숫자가 너무 많았다. 격투가 벌어지는 동안 몇 명이 아야라와 알타쉬헤트를 덮쳤고, 아야라가 다시 정신을 차렸을 때는 이미 어느 차가운 탑으로 끌려온 후였다.

아야라는 두려움을 숨기며 높은 의자에 앉은 남자를 바라보았다. 10여 년 만이지만 그 얼굴을 단번에 알아볼 수 있었다. 다리를 꼬고 이채롭다는 표정으로 내려다보는 남자, 오물이 쏟아지던 그날의 온실에서도 그는 저런 표정을 짓고 있었다. 그는 황금의 영주 네벨라였다.

네벨라는 아야라에게 시선을 고정한 채 높은 의자에서 내려왔다. 그는 손끝으로 아야라의 턱을 들어 올렸다. 아야라는 그 접촉이 진심으로 역겨웠지만 차마 뿌리치지 못했다. 앞뒤 가리지 않던 예전과 달리 지금은 품 안에 아이가 있다. 아이를 지키기 위해서라도 참아야 했다.

아야라는 상황을 살폈다. 하지만 아무리 살펴본들 이자가 자신들을 끌고 온 까닭을 알 수 없었다. 그 구석진 마을까지 굳이 찾아와서 둘만 데리고 나오는 수고스러운 짓을 한 이유가 대체 뭘까, 아야라는 곰곰이 생각했다. 시믈라의 온실에서 겪었던 일이 잠시 생각났지만 그건 별로 설득력이 없었다. 네벨라가 그 일로 아야라를 기억할 리 없었다. 오래전 유흥거리였던 고양이 한 마리를 기억하기에는 그의 향락이 너무나 다채로웠을 테니까.

그렇게 고민하던 아야라에게로 네벨라의 음성이 내려앉았다.

"기달티에게 여자와 자식이 있다는 얘기가 사실이었군."

순간 아야라는 머리를 세게 얻어맞은 것만 같았다. 기달티, 그 유명한 이름을 모를 리 없다. 사상 최악의 영주 멸망의 기달티. 눈에 닿는 모든 것을 파괴해 버린다는 재앙 중의 재앙. 그 이름을 듣는 순간 이제껏 궁금했던 모든 조각이 한 그림으로 맞춰졌다. 네벨라의 문장이 있는 성을 소유한 부랑아 소년, 결코 가르쳐 주지 않는 이름, 이해할 수 없이 강한 힘과 능력, 그리고 지금 자신을 납치한 네벨라까지. 아야라는 결국 모든 것을 알고야 말았다. 갑작스러운 폭로에 입술이 덜덜 떨리기 시작했다. 이제껏 그의 정체를 의심해 왔지만 이 정도는 아니었다. 기껏해야 주인에게서 도망친 권속, 두미야 같은 녀석일 거라고만 생각했다. 그런데 그가 바로 기달티였다니.

"모르고 있었나? 그래, 내 성에서 정체를 숨기고 산 모양이군."

네벨라는 얼어붙은 아야라를 비웃으며 머리채를 확 잡아당겼다. 아야라가 짧게 비명을 지르자 품에 안겨 있던 알타쉬헤트가 소리쳤다.

"손대지 마!"

그러자 네벨라는 재밌다는 듯 웃었다.

"아, 네가 기달티의 아들이구나."

네벨라는 그렇게 말하며 알타쉬헤트의 목덜미를 잡아채 던져 버렸다. 아이는 바닥에 내팽개쳐졌다. 네벨라가 권속들에게 눈짓했고, 주인의 포악한 성정을 잘 아는 권속들은 아이의 몸을 짓밟기 시작했다. 거친 발길질이 아이에게 쏟아졌고 아야라는 그 광경에 비명을 질렀다.

아야라의 울부짖는 소리가 한참이나 이어진 후에야 네벨라의 손짓으로 폭행이 멈췄다. 그사이 만신창이가 된 알타쉬헤트는 이를 악물고 소리를 참고 있었다. 그게 울음인지 비명인지는 모르지만, 어떤 소리든 입 밖에 꺼내지 않으려고 어금니를 꾹 사리물고 있었다. 아이가 일어나려 하자 구둣발 하나가 그 등을 콱 짓눌렀다. 결국 아이의 입에선 거친 숨소리가 터져 나왔고 아야라는 다시 한 번 비명을 질렀다. 한편 네벨라는 이 촌극을 마음껏 즐기고 있었다.

"하하, 꽤 강단 있는 녀석이잖아. 기달티의 아들놈만 아니면 데려다 키우고 싶을 정도야. 자랑스러우시겠소, 부인?"

네벨라가 아야라를 향해 농담을 던졌지만 아야라는 아무런 대답도 할 수 없었다. 알타쉬헤트의 상처 난 얼굴을 보는 순간부터 이미 울음을 참을 수가 없었다. 그리고 아야라가 우는 모습은 네벨라에게 구역질 나는 충동을 불어넣었다.

성급하게 다가온 네벨라의 손길이 아야라의 옷을 길게 찢었다. 순식간에 상의가 찢겨 나간 아야라는 경악하며 네벨라를 바라보았다. 그 끔찍한 남자는 바로 이 장소에서, 심지어 저 어린애 앞에서 일을 저지르려 하고 있었다. 그걸 본 알타쉬헤트가 다시 발버둥 쳤다. 하지만 억센 남자들을 뿌리칠 수 없었고 그 몸부림은 덧없이 스스로를 상처 입혔다.

아야라는 탐욕에 번들대는 네벨라의 눈을 쳐다보았다. 아직 고양이였던 시절에 아야라는 항상 생각했다. 만일 그런 일을 당하게 된다면 차라리 죽어 버릴 거라고. 쓰레기들의 장난감이 될 바엔 차라리 그들의 눈앞에서 죽어 흥을 모조리 깨트리겠다고. 그 마음은 지금도 다르지 않다. 다만 지금은 소중한 아이가 함께 있다.

아야라는 눈을 질끈 감아 마지막 눈물을 떨어냈다. 그리고 다시 눈을 뜨며 낮은 목소리로 말했다.

"알타쉬헤트."

발악하던 알타쉬헤트가 멈칫하고 아야라를 바라보았다. 그 아이를 향해 아야라는 침착하게 말했다.

"눈 감아."

차라리 죽고 싶지만 그럴 수 없다. 지금은 저 아이를 위해서라도 견디고 살아남아야 한다. 아야라는 그렇게 생각하며 다시 한 번 말했다.

"아무것도 보지 말고, 듣지도 말고, 잠깐만 있어."

아이의 두 눈에서 어렵사리 참던 눈물이 주룩 흘러내렸다. 어린 알타쉬헤트는 갑자기 벌어진 이 잔인한 일을 이해할 수 없었다. 혼란스러워하는 아이를 향해 아야라는 말없이 끄덕였다. 하지만 상처받은 아이는 차마 눈을 돌리지 못했다. 곧 벌어질 일을 지켜보는 게 가혹한 만큼 그것을 외면하는 것도 비참했다.

네벨라는 아야라의 머리카락에 코를 파묻고 게걸스럽게 냄새를 맡았다. 그러나 그뿐이었다. 그것이 네벨라 생애 최후의 행동이 되었기 때문이다. 네벨라는 어디선가 날아온 창에 꿰뚫려 절명했다.

이를 악물고 신음을 참던 아야라는 짓눌림이 사라진 걸 깨닫고 눈을 떴다. 두리번대던 그의 눈에 들어온 것은 두 가지였다. 하나는 창에 관통당한 채 벽에 처박힌 네벨라, 그리고 다른 하나는 어디선가 나타난 한 남자. 불과 며칠 전 서운한 얼굴로 자신을 바라봤던 바로 그 남자였다.

아야라가 기달티를 보고 반가움을 느낄 겨를은 없었다. 그가 기다란 창을 휘둘러 알타쉬헤트를 구속하던 자들을 양단해 버렸기 때문이다. 반가움은 그 순간 핏빛으로 물들었다. 알타쉬헤트가 해방된 걸 기뻐할 수도 없었다. 그보단 선혈이 흩뿌려지는 끔찍한 광경에 경악하는 것이 먼저였다. 알타쉬헤트도 마찬가지였다. 시체를 본 아이는 소리를 지르며 아야라에게로 도망쳤다. 서로 부둥켜안은 아야라와 알타쉬헤트는 두려운 눈으로 기달티를 바라보았다. 그는 이미 피를 홍건하게 뒤집어쓰고 있었다. 게다가 검은 눈물 자국과 머리 위로 돋아난 날카로운 뿔 때문에 전혀 다른 사람처럼 보였다. 이제껏 그들이 알던 말수 적은 그 남자가 아니었다.

아야라는 그를 보며 기묘한 충동을 느꼈다. 두려웠지만 한편으로는 달려가 안기고 싶었다. 또 한편으로는 그를 꼭 안아 주고도 싶었다. 아야라는 머뭇대던 끝에 주춤 몸을 일으켰다. 그러자 기달티가 사납게 소리쳤다.

"오지 마!"

그 외침에 아야라는 움찔 굳어 버리고 말았다. 그렇게 소리친 기달티는 무언가와 싸우듯 숨을 거칠게 몰아쉬고 있었다.

그사이 이성을 잃은 네벨라의 권속들이 주인의 시체로 달려들었다. 피로 묶인 그들은 심장이 타들어 가는 고통을 느끼며 결속을 끊기 위해 주인의 시체를 탐했다. 하지만 그 수많은 사람 중 주인에게 도달하는 자는 아무도 없었다. 그들은 모두, 단 한 사람도 남김없이 기달티가 뱀에게 바치는 제물이 되었다.

흩어지는 핏방울들이 비현실적이었다. 아야라는 넋을 놓고 그 비현실적 광경 앞에 서 있었다. 우글대며 몰려드는 수많은 사람이 종잇장처럼 찢겨 나가는데 그 중심에 한 남자가 있었다. 그 남자는 친숙하면서도 낯설었다. 오랜 시간 알고 지냈다고 생각했는데 이제 와서 보니 전혀 모르는 사람이었다. 새빨갛게 물들어 아무 의문도 없이 생명을 꺼트려 가는 저 남자는, 그는 대체…….

"내 애완동물이죠."

점잖은 노인의 목소리가 아야라의 혼란한 생각에 답했다. 동시에 사방으로 번지던 모든 소리가 사라졌다. 온갖 잡스러운 소음이 싹 사라지며 정적이 흘렀다. 아야라는 그 기묘함에 놀라서 사방을 돌아보았다. 소리가 사라졌을 뿐 눈앞에서 펼쳐지는 광경은 그대로였다. 여전히 수많은 사람이 죽어 가고 있었지만, 그것은 우스꽝스러운 연극처럼 아무런 소리도 내지 않았다.

그 괴이한 정적을 뚫고 다시금 노인의 목소리가 들려왔다.

"특별히 신경 써서 기르는 녀석이에요."

아야라는 흠칫 놀라 다시금 두리번거렸다. 그러나 아무도 보이지 않았다. 그런데 바로 옆에서 '카랑' 하고 금속이 부딪히는 소리가 났다. 화들짝 놀라 돌아보니 웬 노신사가 의자에 팔을 걸치고 서 있었다. 막 의자를 끌고 온 자세였다. 신사는 머리에 쓴 모자를 살짝 들어 인사했다. 우아하면서도 익살스러운 몸짓이 아주 고급스러운 광대 같았다.

"옆에 좀 앉아도 괜찮겠죠, 레이디?"

노신사는 그렇게 말하며 세련된 몸짓으로 의자에 앉았다. 그리고 품에서 손수건을 꺼내 아야라에게 내밀었다.

"저런, 얼굴에 피가 튀었네요. 이걸로 닦도록 해요."

아야라는 꿈이라도 꾸는 기분이었다. 바로 몇 걸음 앞에선 사람들이 죽어 나가는데 여기선 의자에 앉은 신사가 친절하게 손수건을 건

낸다. 선이라도 그어 둔 양 이곳과 저곳은 동떨어져 있었다. 너무 달라서 마치 다른 세계의 일인 것 같았다.

아야라는 머뭇대며 노신사에게 물었다.

"누, 누구시죠?"

"주인이죠. 저 녀석의, 당신의, 그리고 이 세상의. 내 이름은 알고 있죠?"

아야라는 노신사가 무슨 말을 하는지 바로 알아듣지 못했다. 그래서 얼떨떨한 표정으로 그의 눈을 바라보았고, 곧 흠칫하며 물러나고 말았다. 그 눈은 심연이었다. 칠흑보다 검고 깊은 어떤 구멍이었다. 그것을 마주 보는 순간 숨이 막혀서 아야라는 눈을 크게 떴다. 그리고 제대로 나오지 않는 목소리를 쥐어짜 속삭였다.

"피네하스……?"

"알아봐 주시니 영광입니다."

겁에 질린 아야라는 본능적으로 알타쉬헤트를 끌어안았다. 아이를 가슴에 숨긴 채 노신사, 피네하스를 바라보았다. 어느새 턱이 떨려 이가 딱딱 부딪히고 있었다. 그와 반대로 품 안의 아이는 미동조차 없었다.

피네하스는 그 모습을 가련하다는 듯 바라보다가 다시 몸을 틀었다. 그리고 극장에 온 사람처럼 눈앞에서 펼쳐지는 광경을 흥미롭게 관람했다.

"저 괴물이 왜 저러는지 궁금하죠? 저 녀석은 지금 내게 빚을 갚고 있는 거예요."

아야라는 힘겹게 호흡하면서도 피네하스에게서 눈을 떼지 못했다. 뱀은 그 시선을 즐기며 노래했다.

"레이디도 아시다시피 내가 기르는 개들은 매일 한 생명을 물어 죽이는 기특한 일을 하죠. 그런데 저 녀석은 그걸 너무 오랫동안 미뤘어요. 그래서 한 번에 다 하느라 저렇게 바쁜 거랍니다. 아, 하지만 저렇게 미뤄 뒀다 터트리는 것도 볼만하네요. 기다린 보람이 있어요. 안 그렇습니까, 레이디?"

태연하게 미소 짓는 피네하스의 모습에 아야라는 소름이 돋았다. 와들와들 떨리는 몸을 필사적으로 일으켰지만 일어서기 무섭게 도로 덜컥 주저앉고 말았다. 어쩐 일인지 다리에 힘이 들어가지 않았다.

"아직 한창인데 도중에 자리를 뜨면 쓰나요. 그건 관객의 예의가 아니죠. 끝까지 지켜봐 줘요, 레이디. 그리고 그의 손에 죽는 역할까지 해주세요. 그러면 저 괴물의 마음은 얼마나 산산조각이 날까요? 아, 정말 궁금하지 않아요?"

그 웃음 섞인 말에 아야라는 그대로 얼어붙었다. 이 강력한 존재, 세상의 주인을 자처하는 이것은 가장 끔찍한 비극을 그려 내기 위해 갖은 노력을 기울이고 있었다. 대체 어떤 의도로 이런 짓을 하는지는 알 수 없었다. 그 두려운 존재는 다만 모조리 파괴하고 찢어발기며 그 속에서 광기 어린 웃음을 내지를 뿐이었다.

아야라가 경악하는 사이 피네하스는 허공에 대고 손가락을 튕겼다. 그러자 보이지 않던 벽이 와장창 무너지더니 동떨어져 있던 한발 너머의 세계가 다시 같은 공간으로 합쳐졌다. 소리와 냄새, 공기, 그리고 생생한 현실감이 비로소 느껴지기 시작했다.

그곳에서 기달티는 살육을 마치고 우두커니 서 있었다. 살아 있는 것은 없었다. 숨 막히는 고요 속에 그의 몸에서 떨어지는 핏방울 소리만 스산하게 울려 퍼졌다. 멈춰 있던 기달티는 그제야 아야라를 발견한 듯 고개를 돌려 그를 주시했다. 그리고 천천히 걸어오기 시작했다. 그의 눈은 마치 짐승처럼 노랗고 밝게 빛나고 있었다.

점차 다가오는 기달티를 보며 아야라는 가쁘게 숨을 몰아쉬었다. 죽음이 닥쳐오고 있었다. 그때 피네하스는 옆에서 박수를 치며 웃었다. 지척까지 다가온 기달티의 창끝이 아야라를 향했다. 그것을 바라보며 아야라는 실낱같은 목소리로 애원했다.

"안 돼, 그러지 마……."

어느새 뺨을 타고 눈물이 흘렀다. 동시에 기달티가 움직임을 멈췄다. 얼어붙은 것처럼, 창을 치켜든 모습 그대로. 아야라는 놀라서 그를 바라보았다. 그는 이를 악문 채 힘겨워하고 있었다.

"오, 버텨 보시겠다?"

옆에서 지켜보던 피네하스가 조소했다. 그러곤 재미난 실험을 하듯 기달티의 몸부림 하나하나를 관찰했다. 이윽고 기달티가 짐승처럼 울부짖었고 그 모습을 보며 아야라는 오열했다. 피네하스는 한쪽 손으로 턱을 괴고 잠잠히 웃었다. 하늘 높이 치켜들었던 창이 결국 내리쳐졌다. 순간 끝을 예감한 아야라는 질끈 눈을 감았다.

그대로 아픔도 상처도 없이 조금 긴 시간이 흘렀다. 아야라의 눈을 뜨게 한 건 피네하스의 핀잔이었다.

"독한 녀석 같으니."

그 음성에 아야라는 살며시 눈을 떴다. 간신히 고개를 들어 보니 자신의 가슴에 창을 찔러 넣고 몸을 웅크린 기달티가 보였다. 아야라는 놀라서 기달티에게 다가가려 했다. 하지만 그가 제지했다.

"오지 마⋯⋯."

잔뜩 쉰 목소리로 말하며 그는 이를 악물었다. 몸을 웅크린 그 모습은 절박했다. 그렇게 몸부림치던 그는 마지막 이성을 짜내 그 자리를 박차고 밖으로 달아났다.

기달티가 멀어지자 아야라는 다시 주저앉았다. 죽음이 스쳐 간 기분이었다. 진이 빠져 숨을 몰아쉬는데 귓가로 피네하스의 푸념이 파고들었다.

"아, 저 녀석은 다 좋은데 말을 통 안 들어서⋯⋯. 하긴 그러니 길들이는 재미도 있지만."

피네하스는 그렇게 투덜대며 자리에서 일어났다. 그 태도는 마치 연극의 결말에 불평하는 관객 같았다.

"아무래도 레이디의 역할은 다음으로 미뤄야겠군요. 뒤로 미뤄진 만큼 더 근사한 볼거리를 기대할게요. 나는 당신에게 거는 기대가 크거든요."

그렇게 말하며 피네하스는 아야라의 손등에 입을 맞췄다. 정중한 몸짓이었지만 아야라는 조롱당했다는 기분밖에 들지 않았다. 손등에 키스하던 피네하스가 머리를 드는 순간 아야라는 질색하며 고개를 돌렸다. 그리고 뱀은 온데간데없이 사라졌다.

피네하스는 있지도 않았던 것처럼 종적을 감췄다. 아야라는 홀연히 사라진 피네하스를 다시 찾을 수 없었다. 그럴 능력도, 겨를도 없었다. 긴장이 풀리며 정신이 혼미해졌기 때문이다. 바깥에서는 지독한 비명 소리가 들려왔다. 그것을 마지막으로 아야라는 의식을 잃었다.

얼마나 많은 사람을 죽였는지 세는 것조차 불가능했다. 그저 손이 붉을 따름이었다. 정신을 차린 기달티는 붉고 질척대는 웅덩이에 서서 자신의 손을 내려다보았다. 10년 전 그날들이 떠올랐다. 아주 멀어졌다고 생각한 그날이 다시 성큼 따라붙었다. 시간을 거슬러 쫓아온 그날이 그를 다시 제자리로 끌고 가버렸다.

아, 길고 달콤했던 꿈이 끝났다. 어느새 잠들어 꿈이 현실인 줄로만 알았다. 그래서 기달티는 더 꿈꾸길 원했다. 하지만 그의 정체는 바로 이것. 그는 멸망. 괴물. 살인자. 그런데 그걸 잊고 연인과 가족을 원했다. 곁에 있어 줄 누군가를 기다렸다. 그들과 함께 살아가는 것을 꿈꿨다. 정녕 가당치도 않은 일이라고 기달티는 생각했다. 그는 피비린내를 맡으며 꿈에서 깨어났다. 그리고 그 피가 몸에 들러붙은 채 얼어 가는 것을 느끼며, 잠깐이나마 품었던 미래를 마음에서 지웠다.

두미야가 도착한 것은 참사가 끝난 후였다. 기달티가 탑에서 걸어나오고 있었다. 정신을 잃은 아야라와 알타쉬헤트를 안고서. 피가 묻지 않도록 커튼으로 그들을 감싸고 있었다.

두미야는 기달티를 보고 아무런 말도 하지 않았다. 할 수 있는 말이 없었다. 사실 그는 기달티의 정체를 눈치채고 있었다. 이요브의 권속으로서 많은 것을 보고 겪어 왔기에 아야라를 데려간 소년이 누구인지 유추하는 건 그리 어렵지 않았다. 그럼에도 두미야는 그 소년을 받아들이고 싶었다.

두미야와 마주 서 있던 기달티는 말없이 돌아섰다. 두미야는 굳이 잡지 않았다. 다만 그 텅 빈 눈빛이 안타까워 괴로울 따름이었다. 기달티를 보내고 두미야는 혼자서 탑으로 들어갔다. 지독한 광경이 그를 기다리고 있었다.

참사를 앞에 두고 두미야는 이를 악물었다. 이 만행에도 불구하고 그는 저 청년에게 다시 한 번 기회를 주고 싶었다. 피로 물든 손을 무겁게 내려다보는 그 가련한 자에게. 그래서 두미야는 요새를 다니며 갇혀 있던 사람들을 해방시켰다. 그리고 그들에게 기달티의 이름을 알렸다. 네벨라와 그 권속들이 죽었으니 이제는 자유라고 외치고, 그들을 해방시켜 준 이는 동쪽의 선량한 영주 기달티라고 전했다.

기달티는 아야라와 알타쉬헤트를 두미야의 집에 데려다 놓았다. 그때 아야라는 고열에 시달리고 있었다. 정신이 혼미한 가운데 아야라는 기달티가 자신을 침대에 눕히는 걸 느꼈다. 잠자코 내려다보던 그가 이내 돌아섰고 아야라는 힘겹게 손을 뻗어 그를 붙잡았다. 잠깐 돌아보던 기달티는 그 손을 놓으며 작게 말했다. 이젠 돌아오지 마, 라고. 그것을 마지막으로 그는 자취를 감추었다.

일주일 후 아야라가 동쪽 성으로 돌아왔을 때 그 성은 텅 비어 있었다. 기달티가 사라졌다. 아야라와 알타쉬헤트를 두미야의 집에 두고 떠난 그는 이 성에도 돌아오지 않고 어디론가 사라져 버렸다.

두미야가 요새에서 돌아올 때까지 아야라는 발이 묶여 있었다. 그동안 혼자서라도 마을을 나서 보려 했지만 주변의 만류에 포기했다. 기달티의 성으로 돌아가려면 체파르데아의 영토를 지나야 하는데, 여자 혼자 그 땅을 밟는 건 자살 행위나 다름없었다. 그래서 아야라는 초조해하며 두미야를 기다렸고 그가 돌아오자마자 함께 성으로 출발했다. 그러느라고 일주일이나 걸렸다. 그런데 마지막 희망을 품고 돌아온 그 성은 남의 집처럼 썰렁했다. 혹시나 싶어 성 이곳저곳을 찾아다녔지만 소용없었다. 도리어 부엌에 그대로 남아 있는 스튜를 보고 아야라는 눈을 질끈 감았다.

"여기엔 안 왔던 모양이다."

성을 돌아보고 온 두미야가 말했다. 아야라의 등 뒤로 다가간 두미야는 낮게 한숨을 내쉬었다. 아야라가 숨죽여 울고 있었다.

"그 사람 좀 찾아 줘."

고개를 숙인 채 눈물을 흘리던 아야라가 실낱같은 목소리로 말했다.

"아직 밥도 안 먹었는데, 혼자 있는 거 싫어하는데……."

두미야는 한숨을 쉬며 아야라의 머리에 손을 얹었다. 아야라는 입술을 깨문 채 다시 신음했다.

"제발 찾아 줘……."

절박하게 애원하는 아야라에게 두미야는 약속했다. 반드시 그를

찾아 주겠다고. 그리고 두미야는 약속을 지켰다. 그가 기달티를 찾아
낸 것은 그날로부터 보름 후, 북동쪽의 어느 설원에서였다.

　뽀드득 눈 밟는 소리에 웅크리고 있던 괴물이 고개를 들었다. 설원
에 발자국을 새기며 다가온 것은 그가 사랑하는 여인이었다.
　거의 한 달 만에 기달티를 찾아낸 아야라는 그를 보자마자 달려들
어 뺨부터 갈겨 버렸다. 사나운 마찰과 함께 기달티의 얼굴이 옆으
로 돌아갔다. 하지만 상처 입은 건 아야라 쪽이었다. 날카로운 비늘
에 손이 긁혀 피가 흘렀다. 따끔한 통증을 느꼈지만 아야라는 주먹
을 쥐어 그것을 감추었다. 그리고 매섭게 소리쳤다.
　"이 바보야, 말도 없이 사라지면 어떡해!"
　아야라의 호통에 기달티가 갈라진 입술을 움직였다.
　"오지 말라고 했잖아……."
　기묘한 짐승의 소리였다. 그 낯섦에 겁을 먹을 만도 한데, 아야라
는 도리어 화를 내며 그의 멱살을 잡아당겼다.
　"누구더러 하라 마라야! 빨리 일어나. 너 때문에 얼마나 고생했는
지 알아?"
　그렇게 소리치며 아야라는 기다렸다. 그가 미안하다고 사과하기를,
늘 그랬던 것처럼 못 이기는 척 져주기를. 그러나 그의 입에서 흘러나
온 건 냉정한 거절이었다.
　"돌아가."
　기달티는 지금껏 함께 살면서 단 한 번도 아야라에게 이겨 본 적

이 없다. 힘도 세고 덩치도 크면서 아야라가 소리치면 소리치는 대로, 때리면 때리는 대로 바보처럼 당하기만 했다. 그런데 이번만큼은 그렇게 해주지 않을 것 같아서, 아야라는 입술을 질끈 깨물었다.

"너 혼자 여기서 어쩔 셈인데."

그렇게 물으며 아야라는 기달티의 몸을 바라보았다. 군데군데 변형된 그의 몸엔 날카로운 창이 꽂혀 있었다. 그리고 거기선 검붉은 피가 흘렀다. 그가 홀로 뭘 했는지 알 것 같아서 아야라는 사납게 물었다.

"혼자 죽어 버리려고?"

그는 여전히 대답하지 않았다. 그것은 긍정이었다. 아야라는 치미는 화를 참지 못하고 괴물의 뺨을 후려쳤다. 한 번으로는 성에 안 차또 한 번, 또 한 번. 그가 다섯 번째로 손을 치켜들자 괴물이 그 손목을 붙잡았다. 자신을 위해서가 아니라 베이고 상처 입는 아야라를 위해서였다. 칼날처럼 날카로운 비늘에 뒤덮여 눈을 빛내고 있지만, 사람도 짐승도 아닌 괴물의 형상을 하고 있지만, 아야라는 그 마음을 알았다. 그 눈빛을 읽을 수 있었다. 함께 지내 온 긴 시간은, 말하지 않아도 서로를 알도록 만들었다. 그렇기에 설령 괴물인 것을 알아도 포기할 수가 없었다.

"일어나, 돌아가자."

아야라가 나지막하게 말했다.

"이제 어디 안 갈게. 그러니까 집에 가자, 응?"

그의 두텁고 날카로운 목을 감싸 안으며 속삭였지만, 그 턱에 뺨을 대어도 봤지만, 소용없었다. 기달티는 미동도 하지 않았다. 날카로운 손톱으로는 아야라를 밀어낼 수 없어 가만히 견디고 있을 뿐.

"제발 무슨 말이라도 좀 해봐……."

아야라는 가시나무를 끌어안는 기분으로 그를 꼭 끌어안았다. 그에게 닿은 온몸이 아팠다. 하지만 그보다 더 아픈 것은 죽음을 결정한 기달티의 눈빛이었다.

아야라의 눈물이 얼어붙은 비늘 위로 흘러내릴 때, 기달티 또한 극심한 고통에 시달리고 있었다. 그는 이 온기를 기억한다. 그는 이것을 통해 새로운 세계를 보았다. 덧없다 생각한 세상이 사실은 그렇지 않음을, 이 따스함 하나만으로도 차고 넘칠 만한 가치가 있음을 깨달았다. 그랬기에 살기로 결정할 수 있었다.

그리고 그는 바로 그것 때문에 다시 죽기로 결심했다. 아직 살아 있던, 그래서 따스하던 수많은 생명을 단숨에 꺼트린 자신을 용납할 수 없었다. 언젠가 결국 같은 일을 반복할 자신을, 심지어 가장 소중한 사람마저 죽이려 했던 자신을 도저히 용서할 수가 없었다. 그래서 그는 온 힘을 다해 스스로와 싸웠다. 검은 힘에 묶인 질긴 생명을 끊기 위해. 그 결과 그는 고통 속에서 아주 서서히 죽어 가고 있었다.

그렇게 죽음을 목전에 둔 때에 자신에게로 돌아온 그 여인은 따뜻하고도 사랑스러웠다. 가능하다면 꼭 끌어안고 싶었다. 가시투성이인 팔로는 만질 수 없어 참을 뿐, 사실은 있는 힘껏 끌어안고 싶었다. 그리고 같이 울고 싶었다. 살고 싶었다.

아야라는 그의 마음을 알고 대신해서 눈물 흘렸다. 자신의 죄 때문에 고개를 들지 못하는, 하지만 사실은 누구보다도 삶을 갈망하는 그를 대신해서 하염없이, 그저 하염없이.

'도와주세요.'

아야라가 마음속으로 외쳤다.

'이 사람을 살려 주세요, 제발 구해 주세요.'

그렇게 소리 없이 외치며 아야라는 눈물을 떨어트렸다. 자신이 아무것도 할 수 없다는 사실에 절망하며, 그럼에도 어떻게든 그를 살리려 몸부림치며. 그때였다. 불현듯 머릿속에 아주 오래된 기억이 스쳤다. 어떻게 떠올렸는지도 모를 만큼 오래된 기억이었다. 그럼에도 그건 아주 선명하게 떠올라 아야라의 머릿속에 맴돌았다. 아야라는 울음을 그치고 고개를 들었다.

"공주님이 네게 했던 말 기억해?"

그렇게 묻는 아야라의 눈은 한 가닥 희망을 잡은 듯 빛나고 있었다. 기달티는 대답 없이 그 젖은 눈을 바라보았다. 대답할 필요도 없었다. 삶을 뒤바꾼 만남을 기억 못할 리 없으니까. 그때 공주는 그에게 기다리라고 했다.

"그러니까 기다려."

머릿속에 떠오르는 키브사 공주의 목소리에 아야라의 목소리가 겹쳤다.

"돌아오실 때까지 기다려. 그 전까진 마음대로 죽지 마. 공주님이 약속을 지킬 수 있게 기다려."

그 목소리는 거부할 수 없이 엄하고 단호했다. 그렇게 '기다려'를 명령한 아야라는 나지막이 덧붙였다.

"그리고 공주님이 돌아오시면 그때 물어보자. 네가 죽어야 하는지, 아니면 살아도 괜찮은지."

기달티의 눈이 떨렸다. 기다리라는 명령에 거부할 말이 떠오르지 않았다. 아니, 떠올리고 싶지 않았다. 그는 이미 흔들리고 있었다. 기다리라는 말은 그의 굳은 마음에 가느다란 균열을 퍼트렸고, 눈물이 어린 아야라의 눈은 결국 그의 결심을 무너트렸다. 마음이 꺾인 것을 깨달았을 때 그의 몸에서는 이미 비늘이 벗겨지고 있었다.

이윽고 원래 모습으로 돌아온 기달티는 아야라를 내려다보았다. 그러다 힘없는 목소리로 물었다.

"공주가 내게 죽으라고 한다면?"

"마음대로 해. 그땐 마음대로 죽어 버려."

끝내 고집을 부리는 기달티에게 아야라가 날카롭게 말했다. 하지만 그 기세는 얼마 못 가서 누그러들었다. 그 남자가 불쌍하고도 사랑스러워서. 그에게 연민을 느낀 아야라는 이윽고 작은 목소리로 속삭였다.

"하지만 살아도 된다고 하시면……."

"오늘 다 하려면 서둘러야 할 텐데."

불현듯 들려온 목소리에 아야라는 상념에서 깨어났다. 멍하니 촛불을 보던 그는 자신이 너무 오랫동안 그러고 있었다는 걸 뒤늦게 깨달았다. 어느새 기달티는 교안의 마지막 장을 완성해 가고 있었다. 그에 비해 아야라가 작성해야 할 교안은 아직 한가득 남아 있었다. 말마따나 밤을 새우지 않으려면 이제라도 집중해야 하는데 그게 좀처럼 되지 않았다. 왠지 오늘은 앞에 앉은 남자와 느긋하게 이야기하고 싶었다. 그래서 아야라는 펜을 쥐는 대신 넌지시 말을 꺼냈다.

"공주님과 이야기는 해봤어?"

"아직."

"왜?"

"내가 하는 말을 못 알아들을 것 같아서."

기달티의 담담한 대답에 아야라는 짧게 웃음을 터트렸다. 그리고 고개를 끄덕이며 동의했다. 이 세계에 대해 아직 잘 모르는 그 공주님은 기달티의 질문도 이해하지 못할 거다. 죽어야 하는지, 살아도 괜찮은지 기달티가 물어보면 오히려 어리둥절해하며 그걸 왜 나한테 물어보냐고 반문할 것 같다. 그 모습이 저절로 그려져서 아야라는 다시 웃음을 터트렸다.

하지만 곧 아시겠지. 이 세상을, 그리고 기달티의 질문을. 그때가 되면 기달티는 오랫동안 기다려 온 답을 얻게 될 거다. 아야라는 머지않았다고 생각하며 기대하는 마음으로 그날을 기다렸다.

드디어 마지막 장 작성을 끝낸 기달티가 교안들을 정리하며 말했다.

"그걸 다 하려면 꼬박 밤을 새워야겠군."

"그럼 너는 나 끝날 때까지 기다려."

그렇게 말하며 아야라는 장난스럽게 웃었다.

"내가 밤새우면 너도 못 자. 알지?"

상냥한 아야라 선생님이 이렇게 짓궂은 표정을 짓는 건 오직 기달티에게만이다. 그럴 때면 그걸 묵묵히 받아 주는 게 그의 역할. 이런 모습을 회복하기까지도 참 오랜 시간이 걸렸다. 모든 게 산산조각이 났던 그날 이후, 두 사람은 어쩔 수 없이 서로를 낯설게 대했다. 죄책감에, 망설임에, 그리고 애통함에.

그럼에도 그들은 기억하고 있다. 그날의 약속을.

"하지만 살아도 된다고 하시면⋯⋯."

아야라의 눈에서 눈물이 굴러 떨어졌다.

"그땐 함께 살자, 평생."

아야라는 그렇게 속삭이며 기달티를 올려다보았다. 그는 여전히 대답하지 않았다. 감히 대답할 수 없었다. 삶에 대해, 그리고 미래에 대해 그는 할 수 있는 말이 아무것도 없었다. 그럼에도 아야라는 그의 눈을 보며 답을 구했다. 그 애절함이 그를 결국 굴복시켰다. 기달티는 조용히 끄덕이며, 아야라의 어깨에 고개를 파묻었다.

별로 그런 의도로 말한 건 아니지만, 아야라는 그때 자신의 말이 청혼 같다고 생각했다. 그리고 내심 궁금했다. 공주님께 살아도 좋다는 허락을 받게 되면 기달티가 어떻게 할지. 몇 가지 재미있는 상상이 떠올랐지만 아야라는 이내 그 망상을 머릿속에서 지웠다. 그런 나중 일을 떠올리지 않아도 함께 지낼 수 있는 지금이 충분히 좋았다.

그럼에도 기대는 여전했다. 이 남자가 오랜 굴레에서 자유로워지는 날, 그래서 그 옛날의 약속을 이제 지키겠다고 그가 말할 날. 그날 우리는 과연 얼마나 기뻐할 수 있을까? 아야라는 설레는 마음으로 그때를 기다렸다. 그리고 그날은 매일 하루씩 다가오고 있었다.

1
소유자들

저는, 잘 지내고, 있습니다. 공주님도, 안녕하시죠. 전해 드릴, 전해 드릴……? 이건 무슨 글씨지? 소문? 소식인가? 아, 전해 드릴 소식. 이 거구나.

나는 지금 책상에 글쓰기 교본을 펼쳐 놓고 시하의 편지를 더듬더 듬 읽고 있다. 이 세계의 글을 배우기 시작한 지 오늘로 일주일째. 라 이시는 학습의 기본은 반복이라며 교본을 덜렁 던져 줬고, 나는 그 가혹함 속에서 혼자 시하의 편지를 해석 중이다.

어렵사리 한 줄씩 읽다가 나는 또 알아보기 어려운 글자를 만났다. 그래서 끙끙대며 교본을 뒤적이는데 뒤에서 인기척이 느껴졌다. 돌아 보니 마침 라이시가 다가오고 있었다.

"아, 라이시. 나 이것 좀 알려 줘."

나는 그를 부르며 글자를 가리켰다. 그러자 라이시는 저벅저벅 다가와 내 뒤에서 팔을 뻗었다. 그가 내 어깨 너머로 양팔을 뻗어 책상을 짚었고, 그 바람에 내 뒷머리에는 그의 가슴이 닿았다. 나는 놀라서 헛숨을 삼키고 말았다. 잠깐만, 너무 가깝잖아? 내가 당황하는 사이 그가 내 얼굴 옆으로 고개를 내밀었다.

"뭐하고 있어요?"

라이시는 느긋하고도 뻔뻔하게 밀착해 왔고 나는 소름이 끼쳐서 그를 밀어내려 했다. 하지만 그보다 먼저 그가 내 턱을 들어 올렸다. 나는 흠칫하면서도 그 손을 따라 고개를 돌렸다. 결국 우린 맞닿을 듯 가까운 거리에서 서로를 마주 보게 되었다. 엄마야, 얘 아침부터 왜 이래! 나는 놀라서 쳐다보다가 그가 성큼 다가오는 걸 보고 엉겁결에 눈을 꼭 감았다.

그렇게 눈을 질끈 감고 기다리는데, 뭔가 이상했다. 아무런 일도 일어나지 않는다. 뭐지 싶어서 살짝 눈을 떠보니 라이시가 의혹 섞인 얼굴로 나를 쳐다보고 있었다.

"이 고분고분한 태도 뭐지? 전에 그 팔팔하던 공주님이 아닌데?"

라이시의 입에서 흘러나온 말이 전혀 그답지가 않아 나는 깜짝 놀랐다. 내가 어안이 벙벙해서 쳐다보자 그는 팔짱까지 끼고 혀를 찼다.

"어허, 이것 보게. 이 사람들 설마 그새?"

아, 얘가 지금 무슨 소리를 하는지 도통 모르겠다. 내가 그렇게 어리둥절해하는데 어디선가 비명이 들려왔다.

"꺄악!"

그건 비명보다는 환호에 가까웠다. 곧이어 빠른 발소리와 함께 한 여자가 달려왔다. 나였다. 어째서? 두 손으로 뺨을 감싼 채 해맑게 달려온 나는 웃음을 만발하며 내 앞에 선 라이시에게 달려들었다.

"타누, 방금 알타쉬헤트 공이 나한테 뽀뽀해 줬어! 꺅, 어쩜 좋아!"

그 말에 나는 돌처럼 굳어 버렸다. 그사이 내가 달려온 쪽에서 라이시도 달려오더니 나와 내가 자기 자신과 있는 광경을 보고는 나처럼 굳어 버렸다.

잠깐 혼란스럽긴 했지만 이 상황을 이해하는 건 그다지 어렵지 않았다. 그리고 내가 할 일을 찾는 것도, 마찬가지로 어렵지 않았다.

"왜 저만 이렇게 맞은 거죠?"

원래 모습으로 돌아온 타누가 억울하다는 듯 말했다. 진짜로 저지른 건 첼라인데 아무 짓도 안 한 자기한테 어쩜 이럴 수 있냐며 계속해서 투덜거렸다.

"어차피 맞을 거 그냥 해버릴걸."

"정말 죽고 싶어요?"

내가 이를 악물었지만 타누는 여전히 못마땅한 기색이었다. 이유인즉 들떠 있는 첼라 때문이다. 첼라는 아까 라이시가 뽀뽀해 줬다고 소리친 이후 계속 저 상태다. 나는 한숨을 푹 내쉬며 갑자기 나타난 쌍둥이 남매, 타누와 첼라를 바라보았다. 그들은 내가 독을 마시고 쓰러졌을 때 신세를 졌던 남쪽 온실의 사람들이다. 그런데 이 먼 곳까지 웬일일까?

"히히, 돌아가면 자랑해야지."

"하기만 해봐."

첼라의 혼잣말에 라이시가 싸늘하게 으름장을 놓았다. 그러나 첼라는 굴하지 않았다. 잔뜩 신난 그는 오히려 라이시에게 달라붙으며 그를 놀려댔다.

"에이, 아깐 그렇게 상냥했으면서. 설마 그런 면이 있을 줄은 몰랐잖아요. 무뚝뚝한 척하면서 그렇게…… 읍!"

라이시가 참다못해 첼라의 입을 막았다. 그때 그의 얼굴은 정말 보기 드물게 상기되어 있었다. 아닌 척해도 지금 엄청 창피한가 보다. 그걸 보면서 나도 나름대로 기분이 복잡했다. 상냥했어? 그런 면이 대체 어떤 면이지? 그런 생각을 하는데 타누가 내 눈치를 보더니 쓸데없이 훈수를 뒀다.

"알타쉐헤트 공, 지금은 첼라가 아니라 공주님한테 먼저 신경 쓰세요."

그 말에 라이시는 움찔하더니 조용히 고개를 돌렸다. 뭔가 내 눈치를 보고 있다. 어떡하지? 화내야 하나? 아니면 웃고 넘어가 줘야 하나? 굉장히 애매한데, 정작 이 혼란을 몰고 온 두 사람은 아무렇지도 않은 얼굴로 수다스럽다.

"그런데 둘이 어떻게 된 거예요?"

"어머, 싫다. 전엔 그렇게 아닌 척하더니."

"우리 주인님은 이제 어떡하나, 이미 간이며 쓸개며 다 **빼줬는데**."

"틀렸어, 결국 어린 여자한텐 못 이기는 거야. 흑흑."

두 시종이 흐느껴 우는 척했고 그걸 보다 못한 라이시가 한마디 했다.

"너희, 뭐하러 왔어? 헛소리나 할 거면 당장 꺼져."

그러자 두 사람은 언제 그랬냐는 듯 다시 해맑게 웃는다.

"아하하, 성격도 급하셔!"

"우리한테도 친절하게 좀 대해 줘요! 아까처럼!"

"조용히 해, 여자라고 안 봐준다."

라이시가 낮게 위협했지만 그래 봤자 첼라는 웃어넘길 뿐이다. 그 모습에 나는 기분이 점점 더 복잡해져서 결국 라이시의 옆구리를 쿡 찔렀다.

"이따 얘기 좀 해."

"……네."

우리가 작게 말하는 소리를 듣고 타누가 씨익 웃었다.

"아하하, 분위기 험악해졌네."

"안 돼, 타누. 여기서 더 하면 정말 맞을 것 같아."

아, 정말 얄미운 사람들이다. 내가 째려보자 타누가 진정하라는 듯 손을 내저었다.

"알겠어요, 알겠어. 진정해요. 헛소리나 하려고 온 건 아니고, 시믈라 님의 전언이 있어서 왔어요."

전언이라는 말에 나와 라이시는 미간을 찌푸렸다. 비로소 밝혀진 용건은 그들의 장난만큼이나 뜬금없고 수상스러웠다.

"영주 회담을 소집합니다."

타누의 갑작스러운 전언에 모두의 얼굴이 굳었다. 그 반응을 즐기듯 타누는 싱글벙글 웃으며 말을 이었다.

"중앙의 영주이신 이요브 님께서 최근 벌어진 사건들을 정리하고자 회담을 요청하셨습니다. 회담은 일주일 후 시믈라 님의 영토에서 열립니다. 공주님과 기달티 공, 알타쉬헤트 공은 필히 참석을 부탁드립니다. 세 분을 모셔 오지 못하면 절 죽일 거라고 하시는데, 와주실 거죠? 하하하!"

기달티의 집무실에서도 넉살 좋게 말하는 타누를 보며 나는 사소한 의문이 들었다. 마지막 말은 진담일까, 농담일까? 타누가 말을 마치자 우리는 서로를 바라보았다. 영주들의 소집이라니, 게다가 중앙의 영주인 이요브가?

조용히 듣고 있던 아야라가 타누에게 물었다.

"그럼 무아카도 참석해야 하나요?"

"글쎄요, 무아카 공에 대해서는 별다른 언급이 없습니다. 오시든 안 오시든 관계없는 모양입니다."

패잔병은 필요 없다는 뜻인가? 점점 더 알 수 없는 기분에 우리는 다시 서로를 바라보았다. 우리가 불편하게 눈치만 보자 라이시가 나섰다.

"시간이 좀 있으니 상의 후에 결정하죠."

"상의라뇨, 안 가시면 우린 죽어요. 앗, 그거 죽든 말든 상관없다는 표정인가요?"

"아냐, 차라리 죽어 버렸으면 좋겠다는 얼굴 같아."

이 와중에도 두 사람은 어김없이 조잘댔고 라이시는 결국 고개를 흔들며 일어났다.

"이들이 머물 곳을 안내해 주고 오겠습니다."

"앗, 대답은 해주셔야죠!"

"우린 살고 싶어요!"

두 사람이 살려 달라며 소리쳤지만 라이시는 대꾸도 없이 두 사람을 데리고 나갔다. 그들이 나가자 아야라가 한숨처럼 말했다.

"독특한 사람들이네요."

그 솔직한 소감에 나는 진심으로 동의했다. 그쵸, 독특하죠.

"그런데 저 사람들 언제 온 거죠? 외부인이 들어오는 건 못 봤는데."

"모르겠어요. 모습을 바꿔서 몰래 들어온 것 같아요."

내 대답에 아야라가 이마를 찌푸렸다.

"그러고 보니 시믈라의 권속은 그런 능력이 있었죠. 접객에나 쓰는 능력이라 신경 안 썼는데, 이렇게 겪어 보니 꽤 위험하네요."

위험한가? 아, 위험하다. 아까도 위험했지. 두 시종은 우릴 보기 좋게 속이고 사고를 쳤다. 타누는 미수에 그쳤지만 첼라는 현행범이다. 그런데도 첼라는 자기 탓이 아니라며 끝까지 발뺌했다. 라이시가 당연히 눈치챌 줄 알았단다. 그래서 나인 척 접근해 뽀뽀해 달라고 앙탈을 잠깐 부렸는데 라이시가 정말 해버리는 바람에 본인도 놀랐다고. 윽, 이 바보! 엄밀히 말해 라이시는 잘못이 없다. 하지만 용서할 수 없다! 내가 몰래 심호흡을 하는 사이 아야라가 다시 말했다.

"그보다 이번 회담은 이상하네요."

"어떤 점이요?"

"영주들을 소집한 게 이요브라는 점이 걸려요."

"그게 왜요?"

"제가 알기로 이요브는 지금껏 회담에 참여한 적이 없거든요. 단한 번도요."

"단 한 번도요?"

"네, 이요브는 불가침의 영토를 가진 데다가 본인도 대단한 실력자라서 다른 영주들과 의견을 조율하지 않아요. 그런데 갑자기 무슨 일로 회담을 소집했는지 의심스럽네요."

아야라의 설명에 나도 덩달아 심각해졌다. 아까 타누에게서 그 이름을 듣고 꽤 놀랐었다. 이요브. 만난 건 단 한 번, 게다가 아주 짧은 시간이었지만 그 여자의 사납고 강렬한 인상은 아직도 눈에 선하다. 정말 녹록지 않아 보였는데, 대체 무슨 속셈일까?

나는 고민 끝에 기달티에게 물었다.

"어떡하면 좋을까요?"

"그대의 뜻에 따르겠다."

기달티의 답은 빠르고도 단조로웠다. 나는 그 명료함이 오히려 조금 난처했다. 내 뜻이 곧 결정, 그리고 그 결정이 곧 우리의 행보라니. 공주님이라는 게 참 쉽지 않다.

"거기 가면 나삭도 올까요?"

"그럴 거예요. 그자는 호기심이 많아 그런 자리에는 빠지지 않는다고 하니까요."

아야라의 대답에 나는 끄덕이며 숨을 깊게 내쉬었다. 이요브든 나삭이든 피네하스의 편이라면 언젠간 필연적으로 부딪칠 상대다. 게다가 우리의 다음 목표는 나삭의 연구소. 그러니 나삭을 미리 만날 수 있다면 그것도 나쁘지 않다.

문득 내가 이 세계에 온 첫날 라이시에게 했던 질문이 생각났다. '이 세계는 원래 이렇게 위기의 연속이에요?'라고 물었을 때 라이시는 '거의 그런 편'이라고 답했었다. 아, 정말 야속할 만큼 정확한 대답이었다. 새로운 적들이 또 우릴 부른다. 무슨 일을 꾸미고 있는지 알 수도 없다. 하지만 뭐, 여태 안 그런 적이 있었나? 거의 매 순간이 벼랑 끝이었다. 내 의지와는 상관없이. 그러니 이제는 적어도 스스로 선택해서 그 끝에 서보자. 그렇게 결심하며 나는 다시 기달티와 아야라를 바라보았다. 그리고 웃었다. 온 힘을 다해서.

"그럼 다녀올게요."

내 간결한 한마디에 아야라는 마주 웃었다. 역시나 나와 같이 온 힘을 다해서.

"네, 다녀오세요."

나는 집무실에서 나오자마자 라이시를 찾아갔다. 회담에 대해 이야기하고 아까 그 일에 대해서도 조금 따질 생각으로. 물론 라이시의 무고함을 아니까 화를 내지는 않을 거다. 다만 그 타의적 지조 없음에 경고 정도는 해줘야지. 그렇게 생각하며 그의 방을 찾아갔는데 어쩐 일인지 방 안에서 목소리가 들려왔다.

"실수였어요."

라이시의 목소리였다. 평소와는 다르게 친절하고 부드러운, 내게 고백했을 때처럼 낮고 조심스러운 목소리다. 그런 목소리로 라이시는 누군가에게 조곤조곤 말하고 있었다.

"착각해서 미안해요. 이젠 절대 안 그럴 테니까 화 풀어요."

대체 너 지금 누구랑 얘기하니? 나는 심상치 않은 예감에 문을 박차고 들어갔다. 아니나 다를까.

"야!"

나는 열 받아서 빽 소리쳤고 라이시는 깜짝 놀라서 나를 쳐다봤다. 그는 한 여자와 함께 창가에 서 있었다. 그 여자를 달래듯 뒤에서 감싸 안고 머리에 턱을 기대고 있었다. 그 여자가 누군지는 말할 것도 없다. 이번에도 나로 변한 첼라였다!

날 보는 순간 라이시는 뜨거운 것에 덴 사람처럼 첼라를 화들짝 놓았다. 첼라는 본모습으로 돌아가며 배를 잡고 웃기 시작했다. 그러나 나는 웃는 첼라보다 당황하는 라이시가 더 미워서 소리쳤다.

"너 진짜 죽을래?"

"아니, 잠깐……."

나는 화가 나서 손에 잡히는 걸 무작정 집어 던졌다. 그런데 라이시의 방에서 던질 만한 건 그가 애지중지하는 책뿐이었고, 라이시는 기겁하며 내가 투척한 책을 받았다. 그 모습에 나는 더 격분했다.

"한 번도 아니고 두 번이나, 넌 내 얼굴도 못 알아보냐!"

"공주님, 오햅니다. 못 알아본 게 아닙니다. 이건 착각하거나 헷갈리는 수준이 아닙니다!"

당황했는지 다시 평소처럼 딱딱하게 말하는 라이시 때문에 나는 또 화가 났다. 아까 쟤한텐 다정하게 말했으면서! 우리가 싸우는 사이 첼라는 도망쳤고 원흉이 사라진 그곳에서 우리는 한참 동안 공방을 펼쳤다. 결과부터 말하자면 나는 라이시를 단 한 대도 때리지 못했다. 차라리 손발을 휘둘렀으면 몇 대 정도 맞아 줬을 텐데, 그는 끝까지 자신의 책을 포기하지 못했다.

결국 나는 약이 바짝 올라서 라이시를 노려보다 뛰쳐나왔다. 그러곤 이 분노를 잠재우기 위해, 한때 분노의 아들이라 불리던 아이와 함께 적들을 응징하기로 했다.

"잘못했어요."

"용서해 주세요."

나는 팔짱을 낀 채 나란히 꿇어앉은 타누와 첼라를 싸늘히 노려보았다. 내가 막 찾아왔을 때 두 사람은 반쯤 누워서 여유롭게 노닥거리고 있었다. 그래 놓고 날 보더니 오히려 장난을 치며 놀려댔다. '와, 표정 봐. 엄청 화났어', '사랑하는 여보랑 화해는 했어요?' 등등. 더 참고 들을 마음이 없었기에 나는 곧장 무아카를 풀었다. 그리고 무아카는 순진한 얼굴로 그들이 걸터앉은 침대를 뒤엎으며 순식간에 상황을 평정했다. 그 덕분에 지금 타누와 첼라는 한층 겸손해진 상태다. 그래 봐야 이전에 비해 겸손해졌다는 뜻, 그들은 여전히 말이 많다.

"근데 잘못은 쳴라가 했는데 저는 왜요."

"시끄러워요, 옆에서 안 말리고 뭐 했어요?"

"공주님 너무 과민 반응이에요. 내가 뭐 큰 짓 한 것도 아니고, 그 정도는 아무하고나 할 수 있는 거 아녜요?

"아무하고나 안 해요. 당신들의 폭넓은 정조 관념이 당연하다고 생각하지 마요!"

"이 공주님 참 고지식하네."

"애인도 있는 사람이 그러면 어떡해요?"

울컥 화가 났지만 나는 꾹 참으며 두 사람에게 경고했다.

"다 필요 없고, 앞으로 나랑 라이시 모습으로도 절대 변하지 마요. 알겠어요? 또 이러면 그냥 안 넘어갈 줄 알아요."

내 협박에 타누와 쳴라는 바들바들 떨며 고개를 끄덕였다. 하지만 다 거짓말이었다. 무서워하는 척도, 알겠다는 약속도. 훗날 두 사람은 또다시 나와 라이시의 모습을 보란 듯 사용하지만, 지금의 나는 그 나중 일을 까맣게 모른 채 한숨만 푹 내쉬었다. 그리고 한결 누그러져서 그들에게 말했다.

"그리고 회담은 가기로 했어요."

그 얘길 듣자마자 두 사람은 겁먹은 척을 관두고 환호했다.

"아, 당신은 역시 구세주!"

"우리 생명의 은인!"

두 사람의 호들갑에 나는 기가 막혀서 헛웃음을 터트렸다. 그러자 타누와 첼라는 내 화가 풀린 줄 알고 은근슬쩍 달라붙으며 물어왔다.

"그런데 알타쉬헤트 공하고는 언제 그렇게 된 거예요?"

"고백은 누가 먼저 했어요?"

나는 아무런 말도 할 수 없었다. 먼저 고백했다는 말이 부끄러워서. 그러자 두 사람은 멋대로 넘겨짚으며 더 열렬히 질문했다.

"알타쉬헤트 공이 했죠?"

"뭐라고? 좋아한다고? 사랑한다고?"

"그, 같이 있어 달라고……."

나는 결국 마지못해 대답하고 양심의 가책을 느꼈다. 아, 거짓말을 한 건 아닌데 저들을 속여 버렸다. 사실 고백은 내가 먼저 했어요. 그리고 차였어요. 이 사실은 도저히 말할 수 없어요. 나는 조금 슬펐지만 내 속을 까맣게 모르는 두 사람은 반짝반짝 눈을 빛냈다.

"그럼 진도는 어디까지?"

"내가 보기엔 상당해. 아까 자연스럽게 안아 줬거든."

"저기요!"

내가 빽 소리치자 두 사람은 다시 낄낄대며 웃었다.

"공주님 얼굴 빨개졌네."

"아, 풋풋해라."

두 사람은 그렇게 웃어대더니 이내 의미심장하게 말했다.

"좋아하고 사랑하고 풋풋한 건 좋은데 이제 뒷감당은 어떡하나?"

"그러게, 상대가 만만치 않을 텐데."

"잘못한 게 없는데 무슨 뒷감당을 해요. 시믈라가 라이시랑 무슨 사이였던 건 아니잖아요."

나는 그들이 시믈라 얘기를 하는 줄 알고 울컥 반박했다. 그러나 두 시종은 유들거리며 말을 돌렸다.

"무슨 사이였던 게 중요한가요, 깊고 깊은 원한이 생겼다는 게 중요하지."

"그리고 걱정할 상대는 시믈라 님보다 더 강적이랍니다."

"무슨 소리예요?"

"글쎄요, 무슨 소릴까요?"

아, 진짜 얄밉다. 내가 노려보자 두 시종은 빙글빙글 웃기 시작했다.

"어차피 가면 알게 될 텐데요, 뭐."

"미리 알면 재미없죠."

두 사람은 웃기만 할 뿐 끝내 말을 아꼈고, 나는 무아카로 그들을 다시 협박해 볼까 하다가 참았다. 말마따나 가보면 알게 될 일이고, 이 두 사람을 더 상대하다간 내 수명이 줄어들 것 같아서.

그렇게 우리는 영주 회담이라는 예정에도 없던 초대에 응했다. 그리고 그 회담은 앞으로 우리에게 벌어질 모든 일의 전조가 되었다.

햇빛에 반짝이는 유리 온실이 멀리서도 한눈에 보였다. 투명한 온실은 봄이 찾아온 들판 위에 혼자 녹지 않은 얼음처럼 서 있었다. 온실에 방문한 건 이번이 두 번째, 첫 방문 후 무려 세 달 만이다. 우리는 그렇게 회담 시간에 맞추어 시믈라의 온실을 찾았다.

온실로 우리를 이끌며 타누와 첼라가 말했다.

"들어가면 좀 더울 거예요. 바깥이 따뜻해지면서 온실 안은 찜통이 됐거든요."

"덕분에 우리는 장사 다 말아먹고 있죠."

아니나 다를까 온실로 들어서기 무섭게 더운 공기가 확 느껴졌다. 바깥은 아직 따스한 봄 날씨인데 온실 안은 마치 한여름처럼 더웠다. 와, 진짜 덥다. 그 열기에 나는 깊은 숨을 내쉬었다. 그러자 타누와 첼라가 날 돌아보며 말했다.

"많이 덥죠? 성에 가면 갈아입을 옷을 드릴게요."

"지금 입은 것보단 그나마 시원할 거예요."

아, 생각난다. 전에 여기서 입었던 하늘하늘한 옷. 워낙 더워서 나는 별생각 없이 부탁하려고 했다. 그런데 옆에서 따라오던 라이시가 한발 먼저 차갑게 말했다.

"수작 부리지 마."

라이시가 노려보자 타누와 첼라는 찔끔한 표정으로 변명했다.

"에이, 순수한 호의예요, 호의."

"공주님 더우실까 봐 그런 건데 왜요."

"하고 싶으면 해봐. 저번처럼 장난으로 안 넘어갈 테니까."

두 시종은 결국 입을 꼭 다물고 말았다. 나는 그들이 무슨 얘길 하는지 영문을 몰라 갸웃대다가 라이시에게 살짝 물었다.

"옷이 왜? 입으면 안 돼?"

그러자 라이시는 나를 내려다보더니 좀 떨떠름한 목소리로 말했다.

"그 옷은 온실 사람들이 입는 옷입니다."

그게 뭐. 내가 이해를 못 하자 라이시는 한숨을 내쉬며 덧붙였다.

"매춘부의 표시란 말입니다."

멍청히 듣고 있던 나는 뒤늦게야 화들짝 놀랐다. 앗, 진짜? 그러고 보니 생각난다. 그 옷을 입고 있으니까 웬 아저씨들이 날 데려가려고 했었다. 그냥 정신 나간 사람들이라고 생각했는데 그 옷 때문이었나 보다. 아, 그때 라이시가 옷을 가지고 뭐라고 했던 것도 그것 때문이 구나. 나한테 관심 있어서 그런 줄 알았는데. 이건 창피하니까 평생 비밀로 해야겠다.

나는 까맣게 몰랐던 사실에 뒤늦게 놀라 변명처럼 말했다.

"난 몰랐어."

"이제라도 알았으면 됐습니다. 다시는 입지 마세요, 아시겠습니까?"

그렇게 말하는 라이시의 어조는 조언보다는 경고에 가까웠다. 게다가 꽤 언짢은 표정이어서 나는 아무 말도 못 하고 고개만 끄덕거렸다. 다행히 그의 불쾌한 기색은 곧 사라졌다. 그래서 나는 눈치를 보다 몰래 웃고 말았다.

재미있는 일이다. 나는 라이시가 다른 여자와 노닥댈 때 화를 내고 라이시는 내 옷차림에 참견한다. 그것은 상대를 자신의 소중한 사람으로 여기기 때문에 가능한 일이다. 서로에게 특별해진다는 게 바로 이런 것 같다. 상대에게 간섭하고 화를 낼 권리가 생기는 것. 생각해 보면 '내 남자 친구'라는 말부터가 소유격이다. 이건 그가 나의 것이고 나 또한 그의 것이 된다는 의미, 우리가 서로의 소유라는 걸 인정한다는 의미다. 그렇게 기꺼이 상대를 인정하면 우린 자연스레 서로에게 간섭하게 된다.

방금 라이시가 한 말은 부모님이 하실 법한 훈계라서 약간 낯간지러웠다. 동시에 이게 남자 친구 행세인가 싶어서 조금 웃기기도 했다. 아무튼 싫지는 않았다. 오히려 기뻤다고 하면 이상하려나? 이런 감정도 새삼스럽지만 역시 싫지 않았다.

이때까지만 해도 나는 기분이 꽤 좋았다. 우리의 관계는 조화로웠고 그래서 나쁠 것이 없었다. 온실에 머무는 동안 쭉 그랬으면 참 좋았을 텐데. 하지만 모든 일은 생각 같지 않은 법이다. 이후 우리가 참여한 회담은 지금의 분위기와 정반대였다. 조화롭기는커녕 빗나간 감정과 소유권이 한없이 삐거덕대는 어긋남의 온상이었고, 따라서 그 시작부터 끝까지 거의 매 순간이 위기였다.

우리는 안내를 받아 회담 장소에 도착했다. 거기엔 우리보다 먼저 온 사람들이 있었다. 흰 가운을 입은 두 남자였는데, 한 명은 자리에 앉았고 다른 한 명은 그 뒤에 서 있었다. 뒤에 선 남자는 평범했지만 앉아 있는 남자는 조금 유별나 보였다. 그는 노년에 접어든 연배였는데 아주 깨끗한 대머리에 커다란 안경을 쓰고 있었다. 그리고 몸은 이상할 만큼 길고 비쩍 말라서 과학실 해골 모형에 옷을 입힌 양 기괴했다. 입구에 서서 그들을 바라보는데 기달티가 내게 나직이 말했다.

"저자가 나삭이다."

나는 그 노인, 나삭을 바라보며 묵묵히 끄덕였다. 흰 가운을 보는 순간 이미 짐작했다. 내가 그를 관찰하는 것처럼 그 또한 나를 관찰하고 있었다. 한동안 나를 바라보던 나삭이 의자에서 몸을 일으켰다. 앉아 있을 때도 길쭉하다고 느꼈는데 일어난 모습을 보니 그의 몸은 생각보다 훨씬 더 길고 앙상했다. 깡마른 것에 비해 키는 기둥보다도 컸고, 그래서 마치 지푸라기로 만든 허수아비 같았다. 그는 바짝 마른 팔다리를 휘저으며 걸어오더니 허리를 숙이고 내 코앞에 얼굴을 바짝 들이밀었다.

"군이 바로 공주로군."

너무 가깝게 다가와서 불편했지만 나는 피하지 않고 그를 마주 보았다. 그러자 그는 눈을 굴려 내 이모저모를 뜯어보기 시작했다.

"생각하던 것과는 좀 다르군."

그는 그렇게 말하며 검지를 뻗었다. 그러곤 그 꼬챙이 같은 손가락으로 내 얼굴을 이리저리 재보기 시작했다. 내가 그 기묘한 행동을 말없이 지켜보자 그는 곧 음흉하게 웃으며 말했다.

"대칭은 맞지만 비율은 그저 그런걸. 코를 좀 세워 볼 생각이 없나? 그럼 한결 나아질 것 같은데."

그 말을 듣고 나는 기가 차서 할 말을 잃었다. 뭐야, 지금 내 얼굴을 평가한 거야? 내가 얼이 빠져 바라보자 나삭은 허리를 펴며 내게서 쑥 멀어졌다. 그는 까마득히 높은 곳에서 능글대는 목소리로 말했다.

"난 공주라기에 대단한 미녀가 올 줄 알았는데 이러면 내 기대가 무색해지는군. 어떤가, 요테르 군. 우리가 구제할 방법이 없겠나?"

그가 서 있던 남자를 돌아보며 물었다. 그 남자는 감정 없이 객관적인 태도로 대답했다.

"질문에 조언하자면 콧대의 높낮이는 간단한 외과적 시술로 조정이 가능합니다. 원하신다면 성형 프로그램 카탈로그를 준비하겠습니다. 별개로 교수님께 조언하자면 초면인 여성의 안면 구조를 분석하고 평가하는 건 대단한 실례입니다."

"그런가? 난 도움을 주려고 한 건데."

"대상자가 원할 때 제공해야 도움입니다. 방금 교수님의 언행은 도움보다는 불필요한 참견, 혹은 시비에 가까웠습니다."

요테르라는 남자의 말에 나삭은 자신의 매끈한 대머리를 긁적였다. 그러더니 다시 날 돌아보며 손을 내밀었다.

"그렇군. 기분 나빴다면 미안했네. 난 사실 군과 친하게 지내고 싶다네."

나는 그 손이 악수를 청하는 손인 줄 알았다. 하지만 그 갈고리 같은 손은 악수할 만한 위치에서 멈추지 않고 내 목덜미로 뻗어 왔다. 동시에 나삭은 섬뜩하게 웃으며 덧붙였다.

"실험자와 피험자로서 말일세."

그가 내 목을 움켜쥐기 직전, 뒤에서 누군가가 나를 확 끌어당겼다. 뒷걸음질 치다 품에 파묻혀 돌아보니 라이시였다. 그는 나삭으로

부터 나를 떼어 놓으며 나직이 경고했다.

"이 이상 접근하면 공격으로 간주한다."

허공을 움켜쥔 나삭은 미련 없이 손을 거두며 라이시를 바라보았다. 그러더니 곧 그를 아는 체했다.

"아하, 군도 오랜만이군. 기달티에게 빌붙어 사자 행세를 하던 쥐새끼가 아닌가. 전에 봤을 때도 분수를 모른다는 평가가 지배적이었는데, 여전해 보이는군."

나삭은 태연한 목소리로 모욕을 늘어놓았다. 그러더니 기묘하게 미소 지으며 덧붙였다.

"기달티만 없었다면 진작 잡아서 반으로 갈라 봤을 텐데."

계속 듣고 있을 수 없었다. 처음 내게 한 말은 놀림이었지만 지금 라이시에게 하는 말은 명백한 위협이다. 내가 막 끼어들려 할 때였다. 내 입을 막듯 문 쪽에서 나긋한 목소리가 들려왔다.

"소란스럽네요. 벌써 싸움인가요?"

그와 함께 눈부신 미녀가 모습을 드러냈다. 화사한 미모를 뽐내는 그 여인은 시믈라였다. 그런데 혼자가 아니었다. 그 옆엔 시믈라와 비교해도 전혀 손색이 없는 또 다른 여인이 서 있었다. 분위기도 치장도 정반대였지만 그럼에도 그 여자는 시믈라 못지않은 존재감을 드러냈다. 검은 수트와 두 자루의 검, 그리고 붉은 긴 머리카락. 모두 내가 기억하는 그대로다. 이요브였다.

두 여자의 등장에 우리는 행동을 멈추고 그들을 바라보았다. 시믈라가 우아하게 걸어 들어오며 말했다.

"서로 인사는 하고 싸우시나요? 미리 부탁드리는데 제 거리에서 싸움은 삼가 주세요. 여인들 앞에서 폭력은 가당치도 않은 일이니까요."

그렇게 말하며 시믈라는 원탁의 한 자리에 앉았고, 곧 여주인다운 자태로 우리에게도 자리를 권했다.

"다들 모였으니 그만 앉으시죠. 해야 할 이야기가 많으니까요."

우리는 하는 수 없이 대치를 멈추고 돌아섰다. 그런데 그때까지 침묵하던 기달티가 나삭의 어깨를 쥐고 그에게 뭐라 속삭였다. 나는 그 모습을 의아하게 쳐다봤지만 내 곁으로 돌아온 기달티는 아무런 내색도 하지 않았다. 대신 나삭이 키들대며 말했다.

"그럼 내가 네 번째인가? 별로 좋은 순서는 아니군."

그것을 마지막으로 우리는 원탁에 둘러앉았다. 준비된 자리는 모두 다섯 개. 영주 넷을 제외하고 자리에 앉은 사람은 나뿐이었다. 그래서 라이시는 내 뒤에 서고 요테르라는 남자도 나삭의 뒤에 섰다. 하지만 여기에 대해서도 나삭은 쉽사리 넘어가지 않았다.

"영주 회담인데 영주가 아닌 생물이 앉아 있군. 이것의 쓸모는 뭐지?"

나삭이 나를 보며 말했다. 아까부터 느낀 건데 그의 화법은 굉장히 기분 나쁘다. 면전에서 상대를 동물이나 사물처럼 취급한다. 내가 이마를 찡그리자 시믈라가 웃으며 대답했다.

"영주는 아니지만 공주님이시니 특별 취급을 해드린 거죠."

"그렇다면 특별해야 하는데 어디가 특별한지 잘 모르겠군. 조금 잘라 보면 알 수 있으려나?"

농담인지 진담인지 알 수 없는 그 섬뜩한 말에 나는 눈을 치켜떴다. 그런데 날 마주 보며 이죽대고 있어야 할 나삭이 갑자기 고개를 숙였다. 그의 미간에서 피가 흐르고 있었다. 게다가 그의 안경은 가운데가 뚝 부러져 귀에 걸쳐진 채였다.

"경고는 한 번으로 족하다."

내 옆에 앉은 기달티가 나직이 말했다. 나삭은 손수건을 꺼내 피를 닦더니 히죽 웃으며 기달티를 바라보았다.

"아까 한 협박이 농담은 아니었군. 좋네, 장난은 이쯤 하지."

장난이라 가볍게 말했지만 분위기는 이미 살얼음판을 걷듯 아슬아슬했다. 만만치 않을 거라곤 생각했지만 아직 시작도 안 했는데 이 모양이다. 나는 불편한 기분으로 원탁을 조심히 둘러보았다. 내가 알 수 없는 방법으로 기달티가 나삭을 제압할 때 나머지 두 영주는 그걸 담담하게 바라보고 있다. 우리를 제외한 저들이 다 한패처럼 느껴진다면 내가 과민한 걸까?

"정리되셨으면 이제 시작하죠. 이번 회담은 중앙에서 제시한 두 가지 안건으로 진행할 예정입니다. 안건에 대해 협상을 할지 전쟁을 할지는 각자의 몫입니다. 다만 싸움은 회담이 끝난 후에. 제 거리에서는 평화를 지켜 주세요."

당부와 함께 시믈라가 회담 시작을 알렸다. 그 화사한 미녀는 중립이라는 미명하에 우리를 회담으로 이끌었다.

"먼저 이요브 공의 안건입니다. 이요브 공은 예전에 도둑맞은 물건이 타 진영에서 불법으로 사용되는 걸 최근 알게 되셨습니다. 그래서 그 물건의 반환을 요구하셨습니다."

시믈라가 안건을 말했지만 우리는 그게 무슨 말인지 알아들을 수가 없었다. 일부러 그렇게 에둘러 말한 듯도 싶었다. 우리가 의아해하자 시믈라는 비웃음을 머금고 말했다.

"그러니 기달티 공, 공의 진영에서 사용 중인 치포라를 이제 그만 돌려주셨으면 합니다."

생각지도 못한 발언에 우리는 모두 놀랐다. 라이시의 치포라 얘기가 갑자기 왜 나오는 거지? 라이시가 곧장 반박했다.

"억지입니다. 치포라는 훔친 물건이 아닙니다. 저번 회담 때 당신이 내게 준 걸 모두가 알고 있습니다."

"그걸 부인할 생각은 없어요. 이미 준 걸 다시 돌려 달라고 억지 부릴 생각도 없고요. 이 반환 요청은 제가 알타쉬헤트 공께 치포라를 드린 것과는 별개입니다. 이요브 공은 그저 치포라의 진짜 주인으로서 자기 물건을 되찾고자 하는 겁니다."

이요브가 치포라의 진짜 주인이라고? 어떻게? 그건 옛날에 키브사 공주가 비라에서 가져온 물건이잖아? 우리가 이해하지 못하자 시믈라가 웃는 눈으로 말했다.

"의심스럽다면 한번 논해 보죠. 지금 치포라를 가지고 있는 건 알타쉬헤트 공이고 그건 2년에 제가 드린 거죠. 그리고 저는 20여 년 전에 키브사 공주에게 한 노예를 넘기는 값으로 치포라를 받았습니다."

그래, 저건 나도 아는 이야기다. 지금 시믈라가 말한 노예는 아야라고, 아야라는 키브사 공주가 자신의 몸값으로 치포라를 넘겼다고 했다.

"그런데 이요브 공이 주장하는 소유권은 키브사 공주 이전의 것이네요. 치포라는 본디 이르이트 대공이 그 부관에게 양도한 것. 그러니 대공의 부관이던 이요브 공이 그 실제 소유주라는 겁니다."

처음 듣는 이야기라 나는 당황해서 라이시를 쳐다보았다. 라이시는 가만히 입을 다물고 있었다. 나중에야 알았지만 시블라가 말하는 내용은 전부 사실이었다. 그리고 라이시도 체파르데아의 일기장을 통해 그것을 이미 알고 있었다. 치포라는 이르이트 대공이 만든 것이고 그는 그것을 부관인 이슈라에게 양도했다. 그 이슈라가 바로 이요브, 그러니 치포라의 원주인은 이요브가 맞았다. 라이시가 반박하지 못하자 시블라는 다시 말했다.

"그래서 이요브 공은 키브사 공주에게 도둑맞았던 치포라를 이 자리에서 돌려받길 원하십니다."

그 말은 내게 또 다른 당황을 안겼다. 순식간에 도둑 취급을 당하고 말았다. 게다가 나는 천혀 모르는 일이라 진짜든 누명이든 저항한번 못 하고 뒤집어쓸 판이다. 그때 라이시가 다시 나섰다.

"치포라의 진짜 주인은 이르이트 대공입니다. 그리고 키브사 공주는 대공의 연인이었습니다. 당신들이 비라를 떠난 후 대공이 공주에게 치포라를 건넸을 가능성은 얼마든지 있습니다."

"그건 어디까지나 추측이죠."

"공주가 치포라를 사용할 수 있으니 정황상 사실입니다."

"정황상이라는 말이 결국 추측 아닌가요?"

"그렇다면 그 추측이 틀렸다는 걸 증명할 수 있습니까? 어차피 여백은 채우지 못합니다. 그러니 이 상황에서 치포라의 소유권을 주장할 수 있는 건 본래 주인인 이르이트 대공뿐입니다."

그렇게 말하며 라이시는 시믈라를 바라보았다. 이제껏 대화하던 상대는 시믈라였으니까. 하지만 그에 대한 대답은 전혀 다른 방향에서 들려왔다.

"그렇다면 대공을 데려와."

탁한 여인의 음성이 울려 퍼졌다. 예상 밖의 목소리에 우리는 모두 고개를 돌렸다. 이제껏 침묵으로 일관하던 이요브가 날카로운 눈으로 라이시를 노려보고 있었다.

"그러지 않고서는 치포라의 소유권도 공주의 무고함도 증명되지 않아."

이요브의 목소리는 살벌하고도 단호했다. 그에 라이시는 물러섬 없이 굳은 얼굴로 말했다.

"대공이 필요한 건 그쪽도 마찬가지입니다. 소유권을 주장하려면 대공이 치포라를 공주에게 건네지 않았다는 것부터 증명하십시오."

이요브는 다리를 꼬고 앉은 채 라이시를 빤히 바라보았다. 라이시도 피하지 않고 마주 보았다. 얼마간의 정적 끝에 이요브가 꼬고 있던 다리를 풀며 말했다.

"지리멸렬한 논쟁을 계속하고 싶진 않다. 이럴 바엔 차라리 내기를 할까?"

우리가 의아해하는 사이 이요브는 자리에서 일어났다. 그리고 라이시를 바라보며 다시금 말했다.

"시합해 보자. 네가 치포라를 가질 자격이 있다면 기꺼이 양보하겠다."

이요브의 제안은 그의 안건만큼이나 갑작스러웠다. 다짜고짜 치포라를 걸고 내기를 하자니, 어처구니없는 일이지만 우리는 거부할 명분이 없어 응할 수밖에 없었다. 이 일로 가장 위기에 처한 건 나였다. 이대로 치포라를 빼앗기면 나는 집으로 돌아갈 수 없다. 왜냐하면 라이시에게 탈것의 기능이 사라지니까. 나는 근심하며 텅 빈 듯 허전한 발밑을 바라보았다. 발밑으로 아찔하게 먼 온실의 거리가 보였다. 우리는 지금 내기를 위해 온실의 유리 천장 위로 올라왔다. 이요브가 제안한 내기는 비행. 그래서 우리에겐 넓은 하늘이 필요했다.

나는 거리를 내려다보다가 밟고 있던 유리를 발로 콩콩 디뎌 봤다. 이거 튼튼한 거겠지? 갑자기 와장창 깨지거나 하진 않겠지? 그렇게 바닥을 살펴보는데 옆에서 노인의 목소리가 들려왔다.

"떨어질까 봐 무서운 모양이군. 걱정 말게나, 온실의 유리는 강철만큼 단단하니 말일세."

윽, 나한테 말 걸지 마. 나는 친한 척하는 나삭을 피해 기달티 옆으로 몸을 숨겼다. 유리 천장에 정신이 팔려서 몰랐는데 나삭은 또 나를 관찰하고 있었다. 내가 피하자 나삭은 옆에 있는 남자에게 중얼댔다.

"공주가 날 피하는군."

"당연한 결과입니다, 교수님."

"좀 더 가까이서 연구하고 싶은데 어쩌면 좋을까."

"임의적으로 통제할 수 없는 대상이니 점진적으로 친밀감을 높이며 접근할 것을 추천합니다."

"그렇다면 앞으로 볼 때마다 먹이를 줘야겠군. 그럼 조만간 포획할 수 있겠지."

옆에서 뻔히 듣는데 저런 소릴 하다니, 농담이 아닌 것 같아서 더 기분 나쁘다. 내가 나삭을 노려보는 사이 시믈라가 천장으로 올라왔다. 그는 곧 준비하고 선 라이시와 이요브에게로 다가갔다.

"그럼 시합을 시작하죠."

드디어 시작이다. 나는 나란히 선 라이시와 이요브를 바라보았다. 두 사람은 각자 흰 날개와 검은 날개를 펼친 채 기다리고 있었다. 라이시의 날개는 하얗게 빛나는 치포라였고 이요브의 날개는 안개처럼 일렁이는 검은 힘이었다. 시믈라가 두 사람에게 손수건을 건넸다.

"남쪽 방향에 호수가 하나 있어요. 거기서 손수건을 적셔 먼저 돌아오는 쪽이 치포라를 차지하는 걸로 하죠. 이의 있으신가요?"

라이시는 고개를 가로저으며 손수건을 받아 들었다. 이요브는 손수건을 받기 전에 허리에 차고 있던 검을 빼 들었다. 그리고 검의 손잡이 부분을 라이시에게 내밀었다. 라이시가 영문을 묻듯 바라보자 이요브가 말했다.

"공격해도 괜찮겠지?"

그 말에 라이시의 눈이 가늘어졌다. 잠깐만, 그럼 라이시가 불리하잖아! 반박하고 싶었지만 라이시가 아무런 말이 없어서 뭐라 할 수 없었다. 그렇게 갈등하는 라이시에게 이요브가 덧붙였다.

"검은 힘은 쓰지 않겠다."

그에 라이시는 두말 않고 이요브의 검을 받았다. 그리고 무게를 가늠하듯 허공에 대고 휘둘렀다. 라이시의 수락에 이요브도 손수건을 받아 들고 또 다른 검을 빼 들었다. 두 사람이 준비를 마치자 시믈라가 그 사이에서 싱긋 웃었다.

"그럼 건투를."

신호와 함께 두 날개가 거칠게 허공을 밀어냈다. 몰아친 바람에 나는 하마터면 넘어질 뻔했다. 순식간에 날아오른 둘은 거의 비슷한 속도로 우리에게서 멀어졌다. 그들은 희고 검은 점이 되었고 곧 서로 충돌했다. 그걸 볼 수 있는 것도 잠깐이었다. 이내 그들은 너무 멀어져 보이지 않게 되었다.

두 사람이 시야에서 사라지자 나는 불안해지기 시작했다. 괜찮을까? 승패를 떠나서 상대가 영주인데, 혹시라도 다치면 어떡하지? 우리는 하늘을 하염없이 바라보며 그들이 돌아오기를 기다렸다. 초조한 마음으로 시간을 가늠해 보는데, 저 먼 곳을 바라보던 기달티가 나직이 말했다.

"온다."

그들이 떠난 지 10분도 채 안된 것 같다. 나는 눈을 크게 뜨고 기달티의 시선을 따라 고개를 돌렸다. 그대로 한참을 헤매다 광활한 하늘 구석에서 검은색 무언가를 간신히 발견했다. 이요브였다. 그럼 라이시는? 나는 황급히 라이시를 찾았다. 하지만 이요브의 모습이 점차 뚜렷해질 때까지도 그는 보이지 않았다.

"라이시가 안 보여요."

나는 기달티가 라이시를 찾아 주길 바라며 말했다. 하지만 돌아오는 대답은 절망적이었다.

"나도 마찬가지다."

내가 못 본 게 아니라 정말 없는 거였다. 어째서? 출발할 땐 이요브와 거의 같은 속도였는데, 그러니 돌아올 때도 비슷하게 돌아와야 맞잖아. 가슴이 조여들었다. 혹시 라이시가 어떻게 된 게 아닐까 겁이 나기 시작했다. 그때였다. 기달티가 불현듯 고개를 들었다. 나도 기달티를 따라 하늘을 올려다보았고, 곧 환하게 웃었다. 우리 머리 위에서 라이시가 급강하하고 있었다.

"라이시!"

나는 반갑게 소리쳤다. 하지만 그를 맞이할 수는 없었다. 이곳으로 내려오는 그의 속도가 너무 빨랐던 탓이다. 그는 추락이라 해도 좋을 속도로 우릴 향해 날아오고 있었다. 우리는 그가 내려오는 장소에서 황급히 물러났고, 거의 동시에 라이시가 내리꽂히듯 착지했다. 그 충격에 유리가 쩌렁 울리며 진동하기 시작했다. 나는 유리가 깨질까 봐 기겁했지만 다행히 온실의 천장은 정말 튼튼했다. 요란한 진동으로 충격을 흡수하더니 이내 잠잠히 가라앉았다. 진동이 멈추자마자 나는 곧장 라이시에게 달려갔다. 다행히 어디 다친 곳은 없어 보였다.

"왜 위에서 온 거야?"

"공격을 따돌리느라 고도를 높여서 날았습니다."

그랬구나. 나는 그가 무사한 걸 보고 가슴을 쓸어내렸다. 그러나 다른 사람들은 라이시의 무사함보다 승부의 결과에 관심이 더 많았다.

"거의 비슷했지만 이요브 공이 조금 먼저 도착했습니다. 기달티 공도 인정하시죠?"

시믈라의 말에 기달티는 묵묵히 고개를 끄덕였다. 이쪽이 결과에 승복하자 시믈라는 지체하지 않고 치포라를 요구했다.

"그렇다면 약속대로 치포라를 반환해 주세요."

"그 전에 손수건을 확인해 보십시오."

라이시가 품에서 손수건을 꺼내며 말했다. 물에 적신 후 바람에 마르지 않도록 옷 안에 넣어 온 모양이었다. 옷에 물기가 좀 스미긴 했지만 라이시의 손수건은 확실히 젖어 있었다. 이요브도 품 안에서 손수건을 꺼냈다. 그런데 그의 손수건은 한눈에 보기에도 보드랍게 말라 있었다. 이요브의 손수건이 젖지 않았다. 어떻게 된 거지? 설마 적시는 걸 깜빡했나? 이요브의 표정을 보면 그건 아닌 것 같다.

나는 놀란 눈으로 라이시와 이요브를 번갈아 보았다. 라이시는 그런 내게 몰래 힌트를 줬다. 반지가 끼워진 자신의 손을 살짝 펼쳐 보임으로써. 아, 네벨라의 반지! 그걸로 이요브의 손수건을 말려 버렸구나! 대단한 순발력이다. 그래 놓고 시치미 뚝 떼는 게 꽤 재미있었지만 나는 웃음을 꾹 참았다. 여기서 웃음을 보이면 안 되니까. 그

사이 라이시가 이요브와 시믈라에게 물었다.

"손수건을 적셔서 돌아오는 게 조건이었습니다. 이 경우 판결은 어떻게 되는 겁니까?"

그 물음은 내가 듣기에도 꽤 고약했다. 질문이 아니라 확인이었으니까. 라이시의 승리가 확실하지만 시믈라는 선뜻 판결을 내리지 못했다. 그 덕에 내가 아까 가진 의심, 우리를 제외한 나머지가 다 한패 같다는 의심은 확신으로 변했다. 그래서 나도 심술 난 마음으로 시믈라의 선언을 기다렸다. 우리의 승리를 실컷 기뻐할 생각이었다.

그때, 조용히 있던 이요브가 손수건을 집어 던지고는 라이시에게로 성큼성큼 걸어왔다. 그러더니 그를 노려보며 멱살을 잡아 거칠게 끌어당겼고, 대응할 틈도 없이 그의 입술을 삼키듯 덮쳐 버렸다.

전혀 예상치 못한 행동에 우리는 경악했다. 그중 가장 놀란 것은 라이시였다. 갑작스런 입맞춤에 그는 눈을 크게 뜨며 멱살을 틀어쥔 이요브의 손을 붙잡았다. 빠져나가려고 했지만 이요브는 미동도 하지 않았고, 라이시는 목이 졸린 채 오랫동안 그와 입을 맞추고 있어야 했다.

라이시의 얼굴은 점점 창백해졌다. 그걸 바라보는 내 영혼도 덩달아 희게 탈색되어 갔다. 나는 그렇게 딱딱하게 굳어, 내 남자 친구의 적나라한 외도 현장을 목격하고 또 목격했다.

언니가 만났던 남자 친구. 대학생인데 집이 잘사는지 차도 있고 돈도 많았다. 그런 사람이 왜 우리 언니를 좋아했는지 모르겠지만 만나는 동안엔 정말 극진했다. 집 앞까지 데리러 오고 데려다주는 건 예사에 기념일마다 꽃다발과 선물을 안기고, 언니가 만든 그저 그런 요리에 극찬을 아끼지 않는 데다가 가끔 나한테도 용돈을 줬다. 사실 우리 언니는 좀 얌체 같았고 그 오빠는 좀 호구 같긴 했지만, 어쨌든 그 오빠는 우리 언니한테 정말 잘했다.

그런데 난 대체 뭐지……. 고백도 내가 먼저 했어. 그런데 그 자식은 날 찼어. 완전 세게 엄청 멀리. 그래 놓고 나중에 와서 고백한 것도 사실 등 떠밀려서 한 거야. 내가 가는 줄 알고. 그때 오해하지 않았으면 걔가 과연 그런 소릴 했을까? 그러고 나서도 기껏 한다는 말이 나중에 때가 되면 돌려보내겠다지를 않나. 그것만 해도 엄청 참고 있는데 뭐, 첼라랑 뽀뽀? 상냥하게 뭐라고? 그때도 기가 막혔지만 참았다.

그런데 그것도 모자라서, 이번엔 또 딴 여자랑! 으악! 이제 진짜 못 참아! 네가 남자 친구라고 해준 게 뭐야! 맘고생만 시켰지 뭘 해줬냐고! 나는 울분을 참을 수가 없어 팔다리로 침대를 팡팡 내리쳤다. 그러자 앞에 앉아 있던 기달티가 한숨처럼 말했다.

"그 침대에 무슨 원한이 있는 거지?"

나는 몸부림치던 것을 멈추고 그에게 소리쳤다.

"억울하고 분합니다!"

"왜?"

"남자 친구가 계속 바람을 피워요!"

"얼굴 봤으면 알 텐데, 그가 어떤 기분이었을지."

기달티의 담담한 말에 나는 반박할 수가 없어 볼만 부풀렸다.

라이시의 얼굴을 봤냐고? 물론 봤다. 아까 이요브에게 붙잡혔을 때 라이시의 얼굴은 당황 반에 질색 반, 빠져나가기 위해 정말 필사적이었다. 게다가 그러고 나서 이요브는 라이시를 내던지듯 뿌리쳤다. 이제 볼일 없다는 듯이. 그렇게 내버려진 라이시는 재빨리 바로 섰는데, 그때 그 얼굴은 딱딱하게 굳어 있었다. 화도 나고 자존심도 상하고 남들 보기에도 낯 뜨겁고, 그런 복잡한 기분이었을 것 같다.

기달티의 말대로 나는 라이시가 어떤 기분이었을지 안다. 그리고 그에게 잘못이 없다는 것도 안다. 하지만 아는 것과 속상한 건 별개다. 나는 주섬주섬 일어나 앉으며 침울하게 중얼댔다.

"라이시는 인기가 너무 많은 것 같아요."

"피곤하겠군."

기달티의 말에 나는 격하게 끄덕였다. 피곤하다. 정말 피곤하다! 타누와 첼라가 했던 말이 생각난다. 그들은 나한테 시믈라보다 더 강적이 있다고 했다. 지금 생각해 보니 그 강적은 이요브였다. 그걸 깨닫고 나는 긴긴 한숨을 내쉬었다.

아까 이요브의 돌발 행동에 우리는 아무런 반박도 하지 못했다. 이요브에게 풀려난 라이시는 곧장 나를 먼저 돌아봤다. 그런데 나는 나도 모르게 눈을 피하고 말았다. 놀라고 당황해서. 그렇게 머뭇대는 사이 시믈라가 증명서를 써주겠다며 두 사람을 채갔다. 첫 번째 안건이 끝났으니 오늘 회담은 마치겠다면서. 그러니 지금 라이시는 이요브와 함께 있을 거다. 아, 싫다. 아까 두 사람의 모습이 계속 생각난다. 인정하기 싫지만 그 둘이 나란히 선 모습은 그림처럼 잘 어울렸다.

나는 결국 짜증이 나서 기달티에게 다시 칭얼댔다.

"힝, 기달티. 나도 키 클 수 있을까요? 가슴도 커질 수 있을까요?"

"그대에게 더 시급한 건 숙녀로서의 자각이 아닐까……."

"왜 아까 보고만 있었어요, 라이시 좀 지켜 주지!"

"내가 나서면 그의 체면은 어떻게 되겠나."

갸한테 체면이 어디 있어. 이 여자 저 여자한테 당하는 녀석한테 무슨 체면!

한창 하소연을 하고 있는데 갑자기 문이 벌컥 열렸다. 어떻게 대비할 겨를도 없었다. 문을 열고 나타난 건 막 증명서를 쓰고 돌아온 라이시였다. 그와 눈이 마주쳤지만 나는 황급히 시선을 피했다. 아직 민망하고 불편해서. 내가 외면하자 라이시가 나를 부르며 다가왔다.

"공주님."

라이시가 내 앞에 섰지만 나는 고개를 돌린 채 꼼짝도 하지 않았다. 내려다보는 시선이 느껴졌지만 그래도 고집스럽게 버텼다. 그렇게 얼마의 시간이 흐르며 나는 이 상황이 점점 가시방석처럼 느껴지기 시작했다. 날 내려다보는 라이시도, 같이 있는 기달티도 불편해 죽을 지경이었다.

이 분위기를 어떡하나 속으로 전전긍긍하고 있을 때였다. 내 앞에 서 있던 라이시가 갑자기 나를 번쩍 들어 올렸다. 으악, 잠깐만! 발버둥 칠 겨를도 없이 나는 그의 어깨에 대롱 매달리게 되었다. 앗, 심지어 짐짝처럼 들렸다! 나는 당황해서 기달티를 쳐다봤지만 그는 고맙게도 우릴 외면해 주고 있었다.

라이시도 기달티 보기가 민망했는지 그대로 성큼성큼 방에서 나왔다. 나는 더 당황했지만 누가 올까 봐 소리도 낼 수 없었다. 이윽고 그는 복도를 건너 자기 방 침대 위에 나를 풀썩 내려놓았다. 그리고 두 손으로 침대를 탕 내리치며 단도직입적으로 물었다.

"왜 피합니까, 아까부터."

깔끔한 직구였지만 나는 대답하지 않고 그냥 뚱하니 팔짱을 꼈다. 내가 그러고 있자 라이시는 한숨을 쉬더니 다그치듯 말했다.

"불만 있으면 말을 해요, 애처럼 굴지 말고."

이건 뭐 적반하장도 아니고. 나는 심기가 더 불편해져서 옆으로 고개를 돌리며 나직이 말했다.

"바람둥이."

곁눈으로 라이시가 경직되는 게 보였다. 나는 아랑곳하지 않고 덧붙였다.

"지조 없어."

그리고 한마디 더.

"더러워."

"더러워는 좀 심하잖아요."

라이시는 기막혀하며 내 얼굴을 들여다보았다. 그가 다시 물었다.

"이제 하고 싶은 말 다 했습니까?"

"흥."

나는 여전히 내키지 않아서 다시 고개를 돌렸다. 그러자 라이시도 결국 짜증을 내기 시작했다.

"억지 좀 그만 부려요. 애당초 내가 무슨 바람둥이에 지조가 없습니까? 뻔히 보고도 그런 소리가 나옵니까?"

윽박지르는 소리에 나는 비로소 라이시를 돌아보았다. 꽤 서운한 눈빛으로. 라이시는 정말 옳은 말만 한다. 너무 객관적이고 이성적이라 이렇게 속상해하는 나를 이해하지 못한다. 엄격하기만 한 그 얼굴이 야속해서 실랑이할 마음마저 사라졌다. 그래서 나는 라이시를 밀며 자리에서 일어났다.

"얘기 중인데 어디 가요?"

라이시가 불렀지만 나는 대답하지 않고 문으로 향했다. 잡아 줄 거라는 생각은 하지도 않았다. 뒤에서 한숨이나 쉬고 말겠지, 그런 거 할 줄 모르는 사람이니까. 나는 그렇게 헝클어진 마음으로 방에서 나가려고 했다. 그런데 내가 막 나가려는 찰나 라이시가 나를 붙잡더니 아까처럼 휙 들어 올렸다. 앗, 너 또! 그러고는 내가 당황하는 틈에 나를 침대 위로 던져 버렸다. 내려놓은 게 아니라 정말 내던졌다. 자기 자신과 함께. 처음엔 정신이 없어서 몰랐는데 일어나려고 보니 라이시가 내 위에 엉켜 있었다. 나는 기겁하며 소리쳤다.

"저리 가!"

"거절합니다."

라이시는 태연하게 대꾸하며 나를 꼼짝도 못 하게 눌렀다. 나는 침대에 엎드린 채 그에게 깔린 꼴이 되고 말았다. 아, 정말! 치사하게!

나는 잔뜩 당황해서 벌컥 화를 냈다.

"무거워, 비켜!"

"공주님이랑 얼마 차이 안 날 텐데요."

"으으윽!"

내가 울컥해서 발버둥 쳤지만 소용없었다. 라이시는 고집스레 버텼고 결국 힘이 빠진 내가 씩씩대며 늘어지자 그는 아예 내 등에 얼굴을 파묻었다. 얇은 옷 너머로 느껴지는 감촉에 나는 다시 흠칫하고 놀랐다. 너무 민망해서 화난 것도 잊고 그에게 애원했다.

"알았으니까 좀 비켜⋯⋯."

"싫어요."

"무겁다니깐!"

내가 소리쳤지만 라이시는 들은 척도 안 하고 마냥 기대고 있었다. 그 덕에 나는 숨소리도 줄이고 쥐 죽은 듯 얌전히 있어야 했다. 내가 아무런 말도 않고 있자 라이시가 내 등에 얼굴을 댄 채 넌지시 물었다.

"화났어?"

"아니⋯⋯."

둘만 있으면 라이시는 가끔 말을 놓는다. 그때마다 나는 못 견디게 어려워진다. 존댓말을 써줄 땐 이것저것 투정도 부리고 장난도 칠 수 있지만 이렇게 말하면 어째선지 꼼짝도 못 하겠다. 그런 내 마음을 아는지 모르는지 그가 또다시 나직이 물었다.

"울어?"

그렇게 정색해 놓고 이제 와서 물어보는 것 좀 봐. 평소 같으면 몇

마디 따졌을 텐데, 분위기 탓에 나는 머뭇대다 작게 대답했다.

"안 울어."

"그럼 피하지 마. 신경 쓰여."

그의 어투는 잠잠하면서도 단호했다. 나는 반항 한번 못 하고 고분고분 끄덕이는 걸로 결국 항복했다. 그러자 라이시도 한결 기분이 풀린 듯 목소리를 바꿔 말했다.

"그리고 공주님도 신경 쓰지 마세요. 질 낮은 도발이었습니다. 굳이 반응할 필요 없어요."

나는 더 할 말이 없었다. 이 상황 때문에도 도무지 할 말이 안 생긴다. 그래서 가만히 엎드려 있는데 라이시가 문득 나를 불렀다.

"그리고 공주님."

"응?"

내가 대답하자 라이시가 몸을 들더니 내 어깨를 잡아당겼다. 덕분에 엎드려 있던 나는 바로 눕게 됐는데 라이시는 여전히 내 위에 엎드린 채였다. 그래서 나는 두 손으로 화들짝 그의 가슴을 짚었다. 더는 가까이 못 오도록. 나름 막는답시고 막았지만 라이시는 신경조차 쓰지 않고 나를 보며 말했다.

"공주님은 지금 크기가 좋습니다. 들고 다니기도 편하고."

뭔 소리야? 내가 소지품이야? 나는 얘가 무슨 소릴 하나 어리둥절하게 쳐다보다가 갑자기 목 뒤에서부터 한기가 싸하게 올라오는 걸 느꼈다. 처음엔 설마 싶었는데 나를 내려다보는 라이시의 표정이 심상치 않았다. 나는 점점 불안해졌다. 뭐지, 설마. 설마 내가 기달티한테 하소연하는 소리 들었나? 키랑 가슴 얘기한 거?

나는 눈을 크게 뜨고 라이시를 쳐다봤다. 제발 못 들은 거면 좋겠다. 그런데 이 표정 뭐지? 라이시는 어울리지도 않게 착한 표정을 짓고 있었다. 그 갈잖은 얼굴을 보며 나는 비로소 확신했다. 들었어, 이자식 분명히 들었어! 놀라서 입만 뻐끔대는 내게 라이시가 쐐기를 박았다.

"그러니까 더 안 커도 괜찮아요. 키든 뭐든."

나는 말문이 막혀서 그저 하염없이 라이시를 바라보았다. 그대로 화를 낼까 정색할까 고민했는데, 그 고민은 아무런 쓸모가 없었다. 결국 내가 할 수 있는 건 두 손으로 얼굴을 가리는 것뿐이었다. 으앙, 너 그런 거 들으면 어떡해…….

내가 얼굴을 가리고 신음하자 앞에서 나직한 숨소리가 터져 나왔다. 정말 얄밉게도 라이시는 웃고 있었다. 그는 웃으면서 내 흐트러진 머리카락을 넘겨 주었고 나는 더 짜증이 났다. 야, 자상한 척하지 마. 하려면 달래 줄 때 해야지 왜 놀릴 때 하고 앉았어. 장난하냐? 창피함이 좀 가라앉자 나는 분한 마음에 라이시를 노려보았다.

"변태. 짜증 나."

"본인이 한 얘기잖아요?"

"너한테 한 말 아니잖아!"

"애당초 그런 얘긴 나한테 해야죠. 기달티는 무슨 죕니까?"

나는 입술을 깨물고 그를 빤히 노려보았다. 역시나 말로는 이길 수가 없다. 게다가 지금 이 녀석은 나를 놀리기로 작정한 상태라 적당히 져줄 것 같지도 않다. 그래서 나는 어떡할까 궁리하다가 '나 사실 그 오빠랑 되게 친해'라는 말로 그를 도발하기로 작정했다. 내가 막 입을 떼려는 찰나였다. 그런데 그보다 한발 먼저 불청객이 들이닥쳤다.

"알타쉬헤트 공, 안에 계시죠!"

벌컥 문을 열며 소리친 건 활기찬 시믈라의 시종, 타누였다. 노크도 없이 들이닥친 그 사람 때문에 나는 깜짝 놀라서 라이시를 밀쳤다. 라이시도 놀란 듯 일어나더니 타누를 보자마자 베개를 던져 버렸다. 타누는 눈을 동그랗게 뜨고 우릴 쳐다보다가 베개에 맞고서 큰 소리로 웃었다.

"아하하! 방해했나 보네. 이거 미안해서 어째요?"

민망해하는 나를 등으로 가린 채 라이시가 화난 목소리로 물었다.

"뭐야, 또."

"와, 눈빛 봐. 죽일 기세야. 미안하다니까요?"

타누는 그러고도 한동안 낄낄대더니 곧 경쾌한 목소리로 용건을 밝혔다.

"이요브 님이 찾아요. 잠깐 이야기를 하고 싶다는데요?"

이요브? 또 왜? 갑작스러운 호출에 라이시의 얼굴이 설핏 굳었다. 하지만 곧장 거절하지는 않았고 나는 걱정이 돼서 그에게 물었다.

"갈 거야?"

안 갔으면 좋겠다는 뜻이었다. 그렇게 말하며 손을 내밀었지만 그는 내 손을 마주 잡더니 이내 도로 놓았다.

"잠깐 다녀오겠습니다. 기달티한테 가 있어요."

그렇게 말하며 라이시는 침대에서 일어났다. 라이시가 다가오자 타누는 문 옆으로 비켜서며 말했다.

"온실 천장에서 기다린대요."

라이시는 대꾸 없이 그를 지나쳤고 타누는 그 뒷모습을 향해 살랑 살랑 손을 흔들었다.

"왕자님이 가셨네요."

라이시가 떠나자 타누는 그렇게 말하며 내 옆에 풀썩 앉았다. 그리 고 은근슬쩍 내 어깨에 팔을 걸쳤다.

"혼자 남은 공주님이 잡혀가면 어쩌려고 그냥 가시나."

안 그래도 심란한데 길게 실랑이하기 싫다. 나는 귀찮은 기색을 숨 기지 않고 그의 팔을 툭 쳐냈다. 그러자 타누는 낄낄 웃었다.

"회담은 어땠어요? 시믈라 님은 기분 좋아 보이시던데."

그 물음에 나는 웃지도 찡그리지도 못한 채 대답을 삼켰다. 시믈라 가 기분 좋아 보인다니 그건 또 무슨 얘길까. 내가 복잡한 표정을 짓 자 타누는 빙글대며 다시 물었다.

"표정이 왜 이러시나? 왜요, 이요브가 알타쉬헤트 공한테 집적대기 라도 했어요?"

나는 욱해서 타누를 돌아봤다. 설마 위에서의 일을 전해 들었나 싶어서. 그런데 그건 아닌 것 같다. 알았으면 이미 한바탕 난리를 피 웠겠지. 아니나 다를까 그는 내 표정을 보고 지레짐작했다.

"아, 정말인가 보네. 진짜 뭔 일 있었어요?"

"몰라요."

내가 대답을 피하자 타누가 능글맞게 웃으며 나를 요리조리 살폈다. 꽤 약 올리는 태도여서 나는 바로 앞에서 흔들대는 그의 얼굴을 주먹으로 퍽 때렸다. 그런데도 타누는 싱글벙글 웃는 낯이다.

"원래 이런 얘기 잘 안 하지만 공주님이니까 특별히 말해 줄게요."

내 심술 난 얼굴을 보며 타누가 선심 쓰듯 말했다. 그는 목소리를 낮춰 소곤거렸다.

"알타쉬헤트 공은 수상해요."

"수상하다뇨?"

뜻밖의 말에 나는 눈을 동그랗게 떴다. 그러자 타누는 신이 나서 말을 이었다.

"나도 처음엔 그냥 까칠하고 실력 좋은 사람인 줄만 알았어요. 근데 보면 볼수록 수상해요. 본인도 아는지는 모르겠지만요."

타누는 수상하다는 말만 반복했고 나는 조금 더 고개를 기울였다.

"자세한 얘기는 할 수 없지만 힌트 하나 줄게요. 이 회담의 목적은 알타쉬헤트 공이에요."

"네?"

"여자 영주 둘이 그 양반한테 관심이 많아요. 대체 왜일까요? 이미 100년도 더 산 사람들한테 우리는 고작해야 코흘리개일 텐데. 수상하죠?"

타누의 수수께끼에 나는 마음이 무거워졌다. 안 그래도 고민하고 있었다. 라이시와 시믈라와 이요브, 그리고 치포라. 치포라를 매개로 형성된 그들의 상관관계에 대해. 아무 이유 없이 치포라를 준 시믈라와 그것을 되찾겠다더니 장난 같은 내기를 건 이요브. 특히 이요브의 의도는 짐작도 안 된다. 목적이 정말 치포라일까? 아니, 그런 것치곤 너무 허술하다.

"그러니까 고민 좀 해봐요, 공주님. 애인의 정체쯤은 알아야 하잖아요?"

타누는 일부러 의미심장하게 말했고 나는 그 의도가 괘씸해서 그를 째려보았다.

"할 말 다 끝났어요?"

"아뇨, 아직 하나 남았어요."

나는 또 무슨 말을 하려나 싶어 그를 쳐다보았다. 그러자 타누는 고개를 까딱이며 숨겨 둔 용건을 마저 밝혔다.

"아깐 알타쉬헤트 공이 있어서 얘기 안 했는데 시믈라 님도 공주님을 찾았어요. 조용히 만나고 싶대요."

이요브가 라이시를 찾을 때 시믈라도 나를 찾다니, 이거 너무 놀아나는 기분이다. 그래도 나는 시믈라의 요청을 거절하지 않았다. 그와는 예전에 한 번 이야기를 나눠 본 적이 있다. 이 세계에 온 지 열흘밖에 되지 않아 아무것도 모를 때. 그래서 시믈라의 말을 하나도 이해하지 못했고 그저 날 싫어한다는 말에 당혹스러워하기만 했다. 그게 벌써 세 달 전이다. 그사이 나는 많은 것을 겪고 많은 것을 알게 되었다. 그러니 이번엔 그때와는 조금 다른 대화를 할 수 있을 거다. 그리고 그때보다 조금 더, 시믈라를 알 수 있을 것 같다.

나는 타누의 안내로 꽃이 만발한 정원에 도착했다. 그곳엔 색색의 꽃들이 화사하게 피어 보란 듯이 자태를 뽐내고 있었다. 그리고 그 가운데엔 꽃보다 더 꽃 같은 여인이 앉아 있었다. 고운 손으로 시든 꽃잎을 따던 시믈라는 나를 보더니 해사하게 웃었다.

"오셨군요."

시믈라는 손을 털고 일어나더니 정원에 놓인 테이블에 앉았다. 그리고 내게도 맞은편 자리를 권했다.

"앉으세요. 잠시 이야기나 할까 해서 모셨는데 괜찮죠?"

그렇게 말하는 시믈라는 더없이 상냥했다. 타누의 말마따나 기분이 좋아 보였다. 내가 자리에 앉자 시믈라는 타누를 내보냈다. 둘만 남자 시믈라가 여상히 부드러운 목소리로 말했다.

"오랜만이네요. 그간 공주님의 소식은 잘 들었어요. 그사이 참 많은 일을 하셨더군요."

이어 초승달 같은 눈으로 생긋 웃으며 덧붙였다.

"또 많은 사람을 구하셨고요."

시믈라의 눈이 나를 담았다. 입술은 웃고 있지만 눈빛은 어쩐지 복잡해 보였다. 내가 가만히 마주 보자 시믈라는 자신의 정원으로 시선을 옮겼다.

"또 듣기로는 알타쉬헤트 공과 연인이 됐다던데, 정말인가요?"

나는 고개를 끄덕였다. 그럼에도 시믈라의 얼굴엔 미소가 곱게 머물렀다.

"결국 그렇게 됐군요. 하긴 괜찮은 청년이죠. 정직하고 영리하고, 실력도 좋고. 좋은 사람을 찾으셨네요."

그 말에 나도 조심히 미소 지었다. 그러자 시믈라는 더 짙게 웃으며 턱을 괴었다.

"그럼 아깐 꽤 속상했겠군요?"

"그랬는데 이젠 괜찮아요. 화해하고 왔거든요."

내가 태연하게 답하자 시믈라는 인상을 조금 찡그리며 장난에 실패한 얼굴로 탄식했다.

"정말이지 얄밉네요."

"어떤 점이요?"

반박이 아니라 질문이었다. 나는 시믈라가 나를 얄밉다고 말하는 이유가 정말 궁금했다. 내가 그렇게 묻자 시믈라는 한숨처럼 웃으며 말했다.

"기억도 없다면서 자기 것을 하나둘씩 찾아가는 점이요. 그런데 왜 당신은……."

시믈라는 거기까지 말하곤 말을 멈췄다. 그리고 시선을 떨어트리며 애써 웃었다. 그 웃음은 역시나 조금 어색했다.

처음 이 세계에 와서 가장 곤혹스러웠던 건 내가 본 적도 없는 사람들이 나를 안다고 하는 거였다. 많은 사람이 나를 안다면서 각기 다른 감정을 드러냈다. 그들은 나를 좋아하기도 했고 싫어하기도 했다. 그런데 나에게 무언가를 바란다는 점에선 모두 같았다.

기달티는 오랫동안 기다려 온 대답을 바랐고 아야는 예전 같은 친애를 원했다. 두미야는 약속을 지키고자 했고 체파르데아는 함께 있길 부탁했다. 그리고 체파르데아의 권속이었던 아지킴은 내게 원망을 쏟아 내고 싶어 했다. 나는 그 사람들을 떠올리며 시믈라를 잠자코 바라보았다.

"하나만 물어볼게요."

시믈라의 눈길이 다시 내게로 향했다. 그의 기다림이 느껴졌지만 나는 선뜻 말하지 못하고 망설였다. 막상 꺼내려니 질문이 조금 부끄러워서. 하지만 다른 표현은 떠오르지 않아서 결국 자그마하게 말했다.

"나를 어떻게 생각해요?"

내가 생각해도 유치한 질문이다. 그 질문 때문에 웃느라 가늘었던 시믈라의 눈이 동그랗게 변했다.

"무슨 소리죠?"

"전에 내가 싫다고 했잖아요. 하지만 정말 싫다면 이렇게 불러서 얘기하진 않을 것 같아서요."

나보다 먼저 나를 알던 사람들은 다양한 바람을 가지고 나를 대했다. 그렇다면 시믈라는 과연 내게 무엇을 원할까? 무엇을 바라기 때문에 이토록 나를 맴도는 걸까? 나는 시믈라의 마음이 궁금했다. 하지만 시믈라는 그런 날 보며 매몰찬 조소를 터트렸다. 그러더니 가소롭기 짝이 없다는 얼굴로 대답했다.

"무슨 얘길 하고 싶은 거죠, 공주님? 내가 당신을 어떻게 생각하는지는 이미 알잖아요?"

"잘 모르겠어요. 정말 날 싫어해요?"

"못 믿겠다면 자세히 얘기해 드리죠."

내 물음에 시믈라는 나른하게 대답했다. 그리고 언제 웃었냐는 듯 얼음장같이 차가워진 얼굴로 나를 바라보았다.

"나는 당신이 고통받았으면 좋겠어."

잔잔하지만 날카로운 목소리였다.

"당신도 창녀가 됐으면 좋겠어."

그렇게 짓씹듯이 또 한 번.

"그리고 당신이 아끼는 인간들이 다 죽어 버렸으면 좋겠어."

매몰찬 저주를 퍼붓고 시믈라는 다시 단아하게 미소 지었다. 그리고 가시를 숨긴 채 아리땁게 말을 맺었다.

"나는 당신을 그렇게 생각해요. 대답이 좀 됐나요?"

나는 그 모습을 보며 잠시 생각했다. 혹시 아까 내 모습이 저러지 않았나 싶어서. 조금은 비슷했던 것 같아 나는 살며시 웃었다.

"그래도."

나는 잠시 눈치를 살핀 후 그가 화내지 않길 바라며 조심스레 말했다.

"내가 죽었으면 좋겠다는 말은 안 하네요."

그 말에 시믈라의 눈빛이 깊어졌다. 그 얼굴에 머물던 냉랭한 웃음도 함께 지워졌다. 당황한 얼굴이었다. 내가 바라보자 시믈라는 소스라치게 놀라며 황급히 눈을 피했다. 그 모습을 보니 시믈라가 나를 얄미워하는 이유를 비로소 알 것 같았다. 그는 나를 싫어한다고 말했다. 그래서 스스럼없이 나를 비난하고 공격하며 악담을 퍼부었다. 그러면서도 나와 대화하길 바라고 내가 아팠던 날엔 끝까지 곁에서 보살펴 주었다.

전엔 그냥 이상하다고만 생각했다. 속을 알 수 없는 변덕스러운 사람으로 보여서 나한테 대체 뭘 바라는 건지 감도 잡히지 않았다. 그랬는데 이제는 알 것 같다. 왜냐하면 나도 그랬으니까. 나도 좋아하는 사람에게 속이 상해서 심술을 잔뜩 부려 봤으니까. 그것도 불과 방금 전에.

시믈라는 나를 싫어한다면서 나와 대화하길 바라고, 나를 매몰차게 대하면서 내가 아플 때 누구보다 걱정했다. 이젠 의심할 것도 없다. 시믈라는 나를 좋아한다. 좋아할 뿐 아니라 특별하게 생각한다. 그런데 이토록 표독스럽게 행동하는 건 아마도 아까 내가 라이시에게 그랬던 것과 같은 이유. 물론 그보다 훨씬 더 복잡하고 사납지만 그래도 결국 밑바탕은 같다. 그러니 시믈라가 나에게 바라는 건, 역시 같지 않을까?

"조금 늦었지만 지금이라도 인사할게요."

내 말에 시믈라가 의아해하며 고개를 들었다. 그 예쁜 사람을 보며 나는 다정하게 말했다.

"그때 치료해 줘서 고마워요."

"착각하지 말아요. 나는……."

시믈라는 곧장 정색했지만 그 뒤로 말을 잇지 못했다.

"나는……."

그렇게 되풀이하는 시믈라의 눈이 흔들렸다. 그 안에는 내게 하고 싶은 많은 말이 일렁이고 있었다. 나는 그 이야기를 기다렸다. 하지만 시믈라는 그것을 도로 삼키기 위해 이를 악물었다.

"재미없네요. 이만 가세요. 더는 얘기하고 싶지 않아요."

"나는 아직 할 말이 있어요."

시믈라가 매섭게 말했지만 나는 물러나지 않았다. 비록 기억은 없지만 그와 더 이야기를 하고 싶었다. 나에게 할 말이 많은 이 사람의 이야기를 듣고 싶었다.

"나한테 화난 게 있다면 얘기해 줘요."

그러자 시믈라는 기가 막힌 듯 코웃음을 쳤다.

"이제 와서 뭘 어쩌려고?"

"풀고 싶어요."

"무슨 헛소리죠, 공주님? 당신은 아직 내가 누군지도 모르잖아?"

시믈라의 반박에 나는 말문이 막혔다. 누군지도 모른다니, 그 생소한 물음에 내가 의아해하자 짧게나마 속내를 드러냈던 시믈라의 눈이 다시 냉랭해졌다. 그는 서릿발 같은 조소를 내비치더니 이내 도로 웃는 가면을 썼다. 그래서 잠시나마 보였던 본심은 가면 뒤로 사라져 버렸다.

"그것 봐요, 공주님. 당신은 아무것도 몰라요."

그렇게 자신을 지운 채 시믈라는 예쁜 미소로 속삭였다.

"그런 주제에 지금 뭐라는 거죠? 날 알지도 못하면서 뭘 하겠다고? 웃기지 말아요. 당신을 싫어한다고 한 말이 장난 같나요? 아니요, 나는 당신의 그 가식이 역겨울 만큼 싫어요. 지금 내 앞에서 아무것도 모른다는 듯 순진한 척하는 것도 정말 소름 끼치게 싫어요. 이렇게까지 말하는데 아직도 모르겠어요? 아니면, 모르는 척하는 건가?"

속삭이는 시믈라의 목소리는 달콤하고도 살벌했다. 그 진심을 담은 말이 나를 아프게 때렸다. 노골적인 적의에 내가 할 말을 잃자 시믈라가 매몰차게 웃었다.

"그래요, 그 표정. 당신이 내 앞에서 지어도 괜찮은 건 그런 표정뿐이에요. 같잖게 날 이해하는 척하지 말아요."

"나는……."

"그만."

내가 변명하려 했지만 시믈라는 그마저도 매정하게 잘라 냈다.

"그만해요. 어차피 헛수고예요. 이제 와서 뭐라고 하든, 나는 이 세상을 부술 거니까."

그렇게 말하곤 시믈라는 아름답게 미소 지었다. 내 눈에는 그 웃음이 어떤 울음보다 서러워 보였다.

"내가 당신을 부른 건 이 얘기를 하고 싶어서였어요. 열심히 세상을 구해 나가는 당신이 너무 거슬렸거든요. 그러니 이제부터 훼방을 놓으려고요. 앞으로 무슨 일이 일어날지 똑똑히 지켜보세요. 그리고 구할 수 있다면 어디 한번 구해 봐요."

시믈라의 목소리가 감미로워서 안타까웠다. 나는 그 가짜 미소를 하염없이 바라보다 자그마하게 물었다.

"왜 그러는 거예요?"

"뭘 말이죠?"

"나한테 하고 싶은 말이 있는 거잖아요. 그런데 왜……."

"네, 그래요. 난 당신에게 할 말이 있어요. 하지만 아무것도 모르는 당신에게 그걸 내 입으로 말하진 않을 거예요. 정 듣고 싶다면 당신이 나처럼 비참해졌을 때, 그때 얘기하죠."

시믈라는 말을 맺으며 가느다랗게 웃었다. 엉킨 실타래를 삼키고 괜찮은 척하는 그 여자가 나는 이제 슬퍼지기 시작했다.

"안 그러면 안 돼요?"

"중간에 그만둘 거였으면 시작도 안 했어요."

나는 그 단호함을 이해할 수가 없었다. 그래서 탄식하듯 되물었다.

"그렇게 하면 대체 뭐가 남죠?"

"그게 바로 내 목적이에요. 아무것도 남기지 않는 것."

그 말이 벼랑 끝 같아서 나는 눈앞이 캄캄해졌다. 내가 이 세계에서 본 사람들의 만행에는 모두 나름의 이유가 있었다. 광기에 젖어 있거나 욕심이 많아서, 살아남기 위해 혹은 이 세상의 가치를 의심했기 때문에. 그들은 적어도 그게 잘못이라는 걸 몰랐다. 아니면 어쩔 수 없다며 합리화라도 했다.

그런데 지금 이 여자는 끝이 파멸이라는 걸 알면서도 발을 내딛겠다고 한다. 그 모습이 벼랑 끝에 선 듯 위태로웠지만 그렇다고 선뜻 손을 뻗을 수도 없었다. 그가 마음에 숨긴 것은 안아 주면 풀어지는 사소한 것이 아니었다. 그 안에 있는 것은 다가오는 손길을 뿌리치고 파국에 치달을 때까지 멈추지 못하는 그런 것이었다. 내가 할 수 있는 건 없었다. 언젠가 그랬던 것처럼 무력함을 뼈저리게 느끼는 것 외엔, 아무것도. 나는 참담한 심정을 드러낼 수도 없어 숨을 죽이고서 시믈라를 바라보았다.

"전에도 물어봤지만 한 번만 더 물어볼게요."

눈물이 날 것 같았지만 그마저도 애써 참으며 나는 조용히 물었다.

"우리 무슨 사이였어요?"

시믈라의 눈길이 내게 머물렀다. 그 눈에는 거짓 웃음도 일렁이는 격정도 없었다.

"아무 사이도."

시믈라는 고개를 저었다. 그리고 나를 외면한 채 나직이 말했다.

"아무 사이도 아니었어요, 우린."

말끝을 흐린 이후 시믈라는 아무런 말도 하지 않았다. 몸 안에 가시를 숨긴 그 여자는 그렇게 가슴을 찔린 채, 외따로 몸부림치는 그 여자는 그렇게 모든 것을 거부한 채 그저 침묵했다. 나는 그 앞에서 내가 할 수 있는 일을 찾을 수 없었다.

"공주님."

나는 바닥을 보며 걷다가 부르는 소리에 고개를 들었다. 복도에 선 라이시가 보였다. 그를 보는 순간 몸에서 힘이 쭉 빠지는 걸 느꼈다. 힘든 일을 마치고 겨우 집에 돌아온 기분이었다. 그래서 그를 보며 바보처럼 웃어 버렸다.

"라이시다."

"어디서 오는 겁니까?"

"시믈라한테."

그렇게 대답했더니 라이시가 몸을 숙이며 내 얼굴을 들여다보았다.

"무슨 일 있었습니까?"

나는 고개를 가로저었다.

"그냥 얘기만 했어. 너는 별일 없었어?"

"저도 몇 가지 이야기만 나눴습니다."

내 기분 탓인지 라이시도 나만큼이나 지쳐 보였다. 우리는 서로를 한동안 마주 보았다. 얼마나 지났을까, 나는 그에게 다가가 그의 가슴에 머리를 기댔다. 그러자 그는 아무것도 묻지 않고 내 어깨를 안아 주었다. 말할 것은 없었다. 그저 이렇게라도 고통이 가득한 이 세계를 견뎌 내고 싶었다.

밤에도 온실은 여전히 더웠다. 낮 시간 동안 유리 상자가 모아 둔 열기는 어둠이 내리고도 식을 줄 몰랐다. 해가 졌지만 이 열대야의 거리는 낮처럼 밝았다. 밤이 되어서야 하루를 시작하는 온실의 여인들이 불을 밝히며 손님을 기다리기 때문이었다. 혼란의 연속이던 회담 첫날이 끝나 간다. 그저 의문만 가득한 하루였다. 이제 내일 조찬 후 진행될 나삭의 안건으로 회담은 끝난다. 그는 과연 어떤 얘길 꺼낼까?

"공기가 탁하네요."

옆에서 걷던 라이시가 말했다. 그는 향수 냄새가 진동하는 이곳의 공기가 마음에 안 드는 모양이었다. 이 인위적인 냄새가 싫기는 나도 마찬가지였다. 더운 공기에 섞인 독한 향기들이 멀미를 일으킬 것 같았다.

나와 라이시는 지금 온실의 밤거리를 걷고 있다. 데이트같이 속 편한 짓을 하고 있는 건 아니다. 처음 여기 왔을 때, 나는 아무것도 모른 채 이 거리를 뛰어다녔다. 밝은 불빛과 음악 소리, 그리고 사람들로 붐비는 이 거리를 활기차다고 생각하며 즐거워했었다. 하지만 뒤늦게 이 온실의 정체를 깨닫고는 늘 마음에 걸렸다. 그래서 라이시와 함께 거리로 나왔다. 멋모르고 둘러봤던 이 거리를 다시 제대로 살펴보고 싶어서.

"분위기가 좀 달라진 것 같아."

내가 거리를 돌아보며 말했다. 어쩐지 예전보다 허전해 보인다. 사람도 많이 줄고 분위기도 좀 가라앉은 것 같다.

"다 공주님 덕분이죠."

옆에서 함께 걷던 타누가 대답했다. 그는 아까 우리가 나올 때 능청스럽게 따라붙었다. 감시 역이라고 이실직고하면서. 썩 기분 좋은 말은 아니지만 우린 굳이 그를 막지 않았다. 어차피 둘러보기만 할 생각이고 그런 거라면 차라리 이곳을 잘 아는 사람이 있는 편이 나았다.

내 덕이라는 말에 나는 타누를 보았다.

"뭐가요?"

"거리가 조용한 거요. 여기 주로 오는 사람들이 체파르데아의 권속들이었거든요. 덕분에 손님이 이렇게 없어요."

허전한 느낌은 기분 탓이 아니었나 보다. 나는 한적한 거리를 돌아보며 되물었다.

"그럼 이제 어떻게 해요? 손님이 없으면 문 닫아요?"

"그럴 턱이 있나요. 옛날에 네벨라가 죽었을 때도 잠깐 이랬어요. 그런데 새로운 영주가 뽑히고 다시 북적북적해졌죠. 그러니 이번에도 잠깐 기다리면 저절로 괜찮아질 거예요."

새로운 영주가 뽑힌다니, 나는 타누의 쉬운 말이 불편했다. 우린 정말 힘들게 싸웠다. 하지만 새로운 영주가 뽑히면 결국은 다 제자리, 우리가 한 일은 모두 허사가 된다. 아크제리유트와 싸우며 이미 뼈저리게 깨달았다. 영주란 결국 꼭두각시일 뿐이고 우리의 진짜 적은 따로 있다는 걸. 그건 바로 피네하스. 그가 건재한 이상 세상은 변하지 않는다. 방금 타누가 말한 것처럼 그는 언제든 다시 새 대행자를 세울 테니까.

그렇게 생각하니 세상을 구한다는 게 한없이 멀게만 느껴졌다. 피네하스는 검은 힘의 근원이라고 한다. 그러니 그는 모든 영주보다, 당연히 기달티보다 강할 거다. 그런 자를 우리가 과연 어떻게 쓰러트릴 수 있을까? 답 없는 물음에 나는 한숨을 내쉬었다. 그리고 눈을 들어 거리를 바라보는데 좀 독특한 광경이 눈에 띄었다. 한 무리의 여자들이 어디론가 줄지어 걸어가고 있었다. 온실의 여자들이었는데 분위기가 조금 이상했다. 꾸미지 않은 수수한 행색인 데다가 다들 우울해 보였다.

"저 사람들은 어딜 가는 거예요?"

"아, 저거요? 전에 말씀드렸잖아요. 온실이 바치는 하루 한 생명."

기억한다. 타누가 바로 이 거리에서 내게 해준 이야기, 시믈라가 피네하스에게 바치는 매일 한 생명. 온실의 여자들은 거리에서 웃음을 팔며 아버지가 누군지 모를 아이를 만든다. 그 아이는 미처 자라기도 전에, 자라기는커녕 태어나기도 전에 뱀의 제단에 바쳐진다. 그게 바로 온실의 하루 한 생명, 시믈라의 제물이다.

나는 여자들의 행렬을 유심히 바라보았다. 나이 든 여자도 있었고 나보다도 어려 보이는 여자애도 있었다. 나이 많은 여자들은 그저 싫증난 표정이었지만 어린 여자들은 잔뜩 긴장해 굳어 있었다. 그들은 좁은 골목으로 들어가며 밝은 거리에서 모습을 감췄다. 나는 그들을 놓칠세라 재빨리 따라갔다. 어두운 골목을 따라 들어가자 바깥 거리에서는 보이지 않던 건물이 하나 드러났다. 여자들은 그 건물로 들어갔다. 열린 문틈으로 흰 가운을 걸친 사람들이 언뜻 보였다. 그들은 무표정하게 여자들을 줄 세우고 있었다.

문이 열렸던 짧은 순간 내가 본 건 그게 다였다. 문은 도로 닫혔고 그 건물은 여자들을 삼켜 놓고 아닌 척했다. 그래서 저 안에서 무슨 일이 벌어지든 밖에서는 알 도리가 없었다. 아니, 다들 알지만 그저 모르는 척하는지도 모른다. 그래도 된다고, 그게 당연하다고 생각하며 아직 태어나지도 않은 아이를 죽게 내버려 두는지도 모른다.

나는 우두커니 그 건물을 바라보다가 다급히 발을 내디뎠다. 그리고 굳게 닫힌 문을 밀었다. 문을 열자 알싸한 소독약 냄새가 풍겼다.

천장의 형광등은 눈이 부실 만큼 환했다. 거기엔 많은 사람이 있었는데 그럼에도 적막했다. 그들은 하나같이 무덤덤하고 냉담하게 이쪽을 쳐다보고 말 뿐이었다.

그런데 그 자리에 있는 모두가 우리에게 무관심한 건 아니었다. 단 한 명, 우리를 알아보고 반가워하는 사람이 거기에 있었다.

"군들을 여기서 만날 줄은 몰랐군."

노인의 쉰 목소리가 정적을 깨트렸다. 소리를 따라 고개를 돌려 보니 앙상한 노인이 소파에서 나를 주시하고 있었다. 조수와 함께 있는 그를 보는 순간 나는 설핏 굳어 버렸다.

"고귀한 공주님께서 이 누추한 곳엔 어인 일이신가. 아, 여기라면 군의 콧대를 세워 줄 수 있는데 어떤가? 대신 눈알이 한두 개쯤 없어질 수도 있지만 말이야."

나삭이 키들대며 나를 조롱했다. 그 소름 끼치는 발언에 나는 불쾌함을 숨기지 않고 되물었다.

"그러는 그쪽은 여기서 뭘 하는 거죠?"

"시찰 중이지. 내 제자들이 잘하고 있나 보러 왔네. 온실에 온 김에 겸사겸사."

나는 고개를 돌려 흰 가운을 입은 사람들을 보았다. 그들은 모두 나삭의 연구소 사람들이었다. 내가 쳐다보았지만 그들은 우리에게 좀처럼 시선을 주지 않았다. 연구원들은 나삭의 눈치를 보느라 숨을 죽였고 여자들은 수치스러워하며 낯을 가렸다. 그 여자들은 내가 누군지 이미 아는 것처럼 보였다.

그중엔 안절부절못하며 나를 힐끗대는 한 여자가 있었다. 나와 비슷한, 아니 나보다 더 어려 보이는 여자였다. 소녀는 소독약 냄새를 맡고 겁에 질려 있었다. 연구원 하나가 소녀의 팔을 끌어당기자 소녀는 주저하는 눈빛으로 나를 바라보았다. 연구원이 머뭇대는 소녀를 재촉할 때 나는 달려가서 그들의 팔을 붙잡았다. 놀라서 나를 돌아보는 소녀의 눈은 눈물로 젖어 있었다. 나는 소녀를 붙잡은 채 나삭에게 물었다.

"지금 어디로 데려가는 거죠?"

"당연히 수술대지."

나삭은 태연하게 말하며 수술하듯 기다란 손가락을 움직였다.

"자네의 콧대를 높이는 것보다 간단한 시술이지. 종양을 제거하는 걸세."

"종양?"

"그렇지, 종양. 쓸데없이 증식한 세포 덩어리지만 제거가 쉬워서 귀여운 축에 속하는 녀석일세. 다만 시도 때도 없이 잘도 자라서 귀찮을 따름이지."

나삭의 유창한 말이 내 머릿속을 뒤섞었다. 모르고 들었다면 정말 몸에 난 혹이나 떼어 내는 줄 알았을 거다. 나는 이곳에서 무슨 일이 일어나는지 이미 알고 있다. 그렇기 때문에 그 말이 차마 들어 줄 수도 없이 역겨웠다. 하지만 그보다 더 미운 건 그 말을 듣고도 아무런 반박도 하지 않는 이 많은 사람이었다.

나는 이를 악물며 그에게 반박했다.

"그건 살인이에요."

그러자 나삭은 키득대며 손가락을 흔들었다.

"심하게 말하지 말게. 우리 연구원들은 생각보다 마음이 여리다네. 이건 살인이 아닐세. 치료지."

"아니요, 살인이에요."

"군이 그렇게 생각한다는 건 알겠네. 관점의 차이일세. 군은 그것을 인간으로 보지만 우리는 그저 세포로 여긴다네. 몸도 자아도 아직 없는 미개한 세포. 그러니 무슨 문젠가? 그걸 어떻게 살인이라고 단언할 수 있지?"

나삭의 궤변에 나는 날카롭게 되물었다.

"생명이 아니라면 피네하스가 그걸 왜 받죠?"

"이런, 들켰군."

나삭은 난감한 척하더니 다시 낄낄 웃었다. 정말 지독하게 깔보이는 기분이었다. 그는 키득대며 쉰 목소리로 말했다.

"적당히 구슬려 보려고 했는데 실패했군. 그래, 군의 말이 맞네. 그래서 뭐 어쩌겠다는 건가? 동쪽이나 북쪽에 했던 것처럼 이들도 구해 볼 텐가? 어떻게 구할 텐가. 속에 생긴 것이 싫다고 제 발로 걸어온 여자들에게 억지로 애를 낳게 할 텐가?"

나는 말문이 막혔다. 여자들을 돌아보니 그들은 건조한 얼굴로 내게서 낯을 피했다. 그 모습을 보며 나삭이 말을 이었다.

"내가 군을 통해 배운 게 하나 있네. 도움도 당사자가 원치 않으면 참견일 뿐이지. 정신 차리게, 어린 공주. 흙탕물 좀 누벼 봤다고 기고

만장한 모양이네만 현실을 먼저 직시하게. 보게나, 여기 있는 누구도 군에게 구원을 바라지 않는다네."

나삭이 보란 듯이 두 팔을 펼쳤다. 그의 말대로 이 자리의 모든 사람이 냉담했다. 제 발로 걸어온 여자들과 언제든 수술을 시작할 준비가 되어 있는 의사들, 그리고 묵인하는 거리의 주인까지. 몸을 떨며 울먹이는 것은 내게 팔을 붙잡힌 어린 소녀뿐이었다.

"왜……."

"왜일 것 같나?"

나삭이 되물었지만 나는 대답할 수 없었다. 저들의 반응을 이해할 수 없었다. 저 여자들은 지금 이대로 좋은 걸까? 왜 저렇게 있는 거지? 내 혼란을 훔쳐본 나삭이 유쾌하게 웃었다.

"이거 생각지도 못한 여흥이군. 간단히 보여 드리지. 요테르 군, 좀 도와줄 수 있겠나? 저 불쌍한 소녀 매춘부의 결정을 도와주게. 누구의 손을 잡을지 갈등하는 모양이군."

나삭의 요청에 그의 무표정한 조수가 앞으로 나섰다. 그 남자는 내 옆에 선 소녀에게 다가오더니 이내 얼굴에 미소 비슷한 걸 떠올렸다.

"많이 긴장했구나. 하지만 그렇게 떨 필요 없어. 시술을 받는 게 싫다면 받지 않아도 되니 너무 걱정하지 마라."

어울리지 않게 친절한 목소리였다. 그 자상한 태도에 어린 소녀는 고개를 들었다. 그러자 요테르는 희망을 바라는 그 얼굴에 대고 여상하게 말했다.

"다만 이후의 일은 다 네 책임이란다. 아이를 낳는 것도, 기르는 것도, 살아가는 것도."

책임이라는 말의 무게는 실낱같은 희망을 끊었다. 소녀의 얼굴이 다시 두려움에 물드는 건 순식간이었다.

"연인의 자식이라면 추억을 되새기며 아이와 함께 살아가는 것도 나쁘진 않겠지. 하지만 네 경우는 그것과 전혀 다르단다. 어쩌니, 네가 낳고 길러야 하는 건 널 찾아갔던 추잡한 남자의 자식일 텐데. 정말 그 아이의 엄마가 될 수 있겠니?"

소녀의 입술이 다시 떨리기 시작했다. 그럼에도 그의 목소리는 여전히 친절했다.

"고통스럽게 낳아서 미워하다 버릴 바엔 차라리 지금 지우는 게 현명할 것 같다만, 갈등이 된다면 좋을 대로 하렴. 다만 선택은 빨리 해야 할 것 같구나. 지금 결정하지 않으면 우린 널 도와주지 않을 거거든. 자, 어떻게 하겠니?"

부드럽게 목을 조른다면 저런 느낌일까? 선택을 강요하는 마지막 순간까지도 그는 친절했다. 그 때문에 소녀의 몸은 더 경직되고 말았다. 선처를 바라듯 요테르를 바라보았지만 그의 눈은 친절하면서도 차가웠다. 이윽고 소녀는 고개를 돌려 나를 보았다. 그 눈은 몹시도 위태롭게 떨고 있었다. 그렇게 찬찬히 주변을 둘러보던 소녀는 결국 고개를 숙였다. 눈물 몇 방울이 투두둑 바닥에 떨어졌고 이어진 걸음이 그 눈물을 밟았다. 소녀는 내 손을 놓고 연구원들에게로, 창녀들의 무리로 돌아갔다.

그 모습을 보며 나삭이 만족스럽게 말했다.

"이제 이해했나? 저들은 군을 선택할 수 없네. 왜냐하면 자식을 낳고 싶은 생각도 책임지고 싶은 생각도 없거든. 그래서 이미 몇 번이고 수술대에 누웠던 여자들일세. 그 앞에서 살인이라는 소릴 하다니, 군도 참 잔인하군."

나삭이 혀를 찼다. 그러곤 양 손끝을 톡톡 맞부딪치며 말했다.

"그에 비해 여긴 편하지. 군은 저들을 모성도 없는 비정한 짐승으로 만들지만 나는 그러지 않는다네. 그저 환자로 대해 주지. 자연스러운 일이니 괜찮다고 말해 준다네. 이게 바로 저들이 필요로 하는 진짜 구원일세. 어설픈 구세주 공주여."

"말도 안 돼요, 그건……!"

나는 참다못해 반박했다. 하지만 나삭은 내 말을 채 듣지도 않고 잘라 말했다.

"그건 군이 결정할 일이 아닐세. 어차피 이들은 요부의 것이 아닌가? 그것이 말이 되든 말든 군에게는 끼어들 자격이 없어요."

나삭의 궤변에 나는 눈을 가늘게 뜨고 그를 노려봤다. 그러자 나삭은 너털웃음을 터트렸다.

"너무 노여워 말게."

그는 우스워 죽겠다는 표정을 지으며 덧붙였다.

"군에겐 그럴 자격조차 없다네."

그 매몰찬 단언에 나는 기가 막혔다. 자격이 없다고? 수많은 아이가 태어나지도 못하고 이곳에서 죽는다. 그런데 나삭은 내게 끼어들 자격이 없다고 말한다. 여자들은 감당할 수 없는 책임을 외면하기 위해 모든 사실에 눈을 감는다. 그런데도 저 과학자는 내게 화낼 자격조차 없다고 말한다. 그저 모든 것이 괜한 참견이라고 한다. 그렇게 아무런 자격도 없는 나는 왜 이 세계에 있는 거지? 이 모든 것을 그저 지켜보려고 여기에 왔나?

나는 나삭을 노려보다가 돌아서서 벽으로 걸어갔다. 문 근처 벽에는 스위치가 하나 있었다. 분명 저 형광등의 스위치일 거다. 내가 그 앞에 서자 나삭이 물었다.

"뭐하는 겐가?"

"왜 물어보죠?"

나는 의아해하는 나삭에게 매몰차게 대답했다. 그리고 스위치에 손을 댔다.

"어차피 자격이 없다고 할 거면서."

그렇게 말하며 나는 네벨라의 반지를 발동시켰다. 그러자 반지에서 방출된 전기가 스위치를 타고 전선 곳곳으로 퍼져 나갔다. 곧 전압을 견디지 못한 형광등이 굉음을 내며 터져 나갔다. 폭발과 함께 유리 파편이 쏟아지자 여자들과 연구원들이 비명을 질렀다. 동시에 사방으로 깜깜한 어둠이 내렸다. 그 어둠 속에서 나는 사람들을 향해 말했다.

"미안하지만 수술은 끝났어요. 오늘은 단 한 사람도 죽지 않을 거니까 돌아가세요."

그렇게 말하고 나는 돌아섰다. 그러자 내 등 뒤로 나삭의 스산한 목소리가 들려왔다.

"당장 잡아서 여러 갈래로 쪼개 버리고 싶군."

"하고 싶으면 해봐."

나는 지지 않고 그에게 맞섰다. 이미 여러 번 참았기 때문에 더는 그 폭언을 용인할 수가 없었다. 나삭이 여기서 검은 힘을 쓰고 날뛴다면 나도 상대해 줄 용의가 있었다. 하지만 나삭은 날뛰는 대신 얌전히 꼬리를 내렸다.

"참겠네. 멸망에게 살해당한 네 번째 영주가 되기는 싫으니 말일세."

그렇게 말하며 나삭은 내게 손을 흔들었다.

"내일 보세. 이 일은 그때 얘기하지. 회담을 기대하겠네."

나는 어둠 속에서 어렴풋이 보이는 그의 실루엣을 노려보다 몸을 돌렸다. 그 말대로 기대할 만한 회담을 만들겠다고 다짐하며, 그들의 제단에서 빠져나왔다.

라이시와 기달티는 내 역할이 싸움이 아니라고 했다. 아야라는 키브사 공주가 칼과 전쟁으로 세상을 구하려 하지 않았다고 했다. 하지만 궤변을 늘어놓으며 세상을 자기 좋을 대로 재단하는 자가 있다면 어떻게 해야 할까.

그자, 나삭은 자격과 권리라는 말로 나를 가로막고 뱀에게 생명을 바쳤다. 언뜻 듣기에 그의 말은 옳다. 이 온실은 시믈라의 소유이니 온실 여자들에 대한 모든 권리는 시믈라에게 있다. 그렇다면 여자들이 내게 도움을 청하기라도 했나? 아니, 그들은 오히려 나를 불편하게 여겼다. 그러니 나는 그들에게 간섭할 수 없다. 적어도 나삭의 논리대로라면 그렇다. 하지만 그건 어디까지나 그의 논리. 게다가 그는 중요한 사실을 간과했다.

"어떻게 생각해요?"

거리에서 돌아와서 나는 라이시와 기달티에게 의견을 물었다. 기달티는 언제나처럼 묵묵히 고개를 끄덕였다. 그래서 나는 라이시를 돌아보았다. 라이시가 뭐라고 할지 궁금했다. 그는 내게 약속했다. 세상을 구하는 게 나의 몫이니 세상을 구하는 일이라면 무엇이든지 하라고. 다만 나를 지키는 건 그의 몫이니 그도 자신의 몫을 하겠다고 했다. 과연 그 약속을 지켜 줄까? 이건 어쩌면 지금까지 해왔던 어떤 일보다 위험한 일인데.

나는 잠자코 라이시의 대답을 기다렸다. 생각하던 라이시는 이내 눈을 들어 나를 보더니 말없이 고개를 끄덕였다. 다른 말은 없었지만 나는 그걸로 충분했다. 두 사람의 동의를 얻고 나는 조용히 웃었다. 사실은 웃기 위해 꽤 많은 힘이 필요했다.

"그럼 부탁할게요."

내 당부에 라이시와 기달티는 함께 끄덕였다. 이로써 나는 정말로 나삭이 기대할 만한 회담을 만들 수 있게 되었다. 오늘은 실컷 휘둘렸다. 하루간 겪은 음모와 궤변이 이제는 지겹다. 거기에 더 놀아나고 싶은 마음은 없다. 그래서 내일은 이쪽에서 먼저 나설 예정이다. 이런 빤한 연극은 그만 집어치우도록. 그들에게 격의 차이가 무엇인지, 그리고 나의 자격이 어떤 것인지 분명히 알려 줄 생각이다.

나는 뒤척이면서 베개에 뺨을 비볐다. 침대가 흔들리는 게 느껴져서 살짝 잠이 깼다. 뭐가 침대를 흔들었는지는 별로 궁금하지 않았다. 다만 조금 더 자고 싶었다. 그래서 이불을 끌어당기며 돌아눕는데 뭔가가 팔에 닿았다. 벽인가? 아니다. 딱딱하지도 차갑지도 않다. 눈을 감은 채 손으로 짚어 보니 부드러운 감촉이 느껴졌다. 따스하기도 하다. 아⋯⋯. 뭐지?

　나는 찡그리며 눈을 억지로 떴다. 뿌연 눈을 몇 차례 비빈 후 내 앞에 있는 물체를 확인해 봤다. 희뿌연 맨살이 보였다. 여전히 멍한 상태로 인상을 찡그리고 생각했다. 이게 뭘까? 그때였다. 조금 위에서 나직한 목소리가 들려왔다.

　"잘 잤어, 자기야?"

　고개를 들었을 때 내가 본 건 흐트러진 채 나를 내려다보는 라이시의 얼굴이었다. 그리고 내가 손으로 짚고 있는 건 아무것도 입지 않은 그의 맨가슴이었다. 아, 이건 뭐지? 아침에 눈을 떴는데 사귄 지 얼마 안 된 남자 친구가 내 옆에 나체로 누워 있다. 나는 어떻게 해야 할지 고민하려고 했다. 하지만 고민이 되지 않았다. 고민할 필요도 없이 손이 먼저 반응해 버렸기 때문이다. 내 주먹이 그의 안면에 꽂힌 건 불과 몇 초만이었다. 쓰레기는, 쓰레기통에! 나는 사정 볼 것 없이 눈앞의 남자를 폭행했고 그 파렴치범은 침대 밖으로 구르며 소리쳤다.

　"고, 공주님, 잠깐만요. 저 지금 피 나요. 코피가⋯⋯."

"닥쳐, 내 분노는 이 정도가 아니야."

나는 코피를 뚝뚝 흘리는 그 남자를 싸늘하게 내려다보았다. 아까까지만 해도 라이시의 얼굴을 하고 있었던 그는 어느새 갈색 피부의 원래 모습으로 돌아와 있었다. 내 이럴 줄 알았다. 느끼한 얼굴로 내 옆에 누워 있었던 건 라이시가 아니라 타누였다. 나는 씨근대다가 다시 그에게 달려들었다. 타누는 한 손으로 코를 막은 채로 부리나케 도망쳤다. 우리는 방 안을 우당탕탕 뛰어다니다 둥근 테이블을 사이에 두고 대치했다. 이내 테이블 건너편에서 타누가 손을 내저었다.

"진정해요, 공주님. 아무 짓도 안 했어요."

하지만 그 말이 내게 제대로 들릴 리 없다. 나는 테이블을 손으로 짚으며 이를 악물었다.

"옷이나……"

그러곤 테이블 위로 뛰어오르며 소리쳤다.

"입고 말해, 인간아!"

상의를 주섬주섬 챙겨 입는 타누는 정말 궁상맞은 몰골을 하고 있었다. 머리가 잔뜩 헝클어진 채 뺨 한쪽은 퉁퉁 부어 있고 코에는 휴지 조각을 틀어넣었다. 처량하다, 진짜. 그러게 왜 목숨 걸고 맞을 짓을 하냐고. 안 그래도 꼴이 말이 아닌데 타누는 지금 필사적으로 불쌍한 척까지 하고 있었다. 왜냐하면 라이시가 쳐다보고 있으니까. 내가 타누를 족치는 소리는 꽤 소란스러웠고 당연히 라이시가 듣고 달려왔다. 정작 그는 내 방에서 펼쳐지는 학대 현장을 보고 아무것도 묻지 않았다. 무슨 상황인지는 안 봐도 빤하니까. 타누는 라이시의 눈치를 잔뜩 보고 있었지만 라이시는 의외로 관대했다. 그는 오히려 타누를 측은히 여겼다.

"좀 적당히 때리지 그랬어요."

"죽이려다 참았어."

"너무하네, 정말."

내 솔직한 토로에 타누가 투덜거렸다. 지은 죄가 있으면 좀 얌전해질 만도 한데, 라이시가 편들어 줬다고 그새 또 태도를 바꾼다.

"그런데 어떻게 알았어요? 잠도 덜 깼으면서."

타누가 말도 안 된다는 듯 물었다. 그래 놓곤 사랑의 힘이라는 둥 대단하다는 둥 빈정거리는데, 사실 몰랐다. 라이시인지 타누인지. 그 와중에 이 자식이 누군지 알게 뭐야. 아침부터 한바탕 벌어진 소란에 나는 긴 한숨을 내쉬며 말했다.

"아침부터 뭐예요, 정말."

"조용히 할 얘기가 있어서요."

"그럼 조용히 왔어야지. 정말 죽을래요?"

내가 노려보자 타누는 보란 듯이 라이시에게 속삭였다.

"알타쉬헤트 공, 조심해요. 저 공주님 은근히 폭력적이니까. 언제 본성을 드러낼지 몰라요."

아, 진짜. 나는 타누가 라이시에게 속닥거리는 꼴이 보기 싫어서 그를 닦달했다.

"할 얘기가 뭔데요?"

빨리 본론이나 꺼내라고 재촉했지만 타누는 여유롭게 눈웃음을 지었다. 고양이처럼 가느다래진 눈이 독특한 분위기를 만들었다.

"그건 공주님께만 조용히 말씀드리면 좋겠는데요."

뭐야, 라이시가 들으면 안 된다는 소리야? 나는 타누에게 단호하게 말했다.

"나는 듣는 대로 라이시한테 말할 거예요."

"그건 좋을 대로 하세요."

수작 부리지 말라는 뜻이었는데 타누는 의외로 선선히 고개를 끄덕였다. 라이시는 나를 잠깐 쳐다보더니 이내 자리를 비켜 주었다. 둘이 되자 나는 타누와 함께 마주 앉았다.

"할 얘기가 뭐예요?"

"오늘 회담에 관한 얘기에요."

뜻밖의 말에 나는 멈칫하고 그를 쳐다봤다.

"그런 얘기 나한테 해줘도 돼요?"

"물론 안 되죠. 들키면 죽을지도?"

"근데 왜 얘기해 줘요?"

"공주님을 사랑해서."

"라이시!"

애가 나한테 작업 걸어! 내가 벌떡 일어나 소리치자 타누는 허둥대며 나를 말렸다.

"사실은 부탁할 게 있어요."

"무슨 부탁이요?"

"절 좀 지켜 주세요."

이 사람 갑자기 무슨 얘길 하는 거지? 나는 의심스러워하며 그에게 되물었다.

"누구한테요?"

"이요브 님이요."

예상은커녕 상상도 못 한 대답이다. 이요브한테서 지켜 달라고? 대체 왜? 내가 까닭을 묻자 타누가 머리를 긁적이며 말했다.

"지금 죽게 생겼어요. 농담 아니고 진짜로요. 사실 전에 알타쉐헤트 공 모습으로 이요브 님 앞에 나선 적이 있거든요. 아, 나한테 뭐라고 하진 마요. 시믈라 님이 시킨 짓이에요."

나는 어이가 없어서 타누를 쳐다보았다. 이 사람들 대체 남의 얼굴을 가지고 뒤에서 무슨 짓을 하는 거야?

"그랬는데 상황이 이상하게 꼬여서 이요브 님에게 원한을 사버렸어요. 그때 알타쉐헤트 공의 흉내를 낸 게 나라는 건 아직 모르는데, 회담이 끝나는 대로 찾아내서 죽여 버릴 기세예요."

"시믈라는요?"

"우리 주인님이요? 하하, 과연 절 보호해 줄까요? 그 둘이 자매라는 건 아시죠?"

아니, 몰랐다. 처음 듣는 소리다.

"이요브 님이 언니고 시믈라 님이 동생이에요. 그러니 이요브 님이 내놓으라고 하면 시종 하나쯤이야 아쉬울 것 없이 넘길 거예요."

버림받는다는 소릴 하면서도 타누의 얼굴에는 웃음기가 사라지지 않았다. 장난스러운 듯도 하고 초연한 듯도 하고, 어떤 감정인지 잘 모르겠다. 일면 홀가분하게도 보인다.

"그래서 공주님께 보호를 받고 싶어요."

"그 말은 여길 떠나서 우리에게 오겠다는 소리예요?"

나는 그가 에둘러 하는 말의 속뜻을 짚으며 되물었다. 그는 선선히 긍정했다.

"받아만 주신다면."

"알겠어요."

내가 대답하자 타누는 눈을 동그랗게 떴다. 항상 여유 넘치게 눈웃음 짓는 그에게선 좀처럼 볼 수 없는 표정이었다. 본인이 꺼낸 말이면서 그는 오히려 어리둥절해하며 되물었다.

"그렇게 쉽게?"

"위험하다면서요."

"그렇긴 하지만 나는……."

'시믈라의 권속인데?'라고 말하고 싶은 것 같다. 그런데 그건 상관없다. 따지자면 기달티와 무아카는 피네하스의 영주고 두미야는 이요브의 권속이었다. 북쪽에서 도시를 짓고 있는 자이트를 비롯한 사람들도 마찬가지로 아크제리유트의 권속이었고.

"대신 이상한 짓 금지예요. 이런 장난 계속하면 그땐 정말 가만 안 둬요. 그러고 보니 라이시로 변하지 말라고 한 것도 안 지켰잖아."

내 엄숙한 경고에 타누는 어색하게 웃었다. 처음 보는 웃음이지만 그 고양이 웃음보다는 더 진짜처럼 보였다.

"뭐, 받아 주신다니 감사하네요."

말은 그렇게 하지만 아직 내 말이 믿기지 않는 모양이다. 그는 그렇게 멍청하게 있다가 뒤늦게 떠올린 듯 다시 입을 열었다.

"아, 회담 내용 알려 드릴게요. 이번에 나삭 교수가 할 요구는 두 가지예요."

타누는 그렇게 자신이 알고 있는 것들을 내게 전해 줬다. 나는 그가 하는 말을 잠자코 듣다가 고개를 끄덕였다.

"알겠어요."

"안 놀라요?"

내 담담한 태도를 보고 타누가 물었다. 나는 다시 태연하게 끄덕였다. 놀랍냐고? 글쎄, 딱히.

"딱 그 사람 수준이다 싶어요."

"지금 허세 부리는 거죠?"

타누의 물음에 나는 웃으며 고개를 저었다. 타누는 자신이 전해 준 소식에 내가 겁먹고 걱정할 거라고 생각했나 보다. 괜한 걱정이다. 왜냐하면 우리의 요구에 비하면 나삭의 요구는 소소하다 싶을 정도니까. 내가 말을 아끼자 타누는 나를 미심쩍게 바라보았다. 그렇게 쳐다봐도 아직 말해 줄 수는 없다. 어차피 잠시 후면 알게 될 일이기도 하다. 두 번째 회담은 곧 시작된다.

가벼운 조찬을 마치고 우리는 회담 장소로 향했다. 타누 덕분에 우리는 나삭이 꺼낼 말이 뭔지 미리 알았다. 그 말을 듣고 라이시는 꽤나 어처구니없어했다. 왜냐하면 자기 얘기가 있었으니까. 나도 기분이 좀 나빴지만 그래도 이번엔 화내지 않았다. 어차피 안 들어줄 거니까.

우리 세 사람은 곧 회담 장소에 도착했다. 이번에도 나삭과 요테르가 먼저 자리에 와 있었다. 눈이 마주쳤지만 굳이 인사는 하지 않았다. 그런데 내가 자리에 앉자마자 나삭이 뒤에 선 요테르에게 말했다.

"요테르 군, 혹시 사탕 있나?"

"시종들을 불러 얻을 수 있습니다. 어디에 쓰려고 그러십니까?"

"먹이를 줘볼 생각이네. 회담이 끝나기 전에 포획해야 할 텐데."

날 보고 하는 말이었다. 정말 악질이다. 불쾌했지만 꾹 참으며 그를 쳐다보았다. 그런데 그의 반들반들한 머리에 반창고 몇 개가 붙은 게 보였다. 나는 뭔가 하다가 어제 일을 떠올렸다. 그쯤에 우리는 눈이 마주쳤다. 나는 어제 일을 염두에 두고 그에게 먼저 말을 걸었다.

"반창고를 붙였네요?"

"군이 터트린 형광등 파편이 튀어서 말일세. 머리카락이 없어서 이렇게 온통 베였다네."

"아, 그랬구나."

"표정이 지나치게 좋군."

나삭의 지적에도 나는 표정을 바꾸지 않았다. 대신 그에게 되물었다.

"어젠 불이 꺼져서 어떻게 했어요?"

"어이쿠, 불만 꺼진 게 아니더군. 발전기가 타버렸지 뭔가. 덕분에 병원 건물이 통째로 못 쓰게 됐다네."

그 말에 나는 안심하며 몰래 웃었다. 그러자 나삭도 보란 듯 큼직하게 웃었다.

"좋아하는데 초를 쳐서 미안하군. 발전기야 이틀이면 부품을 교체할 수 있네. 그럼 곧장 수술을 시작할 걸세."

그 말에 나는 웃음을 멈췄다. 내 표정이 변하자 나삭은 조롱하듯 손가락을 흔들었다.

"안타까운 모양이군. 감정이야 자유지만 잊지 말게나. 군에겐 이걸 막을 자격이 없어요."

나삭은 그렇게 말하며 징그럽게 웃었다. 나도 태연한 웃음으로 응수하고 싶었지만 그럴 수가 없어서 결국 쓴웃음을 지었다. 그리고 나삭에게 나직이 고했다.

"그 얘긴 조금 이따 자세히 해봐요."

나삭이 짐짓 무섭다는 표정을 지을 때였다. 시믈라와 이요브도 회담 장소에 도착했다. 두 여인은 각자의 자리에 앉았다. 시믈라는 여느 때처럼 화사한 미소를 짓고 있었고 이요브는 모든 것에 무관심한 듯 냉담한 얼굴이었다.

"간밤 평안하셨나요? 듣기로는 소소한 소동이 있었다던데, 다행히 다들 무사하시군요."

시믈라의 말에 나는 웃지 못해 얼굴을 찡그렸다. 소소한 소동에 사람들이 무사한지부터 살펴야 하다니. 정말 너무 험한 세계다.

"예고한 대로 두 번째 회담은 나삭 교수의 안건으로 진행하죠. 이 안은 직접 진행하시죠."

시믈라가 권하자 요테르가 몇 장의 서류를 들고 앞으로 나섰다. 그는 지극히 사무적인 태도로 발언을 시작했다.

"저희 연구소의 안건 또한 이요브 님과 마찬가지로 반환에 대한 건입니다. 5년 전 우리 연구소는 고가의 합성 생물을 체파르데아 진영에 제공하고 대가로 그의 영주민을 10년 동안 매달 다섯 명씩 제공받기로 했습니다. 여기 이것이 그에 대한 증빙 자료입니다."

요테르는 그렇게 말하며 들고 있던 서류 몇 장을 원탁에 펼쳤다. 어렵사리 몇 자 읽어 본 그 서류에는 대충 무언가를 넘긴다는 내용이 적혀 있었다. 그 밑엔 서명과 인장도 찍혀 있었다. 척 보기에도 계약서 같다. 이미 들은 얘기지만 다시 들어도 기가 막힌다. 사람을 연구소로 팔아넘겼다고? 그게 지카였다는 건, 그리고 야빈과 그 동생들이었다는 건 이제 말할 필요도 없다.

"체파르데아 진영은 앞으로 5년 더 우리에게 영주민을 제공해야 하지만 기달티 진영의 난입으로 그것이 불가능해졌습니다. 그러므로 우리 연구소는 정당히 받아야 하는바, 기달티 진영이 지금 점유 중인 영주민의 송환을 요구합니다."

"체파르데아 공이 한 것처럼 매달 다섯 명씩 보낼 필요는 없네. 그냥 한 번에 내놓게나."

요테르의 요구에 나삭이 덧붙였다. 그리고 즐거운 얼굴로 우리의 대응을 기다렸다. 하지만 우리는 아무런 말도 하지 않았다. 어떤 표정을 짓지도, 감정을 드러내지도 않았다.

"이게 끝인가요?"

내가 잠잠히 물었다. 아닌 걸 알고 묻는 거다. 나삭의 요구 사항은 두 가지라고 했으니까 이게 끝은 아니었다. 내 물음에 나삭은 재미없다는 듯 요테르를 재촉했다.

"계속하게."

요테르는 끄덕이며 말을 이었다.

"하지만 앞선 요구가 기달티 진영에 부담이 될 수도 있다는 점을 고려하여 다른 제안을 하나 합니다. 알타쉬헤트의 신병을 이요브 님께 넘긴다면 영주민 300명의 송환 요구는 취하하도록 하겠습니다."

기다리던 용건이 다 나왔다. 나는 곰곰이 생각하는 척하다가 물었다.

"알타쉬헤트와 300명의 사람들, 둘 중 하나를 고르라는 건가요?"

"그렇다네."

"알타쉬헤트를 보내면 어떻게 되죠?"

"무슨 걱정인가, 저 여왕님이 잘 길러 주실 텐데."

나는 이요브를 돌아보았다. 그는 여전히 아무런 표정도 없이 다른 곳을 바라보고 있었다. 이 촌극에는 흥미가 없지만 알타쉬헤트라는 전리품만은 원하는 듯했다. 나는 그를 쳐다보다가 내 뒤에 선 라이시에게 물었다.

"라이시, 어떡하지?"

그러자 라이시는 진지한 목소리로 답했다.

"절 팔아넘긴다면 반드시 복수할 겁니다."

그에 나는 할 수 없다는 듯 고개를 내저었다.

"들었죠? 안 될 것 같아요. 이 사람 화나면 되게 무섭거든요."

우리의 장난스러운 태도에 나삭이 미간을 좁혔다.

"그렇다면 영주민을 넘기겠다는 뜻인가?"

"그것도 안 될 것 같은데, 어떡하죠?"

내가 그렇게 말을 돌리자 나삭이 기가 차다는 듯 말했다.

"이것도 싫고 저것도 싫고. 억지를 부리는군."

"억지요?"

나는 놀란 척 되물었다. 어쩜 그런 말을 할 수 있냐는 듯 나삭을 쳐다보다가 결국 웃음을 터트렸다. 아무래도 웃겨서. 내가 웃자 나삭이 안경을 추켜올리며 날 쳐다봤다. 나는 친절하게 설명해 줬다.

"미안한데 좀 착각하는 것 같아요. 나는 영주가 아니에요."

나삭이 눈썹을 찡그렸다. 내가 무슨 말을 하는지 도통 이해가 안된다는 표정이다. 나는 그의 반응에 만족하며 화사하게 나 자신을 소개했다.

"공주님이죠."

여전히 이해하지 못하는 그를 위해 이렇게도 덧붙였다.

"우리 아빠는 왕이고."

이 한마디로 모든 것은 명료해진다. 소유권? 양도? 증명? 그런 걸 나한테 얘기할 필요가 과연 있나? 나는 그들의 아둔한 연극에 조소를 머금었다. 비웃지 않을 수가 없었다. 나는 의자에 등을 기대며 그들을 둘러보았다.

"그러니 이런 얘길 복잡하게 할 필요는 없을 것 같아요. 그냥 하고 싶은 말만 할게요."

내가 말을 맺자 뒤에 선 라이시가 말을 이어받았다. 그는 미리 준비한 문서를 펼치며 영주들에게 고했다.

"공주님의 전언입니다. 나, 순백의 공주 리브나 키브사는 하늘의 딸로서 아버지의 소유물인 세계가 부당하게 이용되는 것을 멈추고자, 영주라는 근거 없는 자격으로 땅과 사람과 권력을 차지하고 있는 범죄자들에게 고한다. 세상의 주인은 하늘의 왕이니, 왕의 소유물을 불법으로 점유한 이들에게 그 모든 것을 신속히 반환할 것을 요구한다. 이것은 받아들이는 입장에 따라서……."

문서의 말미까지 읽은 후 라이시는 고개를 들었다. 그리고 선포했다.

"선전 포고이기도 하다."

나는 눈을 들어 원탁을 돌아보았다. 날 대적하는 세 명의 영주는 모두 침묵하고 있었다. 각기 다른 침묵이었다. 시믈라는 당황한 표정을 보였고 이요브는 이를 갈며 의자의 팔걸이를 부숴 버렸다. 마지막으로 나삭, 그 과학자는 얼이 빠져 나를 쳐다보고만 있었다. 나는 그들의 동요와 침묵이 가여워 싱긋 미소 지었다.

"작은 것 한두 개 가지고 긴말하고 싶진 않아요."

나는 그들의 다채로운 표정을 향해 분명히 명했다.

"내놔요, 전부 다."

2

갈라진 도시

이야기가 끝나자 가만히 듣고 있던 아야라가 비로소 입을 열었다.

"그러니까 싸움을 걸고 오셨단 말씀이시죠?"

앗, 그렇게까지 요약하면 우리가 나쁜 쪽 같잖아요! 핵심만 남긴 간결한 말에 나는 찔끔해서 눈치를 살폈다. 말마따나 우리는 싸움을 걸었다. 정체불명의 속셈을 가진 자매와 한없이 괴팍한 대머리에게. 싸움은 공주의 영역이 아니라는 말을 들은 게 불과 몇 주 전인데 아주 화려하게 저지르고 돌아왔다.

"괜찮을까요?"

"공주님께서 결정하신 일인데 안 괜찮을 게 있나요?"

내가 조심히 묻자 아야라는 도리어 싱긋 웃었다. 한결같이 믿어 주는 게 고맙지만 그래도 석연치가 않았다.

"하지만 싸움을 걸고 왔잖아요."

"그게 옳다고 생각해서 하신 일이죠?"

그야 그렇다.

"성주님과 알타쉬헤트도 동의한 일이고요."

내가 고개를 끄덕이자 아야라는 포근하게 웃었다.

"그럼 된 거죠. 혹시 제 말을 신경 쓰시는 거라면 그러실 필요 없어요. 진짜 공주님은 제 이야기가 아니라 공주님 본인이시니까요."

아, 이 무한한 신뢰를 어찌할꼬. 내가 마지못해 수긍하는 사이 아야라는 옆으로 눈길을 돌렸다.

"그런데 이분은 어떻게 된 거죠?"

주목을 받게 되자 타누는 넉살 좋게 웃으며 손을 흔들었다. 아, 이 사람 얘기도 해야겠다.

"저희 쪽으로 오고 싶다고 해서 데려왔어요. 이요브에게 위협을 받고 있대요."

"안녕하세요, 누님! 신세 좀 지겠습니다."

내가 소개하는데 타누가 쾌활하게 소리치며 끼어들었다. 동시에 아야라의 눈초리가 가늘어졌다. 나처럼 호락호락하지 않은 아야라는 어물쩍 넘어가려는 타누를 가만히 주시했고, 타누는 여느 때와 같은 고양이 웃음으로 대응했다. 아야라는 얼마간 눈싸움하더니 이내 방긋 웃으며 말했다.

"그렇군요. 위험을 피해 오셨다면 누구든 환영이죠."

그러곤 상냥하게, 하지만 분명하게 말을 이었다.

"다만 여긴 온실과 많이 달라요. 그러니 온실에서 하는 심한 장난은 자제해 주세요."

아야라의 당부에 타누는 불성실하게 낄낄댔다.

"여자들한테 찝쩍거리지 말라는 거죠?"

"진심이라면 괜찮아요."

"그럼 누님께 도전해도 되나요?"

엑. 타누의 발칙한 발언에 나는 얼굴을 찡그렸다. 아야라가 당황할 것 같아서. 그러나 정작 아야라는 끄떡도 하지 않았다.

"그건 좀 곤란해요."

아야라의 철벽같은 태도에 나는 픽 웃어 버렸다. 타누도 같이 히죽댔지만 아야라의 저력은 거기서 그치지 않았다.

"그리고 혹시라도 수상쩍은 행동을 하시면……."

웃으며 말하던 아야라는 말을 흐리더니 일순 정색했다. 연신 능글대던 타누도 흠칫하며 웃음을 삼켰다. 아야라는 그렇게 싸늘한 눈으로 타누를 노려본 후 다시 태연하게 미소 지었다.

"서로 참 난처해지겠죠. 그러니 조심해 주셨으면 해요."

아야라의 당부 혹은 경고에 타누의 입에서 마른 웃음이 흘러나왔다. 아, 타누가 와서 막 헤집고 다니면 어떡하나 싶었는데 의외의 천적이 여기 있었다. 다행이다. 앞으로 타누가 이상한 짓을 하면 아야라한테 일러야겠다.

"아야라 무서워."

나는 집무실에서 나오며 라이시에게 살짝 속삭였다. 라이시도 동의했다.

"결코 만만한 사람이 아니죠."

그러고 보면 누구에게나 대체적으로 건방진 라이시도 아야라에게만은 깍듯하다. 기달티한테도 안 그러면서. 처음 여기 왔을 땐 아야라보다 기달티가 어려웠는데 이제는 정반대다. 기달티는 뭐랄까, 과묵하긴 한데 사람 자체는 엄청 만만하다. 반면 아야라는 자상하지만 엄격한 느낌이다. 절대로 만만치 않아.

그래도 아야라를 만나니까 이제야 집에 돌아왔다는 실감이 난다. 고작 이틀이었지만 온실에서의 나날은 정말 길었다. 시플라부터 이요브, 나삭까지. 이번에 만나고 온 영주들은 결코 호락호락하지 않다. 그들은 대체 어떤 음모를 꾸미고 있는 걸까?

그렇게 생각하는 동안 우리 둘은 내 방 앞에 다다랐다. 나는 이제 들어가서 좀 쉴 생각으로 라이시에게 손을 흔들었다. 그런데 얘 뭐지?

"왜 따라 들어와?"

자연스럽게 내 방에 들어와 앉는 라이시에게 물었다. 그러자 라이시는 태연하게 대답했다.

"할 얘기가 있습니다."

나는 라이시를 보며 입을 꾹 다물고 미간을 좁혔다. 최근 느끼는 건데 이렇게 단둘이 있는 상황을 자주 만들면 안 될 것 같아. 여러모로 위험해.

"그럼 밖에서 얘기해."

내가 냉정하게 말했지만 라이시는 듣지 않았다. 왜 굳이 그러냐는 표정이다. 나는 무심결에 라이시와 침대를 번갈아 보았다. 온실에서 있었던 일이 생각났기 때문이다. 전에도 느꼈지만 앤 얼렁뚱땅 참 잘도 넘어온다. 이쯤에서 내가 쉬운 여자가 아니라는 걸 알려 줄 필요가 있는 것 같아. 그렇게 생각하며 내가 심각한 표정을 짓자 앉아 있던 라이시가 말했다.

"지금 야한 생각을 하시는 것 같은데 죄송하지만 전 별로 그럴 마음이……."

"야!"

나는 기겁해서 소리를 질렀다. 그러자 라이시가 진지한 얼굴로 물었다.

"들켜서 소리 지른 거죠?"

"아니거든!"

"아닌데 왜 화를 내시는지."

와, 얘 진짜 웃긴다. 뭐 이렇게 뻔뻔해? 나는 그 후안무치한 얼굴을 노려보다가 이대로는 또 당할 것 같아 애써 마음을 가라앉히고 또박또박 바른 목소리로 말했다.

"야한 생각이 아니라 네가 여태 한 파렴치한 짓들을 생각한 거야."

"그걸 보통 야한 생각이라고 하죠."

아, 뭐지. 왜 할 말이 없지? 내가 말을 잃자 라이시가 고개를 저었다. 장난인 건 알지만, 그래도 나는 무지막지하게 억울해졌다.

"너 진짜 뻔뻔해! 자기가 한 건 생각도 안 하고!"

"못 할 짓 한 건 아니잖습니까?"

"그럼 그게 할 짓이야?"

"그럼요?"

라이시가 정말 궁금하다는 목소리로 묻는다. 그래서 나는 뭐라고 해야 할지 고민하다가 이내 필사적으로 소리쳤다.

"내가 하라고 안 했잖아!"

"그럼 하나하나 물어보고 할까요? 그쪽이 더 변태 같은 거 알죠?"

아, 말로는 못 이기겠다. 무슨 말을 해도 계속 불리해. 내가 분한 표정으로 노려보자 라이시는 시큰둥하게 빈 의자를 두드렸다.

"괜히 흥분하지 말고 앉아요. 정말 물어보고 싶은 게 있어서 그래요."

농락당한 게 못내 원통했지만 하는 수 없이 그 옆에 앉았다. 나는 입을 내민 채 투덜투덜 물었다.

"뭔데."

"별건 아니고……."

별게 아니라면서 라이시는 말을 망설였다. 그래서 나는 앞선 실랑이도 잊고 그가 무슨 말을 할지 궁금해졌다. 곧 그가 입을 열었다.

"제가 처음 찾아가서 공주님이라고 했을 때 어떤 기분이었습니까?"

고심 끝에 그가 한 말은 자신에 대한 게 아니라 나에 대한 거였다. 나는 이게 무슨 말인가 싶어 고개를 기울였다.

"응?"

"다른 세계에서 평범하게 살다가 이 세계의 공주라는 걸 알게 됐을 때 기분 말입니다."

라이시의 부연에 나는 더 어리둥절해졌다. 갑자기 왜 그런 걸 물어보지? 이유가 궁금했지만 묻지 않았다. 표정이 너무 진지해서 대답을 먼저 해야 할 것 같았다. 나는 되묻는 대신 기억을 더듬었다.

"처음엔 황당했지."

나는 턱을 괴고 눈을 굴리며 벌써 몇 달 전의 일을 떠올렸다. 아, 그땐 진짜 황당했다. 다짜고짜 찾아와서 나한테 공주님이래. 그러더니 어디로 데려가겠대.

"너 사기꾼인 줄 알았어."

내 솔직한 술회에 라이시는 읊조리듯 내 말을 따라 중얼거렸다. 사기꾼…….

그 후 이 세계에 끌려왔다. 와서도 여전히 어리둥절했는데 꿈속에서 들려온 목소리 때문에, 그리고 내 얼굴이 그려진 그림 때문에 반신반의하기 시작했다. 그러다 이 세계에 남기로 한 건 지카 때문. 그때부터 피하지 않기로 했다. 내게 주어진 공주님이라는 역할을.

나는 그 느낌을 떠올리며 아름아름 설명했다. 그러자 라이시가 되물었다.

"그럼 지금은 어떻습니까?"

"뭐가?"

"일반적인 상황은 아니잖습니까. 지금까지 알고 있던 자신이 전부가 아니라는 건데, 혼란스럽지 않습니까?"

음, 이건 또 어떻게 대답할까? 라이시가 말한 혼란이 없었던 건 아니다. 아까 아야라에게 느낀 것도 그 일부다. 아야라는 분명 나보다 까마득한 언니인데 내가 그 언니한테 이름을 지어 주고 길러 줬단다. 그래서 아야라는 날 무조건 믿는다. 상식적으로는 말도 안 되는 이런 일이 내겐 가득하다. 그래서 많이 혼란스러웠지만 이제는 어느 정도 정리가 된 것 같다. 그러니까 그 느낌을 말하자면……

"미운 오리가 자기 정체를 깨달은 기분?"

"무슨 말입니까?"

아, 라이시는 이 얘기 모르는구나. 그럼 어떻게 설명하지?

"이런 거야. 이제까지 알던 내가 없어지는 게 아니라 내 안에 있던 진짜 나를 발견한 느낌. 이렇게 말하면 더 모르려나?"

"어쨌든 지금까지의 자신은 부정당하는 것 아닙니까?"

"아니, 사람들이 나를 키브사라고 부르는 건 지금까지의 나를 부정하지 않아. 오히려 나를 완성하는 것 같아. 라이시, 혹시 이런 기분 알아? 아, 내가 바로 이 순간을 위해 존재하는구나, 하는 기분."

라이시는 이해할 수 없다는 듯 고개를 저었다. 그래서 나는 안타깝게 웃었다.

"나는 키브사라고 불린 이후로 매 순간이 그래."

가장 처음은 우즈의 엄마를 만났을 때였다. 그리고 야빈과 동생들을 데려왔을 때, 겁먹은 무아카를 끌어안았을 때, 기달터에게 살아도 좋다고 대답했을 때, 제미라가 무아카를 용서했을 때……. 그 모든 순간순간에 나는 느꼈다. 바로 이 순간을 위해 내가 존재한다는 것을.

그것이 나만 느낄 수 있는 특별한 순간은 아닐 거라고 생각한다. 모든 사람은 자신이 누군지 모른 채 태어나고, 살아가면서 자신의 정체를 찾아 간다. 마치 미운 오리처럼. 갓 태어났을 때 사람은 모두 같지만 커가며 각기 다른 모습을 만든다. 나도 내 자신을 찾아 가는 과정 중에 있는 것뿐이다.

그러니 반대로 말하면 모든 사람이 나처럼 그 순간을, 자신의 존재 이유가 느껴지는 순간을 찾을 수 있다. 나는 모든 사람이 그 순간을 찾기 원한다. 그게 얼마나 벅찬 일인지는 경험해 본 사람만이 알 테니까. 나는 라이시도 그것을 알게 되길 바라며 말을 이었다.

"그래서 혼란스럽지 않아. 오히려 여기 있을 수 있어서 다행이라고 생각해."

그렇게 말하며 나는 라이시를 바라보았다.

"그래서 고마워."

내 인사에 라이시의 표정이 미묘해졌다. 갑자기 뭐가 고맙다는 건지 모르겠다는 표정이다. 그의 미심쩍은 얼굴을 향해 나는 상냥하게 웃었다.

"날 여기 데려와 줘서."

데려와 줘서 고맙다는 말은 처음이다. 실은 이전부터 하고 싶었지만 말하지 못했다. 나중에라도 후회하는 날이 올까 봐. 하지만 이젠 망설임 없이 진심으로 말할 수 있다. 날 데려와 줘서, 나를 되찾게 해

줘서 고맙다고. 이곳에서 나는 내가 존재하는 이유를 알았다고.

내가 그렇게 말하며 웃을 때 라이시는 여전히 복잡한 표정이었다. 그는 한 손으로 턱을 괸 채 말이 없었다. 시선이 아래로 내려간 걸 보니 혼자 무슨 생각을 하는 모양이다. 잠시 그러고 있던 라이시가 갑자기 고개를 들었다.

"고마워."

말과 동시에 그는 자리에서 일어났다. 뭐가 고맙다는 건지 되물을 틈도 없이, 눈으로 그 모습을 쫓던 내게 다가와 입을 맞췄다. 자연스럽게, 의자를 도로 집어넣는 것과 다름없는 동작으로. 자리 정돈까지 하고서 라이시는 내 방에서 휭 나가 버렸다.

나는 혼자 덩그러니 남아 그의 말과 추행과 퇴실 중 어느 것에도 반응하지 못한 채 눈만 깜빡였다. 갑자기 엄마가 생각나는 건 왜지? 엄마는 내게 말했다. 언니처럼 남자 만나고 돌아다니면 다리몽둥이를 분질러 놓겠다고. 아, 저 자식은 언젠가 내 다리를 골절시킬지도 몰라.

회담 후 일주일이 지났다. 그 일주일은 평화로웠다. 잔뜩 경계했지만 이요브나 나삭은 어떤 낌새도 보이지 않았다. 그래서 나와 라이시는 전에 세워 둔 계획대로 북쪽 도시에 방문했다.

"라이시, 저기 봐!"

나는 라이시의 품에서 지상을 가리켰다. 하늘에서 내려다본 북쪽 땅엔 거대한 도시가 서 있었다. 그 회색빛 도시의 정경은 장엄하고 놀라웠다. 자를 대고 그린 듯 똑바르게 지어진 건물이 마치 정교한 기계 회로 같았다. 아크제리유트가 사라진 지 이제 겨우 세 달, 철의 요새에서 탈출한 사람들은 그새 저런 도시를 재건했다. 도시와 그 도시를 둘러싼 장벽은 인간의 저력이 어떠한지 증명하는 것 같았다.

우리는 하늘에서 내려와 장벽의 관문 앞에 섰다. 그대로 날아서 들어가지 않은 건 시로니의 당부 때문이다. 시로니는 언제든 찾아와도 좋지만 함부로 접근하면 공격당할 수도 있으니 반드시 문을 통해 들어오라고 했다. 그 말을 기억하고 우리는 장벽 바깥에 내려섰다. 밑에서 보니 그 벽은 정말 까마득하게 높았다.

"대단하네요. 이걸 세 달 만에 완성하다니."

나는 라이시의 감탄에 동의했다. 이 도시를 보니 우리 마을은 장난감처럼 느껴질 정도다. 우리는 장벽을 올려다보며 관문으로 향했다. 그러자 문 옆에 서 있던 사람들이 경계의 눈초리를 보냈다. 제복을 입은 건장한 남자들이었는데 이미 아까부터 우리를 주시하고 있었다.

"멈추십시오. 귀하들의 정체와 방문한 용건을 밝혀 주십시오."

한 남자의 외침에 우리는 멈춰 섰다. 이제 어떡하지? 시로니는 언제든 와도 좋다고만 했지 와서 어떻게 하라고는 알려 주지 않았다. 이렇게 삼엄할 줄 알았으면 물어보는 건데. 여기서 공주님이라고 밝히면 들여보내 주려나?

관문을 어떻게 통과해야 하나 고민하고 있을 때였다. 관문 너머에서 탕탕거리는 요란한 소리가 들려왔다. 익숙한데 어색한 소리다. 뭐지? 익숙한데 어색해? 그 소리에 나뿐만 아니라 문지기들도 의아해하며 뒤를 돌아보았다. 잠시 후, 한 여자가 아주 빠른 속도로 문지기들 사이를 헤치고 뛰어나왔다. 내가 아는 사람이었고 그가 탄 무언가도 내가 아는 물건이었다.

"꺅! 여러분, 오랜만이에요!"

스쿠터에서 뛰어내린 시로니가 온몸을 던지며 나를 와락 끌어안았다. 허리가 덜컥 꺾일 정도로 격한 포옹이었다. 나를 숨 막히게 끌어안은 후 시로니는 고개를 들며 활짝 웃었다.

"조만간 온다더니 왜 이렇게 늦었어요?"

늦다니, 시로니가 우리 마을을 떠난 지 이제 겨우 한 달이 지났다. 그런데 시로니는 나를 몇 년쯤 못 본 사람처럼 반가워했다. 시로니는 옆에 서 있던 라이시에게도 똑같이 애정을 표현했다.

"아, 내 사랑 알트 군도 같이 왔군요!"

시로니의 격한 포옹에 라이시는 질색하며 당황했다. 그 살가운 태도가 영 어색한 모양이었다. 라이시가 기겁하는 모습에 나는 웃음을 터트렸다. 하지만 시로니는 우리의 반응엔 신경도 쓰지 않고 우리 손을 꼭 붙잡고 끌어당겼다.

"먼 길 오느라 고생했어요. 들어와요."

시로니가 우리를 끌고 가자 문지기 한 명이 당황한 듯 말했다.

"교수님, 이들은 아직 검문이 안 끝났습니다."

"이 사람들은 그냥 들어가도 돼요."

"안 됩니다. 서기관님께서 검문 없이는 아무도 도시에 들이지 말라고 하셨습니다."

"아, 정말 고지식하긴."

문지기의 완강한 태도에 시로니는 머리를 긁적이다 말했다.

"혹시 그 사람이라도 검문이 필요할까요?"

시로니의 말에 문지기는 미간을 찌푸렸다. 의아해하는 남자에게
시로니는 도시를 가리키며 다시 말했다.

"저어어어기, 우리 광장 가운데 서 있는 사람이라도 말이에요."

갸웃대며 시로니의 말을 추리하던 문지기의 눈이 불현듯 커졌다.
그는 크게 놀란 얼굴로 나를 바라보았다.

"설마 공주님이십니까?"

"네, 이분이 바로 당신들의 구원자시죠. 그러니 엎드려 경배하며
안으로 모시도록 해요."

시로니가 씩 웃으며 대답했다. 그 말은 분명 농담이었지만 남자들
은 허둥대며 정말로 나를 어떻게든 모셔 보려고 했다. 적당히 말리지
않았으면 무등이라도 태워서 들고 갈 기세였다.

"죄송합니다, 이런 결례를……!"

"진정해요, 여러분이 그러면 공주님이 당황하시잖아."

그들은 난처해하는 나를 보고 우왕좌왕하는 걸 멈췄다. 그 모습
을 보며 시로니가 웃으며 덧붙였다.

"걱정 말아요, 우리 공주님은 그런 거 신경 안 쓰니까. 그보다 입단
속 좀 해주시겠어요? 방문하셨다는 소문이 퍼지면 공주님이 좀 피곤
해질 것 같은데."

"물론입니다. 반드시 기밀로 엄수하겠습니다."

"기특하네. 자, 포상. 공주님이랑 손잡아도 돼요."

그렇게 말하며 시로니는 허락도 받지 않고 내 손을 잡아당겨 내밀었다. 그러자 내 앞에 있던 아저씨가 머뭇대며 내 손을 꼭 감싸 쥐었다. 나는 내심 당황했지만 아저씨가 너무 감격스러운 표정이어서 내색할 수가 없었다. 아, 삼촌. 저한테 이러시면······.

"포상 끝! 자, 그럼 수고해요!"

시로니는 그렇게 말하며 나와 라이시를 끌고 성큼성큼 걸어갔다. 그리고 스쿠터에 걸터앉더니 우리더러 타라고 고갯짓했다. 와, 여기서 이런 걸 보게 될 줄이야. 하긴 하늘을 날아다니는 요새도 있는데 자동차가 없으면 그게 더 이상하지. 우리는 시로니의 스쿠터에 억지로 끼어 탔다. 나는 시로니의 앞에, 라이시는 시로니의 뒤에. 우리가 자리를 잡자 시로니는 핸들을 당겼고 스쿠터는 힘겨워하면서도 부지런히 달리기 시작했다.

"이런 거 처음 타보죠?"

시로니가 물었지만 우린 대답하지 않았다. 나는 처음이 아니라서, 라이시는 처음이라서. 관문을 지나며 나는 시로니에게 물었다.

"제가 여기 온 거 비밀이에요?"

"꼭 그런 건 아닌데 비밀로 하는 편이 좋을 거예요. 지금 이 도시에서 공주님은 워낙에 유명 인사라서."

지금? 왜 지금? 내가 의아해하는 사이 우리는 도시의 광장에 들어섰다. 그러자 시로니가 광장의 중앙을 손으로 가리켰다.

갈라진 도시 137

"저기 봐요."

시로니가 가리킨 곳엔 커다란 동상이 하나 서 있었다.

"저게 뭔데요?"

"역시나, 정말 안 닮았죠? 공주님이에요."

엥? 나는 깜짝 놀라서 광장에 우뚝 선 동상을 바라보았다. 그 동상은 잔 다르크처럼 역동적인 여성의 모습이었다. 머리카락과 옷자락은 휘날리듯 일렁였고 멀리 뻗은 한 손은 어느 한 점을 가리키고 있었다. 마치 사람들을 어디론가 이끌어 가는 모습이었다.

"자이 씨가 테루 씨를 설득해서 세운 거죠. 시민들을 집결시키려면 공주님처럼 상징적인 인물이 필요하다면서요. 이후 엄청나게 선전을 해대서 지금 공주님은 도시의 우상 그 자체. 그러니 정체를 숨기는 편이 나을 거예요."

시로니가 설명했지만 나는 얼이 빠져서 대답도 못 했다. 이건 또 색다른 기분이다. 이걸 좋아해야 할지 싫어해야 할지 잘 모르겠다. 나쁜 뜻이 있는 건 아니겠지만 어째 좀……. 게다가 저 동상, 나라고 하기엔 너무 육감적이지 않아? 나는 동상을 보며 피식피식 웃다가 뒤에 있는 라이시에게 말했다.

"나 인기 엄청 많지."

"퍽도 좋으시겠습니다."

"신경 쓰여?"

"가당치도 않네요."

라이시가 코웃음 치며 말했다. 그러자 가운데서 대화를 듣던 시로니가 갸웃대며 라이시를 불렀다.

"알트 군."

"네."

"애인 있어요?"

전에 했던 것과 같은 질문이라 나는 웃음을 터트렸다. 라이시는 웃지 않고 태연하게 답했다.

"있습니다."

이전과 전혀 다른 대답이지만 시로니는 놀라지 않고 미소 지었다.

"제자리를 찾았네요. 축하해요."

우리는 광장을 지나 커다란 시청 건물로 들어갔다. 도시의 모든 일을 관리하는 건물에는 시로니의 개인 연구실이 있었다. 도시에서 시로니는 상당히 대우받으며 일하는 모양이다. 우리는 시로니를 따라 그의 연구실에 도착했다. 시로니의 연구실은 넓고 깨끗했을 것 같은 방이었다. 이 말이 가정에 과거인 이유는 현재는 전혀 넓지도 깨끗하지도 않기 때문이다. 시로니의 연구실은 온갖 서류와 책으로 아수라장이었다.

"들어와요, 들어와."

시로니는 그 엉망진창인 방으로 휘적휘적 걸어 들어가 소파에 쌓인 책들을 와르르 밀어 치우며 우리에게 자리를 권했다. 아, 정말 발디딜 틈도 없다. 나는 까치발을 들고 간신히 걸어가 소파에 앉았다.

"정리를 좀 하는 게 어때요?"

내가 책을 밟고 미끄러진 후 투덜댔지만 시로니는 끄떡도 하지 않았다.

"천재들은 원래 정리와 거리가 멀어요. 다차원적으로 생각하기 때문에 딱히 정리할 필요가 없거든요."

우리 엄마 앞에서 저런 소릴 하면 등짝 맞을 텐데. 나는 연구실을 둘러보다가 창밖으로 눈을 돌렸다. 도시의 정경이 한눈에 보였다. 높이 솟은 큰 건물들이 내가 살던 세계를 연상시켰다.

"대단해요. 그 짧은 시간에 이런 도시를 만들다니."

"글쎄요, 빠른 발전이 과연 좋기만 한 걸까요?"

의외의 대답에 나는 시로니를 돌아보았다. 그러자 시로니는 시니컬하게 웃었다.

"도시가 이렇게 비약적으로 발전했다는 건 그만큼 효율적으로 움직였다는 의미죠."

"그건 좋은 거 아니에요?"

"음, 과연? 인간은 부품이나 기계가 아니에요. 이렇게까지 효율적이긴 어렵죠. 이런 효과를 내기 위해 도시의 수뇌부는 엄청난 선전을 했어요. 그래서 지금 여기엔 군중 심리가 들끓고 있죠. 컨트롤하는 사람의 의도에 따라 어느 극단으로든 치달을 수 있게 말이에요. 그게 지금은 도시 건설이라는 건실한 부분에 쓰이고 있지만, 개발이 끝난 후엔 어떻게 될지 궁금할 따름이에요."

"비관적이에요?"

"낙관하진 않아요. 저 동상이 세워지는 순간부터 좀 그래요."

시로니는 광장 중앙에 우뚝 선 동상을 바라보았다. 그 동상은 지치지 않고 높은 곳을 향해 팔을 치켜들고 있었다.

"저 동상은 어느 높은 점을 가리키고 있어요. 사람들은 그게 뭔지도 모르면서 맹목적으로 따라가고 있죠. 그게 옳은 줄 알 뿐 스스로 생각하지 않아요. 그래서 저들은 무엇이든 될 수 있어요. 다만 무엇이 될지는 알 수 없죠."

시로니의 표정은 심각했다. 나는 시로니만큼 똑똑하지 않아서 지금 하는 말을 다 이해할 수 없었다. 다만 하늘을 찌르는 저 동상이 나와 참 닮지 않았다고는 느꼈다. 정체를 알 수 없는 싸늘한 위화감에 나는 머뭇대다 말했다.

"자이트 오빠는 잘하고 있죠?"

나는 말실수를 하고 라이시의 눈치를 보느라 시로니의 표정이 굳어지는 걸 미처 보지 못했다. 그리고 때마침 한 남자가 쟁반을 들고 연구실로 들어왔다.

"실례합니다, 교수님."

제복을 입은 남자는 우리 앞에 다과를 조심히 내려놓았다. 나이는 20대 중반 정도, 호탕한 인상을 가진 사람이었다. 무언가를 골똘히 생각하던 시로니가 남자에게 물었다.

"자이 씨 지금 방에 있겠죠?"

"네, 오전에는 외출 일정이 없으신 걸로 압니다."

"그럼 좀 불러 줄래요?"

"여기로 말입니까?"

"네, 다른 얘기는 하지 말고 그냥 내 방에 잠깐 들르라고만 전해 줘요."

남자는 짐짓 놀란 표정을 지었지만 토 달지 않고 돌아서서 나갔다. 그를 내보내고 시로니는 태연한 목소리로 말했다.

"불렀으니 올 거예요, 바쁘니까 한참 뒤에야 올 테지만. 그래도 얼굴은 살짝 보여 드리죠."

대수롭지 않게 말했지만 기색이 평소와는 조금 달랐다. 내가 쳐다보자 시로니는 말을 돌렸다.

"그보다 웬일이에요, 공주님? 설마하니 자이 씨와 시하 양의 결혼식 때문에 온 건가요?"

"그것도 있어요."

"진짜 목적은 따로 있다는 말이군요?"

윽, 시로니도 그렇고 아야도 그렇고 요약이 늘 극단적이다. 자이트와 시하의 결혼식이 바로 내일모레. 그러니 볼일이 끝나면 결혼식에도 당연히 갈 생각이었는데, 방금 시로니가 그걸 덤으로 만들었다. 내가 볼을 부풀리자 시로니는 웃음을 터트렸다. 그러고는 알겠으니 말해 보라며 나를 재촉했다.

"도움이 필요해요."

"도움이라 함은?"

"나삭의 연구소에 들어가고 싶어요."

"어허? 갑자기 왜죠?"

시로니의 고개가 옆으로 기울어졌다. 그는 갑자기라고 말하지만 내겐 결코 갑자기가 아니다. 나는 뜬금없어하는 시로니에게 연구실과 관련된 일들을 차근차근 이야기했다. 지카의 이야기부터 체파르데아의 성에서 독을 마신 것, 이번에 온실에서 있었던 일까지. 시로니는 내 이야기를 흥미롭게 경청했다. 회담 마지막 날 내가 모든 협상을 결렬시킨 얘기까지 끝나자 시로니는 피식대며 웃었다.

"하여튼 이 공주님은 예뻐서 미치겠어. 어쩜 이렇게 재미있지? 거기서 대놓고 싸움을 거셨다, 그래서 지금 연구소에 선제공격을 날리고 싶으니 잠입을 시켜 달라는 건가요?"

시로니는 어떤 상황이든 노골적으로 표현해서 상대방을 난처하게 만드는 재주가 있다. 틀린 말은 아니지만 그렇게 말하니까 우리가 너무 비겁한 사람 같잖아. 내가 아까처럼 인상을 찌푸리자 시로니는 깔깔대며 웃었다.

"알겠어요, 알겠어. 요새의 주민들을 구한 것처럼 연구소의 어린 양들도 구하고 싶다는 말씀이시죠?"

나는 떨떠름해하며 고개를 끄덕였다. 그러자 시로니가 턱을 괴며 내 눈을 깊게 들여다보았다.

"그런데 괜찮겠어요?"

"뭐가요?"

"절 믿을 수 있어요? 저도 연구소 출신인데, 공주님을 스리슬쩍 배신하면 어쩌려고?"

시로니가 짓궂은 목소리로 말했다. 마치 날 시험하는 것처럼. 나는 무시무시한 표정의 시로니를 가만히 쳐다보다가 이내 고개를 끄덕였다.

"충분히 그럴 수 있다고 생각해요."

"그런데도 절 믿는 거예요?"

"아뇨, 안 믿는데요?"

나는 태연하게 대답했고 시로니는 눈이 동그래졌다.

"그럼 뭐죠?"

궁금해하며 질문하는 건 시로니에게 어울리는 일이 아니다. 좀처럼 보기 힘든 모습이지만 나는 웃는 대신 시로니처럼 똑똑하게 말했다.

"시로니는 안 믿지만 시로니의 실험 정신은 믿어요."

"실험 정신?"

내가 정말 똑똑했으면 좋았겠다. 그럼 전에 시로니가 했던 장황한 말들을 토씨 하나 안 틀리고 따라 해서 놀라게 할 수 있을 텐데. 하지만 나는 시로니 같은 천재가 아니라 그건 불가능했고, 대신 기억나는 말을 꼭꼭 뭉쳐서 그를 웃길 수는 있었다.

"전에 그랬잖아요. 새로운 화학 반응을 관찰하는 건 금광을 발견하는 것 같다고. 그러니 이번 일도 과학자의 사명을 걸고 기꺼이 뛰어들어 주겠죠."

"하, 이 공주님 사람 다룰 줄 아네."

그렇게 웃음을 터트린 시로니는 꽤 기분이 좋아 보였다. 그래서 나도 그 얼굴을 마주 보며 방긋 웃었다. 자길 믿을 수 있냐는 시로니의 말은 사실 자길 믿어 달라는 말의 반어법이었다. 자기가 연구소 출신이라는 게 내심 걸려서. 하지만 같은 연구소 출신이어도 시로니는 나삭과 다르다. 나삭은 무미건조하고 냉소적이며 기묘하게 꼬여 있는 사람이었다. 하지만 시로니는 그렇지 않다. 시로니는 적어도 무엇이 옳고 그른지를 먼저 고민해 보는 사람이다. 내 대답이 만족스러웠는지 시로니는 고개를 주억이며 말했다.

"뭐, 좋아요. 공주님이 우리 교수의 면상을 뭉개 버린다면 저는 만사 제치고 협력이에요."

게다가 시로니도 나삭에게 개인적인 원한이 좀 있는 것 같고.

"우리 연구소에 잠입할 방법이라. 음, 제게 서른 시간만 주시겠어요? 연구소 수석의 저력을 보여 드리죠."

시로니는 어느새 불타오르고 있었다. 벌써부터 궁리를 시작한 시로니는 곧 자기만의 세계로 빠져들었다. 자이트가 도착한 건 그때쯤이었다.

"불렀다면서, 무슨 일이야?"

노크도 없이 문이 벌컥 열리며 자이트가 방으로 들어왔다. 피곤한 표정을 하고 있던 그는 나와 라이시를 보더니 눈을 크게 떴다.

"아, 공주님! 알타쉬헤트 님도 함께 오셨군요."

자이트는 우릴 반가워하며 방 안으로 들어왔다. 라이시는 가볍게 목례했고 나는 손을 흔들었다.

"오랜만이에요. 자이트, 씨!"

나는 버릇처럼 오빠라고 부르려다가 간신히 호칭을 바꿨다. 그러자 자이트가 낯설다는 듯 갸웃거렸다.

"호칭이 변했네요?"

"우리 오빠가 딴 사람한테 오빠라고 하는 거 싫어하거든요."

라이시가 한숨을 내쉬었지만 자이트는 여전히 진지했다.

"아, 오빠 분이 계셨습니까? 미처 몰랐네요. 그럼 그분은 왕자님이
겠군요."

한 치의 의심도 없이 곧이곧대로 알아듣는 모습에 나는 그만 웃음
을 터트렸다. 자이트는 바닥에 널린 서류를 밟고 들어오며 우리 맞은
편 소파에 앉았다.

"결혼 축하해요."

나는 그가 자리에 앉자마자 말했다. 그러자 자이트도 웃음으로 화
답했다.

"감사합니다. 공주님이 오신 걸 알면 시하도 기뻐하겠네요. 점심은
일정이 이미 잡혀 있는데, 오늘 저녁 혹시 괜찮으신가요? 저희 집으
로 초대하겠습니다."

나는 당연히 끄덕이려고 했다. 하지만 시로니가 불쑥 끼어들었다.

"미안하지만 공주님도 이미 선약이 잡혔어. 자이 씨 결혼식 전까지
아침, 점심, 저녁 전부."

그렇게 말하며 시로니는 전혀 웃지 않았다. 무안해진 자이트가 웃
으며 다급히 화제를 넘겼다.

"그렇군요. 그보다 저희 도시엔 어쩐 일이십니까? 설마 결혼식 때
문에 일부러 오신 건가요?"

"아, 그것……."

그것도 있고요, 하고 말하려 했다. 그런데 이번에도 시로니가 끼어들어 말을 가로챘다.

"바람이나 쐴 겸 겸사겸사 오신 거죠. 요즘 그 성은 넘치는 사랑으로 아주아주 평화롭다니까. 그죠, 공주님?"

시로니가 날 돌아보며 태연하게 물었다. 나는 영문을 몰라서 시로니를 쳐다보다가 얼떨결에 고개를 끄덕였다. 일단 맞추기는 하는데 왜 이러는지 잘 모르겠다. 얼떨떨하게 눈을 깜빡이는 내게 자이트가 다시 뭐라 말하려 했지만 이번에도 시로니가 선수를 쳤다.

"자이 씨 지금 바쁘지 않아?"

"바쁘긴 하지만 공주님이 오셨으니……."

"공주님은 괜찮으니까 신경 쓰지 마. 인사 끝났으면 이제 그만 꺼져 줘."

아까부터 뭔가 이상하다 했는데 이번에 확실히 느꼈다. 시로니는 자이트를 심하게 냉대하고 있었다. 날 선 분위기에 나는 두 사람을 번갈아 보았다. 왜 이래요, 우리 성에 왔을 때만 해도 친했잖아? 그새 싸웠어? 공기가 점점 무거워질 무렵, 자이트가 마지못해 물러났다.

"일이 많아서 이만 실례해야겠습니다. 두 분 혹시 머무실 곳은 정하셨습니까? 괜찮으시다면 제가……."

"필요 없으니 관심 꺼요. 내가 극진히 모실 테니까."

이번에도 시로니가 자이트의 말허리를 끊었다. 이쯤이면 적극적으로 싸움을 건다고 생각될 정도다. 어떻게든 좋게 넘기려던 자이트의 얼굴도 결국 조금 굳었다. 나는 덩달아 겁에 질렸다. 이러지 마. 사람

중간에 놓고 뭐하는 거야! 내가 불안해하는 걸 느낀 자이트가 애써 감정을 억누르고 한결 부드러운 얼굴로 우리에게 인사했다.

"그럼 두 분은 시로니에게 맡기고 실례하겠습니다. 또 뵙죠."

자이트가 그렇게 가는데 시로니는 모르는 척 찻잔을 입에 댔다. 이윽고 문이 닫히자 나는 놀란 기색을 숨기지 않고 시로니에게 속삭였다.

"왜 그래요, 싸웠어요?"

"아뇨, 안 싸웠어요. 저 혼자 갈구는 거예요."

"왜요?"

"저 사람 요즘 정말 재미없거든요."

시로니는 그렇게 일축할 뿐이었다. 더는 이야기하고 싶지 않다는 투였다.

"자, 여기서 할 얘기가 끝났으면 일어날까요? 테루 씨한테는 나중에 인사하러 가요. 그 아저씨도 지금 골치 아프니까. 우선 숙소로 모실게요."

시로니가 우릴 데려간 곳은 시청 건물 옆에 있는 관사였다. 연립 주택처럼 생긴 그 건물은 시청 직원들에게 주어지는 사택인데 거기엔 시로니의 집도 있었다. 우리가 머물 곳은 바로 시로니의 집이다. 시로니는 이 관사보다 나은 곳은 없을 거라며 기꺼이 집을 양보했다. 어차피 연구실에서 먹고 자기 때문에 관사에는 거의 안 들어가니 자기는 신경 쓸 필요 없다면서.

시로니의 집은 꽤 넓었다. 게다가 거의 현대식, 그러니까 우리 세계의 아파트 같았다. 넓은 거실에 방이 여러 개 있는데 아무 방이나 써도 괜찮다고 했다. 그래서 나는 시로니의 침실을, 라이시는 손님용 침실을 쓰기로 했다. 이때쯤 나는 좀 불안해졌다. 방은 나눴지만 어쨌든 우린 단둘이서 이 빈집을 사용한다. 그걸 내심 신경 쓰고 있는데 시로니가 우리에게 말했다.

"젊은 연인이 빈집에 단둘이라, 흔한 반응이 예상되네요. 재미없어라."

시로니는 쯧쯧 혀를 차더니 우릴 덩그러니 내버리고 연구실로 돌아갔다. 아, 시로니 제발. 그런 말만 툭 남기고 가면 우린 어떡해요. 당신 덕분에 지금 내 다리몽둥이가 위험해요!

나는 지금 시로니의 침실에서 문을 꼭 걸어 잠그고 손톱을 톡톡 깨물고 있다. 이 초조함은 지금 내가 처한 상황과 시로니의 무신경함이 빚어낸 필연의 산물이다. 어떡하지? 정말 이 빈집에서 쟤랑 단둘이 서른 시간 꼭 채우고 있어야 돼? 밤까지? 엄마, 내가 일부러 이런 거 아니야. 내 다리 부러트리지 말아 줘.

나는 침대에 오도카니 앉아 마음을 다스리려고 애썼다. 이 경우 먼저 어색해하면 지는 거야. 어색해하면 더 어색해지니까, 그럼 정말 끝장까지 어색해지니까 지는 거야! 물론, 평소에도 같이 살면서 문만 열고 나오면 만날 수 있긴 했다. 하지만 그곳은 기달티나 아야라, 그리고 꼬맹이들이 잔뜩 있는 밝고 건전한 세계였다. 그런데 이건 좀 아니지, 도의적으로 좀 많이 아니지……. 이렇게 텅 빈 집에 단둘이라니, 너무 조용해서 서로의 인기척밖에 들리지 않는 곳에서 꼬박 하루라니. 아직 어린 우리는 이래선 안 돼. 이건 옳지 않아.

나는 근심하며 두 손으로 뺨을 감쌌다. 시기적절하게 언니가 해준 수많은 이야기가 떠올랐다. 연애 경력 화려한 우리 언니는 내게 참 여러 가지를 알려 주었다. 엄마가 알면 언니의 다리몽둥이도 무사하지 못하겠지만, 어쨌든. 어떡하지? 언니의 남자 친구들처럼 라이시도 '오빠 믿지?' 혹은 '나 사랑하지?' 하고 접근하면 난 어떡하지? 어떡하긴 뭘 어떡하나. 내 몸은 내가 지켜야지.

내가 마음의 벽을 차곡차곡 쌓을 때였다. 때마침 문 두드리는 소리와 함께 라이시의 목소리가 들려왔다.

"공주님, 잠깐 괜찮으십니까?"

"안 돼!"

나는 냉철하게 외쳤다. 그러자 잠깐의 침묵 후 라이시의 나직한 목소리가 돌아왔다.

"왜죠?"

"우리에겐 안전거리가 필요해."

"……그건 또 왜죠?"

"결혼 전까진 손만 잡으라는 우리 어마마마 엄명. 근데 넌 벌써 아웃이야. 이제 우리 엄마한테 죽었어."

내가 으름장을 놓자 문고리가 덜컥 흔들렸다. 그냥 문을 열고 들어올 생각인가 본데, 이미 꼭 잠가 놓은 덕에 헛바퀴만 돌 뿐이다. 내가 철저한 방비에 뿌듯해하는 사이 라이시가 다시 문틈에 대고 진지하게 말했다.

"가끔 헛소리하는 건 잘 알지만 지금은 별로 시의적절치 않습니다. 일단 나오시죠."

"싫어, 이 짐승아."

나는 끄떡도 않고 그를 도발했다. 문을 걸어 잠근 상태에서 남자친구를 놀리는 일은, 음, 생각보다 훨씬 흥미진진했다. 쓸데없이 의기양양해져서 반응을 기다리는데 곧 그의 목소리가 되돌아왔다.

"빨리 안 나오면 대단히 후회하실 것 같습니다. 지금도 이미 좀 늦었습니다."

화를 낼 줄 알았는데 뜻밖에도 라이시의 대답은 끝까지 정중했다. 뭐지, 함정? 나는 긴가민가하며 침대에서 일어나 문을 열고 살짝 고개를 내밀었다. 아, 라이시가 시의적절하지 않다고 한 건 이것 때문이구나. 나는 침착하게 다시 문을 닫고 소리 없이 비명을 질렀다. 문 앞에는 라이시만 있는 게 아니었다. 으앙! 나는 머리를 쥐어뜯으며 괴로워하다가 이럴 때가 아니라는 걸 깨닫고 재빨리 머리를 정돈했다. 그러곤 아무 일도 없었다는 듯 도로 문을 열며 말했다.

"무슨 일인데? 아, 안녕하세요?"

내가 애써 태연하게 행동하자 라이시는 나를 안쓰럽게 바라보았다. 그 바람에 옆에 선 소년의 얼굴이 더 난처해졌다. 그렇게 웃을락 말락 한 표정으로, 웃고는 싶은데 차마 웃지는 못하는 얼굴로 그 소년이 내게 말했다.

"식사와 갈아입으실 옷을 가져왔습니다. 시로니 교수님께서 몇 가지 당부하신 일이 있어서 설명을 드리려고 하는데, 잠시 괜찮을까요?"

"아, 물론이죠."

대답하며 애써 웃긴 했는데 미소가 제대로 지어졌는지 잘 모르겠다. 날 바라보던 라이시는 한숨을 푹 내쉬었고 옆에 있던 소년은 결국 헛기침하는 척을 하며 웃음을 터트렸다. 그래서 나는 몇 달간 얼굴도 못 본 엄마와 언니가 그 어느 때보다 미워졌다.

"시로니 교수님의 비서인 디브리라고 합니다."

디브리는 체구가 작고 얼굴이 깨끗한 소년이었다. 만약 남자 옷을 입지 않았다면 남자인지 여자인지 한참 고민했을 것 같다.

"앞으로 머무시는 동안 불편한 점은 제게 말씀해 주세요. 식사는 때마다 제가 올려 드리겠습니다. 의복은 도시의 정규 복식으로 갈아입으시면 됩니다. 그 편이 눈에 덜 띌 테니까요. 외출하실 땐 반드시 교수님의 인장이 찍힌 패를 소지해 주세요. 이게 신분증 역할을 할 겁니다."

디브리는 그렇게 말하며 시원스레 웃었다. 그러곤 날 보며 의미심장하게 말했다.

"그리고 정말 필요하시다면 공주님께서 안전거리를 유지하실 수 있도록 조치하겠습니다."

죽을 만큼 쪽팔렸지만 나는 그냥 모르는 척 미소 지었다. 옆에서 느껴지는 라이시의 시선도 애써 모르는 척했다. 그냥 엄마도 밉고 언니도 미울 따름이다.

"혹시나 해서 묻는데."

라이시가 불현듯 꺼낸 말에 나는 고개를 들었다.

"궁지에 몰리면 희열이 느껴지고 그럽니까?"

나는 의아해하던 눈으로 라이시를 매섭게 노려봤다. 그러나 라이시는 여전히 진지했다.

"만일 그렇다면 그걸 대체 어떻게 감당해야 할지……."

"……밥 먹자."

디브리가 떠나고 우리는 지금 식사 중이다. 그가 가져온 점심은 꽤 고급스러웠지만 나는 좀처럼 즐길 수가 없었다. 아까 있었던 일련의 사건 때문에. 입안의 음식을 풀처럼 씹다가 힐끗 앞을 보았다. 라이시는 태연하게 식사를 하고 있었다. 조용히 쳐다보는데 라이시가 갑자기 팔을 뻗었다. 나는 흠칫 놀랐지만 그의 목적은 식탁 가운데 있는 소금이었다. 괜히 놀란 게 무안해서 나는 다시 눈치를 봤지만 그는 내게 신경 쓰지 않고 묵묵히 식사만 했다.

식사가 끝날 때까지 우린 그런 분위기였고, 식사를 마친 후에는 자연스럽게 각자의 방으로 흩어졌다. 그렇게 혼자 방으로 돌아와서 나는 침대에 풀썩 누웠다. 그 상태로 멍하니 있다가 얼마 지나지 않아 나는 곧 지루해졌다. 잉, 심심해. 라이시는 뭐하지? '오빠 믿니'는커녕 내 방 앞을 지나다니지도 않는다. 걘 지금 혼자 뭐하고 있을까? 나는 가만히 있기가 따분해서 결국 슬그머니 밖으로 나왔다. 라이시를 찾아 집 안을 돌아다니다가 시로니의 서재에서 그를 발견했다. 내가 기웃대며 다가갔지만 라이시는 돌아보지 않고 앉아서 책만 보고 있었다. 기다렸지만 끝내 봐주지 않아서 나는 먼저 말을 걸었다.

"뭐 해?"

"책 읽습니다."

라이시는 책에 눈을 고정한 채로 심드렁히 답했다. 내가 온 걸 이미 알고 있었는지 놀라는 기색도 없었다. 시로니가 보고 싶은 책이 있다면 봐도 괜찮다고 하긴 했다. 그렇다고 진짜 그렇게 책만 읽을 거야? 나는 책장 옆 의자에 걸터앉으며 서재의 이모저모를 둘러보는 척 라이시를 관찰했다. 그렇게 조신하게 앉아서 쳐다보고 있는데 라이시가 갑자기 읽고 있던 책을 덮었다. 그리고 내 쪽으로 걸어오더니 의자에 앉아 있는 내게로 몸을 숙였다. 그 접근에 나는 눈을 동그랗게 뜨고 숨을 멈췄다. 하지만 그의 손이 향한 곳은 내가 아니라 내 머리 위의 책장이었다. 책장에서 새 책을 빼낸 라이시는 다시 원래 자리로 돌아가 책을 펼쳤다. 나는 잠깐 놀랐다가 급속도로 식어 버렸다. 아, 왠지 분하다. 나는 꿍하니 그의 뒷모습을 노려보다가 슬그머니 다가갔다.

"무슨 책 읽어?"

기껏 상냥하게 말했건만 라이시는 돌아보지도 않고 내 머리에 책한 권을 툭 얹었다.

"심심하면 공주님도 책이나 읽으시죠. 불편하면 방에서 보시든가."

내가 마지못해 책을 받자 라이시는 다시 무심하게 팔을 거뒀다. 뭐야, 이 냉대는. 나는 볼을 부풀린 채 라이시의 뒷모습을 쳐다보았다. 어떡할까. 책 들고 방에 들어가서 완전 삐쳐 볼까? 잠깐 생각했지만 그건 별로 좋은 생각이 아닌 것 같았다. 그래서 나는 책을 내려놓고 라이시의 목을 꼭 끌어안았다. 그러자 라이시가 드디어 반응했다.

"뭡니까?"

다만 정말 어이없다는 목소리로. 이거 좀 민망하다. 그래서 나는 그에게 매달린 채 자그맣게 대답했다.

"놀아 줘."

"짐승이라고 할 땐 언제고 양심도 없네요."

이것 봐. 삐쳤네, 삐쳤어. 아닌 척하면서 삐쳐 있었어.

"우린 모두 짐승이지."

"전 아닙니다."

아까 한 말을 어떻게든 만회해 보려 했지만 라이시는 완고했다. 그래서 나는 어떡할까 고민하다 엄청 불쌍하게 매달려 봤다.

"아잉, 오빠아."

"안전거리나 유지하시죠, 누님."

그러나 실패했다. 쳇. 하지만 나는 좌절하지 않고 다시 졸랐다.

"놀자."

"어머님께 혼나기 싫습니다."

"괜찮아, 내가 옆에서 같이 혼나 줄게."

"그 편이 훨씬 더 비참할 것 같은데요."

대답하는 목소리가 정말 진지해서 나는 그의 목덜미에 대고 킥킥

웃어 버렸다. 그게 간지러웠는지 라이시가 내 머리를 밀며 말했다.

"그리고 이런 식으로 매달리려면 저한테 허락부터 받으시죠."

우와, 진짜 속 좁아. 게다가 자기는 지키지도 않았으면서.

"일일이 말하고 하면 그게 더 변태 같을 텐데."

"괜찮습니다. 그 소린 워낙 많이 들어서."

앤 아닌 척하면서 내가 했던 말 은근히 다 담아 둔다. 역시 속 좁아. 나는 라이시가 밀어낸 만큼 다시 다가가며 그에게 이런저런 허락을 구해 봤다.

"옆에 앉아도 돼?"

"안 됩니다."

"머리 만져도 돼?"

"안 돼요."

"그럼 눈 찔러도 돼?"

"남자였으면 멱살이라도 잡을 텐데."

나는 그의 목을 끌어안으며 다시 웃음을 터트렸다. 그러자 라이시가 한숨을 쉬더니 자기 어깨에 감긴 내 팔을 풀었다. 그리고 뒤돌아서 나를 마주 보았다.

"이거 진짜 제멋대로네."

꽤 열 받는다는 표정이다. 제멋대로라니, 나는 라이시의 말을 곱씹다가 한껏 진지하게 말했다.

"그게 내 매력이야."

"얼씨구."

라이시가 기가 막힌다는 표정을 지었다. 거기에 대고 내가 생글생글 웃자 라이시는 내 양 볼을 꼬집었다.

"웃지 마. 못 생겼으니까."

말 한번 예쁘게도 한다. 나는 내 뺨을 꼬집는 손을 치우려고 그의 팔을 때렸다. 그랬더니 라이시는 오히려 내 볼을 쭉 잡아당겼다.

"아, 하디 마!"

내가 바보같이 말하자 라이시가 피식 웃었다. 그의 손을 떨치려 도리질 쳤지만 라이시는 놓치지 않으려고 내 얼굴을 딱 붙잡았다. 그대로 힘겨루기를 하느라 내가 낑낑대며 안간힘을 쓸 때 라이시가 갑자기 손을 놓았다. 그 바람에 나는 균형을 잃고 그에게 와락 안겨 버렸다. 내가 얼떨결에 안기자 라이시는 태연한 목소리로 말했다.

"이건 내 잘못 아니죠."

그러면서 라이시가 내 등에 손을 얹는 바람에 나는 조금 난처해졌다. 안 돼, 어색해하지 마. 어색해하는 쪽이 지는 거야! 내가 매달릴 때 꼬떡도 안 한 라이시를 떠올리며 나도 아무렇지 않은 척 주섬주섬 몸을 일으켰다. 하지만 도저히 민망한 기분을 숨길 수가 없었다. 얼굴에는 이미 고스란히 티가 났을 거다. 아니나 다를까 라이시는 내 얼굴을 보더니 웃음을 터트렸다.

"이러다 정말 엄마한테 혼나겠네요."

"넌 끝났어. 우리 엄마 진짜 무서워."

내가 창피해하며 중얼대자 라이시는 강아지 쓰다듬듯 내 머리를 마구 헝클어트렸다. 내가 비명을 지르는 사이 그가 일어나며 말했다.

"밖으로 나가죠. 집에서만 놀다 정말 혼나기 전에."

나는 화내야 할지 웃어야 할지 모를 기분으로 라이시를 바라보았다. 꽤나 농락당했지만 그래도 목적은 달성했다. 아이고, 힘들다.

우리는 나가기 전에 먼저 옷을 갈아입었다. 디브리가 전해 주고 간 옷은 셔츠와 일자 스커트로 된 감색 제복이었다. 스커트와 같은 색깔인 정장 상의도 있었는데 어깨와 가슴에 화려한 자수가 놓여 있었다. 넥타이까지 매고 거울 앞에 선 내 모습은 여군이나 여경 같았다. 이런 옷은 처음 입어 본다. 나는 거울 앞에서 빙글빙글 돌며 옷차림을 요모조모 뜯어보다가 마지막으로 매무새를 정돈했다.

방에서 나와 보니 마찬가지로 옷을 갈아입은 라이시가 기다리고 있었다. 그가 입은 옷은 마치 장교들이 입을 법한 긴 코트였다. 각 잡힌 모자도 있지만 라이시는 쓰기 싫은지 손가락으로 빙빙 돌리고 있었다. 나는 라이시가 돌리던 모자를 그의 머리에 씌워 주고 흐뭇하게 웃었다.

"잘생겼다."

"저도 아닙니다."

기껏 칭찬해 줬건만 대답은 그게 전부다. 너도 나한테 잘 어울린다고 한마디쯤은 해줘야 하는 거 아니니? 하지만 라이시는 뭐라 말하는 대신 고개를 까딱였다. 준비 다 했으면 나가자고. 그래, 내가 너한테 뭘 바라니. 맨 정신으로는 인사치레라도 예쁘다는 소리 못 듣지. 나는 입술을 삐죽이다가 그게 이 녀석의 한계라는 걸 인정했다. 그래서 바다처럼 넓은 마음으로 그에게 팔짱을 꼈다. 무뚝뚝한 내 남자 친구가 웃어 버리도록. 작전은 성공했고 라이시는 결국 피식 웃었다. 나는 그와 마주 웃으며 사이좋게 밖으로 나갔다. 신난다, 데이트야!

신난다, 데이트야.

응, 신나자. 데이트잖아.

근데 어째 전혀 신나질 않네. 뭐지, 이 동네 분위기 왜 이러지?

관사 밖으로 나올 때만 해도 나는 들떠 있었다. 라이시와 함께 돌아다닐 생각으로. 그런데 막상 나와서 본 도시는 너무 삭막했다. 놀 분위기가 전혀 아니었다. 정문에서 시청까지는 거대한 동상과 시로니의 떠들썩함에 정신이 팔려서, 그리고 시청에서 관사까지는 거리가 너무 가까워서 분위기를 살필 겨를이 없었다. 그래서 당연히 시끌벅적한 분위기일 거라고 생각했다. 도시니까. 그런데 막상 나와 보니 이 도시는 기묘하게 조용했다.

광장에는 평범하게 돌아다니는 사람보다 제복 입은 사람이 훨씬 많았다. 그런 사람들이 곳곳에서 삼엄한 눈으로 주변을 경계하고 있으니 분위기가 경직된 것도 이해가 간다. 제복을 입지 않은 사람들은 위축된 표정으로 재빨리 걸어 다니고 있었다. 혹 저들과 눈이라도 마주칠까 두려워하면서. 이러다 보니 라이시와 사이좋게 팔짱을 끼는 건 굉장히 어색한 일이었다. 그래서 나는 슬쩍 팔을 빼며 말했다.

"분위기가 이상해."

"제가 보기에도 그렇습니다."

우리는 광장을 쭉 둘러보았다. 이 숨 막히는 분위기는 대체 뭐지? 웃고 이야기하는 사람이 단 한 명도 없다. 주변을 둘러보던 라이시가 지나가던 한 아이와 부딪혔다. 자그마한 아이를 못 본 라이시의 실수였다. 그 바람에 아이가 넘어졌고 나는 아이에게 손을 뻗었다. 일으켜 세워 주려고 그런 건데, 내가 손을 내미는 순간 아이가 기겁하며 몸을 사렸다. 내 손이 마치 칼끝이라도 되는 양 사색이 되어 입술을 달싹였다. 아이의 반응에 내가 더 놀랐다. 그 사이 한 여자가 황급히 달려와 아이를 감싸 안고 빌기 시작했다.

"죄송합니다, 아이가 어려서 그랬어요. 죄송합니다, 죄송합니다……."

다급히 사과하는 여자를 보며 나는 당황했다. 그런데 여자는 내 얼굴이 아니라 옷을 보고 있었다. 왜 그래요, 이게 뭐라고. 나는 겉옷을 벗고 셔츠 차림으로 아이를 일으켜 세웠다. 그러자 여자는 이유도 없이 빌던 것을 멈추고 나를 바라보았다

"우리가 잘못한 거예요. 못 봐서 미안해요."

내가 사과하자 여자의 얼굴이 얼떨떨해졌다. 마땅한 사과를 했건만 여자는 오히려 당황했다. 그 여자는 내 눈치를 살피더니 이내 아이와 함께 달려가 버렸다. 그들을 보내고 나는 몸을 일으켰다. 주위를 다시 둘러보니 사람들이 우릴 바라보고 있다가 눈이 마주치자 황급히 흩어졌다. 나는 살얼음 같은 공기를 느끼며 낮게 말했다.

"정말 이상해."

사람들이 눈치를 보며 우리를 슬금슬금 피하고 있었다. 이유는 바

로 우리가 입은 옷 때문이었다. 광장을 둘러보는데 중앙의 동상이 다시 눈에 들어왔다. 동상은 여전히 첨예한 손끝으로 하늘을 찌르고 있었다. 금속으로 만들어진 여자는 나를 조금도 닮지 않았다. 그 여자는 누군가를 돌보거나 일으키는 일엔 아무런 관심이 없어 보였다. 그저 강인하게 앞서 나갈 뿐, 자신을 따르지 못하는 자들은 내버려두고 오직 목적지만 강조할 따름이다.

그때였다. 멀리서 호루라기 소리와 고함 소리가 들려왔다. 심상치 않은 느낌에 나는 라이시와 함께 소리의 근원지로 달려갔다. 그 소란은 광장 끝, 으슥한 골목 사이에서 벌어지고 있었다. 서너 명의 청년이 제복 입은 사람들에게 발길질을 당하고 있었다. 그 사이에는 여자도 있었다. 여자는 머리채를 붙잡힌 채 질질 끌려가고 있었다. 골목의 벽에는 커다란 대자보가 걸려 있었다. 제복 입은 사람들은 청년들을 폭행하는 한편 벽에 걸린 그 천을 뜯어내고 있었다. 그 광경을 보고 내가 질겁해서 외쳤다.

"멈춰요!"

하지만 아무도 내 목소리를 듣지 않았다. 제복 입은 사람들의 성난 고함 소리, 구둣발에 밟히는 청년들의 비명 소리, 도망치는 청년들을 위협하는 호루라기 소리. 온갖 소리가 너무 컸다. 내 목소리는 거기에 파묻혀 누구에게도 들리지 않았다. 끌려가지 않으려고 버티던 여자가 찢어질듯 비명을 질렀다. 나는 안달하며 라이시를 재촉했다.

"말려 줘, 빨리!"

내가 그렇게 말하기 전에 라이시는 이미 앞으로 나서고 있었다. 그런데 그가 걸어가는 순간 그 아수라장은 찬물을 끼얹은 양 경직되었다. 아직 아무것도 하지 않았는데, 말 한마디도 하지 않았는데 말이다. 무자비하게 폭력을 휘두르던 사람들은 라이시를 보더니 딱딱하게 굳었다. 아니, 더 정확히는 라이시가 아니라 그가 입은 옷을 보고 그렇게 얼어붙었다.

나는 바닥에 쓰러진 사람들을 바라보았다. 미처 달아나지 못하고 붙잡힌 청년은 셋, 전부 만신창이였다. 여자 한 명은 바닥에 끌린 무릎에 피를 흘리며 울음을 참고 있었다. 그 참담한 모습에 몸이 떨렸다. 나는 두려운 마음으로 조심스럽게 물었다.

"이 사람들에게 왜 그러는 거죠?"

제복 입은 사람 중 하나가 머뭇대다가 대답했다.

"불법 선전물을 붙이고 있었습니다."

불법 선전물? 나는 벽에 아직 걸려 있는 커다란 천을 바라보았다. 무슨 일이 벌어진 건지 이해할 수가 없었다. 다른 곳도 아니고 이 도시에서 왜 이런 일이 벌어지는지 정말 이해할 수 없었다. 나는 현기증을 느끼며 다시 물었다.

"이 사람들은 이제 어떻게 되죠?"

"정치범으로 여겨 수용소로 연행할 예정입니다."

군기 잡힌 대답에 나는 고개를 저었다. 수용소라니. 불법 선전물만큼이나 이 도시에 어울리지 않는 말이다.

"이 사람들을 내버려 두세요."

"하지만……."

"그냥 두세요."

내 요구에 제복 입은 사람들이 술렁이기 시작했다. 내게서 어떤 이 질감을 느낀 걸까? 제복 입은 사람이 머뭇대며 말했다.

"자이트 서기관님께서 반란 분자를 모두 체포하라고 명령하셨습니다. 실례지만 귀하께서는 누구시기에 그 명령에 반하시는 겁니까? 신분을 확인해 봐도 되겠습니까?"

자이트라는 이름 때문에 내가 굳어 있는 사이 라이시가 품 안에서 패를 꺼냈다. 시로니의 인장이 찍혀 있는 그 패였다. 제복 입은 사람이 그것을 세심하게 살펴보더니 다시 돌려주며 내게 거수경례했다.

"몰라 뵈어 죄송합니다, 교수님."

아무래도 저 사람은 내가 시로니인 줄 착각한 모양이다. 그가 아직 어수선하게 서 있는 사람들에게 고갯짓을 하자 그들은 피 흘리는 청년들을 내버려 둔 채 철수하기 시작했다. 제복 입은 자들이 떠나고 나는 바닥에 쓰러진 여자에게 다가갔다. 머리는 산발이고 얼굴 이곳저곳엔 멍이 들어 있었다. 여태 숨죽이고 있던 그 여자는 사람들이 떠나자 서럽게 울기 시작했다. 내가 그를 일으키지 못하고 머뭇댈 때였다.

"공주님이십니까?"

뜻밖의 물음에 나는 고개를 들었다. 한 남자가 나를 바라보고 있었다.

"혁명군 본부에서 뵌 적이 있습니다. 키브사 공주님이 맞으십니까?"

그렇게 묻는 남자의 눈가는 붉게 충혈되어 있었다. 그 눈을 마주 보며 나는 천천히 고개를 끄덕였다. 그 눈에서 기어이 눈물이 떨어질 때, 나는 덩달아 울고 싶었다.

이미 엉망으로 찢어진 대자보로 다친 사람들의 상처를 대강 싸맸다. 만신창이인 그들은 하나같이 우울한 얼굴을 하고 있었다. 나는 그들을 바라보다가 슬프게 물었다.

"왜 이렇게 된 거죠?"

"자이트의 폭정 때문입니다."

폭정이라니. 그런 단어는 이제 이 도시에 없을 줄 알았는데. 나는 고개를 돌려 라이시를 바라보았다. 그는 대자보를 펼쳐 보고 있었다.

"도시에서 자행되는 여론 조작과 계급주의, 그리고 인종 세탁을 규탄한다는 내용입니다."

앞의 것들은 그렇다 쳐도 마지막 말은 쉽게 이해되지 않았다. 인종 세탁이라니, 무슨 뜻인지 모르겠지만 말 자체가 듣기 거북하다. 그래서 나는 미간을 좁힌 채 사람들에게 물었다.

"인종 세탁이 뭐죠?"

"보름 전에 **빼돌린** 자이트의 밀서에 있던 내용입니다. 우수한 인간만 남기고 열등한 인간은 멸종시키자는 자이트의 인구 계획입니다."

"멸종이라뇨?"

나는 놀라서 되물었다. 그러자 내게 대답했던 사람이 분노를 삼키며 설명했다.

"일정 기준에 부합한 사람에게만 후손을 남길 자격을 주고 장애나 전과가 있는 사람, 그리고 비교적 무능한 사람에겐 출산을 금지시키는 겁니다. 지난주에 이미 법으로 공포했고 지금은 그들에게 투여할 약을 개발 중입니다. 아이를 낳을 수 없게 만드는 약을 말입니다."

나는 얼이 빠져서 듣다가 약을 개발 중이라는 말에 흠칫 놀랐다. 그런 걸 만들 수 있는 사람이 이 도시에 누가 있지? 믿고 싶지 않지만 딱 한 사람이 떠올랐다.

"그 약을 누가 만들고 있죠?"

"물론 시로니 교수입니다. 하지만 지금 교수는 연구를 거부하고 있습니다. 처음엔 시민을 위한 피임약인 줄 알고 개발을 시작했지만 지금은 진의를 알고 손을 뗀 상태입니다."

시로니가 거기 동의하지 않았다는 사실에 나는 가까스로 안도했다. 하지만 그 외의 것들은 여전히 이해하기 어려웠다.

"자이트는 왜 그런 짓을 하는 거죠?"

"모르겠습니다. 대체 무슨 생각인지 그는 지금 시민들을 구분 짓고 정리하고 있습니다. 가장 우수하고 쓸 만한 인간에겐 제복을 입히고 그 외의 자들에겐 등급에 따른 색깔 옷을 제공합니다. 우리는 원하는 옷을 선택할 기회조차 박탈당했습니다."

남자는 침울한 얼굴로 말했다. 나는 점점 답답해져서 다급히 되물었다.

"테루아 아저씨는요? 그걸 그냥 지켜보고만 있었나요?"

"문건이 유출되자마자 시장님은 자이트를 찾아갔습니다. 하지만 그날 이후 시청에 발을 들이지 못하고 계십니다. 지금은 사택에 구금되어 꼼짝도 못 하는 신세입니다."

나는 할 말을 잃었다. 몇 달 전 내가 기억하는 두 사람은 그렇지 않았다. 그들은 서로의 손을 맞잡았고 같은 곳을 보고 있었다. 아니, 탑이 무너지던 그때를 생각할 것도 없다. 우리 성에 왔을 때 자이트는 테루아의 이야기를 즐겁게 했었다. 내가 혼란스러워하는 사이 혁명군 출신인 남자가 말을 이었다.

"자이트는 두려운 인간입니다. 아무도 모르는 사이 도시의 중심이자 실세가 되었습니다. 그는 우수한 자들에겐 제복을 입혀 자기편으로 끌어들이고 대중에겐 공주님의 이름으로 최면을 걸고 있습니다. 지금 이 도시에서 그를 거역할 수 있는 자는 아무도 없습니다."

나는 이마를 다시 찌푸렸다. 내 불쾌를 이해한 걸까, 그가 조금 낮아진 목소리로 말했다.

"광장 중앙의 동상을 이미 보셨겠죠. 완성되어 전시된 지 이제 닷새째입니다. 매일 정오 시민들은 광장에 모여 동상에 절을 합니다. 그때 자이트는 도시 곳곳에 설치한 스피커로 일장연설을 합니다. 그는 말도 안 되는 소리를 힘주어 말하고 대중은 거기에 속아 넘어갑니다. 그래서 자유를 박탈당한 사람들은 그것이 공주님과 도시를 위한 합당한 희생이라고 생각합니다."

소름이 끼쳤다. 나도 모르는 사이 그런 일이 벌어지고 있을 줄이야.

"자이트는 권력층의 동의와 대중의 여론을 모두 장악했습니다. 이 도시는 그의 수중에 있다고 해도 과언이 아닙니다."

할 말이 없다 못해 어지러울 지경이다. 아까까지만 해도 멀쩡히 인사했는데, 아까 봤을 때 그는 여전히 좋은 사람이었는데. 더는 가만히 있을 수가 없었다. 나는 입술을 깨물고 있다가 그들에게 말했다.

"자이트에게 저항하는 사람들이 더 있나요?"

"혁명군 출신의 젊은이들이 저항했었습니다. 그런데 모두 수용소로 끌려가고 이젠 스무 명도 채 남지 않았습니다."

나는 고민하지 않고 곧장 말했다.

"수용소로 안내해 주세요."

우리는 도시의 외진 곳으로 향했다. 지나는 골목마다 음습함이 느껴졌다. 거리의 위생도 건물의 상태도 완벽해 보였지만 뭐라 설명할 수 없는 어둡고 우울한 분위기가 깔려 있었다. 30분 정도 걸어 우리는 수용소에 도착했다. 도시의 장벽 가까운 곳에 외따로 자리 잡고 있는 건물은 창고처럼 제대로 된 창문 하나 없이 철조망에 둘러싸여 있었다. 철조망 주변으로 삼엄하게 경계를 서고 있는 제복 입은 사람들이 보였다.

나와 라이시는 철조망 앞으로 다가갔다. 지키고 있던 자들도 역시라이시를 보자마자 거수경례했다. 그들은 상급자에게 경외심을 표하는 한편 임무를 위해 엄중히 말했다.

"어떤 용무이십니까? 방문하시려면 신분증과 허가증이 필요합니다."

더는 가짜 신분을 이용하고 싶지 않았다. 나는 그들 앞에 서서 천천히 입을 열었다.

"나는……."

그러나 내가 하려던 말은 온전히 이어질 수 없었다. 그 순간 지프차 몇 대가 우리에게 달려들었기 때문이다. 수용소 앞에 멈춰 선 차에서 한 무리의 제복 입은 사람들이 일사분란하게 내렸다. 그들은 나와 라이시를 에워쌌으나 무기를 겨누거나 위협을 가하지는 않았다. 그저 우리를 빈틈없이 막아선 뒤 뒷짐을 질 뿐이었다. 무슨 짓이냐고 물어보려는데 둘러싼 사람들의 틈이 벌어지며 한 남자가 모습을 드러냈다. 내가 이미 잘 아는 사람이었다. 하지만 이젠 누구인지 도무지 알 수 없는 사람이었다.

나는 굳은 얼굴로 자이트를 바라보았다. 그 또한 온화함을 지운 경직된 얼굴로 나를 마주 보았다. 우린 그렇게 한동안 말이 없었다. 자이트는 내 시선을 피하더니 사람들에게 명령했다.

"정중히 모셔라."

홍차가 담긴 찻잔에서 김이 피어올랐다. 이 장소에 온기라곤 그것뿐이다. 나는 라이시와 소파에 앉아 맞은편의 자이트를 바라보았다.

수용소에서 우리는 자이트를 만났다. 그는 뭐가 그리 급했는지 열 명의 장정을 동원해 우릴 에워쌌다. 아무래도 아까 시로니의 패를 본 사람들이 자이트에게 달려가 보고한 모양이었다. 우리를 둘러싼 채 자이트는 나직이 말했다.

"일단 조용히 따라와 주십시오."

잠깐 갈등했지만 우선 그를 따라가기로 했다. 듣고 싶은 이야기가 많았으니까. 결국 우린 자이트와 함께 시청으로 돌아왔다. 그때까지 그는 우리에게 손끝 하나 대지 않았지만 우린 마치 연행되는 기분이었다.

이윽고 도착한 자이트의 사무실은 시로니의 연구실과 달리 깨끗했다. 필요한 것만 정갈하게 놓여 있었는데 어딘지 이 도시의 삭막한 분위기와 닮아 있었다. 우리는 오랫동안 고요함 속에 마주 앉았다. 길어지는 침묵 끝에서 내가 먼저 입을 열었다.

"이야기를 들었어요."

"어떤 것을 들으셨죠?"

"사람들을 계급으로 나눈 것과 인종 세탁에 대해서, 그리고 저 동상에 대해서요."

"그렇군요."

"어떻게 된 거죠?"

자이트는 부정하지 않고 긴 한숨만 내쉬었다. 그 후 이어진 말은 가장 듣고 싶지 않은 말이었다.

"불가피한 일이었습니다."

나는 황당함에 할 말을 잃었다. 내 안색을 살피던 자이트는 다시 고개를 내저었다. 그러곤 나를 진정시키려는 듯 간곡하게 말했다.

"공주님, 제 이야기를 먼저 들어 주세요. 저는 당신의 이상을 실현하려고 했을 뿐입니다. 모든 사람이 행복하게 살아가는 도시를 만들기 위해 기초를 닦고 있는 겁니다."

"대체 그게 무슨 말이에요? 사람들을 이렇게 괴롭히고 있으면서, 이렇게 억압하면서 이게 무슨⋯⋯."

내가 말을 잇지 못하자 자이트가 다시 달래듯 말했다.

"먼저 제 이야기를 들어 보세요. 그럼 이해하실 겁니다."

내가 입술을 꾹 깨물자 자이트는 천천히 자신의 이야기를 시작했다.

"계급은 많은 사람을 합리적으로 다스리기 위한 선택이었습니다. 우리 도시의 규모는 기달티 성의 수백 배입니다. 그만한 인구를 관리하기 위해선 우수한 인력이 필요합니다. 그래서 도시를 위해 일하는 자들에게 권한을 주고 합당하게 대우한 것뿐입니다."

나는 눈을 내리깐 채 잠자코 이야기를 들었다. 하고 싶은 말이 많았지만 아직 들어야 할 말이 남아서 꾹 참고 다음 질문을 했다.

"그럼 인종 세탁은요?"

"제가 아야라 님과 나눈 이야기는 공주님도 함께 들어 아시죠. 저는 처음 도시를 구상하며 이요브의 메트로폴리스를 모델로 삼았습니다. 자본을 바탕으로 사람들에게 철저한 자유를 제공하고 그에 따른 적자생존을 요구하려 했죠. 하지만 아야라 님의 이야기를 듣고 그것이 최선이 아님을 깨달았습니다. 그래서 저는 일부가 필연적으로 탈락되는 중앙의 모델을 버리고 단 한 사람의 도태자도 발생하지 않도록 새로운 체제를 만들었습니다. 공주님의 말대로 모두가 서로 사랑하며 아끼는 도시를 만들기 위해서 말입니다. 그런데⋯⋯."

자이트는 잠시 말을 멈췄다. 내게 이런 말을 해도 괜찮은지 고민하는 것 같았다. 하지만 그는 나를 이해시켜야 했고 그러려면 모든 것을 털어놓을 수밖에 없었다. 자이트는 망설임 끝에 말을 이었다.

"그런데 세상엔 도저히 용납할 수 없는 인간도 존재합니다. 짐승 같거나 추하거나 악하거나, 혹은 무능해서 주위에 폐만 끼치는 자들까지. 그들은 눈 뜨고 볼 수 없을 정도로 불쾌합니다. 그들은 주변에 득보다는 실을 끼치고 다른 이들을 힘들게 만듭니다. 끊임없이 문제만 일으킵니다. 그들은 공주님이 말씀하신 사랑이라는 감정을 불러일으키지 않습니다. 그들은 사랑할 대상이 아니라 참고 견뎌야 할 대상입니다. 그런 자들 때문에 선량한 자들은 이유 없이 고통받습니다."

그렇게 말하며 자이트는 이를 악물었다. 얼굴에 혐오감이 고스란히 드러났다. 아니, 그는 자신이 말하는 자들을 혐오하다 못해 증오하고 있었다. 뼛속까지 그들을 저주하고 있었다. 그는 격양된 채 이를 갈다 폐부에 찬 숨을 깊게 내쉬었다. 그리고 애써 누그러트린 목소리로 말을 맺었다.

"단 한 사람도 포기하지 않기로 했으니 그들도 끌어안고 돌보기는 할 겁니다. 하지만 다음 세대에 그들과 같은 오점을 남겨서는 안 됩니다. 그럼 지금 드러난 문제들이 똑같이 반복될 테니 말입니다."

"그래서 그랬나요?"

"네. 그래서 그들의 번식 금지를 결정했습니다. 병이나 성미나 무능은 대부분 부모에게 물려받기 마련입니다. 그래서 다음 세대를 위해 불쾌한 유전은 우리 대에서 끊기로 했습니다."

번식이라는 말에 나는 하마터면 웃을 뻔했다. 아니, 사실은 울 뻔했다. 나는 가까스로 참아 내며 그에게 마지막 것을 물었다.

"저 동상은요?"

"우리에게 상징적인 인물이 필요하다는 이야기는 이미 여러 번 했었죠."

그랬다. 그래서 지난번에 자이트는 내게 이 북쪽 도시로 같이 가자고 제안했었다.

"말씀드렸다시피 우리 도시는 규모가 큽니다. 그들을 통제하기 위한 방편입니다."

"날 이용한 거군요."

내가 나지막이 말했지만 자이트는 부정하지 않았다.

"덕분에 안전한 도시를 이룩했습니다."

안전한 도시라니, 그럼 불과 한 시간 전에 내가 본 건 뭐지? 이 안전한 도시에서 왜 남자들이 구둣발에 차이고 여자가 머리채를 잡혀 끌려가는 거지? 나는 치밀어 오르는 것을 애써 억눌렀다. 자이트는 내 기색을 살피다 다시금 중얼댔다.

"저는 사람들을 위해 이상적인 도시를 세우고 있습니다. 공주님이 보시기에 비정한 부분도 있겠지만, 그게 최선이라고밖에 말할 수 없습니다."

나는 목이 메었다. 그러나 한숨을 한 번 깊게 내쉬고 애써 담담하게 말했다.

"그날, 탑이 무너졌던 날 시로니가 그랬어요. 앞으로 세워질 도시에서는 모두가 행복하게 살아갈 거라고."

"맞습니다. 지금 이것이 바로 그 과정입니다."

자이트의 대답에 나는 피로를 느끼며 반문했다.

"그런데 왜 사람들이 무서워하죠? 왜 제복 입은 사람을 보면 겁먹고 도망치죠? 관리자가 필요했다고요? 뭘 어떻게 관리했기에 어린애가 겁을 먹고 하지도 않은 잘못을 사과하는 거죠?"

내가 잠깐 동안 보고 들은 것은 그날의 꿈과 너무나 다르다. 나는 서글픈 마음으로 다시 그에게 따졌다.

"인종 세탁이라는 건 또 뭐예요. 나는 사랑하라고 했지 사랑할 만한 사람들만 남겨 두라고 하지 않았어요. 그 밖의 사람들을 다 없애 버리란 소리가 아니었어요."

"공주님, 그건 어쩔 수 없는……."

자이트의 계속되는 변명에 나는 비명처럼 소리쳤다.

"어쩔 수 없지 않아요! 왜 이해하질 못해요. 계속 나중 일만 강조하면서 바로 지금 또 사람들을 버리고 있잖아요, 대의라고 말하면서 사람들을 희생시키고 있잖아요!"

내 외침에 자이트는 입술을 꾹 다물었다. 이윽고 그가 괴로운 목소리로 말했다.

"공주님, 당신의 희망찬 이야기는 저도 좋아합니다. 하지만 현실은 결코 그렇지 않습니다. 그 간극을 메우기 위해선 결단하는 자들도 필요합니다."

"그래서 날 이용했나요? 내 동상을 세워 놓고 이 도시의 억지를 따르는 게 날 위한 일이라고 거짓말했어요? 그 동상을 만들기 전에 나에 대해서 제대로 알려 주긴 했어요? 내가 바라는 사람들의 삶이 뭔지, 이 도시의 사람들은 조금이라도 알고 있어요?"

눈물이 날 것 같아서 이를 악물었다. 간신히 눈물을 삼키고서 나는 잠긴 목소리로 말했다.

"당연히 모르겠죠. 그걸 알면 이 도시가 잘못됐다는 것도 다들 알 테니까."

계속 난처한 표정만 짓던 자이트의 얼굴이 굳어졌다. 그가 곧 험해진 얼굴로 반박했다.

"공주님이 이 도시에 대해 뭘 아십니까? 어쩔 수 없다는 말이 그저 변명으로만 들립니까?"

그렇게 말하는 자이트는 궁지에 몰린 듯 처절해 보였다. 그가 괴로워하며 내게 소리쳤다.

"당신의 그 작은 성과 이 도시를 비교하지 마십시오. 고작 천 단위의 작은 마을에서야 당신의 탁상공론이 그럭저럭 맞아떨어질지도 모릅니다. 사랑이라는 말이 만병통치약일지도 모릅니다. 하지만 수십만 명이 모인 이 도시는 다릅니다. 철저하게 통제하지 않으면 언제 어떤 일이 벌어질지 모릅니다. 이 도시는 바늘 끝에 올린 접시 같습니다. 균형을 맞추지 않으면 순식간에 뒤집힙니다. 게다가 그 접시 위에 선 인간의 본질은 경악할 만큼 썩어 빠졌습니다. 그것들을 가공해서 제대로 된 사회를 만들자는데 그것이 그렇게 잘못입니까? 당신의 이상에 동의하고 실현하려는 내가 그렇게도 못마땅합니까?"

"나한테 동의한다고 하지 마요!"

나는 듣다못해 소리쳤다. 격양되어 범람하는 고성을 도저히 막을 수가 없었다.

"나와 전혀 다른 생각을 하면서 말로만 동의한다고 하지 말아요. 더는 날 팔지 말아요."

"공주님, 저는……."

자이트가 괴롭다는 듯 나를 불렀다. 하지만 나는 그의 말을 끊었다.

"나는 사람들을 해방시키려고 폭군과 싸웠어요. 그런데 지금 내가 대체 왜 싸웠는지 모르겠어요."

나는 웃음을 터뜨렸다. 그 조소 또한 참을 수가 없었다.

"내 앞엔 여전히 폭군이 있는데, 난 대체 뭘 한 거죠?"

자이트의 얼굴이 하얗게 질렸다. 그는 흔들리는 눈으로 나를 바라보더니 이내 고개를 떨궜다. 주먹을 움켜쥔 그가 어떤 생각을 하는지 알 수 없었다. 다만 이제라도 돌아와 주기를 바랄 뿐이었다.

"공주님."

긴 침묵 후 그가 고개를 숙인 채 나를 불렀다. 나는 지친 마음으로, 일말의 기대를 품고 그의 말을 기다렸다. 그러나 이윽고 흘러나온 말은 내 기대와 달랐다.

"제가 무슨 말을 해도 소용이 없을 것 같습니다."

내가 그 의미를 헤아릴 겨를도 없이 자이트는 말을 이었다.

"이만 도시에서 나가 주셨으면 합니다."

그렇게 말하며 자이트는 고개를 들었다. 그 얼굴에 서린 냉랭함에 나는 얼어붙고 말았다. 그는 어떤 적보다도 싸늘하게 나를 바라보며 말했다.

"이 도시는 이제 당신이 필요하지 않습니다."

문이 거칠게 열린 것은 그 직후였다. 쾅앙! 거친 소리에 우린 일제히 고개를 돌렸다. 힘껏 문을 열어젖히며 들어온 것은 다름 아닌 시로니였다.

"일단 닥쳐."

시로니는 들어오자마자 자이트에게 일갈했다. 그 바람에 뭐라 말하려던 자이트는 멈칫하고 입을 다물었다. 대신 시로니가 한껏 날이 선 목소리로 살벌하게 말했다.

"나 지금 작업 중에 방해받아서 기분 굉장히 더러워. 그러니까 신경 건들지 마."

그렇게 경고한 후 시로니는 자이트를 쏘아보며 물었다.

"지금 내 손님한테 뭐하는 거야?"

자이트는 답이 없었다. 매서운 눈빛의 시로니와 돌처럼 굳은 자이트, 그 사이에 앉은 나. 한 달 전의 우린, 그러니까 우리 중 누구라도 우리가 이렇게 되리라고 상상이나 할 수 있었을까? 자이트를 한동안 노려보던 시로니가 굳은 목소리로 나를 불렀다.

"이리 와요, 공주님."

"안 돼."

자이트가 제지했다.

"공주님은 이제 도시에 있을 수 없어."

"어째서?"

"도시를 위해서."

그 말에 시로니는 코웃음을 쳤다. 그리고 성큼성큼 테이블로 걸어와 자이트 앞에 놓인 찻잔을 들어 올렸다. 두말하는 대신 시로니는 찻잔을 자이트의 머리 위에 기울였다. 우리의 긴 대화에 이미 차갑게 식은 홍차가 그의 머리로 쏟아졌다. 차를 들이부은 후 시로니는 찻잔을 거칠게 내려놓았다.

"머리 식히고 다시 생각해 봐, 정말 도시를 위하는 게 뭔지."

앞장 선 시로니의 발걸음이 성급했다. 치밀어 오른 화를 억누르기 위해 쿵쿵대며 걷고 있었다. 이윽고 연구실에 들어오자마자 그는 바닥에 널브러진 서류를 힘껏 걷어찼다.

"망할!"

한차례 신경질을 낸 후 시로니는 연구실에 있던 남자에게 말했다. 아까 연구실로 차를 가져다준 사람이었다.

"어떻게 된 건지 날 좀 이해시켜 봐요. 왜 이 사람들이 내 신분증을 들고 바깥을 돌아다닌 거지? 저 옷은 또 뭐고. 난 분명 밖에 내보내지 말라고 했는데!"

시로니가 추궁하는 건 앞에 선 남자였지만 놀라기는 우리가 더 놀랐다. 시로니가 지금 하는 소리는 디브리가 우리에게 한 말과 정반대였다.

"저도 모르겠습니다. 제가 사택으로 갔을 때 이미 두 분은 안 계셨습니다. 그래서 계속 찾아다니다가 서기관님의 방에 계신 걸 알고 교수님께 전해 드린 게 전부입니다."

남자가 당황스럽다는 듯이 말했다. 조금 더 이어진 자세한 전말은 이러했다. 시로니는 우리를 먼저 사택에 데려다주고 자신의 비서인 그 남자를 곧장 사택으로 보냈다. 우리가 있는 동안 필요한 것을 챙겨 주도록. 비서를 보내며 시로니는 한 가지를 더 주문했다. 그건 자신이 조사에 집중할 동안 우리를 사택 밖으로 내보내지 말라는 거였다.

시로니가 특별히 원하는 건 그 한 가지였다. 그런데 정작 비서가 식사를 준비하고 사택에 들렀을 때 집 안은 텅 비어 있었다. 대신 이미 누가 식사를 가져다준 흔적이 있었고 우리가 입고 있던 의복은 각자의 방에 남아 있었다. 그에 놀란 비서가 우릴 찾아 백방으로 돌아다녔고 그러다가 우리가 자이트의 사무실에 있는 걸 알고 시로니를 부른 거였다.

어지럽게 꼬인 상황에 시로니는 잔뜩 짜증을 냈고 비서는 당혹스러워했다. 하지만 가장 어안이 벙벙한 건 나와 라이시였다. 혼란스러워하는 우리에게 시로니가 물었다.

"그 옷과 신분증은 대체 어디서 난 거예요?"

"디브리라고 하는 소년이 전해 줬습니다."

"디브리? 소년?"

"당신의 비서라고 하면서 우리에게 옷과 신분증을 가져다줬습니다. 밖으로 나갈 때 사용하라고 했습니다."

라이시의 대답에 멍하니 있던 시로니의 얼굴이 점점 일그러졌다.

"어떻게 생긴 놈이죠?"

"열다섯 살가량의 눈매가 가느다란 소년이었습니다. 도시의 제복을 입고 있었습니다."

"제길, 또 유령이야?"

시로니는 신경질을 내며 말했다. 내가 되물었다.

"유령이라뇨?"

"있어요, 얼마 전부터 소리 없이 돌아다니는 기묘한 놈이. 정체불명에 목적도 불명으로 이곳저곳 들쑤시는 수상한 놈이에요. 재수 더럽게 그런 놈한테 걸릴 줄이야."

시로니는 우리의 어긋남에 외부 개입이 있었음을 알고 간신히 분을 삭였다. 책임을 면한 비서도 겨우 한시름을 놓았다. 그 후 시로니는 비서에게 이것저것 물어보며 사태를 파악했다. 이야기를 맞춰 보니 비서의 기억에는 한 시간가량의 공백이 있었다. 그는 자신이 시로니에게 부탁을 받자마자 움직였다고 생각했지만 그건 착각이었다. 우리는 시로니의 사택에 못해도 한 시간은 머물렀다. 식사하고 각자 방에 있다가 옷을 갈아입은 시간까지 치면 한 시간이 넘는다. 정말 유령에게 홀린 기분이 들었지만 그건 지금 우리가 직면한 문제에 비하면 사소했다. 우리가 정말 해야 할 말은 그 유령에 대한 게 아니라 이 도시와 자이트에 대한 거였다. 시로니의 의도와는 다르지만 우린 그 유령 덕분에 이 도시의 면모를 살펴봤다. 그래서 지금 나는 해명이 필요하다.

내가 도시에 대해 묻자 시로니는 고개를 내저으며 한숨을 내쉬었다.

"일단 오해하지 말아요. 숨길 생각은 없었어요. 다만 결혼식 후에 알려 드릴 생각이었어요. 자이 새끼는 둘째 쳐도 시하 양은 가엾잖아요."

이해할 수 있었다. 지금 나는 결혼식은커녕 이 도시에 머무는 것도 여의치 않은 입장이 됐으니까.

"아까도 그래서 사이가 안 좋았던 거예요?"

"네. 원래 부르기 싫었는데 괜히 나중에 마주치게 하느니 얼른 인사시키는 게 나을 것 같았어요. 비밀로 해봐야 이 도시에서 일어나는 일은 다 그 사람 귀에 들어가니까요."

나는 이해할 수가 없어 고개를 저었다.

"왜 이렇게 된 거죠? 전에 봤을 때만 해도 안 그랬잖아요. 고작 한 달 만에 왜……."

"나도 모르겠어요, 변한 건지 원래 그런 사람이었는지는. 어쩌면 처음부터 달리는 방향이 달랐던 걸지도 몰라요. 같은 점에서 시작했어도 방향이 다르면 끝없이 멀어지는 법이죠."

시로니의 대답은 나를 더 서글프게 만들었다.

"나는 이런 걸 원한 적 없어요. 나는 단 한 번도 이러라고 한 적이 없어요. 나는……."

나는 입술을 꾹 깨물었다. 아까 몰려왔던 서러운 감정이 다시 가슴에 쏟아졌다. 길을 잃은 듯 혼란스럽고 여기가 어디인지 모를 정도로 어지러웠다. 내가 지금까지 걷던 길이 내가 생각했던 길이 아니라는 걸 막 깨달아 그저 암담했다. 그 가운데서 나는 울고 싶은 기분으로 말했다.

"나는 대체 왜 싸웠던 거죠?"

그러자 시로니는 얼굴을 찡그리며 고개를 저었다.

"안 돼요, 공주님. 당신은 내 앞에서 그런 소릴 하면 안 돼."

시로니는 그렇게 말하며 나를 다그쳤다.

"요새에서 내게 뭐라고 했죠? 당신이 부추겨서 나도 여기까지 왔어요. 그러니 자기가 한 일에 책임을 져요. 당신이 이러면 내가 한 일들도 다 허튼짓이 돼요. 그러니까 이제 와서 약한 소릴 하면 안 돼요. 흔들리지 마요. 당신은 내게 그러면 안 돼."

그렇게 말하는 시로니의 얼굴은 절박했다. 마치 벼랑 끝에 선 사람처럼. 그 다급한 눈빛에 나는 치밀어 오른 마음을 애써 삼켰다. 어쩔 수 없이 그래야만 했다. 숨이 막혔지만, 나는 내색조차 할 수 없었다.

시로니의 사택으로 돌아왔을 때 하늘에는 이미 노을이 지고 있었다. 나는 창가에 서서 저녁놀에 물든 광장을 내려다보았다. 많은 생각이 떠오르고 가라앉았다. 그게 너무 버거워서 쓰러질 것 같았다. 이 세상을 다 이해하기에는 나는 여전히 어리고 작았다. 그럼에도 이곳에 버텨 서야만 했다. 나는 괴로워하며 하늘을 올려다보았다. 나와 함께 있다고 한 당신이, 내게 길을 보이겠다고 한 당신이 대체 어디 있는지 보이지 않았다. 그래서 외로웠다. 외로움을 품은 채 나는 꿈을 꾸었다.

꿈속에서 나는 길을 걷고 있었다. 무척이나 좁은 길이었다. 게다가 그 길엔 가시와 찔레가 무성해서 나는 걸을 때마다 사정없이 찔리고 상했다. 그 길을 걸어온 내 발은 이미 상처투성이였다. 힘겹게 걷고 있지만 내가 왜 이 길을 걷기 시작했는지 기억이 나지 않았다.

찔레 가지를 헤치다가 그 가시에 또 한 번 깊이 찔렸다. 너무 아파서 눈물이 났다. 두 손을 펼쳐 보니 손바닥에 구멍이 나 피가 흥건했다. 대체 왜일까, 왜 나는 아파하면서도 이 길을 걷고 있는 걸까? 이렇게 아픈데, 이렇게나 외로운데 나는 대체 무엇을 위해 걸어가는 걸까.

의문이 드는 순간 이 길에서 벗어나고 싶어졌다. 지나온 길보다도 나아갈 길이 더 험했기 때문에 이제라도 그만 멈추고 싶었다. 그때 어디선가 가느다란 울음소리가 들려왔다. 내가 잃은 어린 양의 목소리였다.

그런 꿈을 꾸고 내가 다시 눈을 뜬 건 이른 아침이었다. 방에서 나왔을 때 거실엔 라이시가 앉아 있었다. 그는 이른 아침부터 거실에 나와 있었다. 아니면 여기서 밤을 샌 건지도 모르겠다. 내가 나오자 그가 내게로 다가왔다. 고개를 들고 바라보자 그가 내 안색을 살피다 물었다.

"괜찮습니까?"

그의 얼굴이 걱정스러워 보였다. 그래서 나는 웃어 주었다. 온 힘을 다해서.

"응."

하지만 라이시는 좀처럼 안심하지 않고 나를 내려다보았다. 그래서 나는 더 힘써 웃었다.

"괜찮아."

나는 괜찮다. 아니, 괜찮아야 한다.

"다시 힘낼 수 있어."

왜냐하면 나는 구세주니까.

"그러니까 괜찮아."

씻고 나와 보니 시로니의 비서가 아침 식사를 준비하고 있었다. 그는 식사를 차리다가 나를 보곤 친절하게 인사했다.

"안녕히 주무셨습니까? 조식은 간단하게 오믈렛과 베이컨으로 준비했습니다. 괜찮으십니까?"

내가 놀란 눈으로 끄덕이자 비서는 준비된 식탁으로 나와 라이시를 불렀다. 자리에 앉자마자 비서는 우리에게 허리를 숙이고 깊이 사과했다.

"어제는 제 부족함으로 폐를 끼쳤습니다. 정말 죄송합니다."

그가 머리까지 숙이며 사과하는 바람에 나는 다급히 손을 내저었다.

"괜찮아요, 사고였잖아요. 이렇게 사과 안 하셔도 돼요."

"어제 같은 불미스러운 일이 없도록 오늘은 제가 두 분과 함께 있을 겁니다. 불편하시더라도 교수님의 조사가 끝날 때까지만 양해 부탁드립니다. 소개가 늦었지만, 제 이름은 디브리입니다."

디브리? 내가 놀라자 비서가 씁쓸한 얼굴로 웃었다.

"어제 유령이 훔쳐 쓴 게 제 이름입니다."

그랬구나. 나는 천천히 끄덕이며 어제 만났던 소년을 떠올렸다. 어젠 정말 대단하게 농락당했다. 그 애는 대체 정체가 뭘까? 목적은 뭐였을까? 어제 우리가 무슨 일을 당했는지조차 알 수가 없다. 그게 함정이었는지 도움이었는지, 원망할 일인지 고마워할 일인지, 그래서 그가 우리의 적인지 아닌지 전부 모호할 따름이다. 유령의 개입으로 우리는 예정보다 빨리 이 도시의 상황을 알게 됐다. 그래, 어차피 알게 될 것을 며칠 일찍 알았을 뿐이다.

과연 단지 그뿐일까, 의문이 들지만 확인할 길은 없다. 혹 그게 전부가 아니더라도 어쨌든 우리는 이미 주어진 하루를 견디듯 살아가야 한다.

식사를 마치고 거실 소파에 앉아 있는데 디브리가 간식을 들고 왔다. 시나몬 향이 나는 차와 쿠키였다. 아무 생각 없이 보다가 병아리 모양 쿠키를 발견하고 나는 눈을 크게 떴다. 우와, 귀여워! 내가 쿠키를 들고 감탄하자 디브리가 물었다.

"무슨 문제가 있으십니까?"

"귀여워서 못 먹겠어요."

내가 감격한 표정으로 말하자 디브리는 웃으며 돌아섰다.

"그럼 다른 모양으로 가져다 드리겠습니다."

앗, 말만 그렇지 어차피 먹기 시작하면 똑똑 부러트리면서 다 먹을 건데. 하지만 내가 말리기도 전에 디브리는 부엌으로 들어갔다. 번거롭게 굴어서 미안하기도 했지만 나는 그보다도 군말 없이 다과를 차리는 저 남자가 인상적이었다. 아침 먹을 때도 느꼈지만 남자가 저러니 참 색다르다. 아빠 빼고 여자가 셋인 우리 집에선 좀처럼 보기 힘든 광경이다. 물론 디브리는 비서로서 자기 일을 열심히 할 뿐이겠지만, 가정적인 남자는 생각보다 멋있었다.

그래서 나는 라이시를 쿡 찌르고 입을 삐끔대며 속삭였다. 좀 배워, 라고. 그러자 라이시는 대꾸도 안 하고 내가 들고 있던 병아리의 머리 부분을 덥석 먹어 버렸다. 앗, 병아리가! 내가 경악하는 사이 라이시는 머리를 꿀꺽 삼켜 놓고 말했다.

"다른 모양으로 만들어 드렸습니다."

"너 그걸 말이라고, 우읍!"

내가 따지려 하자 라이시는 팔로 내 어깨를 감고 손으로는 입을 막아 나를 꼼짝도 못 하게 만들었다. 꼼짝하기는커녕 말도 제대로 못 하겠다. 그래서 벗어나려 몸부림쳤지만 라이시는 어디서 개가 짖느냐는 표정으로 태연하게 차를 마셨다. 으앙, 병아리의 원수를 갚을 수가 없어! 그 사이 부엌에서 돌아온 디브리가 우릴 보며 웃음을 터트렸다.

"두 분 사이가 정말 좋아 보이십니다."

그제야 라이시는 내 어깨를 감았던 팔을 치웠다. 간신히 풀려난 나는 이를 갈았다. 그런 내 모습을 보고 디브리는 한 번 더 웃었다.

"공주님이 어떤 분이실까 늘 궁금했는데 직접 뵈니 생각보다

참……."

디브리는 적당한 표현을 찾는 듯 잠시 말을 멈추더니 이내 조심스레 말했다.

"귀여우십니다."

"어리다는 말을 그렇게 돌려 하실 필요는 없습니다."

라이시의 단호한 대꾸에 나는 테이블 밑으로 발을 쾅 굴렀다. 하지만 병아리 살해범의 발을 밟는 데엔 실패했다. 그리고 디브리는 마냥 웃기만 할 뿐 라이시의 말을 부정하지 않았다. 저기요, 부정하세요. 부정하시라고요. 내가 내심 울컥하자 디브리가 뒤늦게 변명했다.

"죄송합니다, 좀 신기해서 말입니다. 공주님의 이야기는 교수님이나 시하에게 익히 들었습니다."

디브리가 시하를 친근하게 불러서 나는 조금 놀랐다.

"시하 언니 알아요?"

"탑에서부터 동기 사이입니다. 설마 서기관 영부인이 될 줄은 몰랐지만 말입니다."

디브리는 그렇게 말하며 너털웃음을 터트렸다. 나는 반가워하며 되물었다.

"그럼 디브리도 혁명군이었어요?"

"아닙니다. 들어가고 싶었지만 교수님이 막아서 못 들어갔습니다. 어떻게 아셨는지 목숨 부지하려면 쓸데없는 짓 하지 말라고 무섭게 뜯어말리셔서 말입니다. 그래서 교수님이 혁명에 가담했다는 얘길 들었을 땐 뒤통수 맞는 기분이었습니다."

그렇게 말하며 디브리는 다시 껄껄 웃었다. 웃는 모습이 남자답고 시원스러웠다. 그래서 나도 절로 빙긋 웃게 되었다.

"시로니가 많이 도와줬어요."

"그게 억울한 겁니다. 저도 공주님과 기달티 님을 뵙고 싶었는데 말입니다. 그래서 하소연을 했더니 시하가 자기 결혼식 때 공주님이 오실 수도 있다고 자랑을 했습니다. 당연히 허풍인 줄 알았는데 정말 오셔서 어젠 깜짝 놀랐습니다."

디브리는 이번에도 말미에 호탕한 웃음을 걸었지만 나는 같이 웃지 못했다. 그 결혼식에 나는 갈 수 없게 됐으니까. 내 얼굴이 난처해진 걸 알아챘는지 디브리도 짐짓 목소리를 바꿨다.

"어제 일은 정말 유감입니다. 그 일만 아니었다면 두 분께선 지금쯤 연회장에 계실 텐데 말입니다."

"아니요, 어쩔 수 없죠. 그런데 결혼식은 내일 아니에요?"

"결혼식은 내일이지만 연회를 베푸는 건 오늘부터입니다."

그렇구나. 그럼 시하는 나를 기다리고 있을까? 아니면 못 오게 됐다는 얘길 자이트에게 이미 들었을까? 나는 씁쓸한 마음으로 창밖을 바라보았다. 어제 우리를 사택에 묶어 두려 했던 시로니의 배려는 바로 이것 때문인가 보다. 단 이틀 동안이라도 내가 아무것도 모른 채 그들을 축하해 주길 바랐나 보다. 나는 초대받았지만 이제는 갈 수 없게 된 결혼식을 생각하며 먼 하늘을 바라보았다. 생각보다 더 마음이 좋지 않았다. 많이 안타까웠다. 디브리가 그런 날 바라보다가 문득 말했다.

"혹시 북방의 결혼 풍습에 대해서는 들으셨습니까?"

"결혼 풍습이요?"

"시로니 교수님은 이 얘길 신기해하시던데 말입니다."

나는 디브리가 무슨 얘길 하는지 몰라 설레설레 고개를 저었다. 그러자 그는 호쾌한 목소리로 이야기를 시작했다.

"북방에서는 결혼식이 시작되면 신랑과 신부의 눈을 가립니다. 그리고 하객이 잔뜩 있는 연회장에서 서로를 불러 상대를 찾도록 합니다."

그 말을 듣고 나는 고개를 기우뚱했다. 결혼식에서 웬 술래잡기? 좀 우습다 생각하다가 디브리의 이어진 말에 깜짝 놀랐다.

"그때 신랑 신부가 서로를 찾지 못하면 결혼은 무효가 됩니다."

엑? 진짜?

"정말 무효예요?"

"네, 정말입니다."

"그럼 어떻게 돼요?"

"처음부터 다시 결혼식을 준비해야 합니다. 몸과 마음을 정결하게 하는 기간도 처음부터, 연회도 처음부터 말입니다. 그게 40일쯤 걸립니다."

말도 안 돼. 눈 가리고 찾는 건 수학여행 가서나 하는 짓인데. 대부분 술래는 엄청나게 바보 취급을 당하는 건데 그걸로 결혼식을 한다는 거야? 심지어 실패하면 40일 후에 재도전? 다 큰 어른들이 대체 무슨 장난이야?

"정말 못 찾기도 해요?"

"물론입니다. 하객의 역할이 특히 중요한데 이따금씩 소란을 피우며 신랑 신부를 방해하는 하객도 있습니다. 주로 신랑을 연모하는 처녀나 신부의 옛 애인, 혹은 혼기를 놓친 노처녀 노총각이 그렇게 분탕을 칩니다. 평소 행실이 안 좋아 원한이 많은 사람도 결혼식이 아주 험난합니다. 그러니 무사히 결혼하려면 인덕을 잘 쌓아 놔야 합니다."

이건 대놓고 '이 결혼 무효야!' 외치는 꼴이네. 내가 얼떨떨해하자 디브리는 고개를 끄덕거렸다.

"교수님도 처음 이 이야기를 듣고 그런 표정을 지으셨습니다."

내 반응이 너무 정직했던 모양이다. 나는 슬그머니 표정을 수습했고 디브리는 빙긋 웃으며 말을 이었다.

"그런데 여기에는 유래가 있습니다. 100년 전 북방에 자리를 잡은 우리 조상들은 비록 피네하스에게 속았지만 마지막까지 굴복하지 않고 비라로 돌아가기를 염원했습니다. 이 결혼 풍습에 담긴 것이 바로 그 염원과 후회입니다. 우리가 아본에 떨어진 것은 왕의 목소리가 아니라 피네하스의 거짓말을 들었기 때문입니다. 그래서 신랑과 신부가 서로의 목소리를 찾는 것은 반드시 들어야 할 목소리를 듣고 같은 실수를 반복하지 말라는 의미입니다."

그런 뜻이 있었구나. 내가 감명 깊게 끄덕이자 디브리는 내 안색을 살피다 씩 웃었다. 아무래도 내가 우울해하니까 기분을 풀어 주려고 한 모양이다. 디브리의 배려를 눈치채고 나도 그를 향해 마주 웃었다.

그가 해준 이야기는 꽤 재미있었다.

"그럼 내일 결혼식은 잘될까요?"

"엄청난 논쟁이 있는 사안입니다. 서기관님께 감히 반항하는 하객이 없을 거라는 의견과 영부인 자리를 노리는 영애와 그 부모의 방해가 대단할 거라는 의견이 팽팽합니다."

"그래요?"

"네. 서기관님은 도시의 실세고, 그 실세의 옆자리는 모두가 탐내마지않으니 말입니다."

아, 기껏 이야기를 돌렸는데 다시 원점이다. 나는 디브리의 말을 듣고 자이트의 딱딱하고 냉랭한 얼굴을 다시 떠올리고 말았다. 어제 만난 자이트는 다른 사람 같았다. 대체 무슨 일이 있어서 그렇게 돌변한 걸까. 시로니의 말대로 원래 그런 사람이었던 걸까? 식욕은 없었지만 더 말하는 게 곤욕스러워서 나는 디브리가 가져다준 과자를 입에 넣었다. 하지만 달게 느껴지지가 않았다.

아무것도 못 하고 집 안에서만 기다려야 하는 하루는 길었다. 시로니가 기다리라고 한 시간은 서른 시간. 어제 저녁부터 다시 조사를 시작했으니 오늘 밤이면 끝날 거다. 그러면 성격 급한 시로니는 꼭두새벽부터 와서 우릴 깨우겠지. 그렇게 생각하며 나는 어서 오늘이 지나길 기다렸다. 내일 새벽 시로니가 요란스럽게 달려올 거라고 생각하면서. 내 생각은 반만 맞았다. 시로니는 실제로 요란스럽게 달려왔다. 다만 그가 찾아온 시간은 다음 날 새벽이 아니라 오늘 밤 자정이었다.

"눈을 떠요! 내가 왔잖아, 어서 깨어나! 반짝반짝 빛나는 눈으로 날 보란 말이야!"

아, 제발 이러지 마. 잘 자는 사람한테 이게 무슨 횡포야! 나는 내 침대, 아니, 엄밀히는 자신의 침대로 뛰어든 시로니 때문에 괴로워하며 몸부림을 쳤다.

자정이 넘어서 집으로 들어온 시로니는 온갖 소란을 피우며 우리를 깨웠다. 그 바람에 라이시와 디브리는 진즉에 깼고 나는 잠에 취해서 이불 속에 숨었다. 그러자 시로니는 직접 달려들어 이렇게 나를 괴롭히고 있다.

"이제 겨우 한 시잖아. 일어나, 공주님! 당신은 나와 할 말이 많아!"

시로니는 그렇게 말하며 이불을 헤집다 내 옷 속으로까지 손을 집어넣었다. 으악, 이 변태! 시로니의 차가운 손이 파고드는 바람에 나는 결국 비명을 지르며 일어났다.

"그만해요!"

"좋아, 공주님. 일어났군요."

그런 식으로 깨워 놓고 태연하게 웃는 시로니에게 나는 발끈 짜증을 냈다.

"대체 어딜 만져요!"

"즐겨요, 공주님. 비싼 손길이니까."

윽, 말이나 못 하면. 한바탕 소란 끝에 우리는 거실에 모였다. 디브리는 시로니의 요청으로 자리를 비켜 주었다.

"자, 그럼 시작할까요?"

시로니의 목소리는 생기발랄했지만 안색은 그 반대였다. 얼굴색은 창백하다 못해 파리했고 눈 밑은 퀭해서 정말 아파 보였다. 그럼에도 눈빛만은 생기가 돌았는데, 아, 사실 그것도 잘 모르겠다. 저게 정말 생기일까? 광기가 아닐까? 나는 그 눈빛에 공포마저 느끼며 시로니와 마주 앉았다. 시로니는 들고 있던 한 아름의 서류 뭉치를 테이블 위에 힘껏 내려놓았다.

"우선 우리 연구소에 잠입하시겠다는 두 분의 배짱에 무한한 갈채를 보냅니다. 여러분께서 반드시 제 스승님을 작살내 주시길 바라요."

"사제 간의 정이 꽤 돈독하셨군요."

시로니의 태도가 인상적이었는지 라이시가 멋쩍게 말했다. 시로니는 자랑스럽게 고개를 끄덕였다.

"이 정도로 최악인 사제지간은 없다고 자신해요. 그러니 두 분, 반드시 해내시길."

아무래도 우리의 연구소 잠입은 시로니의 사심을 듬뿍 담고 시작되나 보다.

"그럼 시작하죠. 여러분은 연구소에 잠입하고 싶다 하셨지만 우리 연구소는 한두 개가 아니에요. 나삭과 제자들이 세운 연구소는 수십 개가 넘어요. 그리고 그건 다 이요브의 영토에 있고요. 나삭에겐 따로 영토가 없으니까요."

"이요브의 영토 안에요?"

"네. 게다가 사회과학 분야의 연구소는 전부 메트로폴리스 안에 있어요. 하지만 덩치 크고 위험도 높은 자연과학 분야의 연구소들은 메트로폴리스의 외부, 이요브의 식민지에 세워져 있죠."

아, 나는 왜 연구소가 당연히 하나일 거라고 생각했지? 게다가 이요브와 나삭이 동맹인 줄은 알았지만 그렇게까지 밀접할 줄은 몰랐다. 뜻밖의 정보에 내가 당황하자 시로니는 쯧쯧 혀를 찼다.

"아, 공주님. 아직 시작도 안 했는데 그런 표정 지으면 어떡해요? 이건 그냥 연구소 현황이 그렇다는 말이고, 여러분의 주문은 진작 파악했어요. 공주님은 인체 실험을 하는 그 연구소를 작살내고 싶은 거죠? 망원경으로 착하게 별이나 보는 데를 손댈 필요는 없잖아요. 안 그래요?"

시로니의 물음에 나는 고개를 끄덕였다. 내가 긍정하자 시로니는 즐거운 표정으로 말을 이었다.

"그래서 공주님이 미워할 만한 연구소들을 탐색해 본 바, 나삭이 특히나 애지중지하는 생명공학 연구소가 딱 그러네요. 그건 이요브의 식민지에 있어요. 총 다섯 군데, 각자 특기 분야가 조금씩 다르긴 한데 하는 짓은 다 거기서 거기인 애들이에요. 사람이나 동물을 썰고 붙이고 얼렸다 녹이면서 가지고 노는 곳이죠. 합성 생물을 만든 곳도 바로 거기고요. 공주님이 때려 부수고 싶은 건 그런 곳이죠?"

"네, 맞아요."

"좋아요, 그럼 이제부터 그 다섯 군데에 잠입할 수 있는 루트를 알려 줄게요. 이것저것 고민을 해봤는데, 아무래도 평범하고 쉬운 방법은 안 되겠지 싶더라고요. 한 군데쯤이야 실험체나 연구원인 척하며 들어갈 수 있지만 두 번째부터는 그런 방식이 안 통할 거예요. 그래서 제가 제안하는 건 식민지에서 노닥거리는 상류층으로 위장 잠입을 하시라는 거예요."

"상류층이요?"

"네, 메트로폴리스의 지배자들이 종종 식민지를 놀이터처럼 이용하거든요. 그러니 두 분이 상류층으로 신분을 속일 수만 있다면 식민지 안의 모든 연구소에 출입이 가능할 거예요. 이게 또 안전한 게 그 양반들도 이따금 가명이나 위장 신분을 쓰거든요. 워낙 질펀하게 노니까. 서로 알 만큼 알지만 그래도 민망한지라……. 무슨 말인지 이해하시죠?"

나는 시로니의 말을 차근차근 정리하며 고개를 끄덕였다. 그러니까 소위 잘사는 애들인 척하면 된단 말이지? 근데 위장 신분을 얻으려면 어떻게 해야 하는 거지? 궁금했지만 질문할 필요는 없었다. 시로니는 철저했으니까. 내가 묻기도 전에 시로니는 서류 몇 장을 우리 앞에 쑥 내밀었다.

"두 분이 상류층으로 위장하기 위한 대략적인 루트는 이러해요."

말로 설명해 줬으면 좋겠는데, 이러하다고 내밀어 봐야 잘 모르겠다. 또박또박 잘 써줘도 읽을까 말깐데 이 악필을 어떻게 알아볼까? 게다가 내용도 엄청 많다. 나는 시로니의 보고서를 읽을 수가 없어 라이시의 표정만 살폈다. 그런데 보고서를 쭉 읽어 가는 라이시의 얼굴이 심각했다. 이윽고 그가 시로니를 보며 물었다.

"과정이 상당히 복잡한데 오차는 얼마나 됩니까?"

"여러분이 내일 집에 돌아가다 길을 헤맬 확률과 비슷해요."

높다는 걸까 낮다는 걸까? 우리가 좀처럼 이해하지 못하자 시로니가 웃으며 설명했다.

"길을 찾아가는 사람의 능력과 준비에 달렸다는 뜻이죠. 장담컨대 길은 완벽해요."

시로니가 자신 있게 말했지만 라이시는 안심하지 않았다.

"그렇다면 위험도는?"

"그건 여러분이 돌아가는 길에 절명할 확률보다는 높네요."

두 번째 비유도 역시 이해하기 힘들었다. 그래서 시로니는 이번에도 덧붙였다.

"사람이 길을 가다가 사망하는 경우의 수는 얼마나 될까요? 우선 심장마비나 뇌출혈, 호흡 곤란 등의 질환이 한 무더기, 악당을 만나거나 구덩이에 빠지거나 괴물과 마주치는 등의 운수 사고가 또 한 무더기. 정말 무궁무진하죠."

다만 첫 번째 설명보다는 알쏭달쏭하게. 그러나 라이시는 그 모호함 속에 숨은 속뜻을 바로 알아챘다.

"위험하다는 뜻이군요."

"부정하진 않아요. 실행 가능성은 완벽하지만 안전에 대해선 보장 못 해요. 거기서 무슨 일이 일어날지는 나도 모르니까요. 더 솔직하게 말하자면 공주님이 지금껏 해온 일보다 더하면 더했지 결코 덜하진 않을 거예요."

시로니의 고백에 우린 말을 잃었다. 물론 쉬울 리 없다는 건 알지만 이렇게 직접 이야기를 듣는 게 결코 편치는 않았다.

"그래서 먼저 하고 싶은 말이 있어요."

침묵하는 내게 시로니가 말했다.

"공주님은 이미 세상의 절반을 구했어요. 그러니 그쯤에서 만족하고 그 사람들과 행복하게 사는 건 어때요? 할 만큼 했으니 굳이 더 깊은 곳에 들어가 상처받을 필요는 없어요."

그 말을 듣고 나는 궁금해졌다. 어제 내게 흔들리지 말라고 다그치던 시로니는 밤새 무슨 생각을 한 걸까? 나는 담담하게 시로니를 바라보았다. 그 타협안은 사실 엄청난 유혹이었다. 나는 지금 우리 성이 좋다. 그곳에서 아이들은 배우고 어른들은 일하며 살아간다. 힘든 일이 생기면 서로 도우며 어려움을 기꺼이 나눈다. 모든 사람이 친절하고 활기찬 그 성에서 나는 행복하다. 시로니의 말대로 만족하면 어떨까? 모두가 날 사랑하는 그곳에 머물러도 좋고, 이만큼 해냈다며 홀가분히 집으로 돌아가도 좋다. 그런들 대체 누가 날 비난할 수 있을까? 아무도 비난하지 않는다. 그럴 사람도 없고 그럴 수도 없다. 다만⋯⋯.

"남은 절반이 날 기다리고 있으면 어쩌죠?"

내가 이 길에서 내려올 수 없다.

"절반이 아니라 마지막 한 명이 나를 기다리고 있다면?"

그렇게 말하며 나는 어젯밤 꿈을 떠올렸다. 동시에 내가 상처 입으며 가시밭길을 걸어가던 이유를 간신히 기억해 냈다.

한 아이였다. 애당초 내가 걷는 이유는 세상같이 거창한 것이 아니라 그 한 아이였다. 그날 내가 놓친 그 아이가 너무도 간절해서 나는 여기에 있다. 그렇기 때문에 시로니를 보며 웃었다. 내 모든 아픔을 삼키고, 그야말로 온 힘을 다해서.

"나는 여기서 멈출 수 없어요."

시로니는 내 얼굴을 가만히 바라보다가 이내 쓴웃음을 머금었다.

"그래요, 우리의 구원자라면 그렇게 해줘야죠."

그렇게 말할 때 그는 안타까워하는 듯도 했고 안심하는 듯도 했다. 고개를 끄덕이며 나는 다시 마음을 다잡았다. 얼마간 쉬었다. 이제 다시 새로운 길을 걷는다. 그 길은 지나온 길보다 더 좁고 험할지 모른다. 날 또 아프게 할지 모른다. 물론 아픈 건 싫다. 아픔은 매일 새로워서 익숙해지지도 초연해지지도 않는다. 그래도 그걸 피하지 않는다. 그 너머에 있을 너를 생각하며, 나는 다시 강해지기로 했다.

"공주님."

작게 속삭이는 소리에 나는 눈을 떴다. 나는 나도 모르는 새에 라이시의 무릎을 베고 누워 있었다. 쉬는 사이 잠들었나 보다.

"다 끝났습니다. 이제 들어가서 주무십시오."

"끝났어?"

나는 눈을 비비며 덜 깬 눈으로 시계를 보았다. 여섯 시다. 아까 잠깐 쉬자고 해서 눈을 붙인 게 네 시였는데 깜빡하고 잠들어 버린 모양이다.

"왜 안 깨웠어……."

"제가 들었으니 됐습니다. 피곤할 텐데 들어가세요."

일부러 안 깨웠구나. 내 몸엔 어느새 담요까지 덮여 있었다. 멍하니 라이시를 올려다보는데 옆에서 시로니의 신음 소리가 들려왔다. 시로니는 기지개를 켜고 있었다.

"아, 보람찬 하루였어요. 모든 걸 소진해 버린 이 느낌."

시로니는 그렇게 말하곤 할머니처럼 끄응 하며 소파에서 일어났다. 나는 잠을 깨려고 맨손으로 마른세수를 하다가 갑자기 몰아닥친 냉기에 몸을 움츠렸다. 옆을 보니 시로니가 창문을 활짝 열고 새벽 공기를 만끽 중이었다.

"개운하네요."

개운하다고 말하는 시로니의 목소리는 덜덜 떨렸다.

"괜찮아요?"

"네, 아주 좋아요. 세상이 노랗고 위아래가 뒤집힌 이 기분."

아, 저 사람 지금 위험하다. 내가 걱정스러운 눈으로 시로니를 바라볼 때였다. 그가 창틀에 걸터앉으며 나를 불렀다.

"공주님."

"네?"

"지카는 어떤 아이였죠?"

시로니의 물음에 나는 고개를 기울였다. 갑자기 왜 지카의 이야기를 하는 걸까? 질문의 의도를 파악하지 못하는 내게 시로니가 다시금 물었다.

"공주님이 이 세계에 남을 만한 이유가 정말 그 한 아이에게 있었나요?"

"네."

내 대답에 시로니는 싱긋 웃었다.

"고마워요, 공주님."

이해할 수 없는 인사였다. 그런 날 보고 시로니는 하얗게 웃었다. 밤샘 작업을 끝내고 뿌연 새벽하늘을 등진 그 모습은 무척이나 홀가분해 보였다.

"나는 그 애들을 구하지 못했어요. 기껏 할 수 있는 게 기회 봐서 도망쳐 보라는 말뿐이었죠."

시로니의 담담한 말에 잠이 달아났다. 나는 눈을 크게 뜨고 기억을 더듬었다. 지카가 체파르데아에게 끌려가던 중 도망치게 된 계기, 그건 한 과학자의 조언 때문이라고 했다.

"사실 그 애가 도망칠 수 있을 거란 생각은 안 했어요. 단지 내 마음이 편해지려고 한 말이었죠. 그런데 그 애는 정말 당신을 만났고 그 애 때문에 당신이 이곳에 남았어요. 나는 내가 한 일들이 아무런 의미도 없다고 생각했는데, 어제 공주님의 이야기를 듣고 깨달았어요. 내가 그 순간을 위해 존재했다는 걸."

그렇게 털어놓으며 시로니는 여한이 없다는 얼굴로 웃었다.

"정말 고마워요. 나는 세상의 모든 지식을 가졌지만 내 진리는 당신이에요."

광장으로 인파가 몰려들었다. 제복 입은 사람들이 긴 행렬을 이루었고 시민들은 멀찍이서 그 광경을 지켜보았다. 그 중심에는 신부를 맞으러 가는 도시의 권력자가 있었다. 지프차에 올라타 시민들에게 모습을 내보이는 자이트는 신랑답지 않게 차분했다. 마치 업무를 보러 가는 듯 사무적인 얼굴이었다. 나는 라이시와 함께 서행하는 그 차 앞을 막아섰다. 주변에서 우릴 끌어내려고 달려들었지만 그들이 손쓰기 전에 자이트가 먼저 제지했다. 사람들을 물린 후 그가 나직이 말했다.

"아직 안 돌아가셨군요."

명백한 홀대였지만 나는 미소로 답했다.

"결혼 축하해요."

자이트는 어색한 표정을 지었다. 내게서 이런 말을 들을 거라곤 상상도 못 했던 모양이다. 나는 머뭇대는 자이트의 얼굴을 향해 다시 한 번 부드럽게 말했다.

"이 말을 하고 싶어서 왔어요."

"그게 전부입니까?"

의심스러워하는 자이트에게 나는 고개를 저었다. 실은 하고 싶은 말이 또 하나 있었다.

"수용소에 갇힌 사람들을 풀어 줘요."

"들어 드릴 수 없는 부탁입니다."

"나는 부탁하는 게 아니에요."

자이트는 말 저변에 깔린 의미를 눈치채고 차갑게 대꾸했다.

"우리는 우리의 방식대로 길을 찾을 겁니다. 그러니 참견은 삼가 주십시오."

그는 나를 거절하며 주변 사람들에게 턱짓했다. 물러났던 사람들이 우리에게로 한 걸음 다가왔다.

"그럼 신부를 맞이해야 해서 이만 실례하겠습니다. 모쪼록 빨리 돌아가 주셨으면 합니다."

나는 옆으로 비켜서며 그에게 물었다.

"시하가 목소리를 못 찾으면 어떨 것 같아요?"

내 옆을 지나치려던 자이트는 잠시 말이 없었다. 그는 굳은 듯 있더니 이내 낮게 말했다.

"상관없습니다. 다시 불러 찾게 하면 그만입니다."

그 말에 나는 조용히 웃었다. 그리고 나를 지나쳐 가는 그에게 말했다.

"나 또한 그래요."

이윽고 결혼식이 시작되었지만 우리는 그 자리에 없었다. 자이트가 시하의 집에 도착했을 때 우리는 수용소를 무너트리고 있었다. 눈을 가린 시하가 연회장에 나왔을 때 어둠 속에 갇혀 있던 혁명군들도 밖으로 풀려났다. 자이트와 시하가 서로를 부를 때 우리는 혁명군에게 우리와 함께 갈 것을 권했고, 신랑과 신부가 하객들의 방해를 받을 때 그들은 우리의 제안을 거절했다. 그들은 자신들이 세운 이 도시에서 또 다른 혁명을 시작하겠다고 했다.

결혼식의 하객들은 둘의 만남을 방해했다. 그곳의 하객이 소란스러웠던 만큼 수용소로 달려온 제복 입은 자들도 소란스러웠다. 우리가 그들을 막아서는 사이 혁명군들은 또다시 지하로 몸을 피했다. 시하를 찾던 자이트에게 소식이 전해진 것은 그때쯤이었다. 자이트는 수용소가 무너지고 혁명군이, 그의 입장에선 반란군이 풀려난 사실을 알았다. 자이트가 시하를 내버려 두고 달려 나왔지만 시하는 그것을 오랫동안 모르고 웃음거리가 되었다.

자이트가 수용소로 달려왔을 때 우리는 이미 광장 중앙의 하늘에 있었다. 그곳에서 우리는 땅을 무너트려 그 흉측한 동상을 깊이 파묻었다. 많은 사람이 그 광경을 보고 술렁댔다.

나는 하늘에서 오랫동안 그 도시를 내려다보았다. 몇 달 전 바로 이곳에서 해방된 사람들은 어째선지 다시 새로운 도시에 갇히고 말았다. 스스로가 갇혔다는 자각도 없이. 그들에게 목소리를 어찌 전해야 할까. 혁명군이 앞으로 전하게 될 그 소리는 저 시끄럽게 침묵하는 도시에게 과연 닿을 수 있을까?

나는 그렇게 되길 바랐지만 저 도시엔 너무 큰 소음이 있어서, 내목소리를 집어삼키는 다른 목소리가 있어서 바람은 이루어지지 않았다. 그래서 듣지 못하면 다시 불러 찾게 한다는 자이트의 말처럼, 나도 듣지 못하는 이 도시를 다시 부르기 위해 훗날 이곳에 돌아오게된다. 다만 그건 먼 나중의 일이다.

3
무더위

창가로 비치는 햇살이 오늘따라 유독 따사롭다. 이제 정말 여름이구나 싶다. 북쪽 도시에 다녀온 지 오늘로 일주일째, 그 일주일간 나는 연구소 잠입 준비로 여념이 없었다. 시로니가 계획한 연구소 잠입 루트는 정말 복잡해서 알아야 할 것도 익혀야 할 것도 많았다. 계획상 우리의 목표는 메트로폴리스의 상류층이 되는 거지만, 그러기 위해선 먼저 식민지의 주민, 연구소의 실험체, 옥션의 판매 상품이 되는 과정을 거쳐야 했다.

뭐, 그런 잠입 경로를 외우는 건 차라리 나았다. 메트로폴리스의 자질구레한 상식을 머릿속에 욱여넣는 것에 비하면. 메트로폴리스 사람이라면 모를 리 없는 상식, 그러니까 대표적인 지명이나 역대 대통령 이름같이 아무 개연성 없는 단어를 줄줄이 암기하는 건 정말

고역이었다. 그 덕에 지난 일주일간 내 손엔 암기 쪽지가 떨어져 본적이 없고, 그런데도 아직 갈 길은 까마득히 멀고. 아아.

내가 뻐근한 어깨를 두드리는데 가벼운 노크 소리와 함께 문이 열렸다. 고개를 돌려 보니 레나나가 문틈으로 고개를 살짝 내밀고 있었다.

"공주님."

나를 부르는 레나나의 목소리가 평소와 달랐다. 아이는 겁먹은 듯 근심 어린 표정으로 자그마하게 말했다.

"아야라 선생님이 찾으세요. 급한 일이에요."

부름을 받고 학교로 달려가 보니 아야라가 나를 기다리고 있었다. 나는 곧 어느 교실로 안내받았고, 그곳에서 스무 명 가까이 되는 아이들이 신음하는 모습을 보았다. 아이들은 모두 숨이 가빴고 일부는 바닥에 누워, 나머지는 벽에 기대 축 늘어져 있었다. 놀라서 둘러보는데 아야라가 말했다.

"바쁘신데 번거롭게 해서 죄송해요. 아이들이 갑자기 쓰러졌는데 의학서를 찾아봐도 무슨 증상인지 알 수가 없어서……."

"갑자기 쓰러졌다고요?"

"네, 오전까지만 해도 멀쩡했는데 점심시간에 다들 이렇게……. 모두 열이 심하게 나는데 어찌 된 일인지 모르겠어요. 개중에는 중얼중얼 헛소리를 하는 아이도 있고, 한둘이 이러는 게 아니라 전염병이 아닐까 싶어요."

아야라의 말대로 아이들은 모두 탈진한 듯 쓰러져 있었다. 시로니에게 도움을 청해야 하나 생각하며 한 아이를 살펴보았다. 아이는 식은땀을 잔뜩 흘리고 있는데 이마를 짚어 보니 뜨거웠다. 게다가 신음하면서 뭐라고 중얼댔다. 아, 뭐지? 이 상황, 어쩐지 익숙하다. 나는 아이를 살펴보다가 창밖을 내다보았다. 눈이 부실 만큼 날씨가 화창했다. 날씨를 보니 내 추정이 맞을 듯도 하다. 나는 긴가민가해서 아야라에게 먼저 물어보았다.

"얘들 혹시 뭐 하고 있었어요?"

"별다른 건 없었어요. 다들 운동장에서 뛰어놀고 있었죠."

나는 의심을 멈추고 이해했다. 음, 그랬구나. 내가 생각하는 그게 맞나 보다. 작년 초가을이었나? 학교에서 마라톤을 한 적이 있다. 체육 실기에 들어간다고 해서 학년 전체가 준비도 없이 어영부영 달렸다. 그런데 그날은 여름 못지않게 날도 덥고 햇살도 강했다. 결과는? 기절한 학생이 몇 명, 현기증을 호소하는 학생이 몇십 명, 그리고 학교의 무식한 작태를 비난하는 학생이 몇백 명. 참담했다. 그날은 여고생의 분노가 하늘을 찌른 날이었다.

그 일이 갑자기 생각난 건 당연하다. 식은땀을 흘리며 헉헉대는 아이들의 모습이, 무언가를 끊임없이 중얼대는 그 모습이 그때 쓰러진 내 친구의 증상과 비슷하니까. 햇빛 쨍한 운동장에서 뛰어놀았다니 더 의심할 필요가 없었다. 저기서 놀았으니 안 쓰러지고 배길 수가 있나. 나는 허탈한 기분으로 아야라를 돌아보았다.

"이거 전염병은 아닌 것 같아요."

"그럼 뭐죠?"

아야라가 어리둥절한 얼굴로 물었다. 그 모습을 보며 나는 이 세상이 100년간 계속 겨울이었다는 걸 새삼 깨달았다. 그러니 이런 일은 당연히 처음이겠다. 나는 아직 염려를 지우지 못하는 아야라에게 이 증상의 병명을 말해 보았다.

"일사병 같아요."

"일사병이요?"

아야라의 되물음에 나는 웃으며 답했다.

"더위를 먹었다는 뜻이에요."

아니나 다를까 시원한 물을 먹이고 열을 식혀 주니 다들 곧 정신을 차렸다. 일어난 아이들은 갑자기 머리가 핑 돌며 눈앞이 깜깜해졌었다고 증언했다. 그렇지, 마라톤 중에 쓰러진 내 친구도 똑같은 얘길 했다. 봄이 지나고 여름에 접어드는 요즘, 아이들은 그렇게 멋모르고 놀다가 대단한 경험을 했다. 늘 추웠던 이 세계에서는 들어 본 적도 없는 일이라 다들 깜짝 놀란 모양이다.

"그런 현상이 일어나는군요."

내 설명을 듣고 아야라는 감명 깊게 끄덕였다. 날씨가 항상 춥고 흐리던 시절 이들에게 햇빛은 가뭄의 단비처럼 소중했다. 그러니 그게 과하면 도리어 위험하다는 생각은 꿈에도 못 한 모양이다. 여름이라는 새로운 계절에 대해 아야라는 더 알고 싶어 했고 나는 주의해야 할 것들을 몇 가지 이야기해 주었다. 그러다가 문득 우리가 입은 옷이 날씨에 비해 너무 두껍다는 걸 깨달았다.

"여름옷이 필요할 것 같아요."

그 말을 듣고 옆에서 레나나가 눈을 빛내는 게 보였다. 연구소 잠입까지 보름 전, 우린 그렇게 여름 맞이를 먼저 시작했다.

아, 정말 날씨 한번 좋네. 하늘도 파랗고 햇빛도 쨍하고. 바닥에 폭신폭신하게 깔린 잔디에서는 산뜻한 풀 냄새가 난다. 여기서 돗자리 깔고 도시락 먹으면 엄청 좋겠다. 하지만 그런 사치는 꿈속에서나 가능하겠지. 지금 나는 외울 게 잔뜩 쌓여 있으니까. 한글로 쓴 쪽지를 멍하니 읽다가 눈으로만 글씨를 쫓고 있다는 걸 깨닫고 한숨을 내쉬었다. 아, 힘들어. 눈이 뻑뻑해서 더는 못 보겠다.

지난 일주일 동안 못해도 책 반 권은 외운 것 같다. 그렇게 해놓으니 오히려 신기하다. 와, 내가 이걸 할 수 있구나. 딱히 암기력이 좋다고 생각해 본 적은 없는데 하루 종일 붙잡으니 어떻게 되긴 된다. 그렇다고 앞으로 계속 잘할 수 있냐고 하면 그건 또 아니다. 사실 이젠 한계, 더 머릿속에 집어넣다간 외운 것도 다 잊어버릴 판이다.

한낮인데도 눈은 침침하고 머릿속은 복잡하고, 그 와중에 마음은 다급해서 눈 잠깐 감기 무섭게 다시 쪽지를 펼쳐 보게 된다. 내가 그렇게 몸부림치고 있는데 옆에 있던 야빈이 자그맣게 나를 불렀다.

"공주님."

"응?"

돌아보자 야빈이 내가 든 쪽지를 손으로 가리키며 말했다.

"지금 메트로폴리스 대통령 이름은 파르젠이 아니라 파르젤이에요."

야빈의 말대로 쪽지에는 파르젠이라고 적혀 있었다. 나는 잘못 받아썼나 하다가 깜짝 놀라 야빈을 돌아보았다. 내 쪽지에 적혀 있는 건 모조리 한글이었다.

"방금 이거 읽은 거야?"

내가 놀라서 묻자 야빈은 묵묵히 고개를 끄덕였다.

"어떻게?"

"교본에 적혀 있는 거 봤어요."

교본, 내가 이 세계의 글씨를 배우기 위해 봤던 글쓰기 교본 얘기다. 내가 거기에 글자마다 한글로 음을 써놓긴 했다. 하지만 그걸 보고 배울 수 있는 글이 아닐 텐데? 내가 놀란 표정으로 바라보자 야빈이 설명했다.

"규칙이 있는 것 같아서 보다가 읽을 수 있게 됐어요."

보다 보니까 읽을 수 있어? 그게 정말 가능한 거야? 아니, 그보다 쪽지 내용은 다른 사람에겐 비밀이다. 어쨌든 잠입이니까. 이건 당연히 아무도 못 읽을 줄 알고 들고 다닌 건데.

"쪽지 내용은 다른 사람한테 얘기 안 할게요."

내가 당황하는 걸 눈치챘는지 야빈이 조용히 덧붙였다. 나는 또 한번 기가 막혔다. 이게 열 살짜리 꼬마애가 할 말인가? 영리하다고 생각은 했지만, 아야라도 야빈이 똑똑하다는 얘길 했지만 이 정도일 줄은 몰랐다. 나는 얼떨떨한 기분으로 아이를 쳐다보다가 한참 만에 물었다.

"대통령 이름은 어떻게 아는 거야?"

"실험실에 있을 때 할 일이 없으면 신문을 봤거든요."

"너 진짜 대단하구나?"

내가 감탄하자 조금 떨어진 곳에서 한 남자도 소리쳤다.

"그쵸, 우리 도련님은 정말 대단하죠!"

네, 지금 당신 꼴을 보니 이 도련님이 정말 대단하긴 한 것 같네요. 나는 고개를 돌려 옆을 바라보았다. 타누가 하야를 등에 업은 채 대야에 담긴 빨래를 꾹꾹 밟고 있었다.

"엄마 같네요."

"아하하하, 정말 죽을 맛이에요."

타누는 웃는지 우는지 모를 얼굴로 그렇게 말했다. 시로니를 만나고 왔는데 타누가 하야를 업고 다니기에 얼마나 놀랐는지. 설마 애들을 좋아했나? 하지만 마지못해하는 표정을 보니 그건 또 아니었다. 타누가 보모 역할을 하는 걸 보고 내가 어리둥절하자 아야라가 그간 있었던 일을 얘기해 줬다.

아야라는 타누의 적응을 돕고 감시도 할 겸 야빈을 옆에 붙여 주었다. 그런데 타누가 야빈이 어린애라고 엄청 무시하고 놀렸다고. 그런 상황에서 보통 아이였다면 마냥 화를 내거나 어쩔 줄을 몰라 했을 거다. 하지만 야빈은 보통 꼬마가 아니었고 언젠가 내가 그랬던 것처럼 침착하게 무아카를 소환해 타누를 굴복시켰다. 그 후 타누는 멋모르고 까불다간 신세 망친다는 교훈을 얻고 야빈의 충실한 종이 되었다는 이야기. 참 훌륭한 결말이다.

"힘내요, 잘 어울려요."

내가 영혼 없이 위로하자 타누도 영혼 없이 손을 휘저었다.

타누가 열심히 밟고 있는 것은 우리의 여름옷을 만들 옷감이다. 아야라가 창고에서 발굴한 네벨라의 재물 중 하나인데, 얇아서 장식 외엔 쓸모가 없던 게 이제와 빛을 발하게 됐다. 이 옷감은 마을의 각 가정으로도 지급됐고, 지금 타누가 빠는 것은 나와 아야라의 옷을 만들 천이다. 레나나는 나와 아야라가 입을 옷은 반드시 자기 손으로 만들겠다며 손수 옷감을 골랐고 그 세탁을 타누에게 시켰다. 레나나도 참 대단한 애야. 아니면 타누가 은근히 호구인 걸 수도? 타누의 궁색한 모습을 바라볼 때였다. 콰앙! 땅이 진동하며 성 뒤쪽에서 굉음이 울렸다.

"저긴 또 시작이네."

한차례 진동이 일었지만 타누는 대수롭지 않게 중얼댔다. 나도 야빈도 딱히 놀라지 않았다. 벌써 며칠째 계속된 일이니까. 처음엔 누가 쳐들어온 줄 알고 얼마나 놀랐던지…….

"저건 아동 학대야."

나는 소리의 근원지를 향해 못마땅하게 말했다. 야빈도 고개를 끄덕였다. 성 뒤편 공터에서 저 소란을 벌이고 있는 건 라이시와 무아카다.

며칠 전 일이다. 라이시가 갑자기 깨달음을 얻은 표정으로 무아카에게 결투를 신청했다. 분위기는 비기를 전수받은 무도가면서 싸움을 거는 상대는 어린 여자애라니, 내가 다 부끄럽더라. 갑자기 결투 신청을 받은 무아카는 주저했다. 싸우는 건 둘째 치고 라이시를 어려워했으니까. 하지만 라이시는 아랑곳하지 않았고 무아카는 결국 가련한 얼굴로 끌려갔다. 그리고 30분 후, 라이시는 무아카에게 왕창 깨져서 너덜너덜한 상태로 돌아왔다. 이때도 정말 얼굴을 못 들 만큼 부끄러웠어. 저지른 건 넌데 부끄러움은 왜 내 몫인 거니? 게다가 라이시를 탈탈 털어 버린 무아카는 어쩐지 뿌듯한 얼굴이었다. 그때 라이시의 상황은 내가 보기에 여러모로 궁지였다. 영주에게 싸움을 걸어 무모함을 획득, 동시에 여자애한테 싸움을 걸어 몰염치함도 획득. 그런데 심지어 졌어. 웃음거리가 돼도 이상하지 않은 상황인데 라이시는 부끄럼도 없이 다음 날 또 무아카한테 싸움을 걸었다. 그다음 날도, 또 다음 날도. 매번 너덜너덜하게 돌아오는 주제에 지치지도 않고 계속해서.

그게 오늘로 벌써 닷새째. 무아카는 싫다는 말 한마디 못 하고 매일 끌려가 라이시를 반 죽여 놓고 소심하게 만족하고 있다. 이건 정말 아동 학대야. 애한테 왜 이상한 취미를 심어 주는 거야?

콰앙! 또 한 번 굉음이 났다. 대체 어떻게 싸우는데 이런 소리가 나는 걸까? 열심히 빨래를 밟던 타누가 하던 것을 멈추고 대야에서 발을 뺐다. 그러곤 내 옆으로 걸어오는데 야빈이 힐끗 시선을 던졌다. 그러자 무언의 압박을 느낀 타누가 몸서리치며 소리쳤다.

"도련님, 사람 그렇게 막 부리면 안 되지! 잠깐은 쉬게 해줘도 괜찮잖아!"

그렇게 소리칠 때 타누는 땀을 뻘뻘 흘리고 있었다. 아, 저 사람이 어린애한테 이렇게까지 혹사당할 줄 누가 알았을까. 완전히 지친 타누는 내 옆에 풀썩 주저앉으며 허리에 감긴 포대를 풀었다. 하야는 타누의 등에 매달린 채 곤히 자고 있었다.

"의외로 애 잘 보네요."

"이젠 애 말고 여자를 보고 싶어요."

내가 코웃음을 치니 타누는 새근새근 잠든 하야에게 말했다.

"꼬마야, 너라도 얼른 멋진 여자가 되어 줘. 오빠는 열여섯 살부터 괜찮으니까……."

"그만, 거기까지."

나는 타누가 더 이상한 소리를 하기 전에 그 입을 손으로 콱 막았다. 그때 또 한차례 땅이 흔들리며 큰 소리가 났다.

"오늘따라 요란하네요."

"그러게요."

"누가 이겼으면 좋겠어요?"

꽤 짓궂은 물음이지만 나는 상쾌하게 웃으며 대답했다.

"무아카요."

타누도 마찬가지라는 듯 고개를 끄덕였다. 그러자 우리의 작당에 노한 듯 다시금 우르릉거리며 땅이 울렸다.

"알타쉬헤트 공이 계속 지긴 했는데."

"근데 별로 통쾌하지 않아요."

"왜일까요?"

"걘 져도 자기가 졌다는 생각을 안 하거든요."

내가 시큰둥하게 말하자 타누가 휘파람을 불며 내 어깨에 팔을 걸쳤다.

"이 공주님, 요즘 애인한테 영 까칠한데? 뭐지, 권태기?"

나는 그냥 무시했다. 타누는 넘어가지 않고 내게 바짝 다가왔다.

"그래요, 그런 자식 버리고 나한테 와요. 잘해 드릴게요."

"애들 앞에서 자꾸 이럴래요?"

나는 어깨에 올라온 타누의 손가락 하나를 꽉 꺾었다. 타누는 아픈 척 엄살을 피울 뿐 팔을 치우지 않았다. 이 자식을 어떻게 할까 고민하는데 우리 입에 계속 오르내리던 그 사람이 갑자기 앞에 나타났다. 막 하늘에서 내려온 라이시는 내 어깨에 팔을 걸친 타누를 보고 언짢게 말했다.

"뭐야?"

"공주님이 춥다고 하셔서……."

변명하던 타누는 라이시와 눈이 마주치자 겸손히 팔을 내렸다. 그래, 이 사람은 비겁한 게 아니야. 살아가는 방법을 아는 것뿐이야. 모처럼 휴식이 끝났구나 생각하며 나는 라이시를 바라보았다. 라이시의 한쪽 팔에는 무아카가 정신을 잃고 축 늘어져 있었다. 기절한 무아카를 보고 나와 타누는 눈을 커다랗게 떴다.

"이것어?"

"왜?"

우리가 너무 노골적으로 외쳤나 보다. 라이시의 눈이 가늘어졌다.

"내가 이기면 안 될 일인가?"

라이시는 그렇게 말하며 타누에게 무아카를 떠안겼다. 하야를 안고 있던 타누는 무아카까지 안게 되자 팔이 버거워 낑낑댔고, 그 바람에 무아카가 깨어났다. 막 눈을 뜬 무아카는 어리둥절한 표정으로 주변을 두리번거렸다.

"나……."

'어떻게 된 거예요?' 하고 무아카가 눈으로 물었다. 나와 타누는 고개를 기우뚱대며 눈만 깜빡이는 무아카를 보다가 라이시에게로 화살을 돌렸다.

"어쩜 애한테 이럴 수 있어?"

"맞아, 너무해!"

"피도 눈물도 없어."

"냉혈한."

"야만인."

"악당."

"짐승!"

그렇게 말한 후 나는 타누와 손을 짝 마주쳤다. 좋았어! 우리가 죽이 맞아서 소리치자 라이시가 기가 차다는 듯 쳐다봤다.

"내가 다친 건 안 보여?"

라이시도 요 며칠 그랬던 것처럼 너덜너덜 누더기였다. 기절했을 뿐 대체로 깔끔한 무아카에 비하면 대단한 만신창이다. 그럼에도 우리는 라이시를 동정하지 않았다.

"넌 튼튼하잖아."

"그럼요, 남자가 돼서 여자애랑 똑같이 굴면 안 되죠!"

우리의 반란에 라이시는 혀를 차더니 나와 딱 붙어 있는 타누를 먼저 밀었다. 그러곤 나를 일으켰다.

"시끄럽고, 그만 일어나시죠."

하지만 나는 버텼다.

"싫어. 너 땀 냄새 나, 씻고 와."

라이시는 두말 않고 내 팔을 잡아 휙 일으켰다. 억지로 일어난 나는 불만스럽게 노려봤지만 그는 신경 쓰지 않고 몸을 돌렸다. 밑에서 한 남자와 두 아이가 눈을 동그랗게 뜨고 우릴 쳐다보는 게 느껴졌다. 하지만 나는 구태여 해명하지 않았다. 숨겨서 뭐하랴. 그렇다, 우린 지금 냉전 중이다.

나를 방에 앉혀 두고 씻으러 들어간 라이시는 잠시 후 젖은 머리를 털며 돌아왔다. 그는 책상에 걸터앉아 나를 한참 내려다보다가 한숨을 쉬며 말했다.

"언제까지 삐쳐 있을 겁니까?"

"안 삐쳤어."

"거짓말 마요."

심기가 불편한 건 사실이라 나는 아무 말도 하지 않았다. 우리가 이렇게 된 건 엊그제부터다. 그때 나는 라이시에게 연구소 잠입 경로에 대해 배우고 있었다. 굉장히 압박받으면서.

시로니는 우리에게 3주라는 준비 기간을 줬는데 해야 할 것에 비해 시간이 너무 빠듯했다. 그렇다고 일정을 미룰 수도 없다. 중앙에서 열리는 대규모 옥션이 한 달 후였기 때문이다. 옥션은 말하자면 메트로폴리스 상류층들이 이용하는 노예 시장이다. 경로에 그 험악한 장소를 넣은 건 불가피한 선택이었다. 불신이 가득한 그 사람들은 외부와 단절된 곳에서 그들끼리만 유흥을 즐기는데, 옥션장은 그 상류 인사들과 외부인이 만날 수 있는 유일한 접점이었다.

이 옥션이 열리는 건 3개월에 한 번. 결국 이번 기회를 놓치면 우린 연구소에 잠입하기 위해 넉 달을 더 기다려야 한다. 나는 당연히 3주 안에 준비를 끝내고 한 달 후 옥션 일정에 맞출 생각이었다. 그런데 라이시는 나와 생각이 달랐다. 그는 한 달 후가 아니라 4개월 후를 보고 있었다. 라이시가 그 생각을 처음 말한 게 엊그저께였다. 그일로 우리는 작은 언쟁을 벌였다. 여기까지는 그냥 의견 차이라고 할 수 있다. 진짜 문제는 그 후 라이시가 내게 한 일방적인 통보였다.

라이시는 시로니에게 이미 이야기를 해놨다며, 우리 일정은 3주 후가 아니라 준비가 충분하다고 판단될 때 진행된다고 했다. 그러니까 현재 잠입 계획은 보류 상태고 라이시가 시로니에게 연락을 해야 다시 진행된다는 거였다. 나는 처음 듣는 소리였다. 언제 그런 결정을 했냐고 따지니 라이시는 내가 잠든 틈에 시로니와 둘이서 정한 거라고 했다.

나는 마음대로 결정한 라이시에게 결국 화를 냈다. 그러자 그는 오히려 이성적으로 판단하라며 나를 다그쳤다. 준비가 다 되면 3주 후에도 갈 수 있고, 다만 준비가 안 될 경우에 미루는 것뿐이라고 설명했다. 언뜻 듣기에 그의 말은 타당하다. 그런데 그 준비가 됐는지 안 됐는지 판단하는 걸 라이시가 한다. 시로니에게 다시 연락하는 것도 라이시다. 그리고 내가 느끼기에 그는 이 계획에 회의적이다. 상류층으로 위장? 말이 쉽지 전혀 다른 문화와 상식을 가진 사람으로 연기한다는 뜻이다. 그 준비를 말마따나 충분하게 하려면 시간이 얼마나 필요할까? 몇 달도 부족할 거다. 그런데 나는 그렇게 여유 부릴 시간이 없다. 시로니에게 말했던 것처럼 누군가 나를 기다릴지 모른다. 그러니 빨리 가야만 한다. 하지만 라이시는 내 조급함을 전혀 이해해 주질 않았다.

나는 라이시가 나를 막아선다는 생각을 떨칠 수 없었다. 하지만 그보다 더 화가 나는 건 그가 막으면 내가 할 수 있는 게 하나도 없다는 거였다. 난 혼자서 시로니의 계획서도 제대로 읽지 못한다. 시로니에게 연락할 방법도 없고 북쪽 도시로 가는 건 더더욱 불가능하다. 결국 모든 결정권은 라이시에게 있고 지금 내가 할 수 있는 건 기껏해야 화내는 것뿐이다.

"나 좀 봐요."

라이시가 내 어깨를 당겨서 나는 마지못해 고개를 들었다. 그러자 그가 내 어깨를 쥔 채로 잠잠히 말했다.

"화난 건 알겠지만 아닌 건 아닌 겁니다."

낮게 어르는 목소리는 오히려 나를 조바심 나게 만들었다. 그래서 나는 결국 참지 못하고 따지듯 물었다.

"내 몫을 이해한다고 했잖아."

"그리고 내 몫도 이해했다고 했죠."

"이게 지켜 주는 거야?"

"이성적으로 생각을 하십시오. 무턱대고 가서 어쩌겠다는 겁니까."

"지금까지 계속 그렇게 했어."

"지금까지 운이 좋았다고 이번에도 그러라는 보장은 없습니다."

며칠 전처럼 끝나지 않는 언쟁이 오갔고 이야기를 거듭할수록 나는 벽에다 대고 말하는 기분이 들었다. 라이시는 내가 무모하다고 하지만 나는 오히려 그가 이상하다.

"애당초 그렇게 이성적이라면 처음부터 나한테 오지 말았어야지."

그렇게 말하며 나는 라이시를 노려보았다. 그가 나를 걱정하는 걸 알지만 지금은 그마저도 답답했다. 그래서 치미는 원망을 숨기지 않고 그를 힐난했다.

"이럴 거면 나를 대체 왜 데려왔어?"

"그런 말 하지 마."

라이시가 낮고 엄한 목소리로 내 말을 막았다. 그의 표정을 보고 나는 가만히 입술을 깨물었다. 아무래도 화나게 만든 것 같아서. 그래서 잠시 긴장했지만 다행히 그는 화내지 않았다. 하지만 차라리 화를 내는 편이 나았다. 라이시는 나직이 말했다.

"안 그래도 후회하는 중이니까."

그래, 그 말보단 차라리 화를 내는 편이 나았다.

울고 싶다, 진짜. 나는 완전히 지쳐서 복도를 터덜터덜 걸었다. 창
밖으로 보이는 하늘은 이미 해가 뉘엿뉘엿 기울어 붉었다. 그 낙조를
바라보다 긴긴 한숨을 내쉬는데 뒤에서 누군가가 소리쳤다.

"권태기 공주 발견!"

경쾌한 목소리에 고개를 돌려보니 타누가 빨래 바구니를 든 채 걸
어오고 있었다. 그가 손을 흔들었지만 나는 가만히 서서 그를 기다렸
다. 이윽고 그가 가까이 왔을 때 나는 그의 귓가에 속삭였다.

"그 소리 한 번만 더 하면 그땐 같이 죽는 거야."

장난기를 쏙 뺀 내 목소리에 타누의 눈이 동그래졌다.

"왜 이렇게 심각해요? 앗, 뭔 일 있었나?"

타누가 물었지만 나는 대답하지 않고 걸었다. 그렇게 얼마간 함
께 걷는데 복도에 나와 있던 레나나가 우릴 보더니 활짝 웃으며 달
려왔다. 레나나가 반긴 건 나도 타누도 아닌 타누가 들고 있는 옷감
이었다.

"고마워요, 오빠!"

"그래, 보답은 4년 후에 부탁해."

아, 지적할 힘도 없다. 내가 가만히 있자 타누는 오히려 어색한 표
정으로 눈치를 봤다. 그러거나 말거나, 지금은 아무것도 모르겠다. 내
가 멍하게 있는 사이 레나나는 옷감을 펼쳐 보고 있었다. 다양한 색
깔의 천을 꼼꼼히 살펴보다가 그중 몇 개를 내게도 보여 줬다.

"공주님, 이걸로 치마를 만들 거예요. 그리고 이건 블라우스!"

그렇게 말할 때 레나나는 잔뜩 들떠 있었다. 나는 그런 아이를 향

해 마지못해 입 끝을 끌어올렸다. 내가 지금 제대로 웃고 있는지 잘 모르겠다.

여름은 무더위를 이끌어 왔다. 하지만 내가 선 곳은 혼란이 눈발 대신 몰아치는 한겨울이다.

'너 왜 그랬니?'

'안 그래도 후회 중이야.'

이렇게 떼어 놓고 보면 후회한다는 저 대답은 정직하고 겸손하다. 자신의 과오를 인정하고 반성한다는 말이니까. 하지만 질문을 조금 구체화시켜 보면 어떨까?

'엄마, 왜 날 낳았어?'

'안 그래도 후회 중이야.'

'오빠, 나한테 왜 사귀자고 했어?'

'안 그래도 후회 중이야.'

아, 그냥 예를 든 건데 왜 이렇게 치명적이지? 상처받을 것 같잖아. 물론 먼저 그렇게 말한 나도 잘못했다. 하지만 설마 후회한다는 말을 할 줄은 몰랐다. 후회한다니, 뭘 후회한다는 말일까? 그건 홧김에 한 말? 아니면 본심? 어제 했던 대화를 떠올리니 마음이 또 뒤죽박죽 복잡해진다. 아, 이런 기분 싫어.

"공주님?"

멍하니 턱을 괴고 있던 나는 아야라의 물음에 퍼뜩 정신을 차렸다. 그 바람에 테이블이 흔들려 위에 놓인 꽃병도 함께 비틀댔다. 나는 쓰러지려던 꽃병을 가까스로 붙잡았다. 내가 혼자 허둥대는 걸 보고 아야라가 물었다.

"괜찮으세요?"

"아, 네. 잠깐 딴생각했어요."

"피곤하신가 보네요."

부드럽게 물어오는 아야라에게 나는 마지못해 미소 지었다. 그리고 아야라가 혹시 무슨 낌새를 챌까 봐 말을 돌렸다.

"꽃 예쁘네요. 어디서 꺾은 거예요?"

"아, 제가 꺾은 게 아니라 누가 가져다줬어요."

"타누는 아니죠?"

"설마요, 그분은 저랑 눈만 마주쳐도 도망치는걸요?"

나는 그 말을 듣고 헛웃음을 터트렸다. 아야라도 살포시 웃더니 하던 말을 다시 이었다.

"어제 잠깐 생각을 해봤는데, 북쪽 도시에서 만나셨다던 유령은 역시 이요브의 권속이 아닐까 싶어요."

"이요브요?"

"네, 이요브의 권속은 인지 왜곡이 가능하거든요. 시로니 씨의 비서가 시간을 착각한 것도 아마 그 때문일 거예요."

나는 고개를 기울이며 눈을 깜빡였다. 인지 왜곡? 그게 뭐야?

"쉽게 말하면 사람을 헷갈리게 만드는 거죠. 한 시간을 1분으로 생각하게 하거나 흰 것을 검은 것으로 보게 하고, 혹은 불을 차갑다고 느끼게 하는 일종의 최면이나 세뇌라고 보시면 될 거예요."

설명을 듣고 나는 비로소 고개를 끄덕였다.

"무섭네요."

"네, 무섭죠."

말만이 아니라 정말 무섭다. 뭐가 사실이고 뭐가 거짓인지 모두 헷갈리게 된다니, 너무 섬뜩하잖아. 나는 두미야가 이요브의 권속이었다는 사실을 떠올리며 아야라에게 되물었다.

"그럼 두미야 아저씨한테도 그런 능력이 있었어요?"

"네. 하지만 두미야는 그 능력을 쓰지 않았어요."

"왜요? 잘 쓰면 편리할 것 같은데."

"어떤 점이 편리할 것 같으세요?"

"춥거나 배가 고플 때?"

아, 예시가 너무 원시적이다. 하지만 아야라는 웃지 않고 진지하게 답했다.

"하지만 공주님, 추위와 배고픔은 자연스러운 신호예요. 그걸 없애면 고통받지는 않겠지만 자각하지 못하는 사이 천천히 죽어 갈지도 몰라요."

그런 걸까? 진통제처럼 잘 쓸 수도 있을 것 같은데. 내가 석연치 않은 표정을 짓자 아야라가 말했다.

"두미야도 그런 생각을 가지고 있었어요. 좋은 방향으로 쓴다면 충분히 유용하다고요. 하지만 그러다가 공주님께 잔뜩 혼이 났었죠."

"왜요?"

"저한테 그 능력을 썼거든요."

아야라의 웃음 섞인 말에 나는 깜짝 놀랐다. 두미야가 아야라에게? 내가 눈을 동그랗게 뜨자 아야라는 옛날이야기를 시작했다.

"막 온실에서 구출됐을 때 전 사납고 예의도 없었어요. 게다가 사람도 싫어해서 도통 어떻게 할 수 없는 아이였죠. 그런데 군인 출신인 두미야는 그런 저를 못마땅하게 여겼어요. 어떻게든 버릇을 고치고 싶어 했죠."

그때 두미야의 태도는 마치 야생 동물을 길들이려는 태도였다고 아야라는 회고했다. 다그치고 혼내고 제압하고, 그래서 두 사람은 거의 매일 전쟁을 치렀단다. 그러다 두미야는 아야라를 붙잡기 위해 올가미를 만들고 아야라는 두미야의 얼굴에 침 뱉고 도망치는 지경에 이르렀다고. 아, 다른 건 그렇다 쳐도 아야라 언니 소싯적 얘기는 언제나 적응이 안 된다.

"도저히 안 되겠다 싶었는지 두미야가 제 인식을 바꿔 버렸어요. 그래서 그날 저는 착하고 예의 바른 아이가 됐죠."

사람이 말하면 콧방귀나 팽팽 뀌며 식사 예절도 모르던 계집애가 하루아침에 숙녀처럼 바뀌었다. 아야라가 사뿐사뿐 걸어 다니며 사람들에게 인사하는 모습을 보며 모두들 두미야를 칭찬했다. 하지만 키브사 공주만은 누가 이 아이에게 손을 댔냐며 엄하게 물었다. 두미야가 하는 수 없이 그랬다고 하자 키브사는 고개를 저으며 말했다. 보기 좋은 인형을 만들기 위해 아야라를 없앴구나, 라고.

키브사가 아야라의 뺨을 쓰다듬었고 그와 함께 아야라는 원래대로 돌아왔다. 혼란스럽게 주위를 바라보던 아야라는 다짜고짜 두미

야에게 덤벼들었다. 그땐 그러지 않을 수가 없었는데, 짧은 순간 자신
이 다른 사람으로 변한 그 감각이 소름 끼치게 무서웠기 때문이었다.

"공주님은 이런 방법이 정말 옳다면 이미 그렇게 세상을 바꿨을 거
라고 하셨어요. 하지만 방법이 틀리기 때문에 기다리신다고 했죠. 새
가 알을 깨고 나올 때까지, 씨앗에서 싹이 틀 때까지 기다려야 한다
고 말이에요."

나는 아야라의 이야기를 듣다가 예전에, 제미라가 무아카를 어떻
게 해야 할지 갈등하던 때에 꾼 꿈을 기억해 냈다. 그때 엘은 말했다.
고통을 없애기 위해 우리의 아픈 감정을 사라지게 하거나 기억을 지
울 수 있다고. 혹은 시간을 되돌릴 수도 있다고. 다만 그렇게 하면 우
린 우리 자신을 잃게 될 거라고 했다. 상한 것을 꺾는 것은 쉽지만 그
는 그것을 원치 않는다고 했다.

엘이, 그리고 그때의 키브사가 한 말을 이해 못 하는 건 아니다. 나
도 두미야가 잘못했다고 생각한다. 구제불능의 꼬마가 못마땅하다고
그 인격을 바꿔 버렸다. 그래서 착하고 고분고분한 아이가 만들어진
들 그게 정말 아야라일까? 아니, 그건 아야라가 아니게 된다. 누군가
의 꼭두각시 인형일 뿐.

하지만 그 대상이 단순히 말 안 듣는 꼬마가 아니라 자기 아이를
죽이려는 엄마라면, 세상을 부수려는 매춘부라면, 그리고 비정한 도
시를 만드는 독재자라면 어떨까? 그들이 무엇을 하는지 뻔히 알면서
도 그들의 인격을 존중하고 지켜봐야 하는 걸까? 나삭이 말했다. 태
아를 구하기 위해 창녀들에게 억지로 애를 낳게 할 거냐고. 그럴 순

없다고 생각했다. 하지만 그것 외엔 방법이 없었다. 시믈라는 아무것
도 남지 않게 세상을 부수겠다고 했다. 상처 입은 눈으로 결코 멈추
지 않을 거라며 울듯이 웃었다. 내가 다가가려 하자 나를 거절하고
쳐내며 그렇게 말했다. 자이트는 사람들의 부류를 나누고 그 일부를
말살하기로 다짐했다. 그걸 반대하는 내게 더는 참견이 필요 없다고
했다.

나는 구하겠다고 이곳에 남았는데 이 세상은 구해지길 원하지 않
는다. 도움은 상대가 필요로 할 때 돕는 것이 도움이라고 했나? 그렇
다면 나는 이들에게 지나친 참견을 하는 걸까? 애당초, 나는 대체 세
상을 어떻게 구하려고 했던 걸까?

"생각이 많으신가 봐요."

내 침묵을 잠자코 바라보던 아야라가 말했다. 나는 애써 웃었다.
하지만 아야라의 염려는 사라지지 않았다.

"요즘 외로워 보이세요."

정곡을 찔린 기분이어서 나는 난처하게 되물었다.

"키브사 공주는 안 그랬죠?"

"아니요, 그때도 종종 외로워하셨어요."

뜻밖의 대답이다. 그때의 공주는 나랑 다를 거라고 생각했는데.

"먼저 길을 만들어야 하기 때문에 혼자일 수밖에 없다고 하셨죠.
담담하게 말씀하셨지만 그때도 참 외로워 보였어요."

외롭다는 말이 여운으로 남았지만 나는 고개를 저었다. 남자 친구
도 있는데 외로울 게 뭐 있냐며 너스레를 떨어 보았다. 하지만 기분

은 별로 나아지지 않았다.

전날 다투고 나는 라이시에게 계획서를 받아 왔다. 이제부턴 내가 혼자 하겠다고. 그리고 지금은 야빈에게 도움을 받고 있다. 하하하, 망할 자식. 내가 너 아니면 아무것도 못 할 줄 알았지? 야빈에게 도움을 청한 건 탁월한 선택이었다. 알고 보니 야빈도 중앙의 식민지 출신이었고 그 세계의 사정을 잘 알고 있었다.

전에도 말했듯 우리의 연구소 잠입 루트는 식민지에서부터 시작한다. 중앙 서쪽의 식민지엔 유목 생활을 하는 부족이 있는데 중앙의 군인들은 그들을 잡기 위해 대대적인 수색을 벌인다. 유랑하는 자들을 지배할 수는 없으니 잡아서 실험체로라도 쓰겠다는 의도이다. 바로 그 서쪽에서 부족민인 척 있다가 군인들에게 억류되는 게 우리의 첫 번째 할 일이다.

그럼 우리는 곧장 연구소로 이송된다. 과학자들은 붙잡혀 온 사람들을 구분하는데, 옥션이 열리는 시즌이면 젊은이들은 경매장으로 넘겨진다. 그렇게 해서 옥션 장소에 도착하면 우린 시로니를 만나야 한다. 그리고 재빨리 행색을 바꿔 원래 메트로폴리스에서 온 사람인 양 객석에 앉으면 상류층으로의 잠입은 성공. 그다음부터는 귀빈 자격으로 연구소 입장이 가능해진다는 게 시로니의 계획 전반이다.

이것만으로도 만만치 않은데 실은 여기 한 가지 단계가 더 있다. 그건 바로 라이시에게 협조받기. 그건 다른 단계들보다 결코 쉽거나 만만하지 않다. 내가 한숨을 푹 쉬는데 옆에서 잠입 경로를 살펴보던 야빈이 말했다.

"읽어 보면서 느낀 건데 아마 그 과학자 아줌마는 변수가 많은 걸 알면서도 이 계획을 세운 것 같아요."

나는 묵묵히 긍정했다. 내 생각에도 그런 면이 없지 않다. 아니, 사실 좀 많다. 계획대로 흘러가면 좋겠지만 저대로 다 된다는 보장은 없다. 식민지에서 못된 군인을 만날 수도 있고 연구소에서 경매 상품으로 선정되지 않을 수도 있다. 그중에서도 가장 최악인 건 연구소에서 나삭과 마주치는 거다. 잠깐만 생각해도 온갖 경우의 그럴싸한 위기가 떠오른다. 그래서 시로니도 이 계획의 위험성을 부정하지 않았다.

위험하다. 그건 나도 안다. 그런데 그게 뭐, 사실 이제까지 위험하지 않았던 적은 없잖아. 항상 위기였고 항상 벼랑 끝이었고 항상 그래 왔잖아. 편하고 안전한 곳에서 누군가를 구할 수 있다고는 생각하지 않는다. 그게 가능했다면 애당초 이런 세상이 만들어지지도 않았을 테니까. 내가 그런 생각을 하는데 야빈이 다시금 말했다.

"그래서 라이시 형은 걱정하고 있어요."

나는 조금 놀라서 야빈을 돌아보았다. 갑자기 라이시의 이야기가 나올 줄은 몰라서. 야빈은 잠잠히 말을 이었다.

"형은 늦게까지 잠도 안 자요. 매일 밤 조사하느라고요. 그리고 무아카와 매일 싸운 것도 공주님 때문이에요. 공주님을 지킬 수 있게 더 강해지려고요."

틀린 얘기가 아니라서 나는 할 말이 없었다. 내가 잠자코 바라보는 걸 아는지 모르는지 야빈은 계획서만 내려다보고 있었다.

"연구소에 가는 건 우리 때문이죠?"

그렇게 묻는 야빈의 옆모습엔 양의 뿔과 귀가 있었다. 그렇다, 연구소에 가는 건 이 아이 때문이다. 그곳에서 아이들에게 입힌 상처를 나는 용납할 수 없었다. 내 마음을 헤아리며 야빈이 말했다.

"공주님께는 항상 감사하고 있어요. 그래서 저는 공주님이 다치는 게 싫어요. 그런데 지금 공주님은 이미 많이 다친 것 같아요."

야빈은 잠시 망설이더니, 이내 내 얼굴을 바라보며 조용히 말을 맺었다.

"형이랑 화해했으면 좋겠어요."

아무래도 야빈이 처음부터 하려던 말은 이거였나 보다. 뜻밖의 조언은 나를 부끄럽게 만들었다. 화해했으면 좋겠다니, 어른도 아니고 어린아이에게 이런 얘길 듣게 될 줄이야. 생각해 보면 라이시도 애쓰고 있는데 내가 너무했던 걸까? 후회한다는 말은 좀 그랬지만, 그것 말곤 라이시가 틀린 얘길 한 적은 없다. 게다가 이렇게 지내는 건 나도 많이 불편하고.

나는 생각 끝에 라이시와 화해해야겠다고 마음을 먹었다. 그런데 직후 그와 만날 시간이 없었다. 그래서 차일피일 미루다 무려 이틀 만에 라이시를 찾아갔다. 하지만 어째선지, 나는 이틀 만에 만난 남자 친구의 얼굴에 딸기 타르트를 집어 던지고 만다.

라이시와 화해하기로 다짐하고 이틀이 지났다. 그동안 날씨가 꿍장히 이상했다. 하늘은 꾸물꾸물하고 해가 나는 듯싶더니 소나기가 내리는 등 종잡을 수 없는 날씨였다. 게다가 그 와중에 덥기는 엄청 더워서 마치 끓는 냄비 속 같았다. 악천후에도 불구하고 나는 꿋꿋이 공부에 공부를 거듭, 야빈 선생님의 까다로운 시험을 드디어 통과했다.

"이 정도면 충분할 것 같아요."

야빈의 합격 판정에 나는 서럽게 만세를 불렀다. 으앙, 진짜 힘들었어! 내가 시험 공부를 이렇게 했으면 우리 엄마가 업고 다녔을 텐데!

이제 남은 건 라이시의 판결이다. 아직 화해도 못 했는데 이걸로 넌지시 말 걸면서 사과해야겠다. 라이시를 찾아갈 생각을 하는데 누군가 문을 두드렸다. 나가 보니 레나나가 옷을 들고 서 있었다.

"공주님, 완성했어요!"

그렇게 소리치며 내게 블라우스 한 벌과 치마 한 벌을 내밀었다. 열두 살 소녀의 작품이라고는 믿기지 않는 옷을 보며 나는 감탄했다. 블라우스는 반팔에 옷깃이 둥글었고 치마는 멜빵끈이 있는 데다가 주름이 곱게 잡혀 있었다. 위아래 한 벌인 귀여운 옷이었다.

"한번 입어 보세요!"

레나나의 권유에 나는 들어가서 옷을 갈아입었다. 두꺼운 옷을 벗고 얇은 반팔 블라우스와 무릎까지 오는 치마를 입으니 한결 가볍고 시원했다. 게다가 예쁘기도 참 예뻐서 마음에 꼭 들었다.

여기서 끝나지 않고 또 한 가지 좋은 일이 생겼다. 마을 사람들이 며칠 전 딸기를 수확했는데 이걸로 타르트를 잔뜩 만들어서 보내 주었다. 성 아이들이 모두 먹을 수 있을 만큼 많이. 생크림이 가득한 딸기 타르트를 보고 아이들은 환호했다. 아이들과 둘러앉았는데 도중에 아야라가 기달티에게 가보겠다며 타르트 하나를 챙겼다. 안 그래도 라이시가 계속 신경 쓰이던 차여서 나도 아야라와 함께 자리에서 일어났다. 손에는 커다란 타르트를 들고서.

계획은 숙지, 옷은 신상, 타르트는 딸기. 좋아, 모든 게 완벽해. 나는 들뜬 기분으로, 당연히 다 잘되리라 믿고 그를 찾아갔다. 하지만 세상은 변수로 가득 차 있고 인간의 기대는 항상 좌절되는 법. 무엇보다도 사랑은 전쟁이었다.

방에 없나? 노크를 했는데 대답이 없어서 나는 살짝 문을 열어 보았다. 책상에 앉은 라이시의 뒷모습이 보였다. 뭐야, 있으면서 대답 안 한 거야? 뭘 하는데 문 두드리는 소리도 못 듣지? 나는 호기심이 생겨서 발소리를 줄이고 살금살금 다가갔다. 뒤에서 보니 라이시는 이것저것 펼쳐진 책상에 턱을 괴고 있었다. 이렇게 가까이 왔는데 아직 눈치 못 챈 것 같다. 나는 웬일인가 싶어 그의 옆얼굴을 살펴보다가 그가 턱을 괸 채 자고 있다는 걸 깨달았다.

와, 얘 자는 거 처음 봐. 나는 신기해서 책상 옆에 쪼그리고 앉아 라이시가 자는 모습을 올려다보았다. 진짜 잔다. 자니까 귀여워. 그렇게 생각하고 나는 웃음을 터트렸다. 이 커다란 애가 귀엽다니, 중증이다. 그런데 내 웃음소리가 컸는지 라이시가 흠칫하고 잠에서 깼다. 그는 의자 옆에 있는 날 보고 한 번 더 놀랐다.

"뭐야?"

그렇게 말하는 라이시의 목소리는 잔뜩 잠겨 있었다. 나는 웃으며 되물었다.

"자고 있었어?"

"어, 잠깐 졸았어."

대답이 어째 좀 냉랭하다. 자다 깨서 그런가? 아니면 아직 화났나? 나는 라이시의 표정을 살피면서 장난스럽게 말했다.

"너 자는 거 처음 봤어."

"그게 왜?"

"귀여웠어."

"까분다."

그 한마디에 나는 안심하며 배시시 웃었다. 그리고 들고 있던 것을 내밀어 라이시에게 보여 주었다.

"짠, 이것 봐."

생크림과 딸기가 그림처럼 예쁘게 얹어진 타르트. 나는 라이시가 반응하길 기다렸다. 아이처럼 기뻐하진 않아도 이게 뭐냐고 물어보기는 할 줄 알았다. 하지만 그는 아무 반응이 없었다. '뭐 어쩌란 거냐'는 표정이었다. 아무래도 지금 나 혼자만 들뜬 것 같다. 나는 머뭇머뭇 타르트를 내리며 기어들어가는 목소리로 말했다.

"자는데 깨워서 화났어?"

내가 조심스레 묻자 라이시는 고개를 저었다. 여전히 무표정한 얼굴로. 아, 그런 표정으로 아니라고 하면 나는 어떡하지? 갑자기 아무렇지 않게 대하니까 기분 나쁜가 보다. 아무래도 장난칠 분위기는 아닌 듯해서 나는 먼저 사과하려고 했다. 그런데 내가 입을 열기 전에 그가 먼저 물었다.

"뭐 하러 왔어?"

그 질문에 나는 눈을 깜빡였다. 계속되는 냉대에 슬그머니 반발이 일어났지만 꾹 참고 마음을 가라앉혔다. 화해하고 싶으니까. 그렇게 꼬리를 내리고 나는 자그맣게 말했다.

"너랑 이거 같이 먹으려고 왔는데……."

하지만 라이시는 본 척도 하지 않고 고개를 저었다.

"됐어, 가서 애들이랑 먹어."

그 시들한 반응에 할 말이 사라졌고, 어색한 침묵이 흘렀다. 앤 나랑 얘기하기 싫은가 보다. 지금은 그냥 내버려 두고 다음에 다시 찾아올까? 그 편이 차라리 낫겠다고 생각하다가 내게 시간이 없다는 걸 뒤늦게 깨달았다. 연구소 잠입까지 남은 기간은 일주일 남짓, 시로니에게 연락을 하는 시간까지 포함하면 그보다 더 촉박하다. 그러니 우리가 계속 이런 상태면 일정은 결국 미뤄진다.

생각이 거기까지 미치는 순간 라이시와 화해하는 건 내게 선택이 아닌 필수가 되었다. 그리고 의무가 된 화해는 나를 꽤 비참하게 만들었다. 나는 복잡한 마음을 숨기며 그에게 조심히 물어보았다.

"아직 화났어?"

"화난 적 없어."

그럼 이건 뭔데. 나는 턱까지 올라온 그 말을 가까스로 참으며 애써 다른 말을 꺼냈다.

"그러면 연구소 가는 거 확인해 주면 안 돼? 이제 시간도 얼마 안 남았으니까……"

"서두르지 말랬잖아."

라이시가 내 말을 끊으며 거칠게 말했다. 그의 차가운 태도는 내 오해가 아니었다. 그는 정말로 나를 성가셔하며 짜증을 내고 있었다.

"기다리라고, 좀."

단호한 목소리에는 신경질이 섞여 있었고 나도 결국 어이가 없어졌다. 이걸 뭐라고 하지? 점입가경? 진짜 갈수록 가관이다. 나는 그를 보며 예전 일을 떠올렸다. 무아카가 아직 적일 때, 그때도 이랬다. 날 카롭게 곤두서서 저렇게 사나웠다. 신경 쓸 게 많아서 그러는 건 알지만 나는 내 나름대로 답답했다.

"언제까지?"

그래서 상황이 좋지 않다는 걸 알면서도 그에게 묻고 말았다.

"언제까지 기다려? 네가 기다리라면 기다리고, 네가 안 된다면 안 되고, 나는 네가 시키는 거 말고는 아무것도 하면 안 돼?"

아니, 따지고 말았다. 나는 그렇게 말하고서 가만히 라이시를 바라보았다. 그러자 그도 피곤하다는 목소리로 항변했다.

"그런 얘기가 아니잖아."

"그럼 어떤 얘기야?"

내가 되묻자 라이시는 한숨을 몰아쉬었다.

"나중에 하자."

계속 미루기만 하는 말에 나는 자칫 언성을 높일 뻔했다. 하지만 라이시가 불편한 얼굴로 이마를 짚고 있어서, 넌더리가 난다는 표정이어서 하려던 말을 꾹 삼켰다. 대신 솟구쳤던 모든 불만을 숨긴 채 나직이 말했다.

"그럼 하나만 물어볼게."

라이시는 여전히 날 쳐다보지 않았다. 그래도 이거 하나만은 확인하고 싶었다. 외면당한 채로 나는 그의 옆얼굴에 대고 물었다.

"나를 데려온 거 후회한다는 말, 진심이었어?"

이것만 아니라고 해주면 참을 수 있을 것 같은데. 하지만 이어진 대답은 무정했다.

"그래."

변명을 해도 모자랄 판인데 그의 답은 단호했다. 후회한다는 말이, 그리고 날 마주 보지 않는 태도가 내게 사정없이 박혔다. 며칠 전처럼 울고 싶은 기분이었지만 나는 가까스로 참고 다시 잠잠하게 말했다.

"데려와 줘서 고맙다고 한 거 나도 진심이었어."

라이시가 비로소 나를 돌아보았다. 하지만 전혀 기쁘지 않았다. 나는 그 눈을 마주 보며 낮게 내뱉었다.

"그런데 지금 너는 정말 싫어."

그 말을 남기고 돌아서자 라이시가 뒤늦게 의자에서 일어났다. 하지만 나는 다가오는 손길을 단호히 거부했다.

"손대지 마."

그렇게 인내에 인내를 더해 말했건만 라이시는 내 말을 듣지 않았다. 정말 내 말을 도무지 들어주지 않는 사람이다. 기어이 그는 내 어깨를 잡아당겼다. 그러나 나는 지금 만져도 좋은 상태가 아니었다.

"손대지……."

라이시의 손이 닿는 순간 애써 유지하던 평정이 깨졌고, 나는 그 충동에 이끌려 들고 있던 타르트를 힘껏 던졌다.

"말랬잖아!"

라이시의 얼굴에다가.

"공주님."

"응?"

"무아카가 라이시 형을 물어요."

"그렇구나!"

"안 말려요?"

"응, 그냥 신경 쓰지 말자."

나는 상냥하게 웃으며 야빈의 머리를 쓰다듬었다. 하지만 그 아이는 저 멀리 무아카와 나뒹굴고 있는 라이시에게서 눈을 떼지 못했다.

"이 자식, 저리 비켜!"

라이시가 무아카를 밀어내며 외쳤지만 소용없었다. 늑대로 변한 무아카는 들은 척도 하지 않고 앞발로 라이시를 붙잡은 채 그를 잘근잘근 씹어댔다. 그때 무아카의 꼬리는 좌우로 흔들리고 있었는데 나는 그걸 보며 저 아이가 과연 늑대인지 개인지 헷갈리기 시작했다.

내가 라이시에게 타르트를 던진 후 우린 결국 대판 싸웠다. 생크림 범벅이 된 라이시는 완전히 열 받아서 내게 소리쳤고 나는 그 말을 싹 무시하며 바보 멍청이를 외치고 도망쳤다. 라이시가 생크림을 닦는 사이 나는 식당까지 전력 질주, 아직 간식을 먹던 무아카를 방패 삼아 라이시의 접근을 막고 있다. 그래서 식당은 지금 아주 소란스럽다. 늑대로 변한 무아카가 라이시를 깔아뭉개자 아이들은 파벌을 나눠 두 사람을 응원하기 시작했다.

"무아카, 힘내!"

"형, 지면 안 돼!"

나는 그 소란과 무관한 양 딸기를 포크로 찍어 한입 깨물었다. 다시 옆을 보니 무아카가 씹기를 멈추고 앞발로 라이시의 등을 꾹꾹 누르고 있었다. 땅을 짚은 라이시의 팔은 무아카의 체중을 견디지 못해 부들부들 떨렸다. 요 며칠 무아카를 이겼다고 들었는데, 어째 오늘은 힘을 못 쓰네? 나는 그렇게 생각하며 오물대던 딸기를 꿀꺽 삼켰다.

무아카는 아이들 사이에서 늑대 모습으로 당당했다. 처음엔 쉬쉬했지만 무아카가 피네하스의 영주라는 사실은 이제 비밀이 아니다. 나와 라이시, 기달티가 회담 때문에 온실에 갔을 때였다. 우리가 자리를 비운 사이 마을 근처로 괴수가 출몰하는 바람에 무아카의 정체가 발각되었다. 마을을 지키기 위해 늑대의 모습을 보인 무아카는 이제 성에서 쫓겨나게 될 거라고 생각했다. 하지만 결과는 반대였다. 성의 아이들도 마을 주민들도 이미 기달티를 받아들인 사람들이다. 그러니 무아카라고 그러지 못할 이유는 없었다. 오히려 무아카를 환영했다.

그래서 최근 무아카는 거침이 없다. 저것 봐, 지금도 라이시를 깔아뭉개고 엄청 신났잖아. 라이시와 무아카의 대치가 한창일 때였다. 소란을 눈치채고 내려온 아야라가 무아카를 보자마자 소리쳤다.

"무아카!"

라이시를 깔고 앉은 무아카는 아야라의 목소리를 듣고 귀를 쫑긋 세웠다. 아야라가 계단에서 내려오자 무아카는 재빨리 원래 모습으로 돌아왔다. 그런 무아카에게 아야라는 주의를 줬다.

"실내에선 변신하지 말라고 했잖니."

혼이 난 무아카는 잘못했다는 얼굴로 손가락을 꼼질거리기 시작했다. 반성하는 표정이 역력하기에 아야라도 더는 뭐라 하지 않고 무아카의 머리를 다독였다.

"그래, 오빠한테도 사과하고."

무아카가 바닥에 앉아 숨을 몰아쉬는 라이시에게도 꾸벅 고개를 숙였다. 하지만 라이시는 그 사과를 받아 주지 않았다. 대신 무아카가 아닌 나를 노려보고 있었다.

빠른 발소리와 함께 집무실의 문이 거칠게 열렸다. 거의 부수다시피 하며 문을 열어젖힌 사람은 아니나 다를까 라이시였다.

"공주님 안 왔습니까?"

"네 짝을 왜 나한테 찾지?"

"왔다는 겁니까, 안 왔다는 겁니까?"

라이시가 짜증을 내며 추궁했지만 기달티는 아무런 대답도 하지 않았다. 라이시는 나를 찾기 위해 쿵쿵대며 집무실을 뒤지기 시작했다. 라이시가 그렇게 부산스럽게 돌아다니자 기달티가 그를 조용히 불렀다.

"알타쉬헤트."

라이시의 발소리가 멎었다. 기달티는 그를 부른 채 아무 말이 없었다. 나도 기달티가 무슨 얘길 할지 궁금했지만 그는 오랫동안 침묵했다. 한참을 그대로 있다가 기달티가 꺼낸 것은 밋밋한 철회 발언이었다.

"아니, 아무것도……."

기달티가 도로 입을 다물자 라이시는 다시 집무실을 돌아다니기 시작했다. 하지만 끝내 나를 찾지 못하고 신경질을 내며 도로 나가 버렸다. 라이시의 발소리가 멀어지는 걸 확인하고 나는 기달티의 책상 밑에서 기어 나왔다. 기달티는 내가 편히 나올 수 있도록 다리를 비켜 줬지만 나는 그 호의에 상관없이 일어나자마자 그를 째려봤다.

"방금 말하려고 했죠? 저 여기 숨은 거."

그랬나 보다. 대답을 안 한다.

"이 배신자……."

"옷이 잘 어울리는군."

말 돌리지 마시지. 내가 노려보자 기달티는 슬그머니 시선을 피했다. 그러면서도 끝까지 날 숨겨 주겠다는 말은 안 한다. 안전할 거라고 생각해서 여기로 온 건데 착각이었다. 기달티는 나를 팔아넘기려고 해. 아, 이제 어떡하지? 아까 우발적으로 타르트를 던진 후 라이시는 전투력이 충만해져서 나를 쫓고 있다. 분위기가 심상치 않아 이번에 붙잡히면 정말 한 대쯤 맞을 것 같다. 어떡할까 궁리하는데 기달티가 옆에서 말했다.

"피해 다녀서는 해결되는 게 없을 텐데."

"나도 알아요."

"그런데 왜 피하지?"

"아직 해결하고 싶지 않으니까!"

내가 당당하게 소리치자 기달티의 한숨이 깊어졌다.

"알타쉬헤트가 얼른 그대를 잡아가면 좋겠군."

역시 이 사람은 나를 넘길 생각으로 가득하다. 아까도 분명 갈등했어. 거의 넘기려고 했어. 그랬어! 이럴 바엔 역시 무아카하고 있는 편이 낫겠다. 나에겐 호의가 가득하고 라이시에겐 적의가 충만한 무아카라면 분명히 날 지켜 줄 거야. 그렇게 생각하며 창문 밖을 내다보았다. 무아카가 어디에 있을까? 간식을 다 먹었으면 밖으로 나갔을 텐데. 나는 곧 성 뒤편 언덕에서 무아카를 발견했다. 무아카는 야빈, 타누와 함께 언덕 풀밭에 있었다. 좋아, 저기다. 저기가 바로 내 안전지대! 내가 무아카의 위치를 확인하고 복도로 나가려 하자 기달티가 물었다.

"술래잡기를 계속 할 생각인가?"

"최선을 다할 거예요!"

내가 단호히 대답하자 기달티는 긴긴 한숨과 함께 조용히 나를 타일렀다.

"그를 너무 힘들게 하지 않았으면 좋겠군. 안 그래도 피곤할 텐데."

지금 그런 말이 나한테 들릴 리 없다. 나는 도리어 기달티를 째려보며 말했다.

"적의 편을 들다니, 배신자에겐 대가가 있으리."

내 선포에 기달티의 한숨이 조금 더 길어졌지만, 나는 아랑곳 않고 기달티의 집무실에서 나왔다. 그리고 곧장 무아카에게로 달려갔다. 거기서 뭐가 날 기다리는지는 까맣게 모른 채로 말이다.

"무아카!"

나는 언덕을 달려 올라가며 무아카를 불렀다. 무아카는 안전해, 무아카라면 안심이야! 그런 마음으로 행복하게 달려갔는데, 정작 가까이 가보니 낌새가 이상했다. 어째선지 무아카의 표정이 시무룩하다. 게다가 옆에 있는 야빈도 내 시선을 피하고 있다. 이 분위기 뭐지? 내가 어리둥절해서 두 아이를 번갈아 보는데 뒤에 서 있던 타누가 무아카를 번쩍 들었다.

"영차."

무아카를 안아 들며 타누는 씩 웃었다.

"미안하지만 공주님, 이제 이 강아지는 못 빌려요. 부부 싸움에 왜 애를 끌어들여요?"

타누의 말이 나는 그저 얼떨떨했다. 아, 내가 눈치가 조금만 더 빨랐으면 이쯤에서 벌써 도망치고 있었을 텐데.

"그럼 공주님, 행운을 빌어요!"

하지만 난 그렇게까지 빠릿빠릿한 사람이 아니었고 그래서 타누가 상쾌한 표정으로 돌아설 때까지도 멍청하게 서 있었다. 그러니 이후 벌어진 일에 남 탓을 할 수도 없다. 막 타누가 아이들을 데리고 돌아서던 때였다. 기척도 없이 뒤로 다가온 누군가가 내 어깨를 움켜잡았다. 나는 화들짝 놀라 뒤를 돌아보았고, 그대로 경악했다.

"얘기 좀 하죠."

아, 이럴 수가. 갑자기 나타나 그렇게 말한 사람은, 내 어깨를 단단히 붙잡고 속삭인 그는 내 사랑하는 원수 라이시였다.

타누는 아이들과 함께 낭창대며 사라졌고 나는 결국 라이시와 단둘이 남아 버렸다. 아, 정말 남아 버렸다. 나는 긴장한 채 라이시를 쳐다봤다. 역시나 얼굴이 잔뜩 굳었다. 물론 웃으며 넘길 거라곤 생각 안 했지만, 생각보다 훨씬 심각해서 점점 걱정이 됐다. 지금이라도 미안하다고 할까? 근데 그러기엔 나도 불만이 많다. 내가 머뭇대는데 라이시가 얼굴만큼이나 굳은 목소리로 물었다.

"대체 왜 그럽니까?"

"뭐가."

내가 볼멘소리로 대꾸하자 라이시는 혀를 차며 머리를 꾹 짚었다. 머리가 아프다는 표정으로 그가 되물었다.

"몰라서 묻습니까?"

그 고압적인 목소리에 울컥 화가 나서 나도 똑같이 받아쳤다.

"너야말로 몰라서 물어? 내가 왜 이러는지, 네가 무슨 소릴 했는지 몰라?"

라이시는 신물이 난다는 표정으로 나를 노려보며 사납게 말했다.

"너 진짜 죽고 싶어?"

나는 깜짝 놀라 눈을 크게 떴다. 하지만 라이시는 아랑곳 않고 나를 다그쳤다.

"내가 괜히 그러는 줄 알아? 내 말은 귓등으로도 안 듣지. 위험하니까 좀 기다리라고 몇 번을 말해."

나는 라이시를 하염없이 쳐다보다가 맥없이 항변했다.

"나도 위험한 거 알아."

"알긴 뭘 알아. 전혀 이해 못 하면서. 아니면 정말 목숨 내놨어?"

매몰찬 물음에 나는 말문이 막혔다. 아니, 사실은 하고 싶은 말이 잔뜩 있었다. 호흡과 함께 많은 말이 가슴에서 오르락내리락했다. 그걸 참기 위해 입술을 질끈 깨물어야 했다. 그렇게 해서 치밀어 오르던 마음을 간신히 삼키고 나는 나직이 말했다.

"손 치워."

라이시는 꼼짝도 하지 않았다. 그래서 나는 다시 화난 목소리로 말했다.

"갈 거야, 놔."

"말 안 끝났는데 어딜 가."

"너랑 얘기하기 싫어."

"나랑 얘기 안 하면 어쩔 건데."

또 한 번 말문이 막혔다. 반박할 수 없는 사실이 나를 또 비참하게 만들었다. 그게 마음에 담은 여러 감정을 이끌고 올라와서 자칫 눈물이 날 것 같았다. 그러자 라이시가 한숨을 쉬며 나를 끌어안으려 했다. 나는 갑자기 감겨 오는 팔을 밀쳐 냈다. 그가 나를 내려다봤지만 나는 시선을 피한 채 돌아섰다. 그대로 걸음을 떼는데 라이시가 내 어깨를 붙잡았다. 그리고 아무도 예상하지 못한 일이 벌어졌다.

투두둑, 불길한 소리와 함께 가슴이 허전해졌다. 설마 하며 고개를 숙여 보니 블라우스의 단추가 죄다 떨어져서 옷섶이 벌어져 있었다. 나는 비명도 지르지 못한 채 기겁하며 옷을 여몄다. 라이시를 확 째려보는데 그도 당황한 표정으로 나를 쳐다보고 있었다. 아니, 네가 당황하고 말고는 나랑 상관없고, 그보다 봤어? 본 거야? 내가 노려보자 그는 주춤하며 눈을 피했다. 뭐야, 이 반응. 아, 너 진짜……. 나는 얼굴로 피가 몰리는 걸 느끼며 바락 소리쳤다.

"너 미쳤어?"

"일부러 그런 거 아니야!"

"이거나 좀 놓고 말해!"

"놓으면 갈 거잖아!"

라이시는 그 와중에도 고집스럽게 내 어깨를 잡고 있었다. 내가 질색하며 노려보자 라이시는 결국 마지못해 물러났다.

"알았어, 싫으면 나중에 얘기해. 방에 데려다줄게."

"됐어, 나 혼자 갈 거야."

"그러고 어딜 혼자 가."

많이 누그러진 목소리였지만 나는 오히려 짜증만 났다. 지가 찢어 놓고 왜 챙기는 척이야! 나는 화를 내며 매몰차게 그를 뿌리쳤다. 그러자 허리에서도 투두둑 소리가 나더니 치마가 헐렁해졌다. 아, 안 돼. 불안한 마음으로 내려다봤는데, 으앙, 대체 왜! 블라우스 단추에 이어 치마의 옆단도 쭉 찢어져 있었다. 멜빵 때문에 치마가 벗겨지는 참사는 면했지만 찢어진 면적이 너무 넓었다. 나는 비명을 지르며 그 자리에 풀썩 주저앉아 버렸다. 한편 라이시는 뜯어진 치마를 보고 정색하며 말했다.

"이건 내가 한 거 아니야."

"알아, 바보야!"

나는 화를 내며 소리쳤다. 그 와중에도 한 손으로는 블라우스를, 다른 한 손으로는 치마를 여미느라 정신이 없었다. 라이시는 어떻게 돕지도 못하고 바라만 보다가 진지하게 말했다.

"괜찮아, 별로 안 야해."

지금 농담이 나와? 내가 확 째려보자 라이시는 내게로 몸을 숙였다. 나는 그가 가까이 오기 무섭게 소리쳤다.

"손대지 마."

하지만 그는 듣지 않고 팔로 내 등을 감쌌다. 그래서 나는 잡고 있던 것을 놓으며 그를 밀쳤다.

"손대지 말랬잖아!"

"야, 잠깐……."

라이시도 함께 소리쳤다. 화나서가 아니라 당황해서 낸 소리였다. 앞섶이 다 벌어졌지만 나는 신경 쓰지 않고 라이시의 어깨를 밀었다. 저리 가라고, 꼴도 보기 싫다고. 라이시는 맞으면서 어쩔 줄을 몰라 했다. 실랑이가 길어지자 라이시가 목소리를 낮추고 사정했다.

"가만히 좀 있어!"

"싫어, 저리 가!"

나는 도리어 소리를 질렀다. 라이시는 난감해하더니 결국 내 팔을 붙잡았다. 그는 내 양 손목을 한 손에 모아 쥐고 남는 손으로 블라우스 앞섶을 여몄다. 그건 분명 내 노출을 가려 주려는 행동이었다. 다만 결과가 참 애매했는데, 움켜쥔 게 하필 목 부분인 탓이다. 나는 내 가슴팍으로 온 라이시의 손을 보고 할 말을 잃었다. 뭐야, 얘 지금 내 멱살 잡은 거야? 그랬다. 나는 정말 멱살이 잡힌 기분이었다.

"너……."

내가 노려보자 라이시는 난처해하며 시선을 피했다. 상황이 이상하다는 걸 본인도 깨달은 모양이다. 그렇다고 잡은 걸 놓지는 않았다. 내 양 손목도, 멱살도. 어쩌다 이렇게 된 거지? 정말 멱살이 잡혔다. 입에서 헛웃음이 나오더니 눈에서는 눈물이 툭 떨어졌다. 아, 왜 이래. 재빨리 삼키려 했지만 소용없었다. 이미 고인 눈물이 왈칵 넘치기 시작했다.

나는 눈물을 참을 수가 없어 얼굴을 가리려 했다. 그러나 양손이 붙잡힌 상태라 그마저도 여의치 않았다. 그래서 나는 얼굴을 드러낸 채 눈물을 뚝뚝 흘리며 울게 되었다. 정말 뭐가 뭔지 알 수가 없다. 남자 친구와 싸우다가 옷이 찢어졌는데 멱살을 잡혔다. 보통은 옷을 벗어 주지 않아? 눈물이 떨어지는 와중에도 기가 막혔다.

내가 울자 라이시는 당황하며 나를 안아 들었다. 안기기 싫었지만 달리 어찌할 수가 없었다. 팔이 놓인 순간 나는 얼굴부터 가려야 했다. 그 사이 라이시는 어디론가 훌쩍 날았고 잠시 후 그가 나를 내려 놓은 곳은 우리 성의 첨탑 꼭대기였다. 까마득한 땅을 보며 나는 더 어이가 없어졌다. 진짜 뭐야, 이 자식은. 으앙, 또 납치당했어!

라이시가 내려놓자마자 나는 무릎에 얼굴을 파묻었다. 서럽게 훌쩍이는데 그 와중에도 남자 친구라는 놈은 날 다그치기에 여념이 없었다.

"왜 울어?"

그 말에 나는 울컥해서 소리쳤다.

"너 같으면 안 울게 생겼냐? 안 그래도 힘든데 내가 네 눈치까지 봐야 돼? 불안해 죽겠는데 말끝마다 위험하다 죽는다 노래를 부르고! 그랬으면 왜 우냐고 묻지나 마, 나쁜 자식아!"

소리치는데 눈물이 또 후드득 떨어졌다. 아, 내가 티 안 내려고 얼마나 노력했는데. 무서운 것도 힘든 것도 숨기려고 얼마나 애썼는데. 위험한 줄 모른다고? 모를 리가 없잖아. 겁이 없어서 이러는 줄 알아? 내가 무서워하면 뭐 어떡해, 누가 대신 해줄 것도 아니잖아. 그래서 꼭 참고 있는데 라이시는 거기다 대고 죽고 싶냐는 둥 목숨 내놨냐는 둥 별별 소릴 다 했다. 그때마다 나는 아픈 데만 골라서 바늘로 찔리는 기분이었다.

"그렇게 힘들면 말을 해야 할 거 아냐."

"그걸 어떻게 말해!"

라이시가 착잡한 얼굴로 바라봤지만 나는 더 울먹이며 고개를 파묻었다. 힘들면 말하라고? 누구한테 말해. 뭐든 내 뜻대로 한다는 기달티와 아야라에게? 나는 약한 소리 하면 안 된다고 하는 시로니에게? 아니면, 날 지키겠다며 내 앞을 막는 너에게? 나도 누구에게든 말하고 싶었다. 그럼 속이라도 시원할 테니까. 하지만 도무지 말할 수 있는 사람이 없었다. 아야라의 말처럼 공주님은 혼자일 수밖에 없었다.

숨죽여 우느라 아무런 말도 못 했지만 라이시는 이미 내 말을 듣기라도 한 것처럼 깊은 한숨을 내쉬었다. 라이시의 한숨 소리에 나는 다시 눈을 치켜뜨고 말했다.

"그리고 너만 후회하는 거 아니야. 나도 이제 너 싫어."

헤어지고 싶으면 헤어지라는 말이 목까지 올라왔다. 하지만 그 말은 차마 뱉을 수가 없었고 대신 눈물만 또 왈칵 쏟아졌다. 무릎에 얼굴을 파묻고 한참을 흐느꼈다.

"얼굴 좀 들어 봐."

라이시가 말했지만 나는 듣지 않았다. 그러자 그는 그 상태로 내게 말했다.

"일단 오해하는 것 같은데 싫다는 뜻이 아니야. 내가 후회한다고 한 건……."

나는 얼굴을 파묻은 채 그 말을 듣고 있었다. 그런데 라이시는 말꼬리를 흐린 후에 말을 더 잇지 않았다. 그대로 너무 조용해서 슬그머니 고개를 들었다. 그리고 돌아봤는데, 옆에 앉은 라이시의 얼굴이 이상하게 창백했다.

"그건……."

라이시는 핏기 없는 얼굴로 다음 말을 이으려고 애썼다. 그때 이미 그의 얼굴은 정상이 아니었다. 하얗다 못해 청색증이 온 듯 파리했다. 나는 놀라서 눈을 크게 떴다. 그렇게 쳐다보는데 라이시가 갑자기 입을 가리며 황급히 고개를 돌렸다.

"우욱!"

뭐야, 너 지금 내 얼굴 보고 토해? 나는 당황해서 그가 헛구역질하는 모습을 지켜보았다. 라이시는 한참 매스꺼워하더니 곧 풀썩 쓰러졌다. 얘 지금 뭐하는 거지? 나는 얼이 빠져서 눈만 깜빡이다가 머뭇머뭇 그의 어깨를 흔들었다. 하지만 그는 쓰러진 채 미동도 하지 않았다.

"뭐야, 장난치지 마……."

나는 당황하지 않은 척 그의 어깨를 끌어당겼다. 혹시 장난치는 걸까 봐. 하지만 그건 덧없는 기대였다. 내가 잡아당기자 라이시의 몸이 맥없이 기울어졌다. 동시에 드러난 그의 얼굴은 시체처럼 창백하게 질려 있었다. 나는 말싸움 중에 갑자기 기절한 남자 친구를 앞에 두고 돌처럼 굳어 버렸다. 아, 우리의 사랑은 정녕 전쟁인 것이다.

하늘에 번지는 노을을 멍하니 바라보았다. 해가 저문다. 너무 정신이 없어서 벌써 저녁인가도 싶고 이제 겨우 저녁인가도 싶다. 창밖을 향하던 시선을 옮겨 침대를 쳐다보았다. 거기엔 라이시가 아직 정신을 차리지 못한 채 누워 있었다. 갑자기 쓰러져서 얼마나 놀랐는지 모른다. 열이 펄펄 끓으며 식은땀을 흘리는데 정말 어떻게 되는 줄 알았다. 그때에 비하면 지금은 열도 내렸고 안색도 많이 좋아졌다. 다행이다, 정말. 나는 가슴을 쓸어내리며 불과 30분 전의 일을 떠올려 보았다.

나는 라이시를 부둥켜안은 채 황급히 주위를 둘러보았다. 누구에게라도 도움을 청할 생각이었는데, 아, 이 바보는 대체 뭐한다고 여기까지 올라온 거야! 우리가 있던 곳은 계단도 사다리도 없는 성 꼭대기의 높은 첨탑 위였고 그래서 라이시가 기절한 지금 거기에 꼼짝없이 갇힌 꼴이 되었다. 여기서 나 혼자 어떡하나 발을 동동 구르다가 나는 라이시의 품을 뒤져 치포라를 찾았다. 아, 자신은 없지만 어쩔 수가 없다. 이 수밖에는 생각나지가 않는다.

나는 라이시의 치포라를 톡톡 두드려 날개가 펼쳐지게 만들었다. 그 바람에 바로 누워 있던 라이시가 옆으로 구르며 철퍽 엎드러졌다. 기절한 상태로도 꽤나 아프겠다 싶었지만 애써 모른 척했다. 나는 라이시의 날개에서 조각을 깨트려 손에 쥐고는 날개를 펼치며 첨탑에서 훌쩍 뛰어내렸다. 혼자 하는 비행은 정말 위태롭고 아슬아슬했지만 그동안의 연습이 말짱 헛수고는 아니었던 덕에 비틀대면서도 간신히 땅에 내려올 수 있었다. 나는 옷차림이 엉망이라는 것도 잊고 곧장 기달티의 집무실로 달려가 문을 박차며 소리쳤다.

"도와주세요! 라이시가……!"

집무실에는 기달티와 아야라가 함께 있었는데, 그 둘은 나를 보자마자 창백해진 얼굴로 바들바들 떨기 시작했다. 내 모습을 보고 엄청난 오해를 한 탓이었다. 하지만 나는 그들의 오해를 까맣게 모르고 소리쳤다.

"라이시가 쓰러졌어요!"

"그대가 쓰러트렸나?"

"아니에요오!"

나는 기달티가 무슨 말을 하는지도 모르고 비명을 질렀다. 아, 이 상상력 풍부한 사람들은 내 옷차림을 보고 라이시가 내게 못된 짓을 했다고 넘겨짚은 모양이었다. 자기들이 키웠으면 어느 정도는 믿어 줘야 할 거 아니야! 내가 다급히 설명하자 두 사람은 간신히 오해를 풀었다. 그 후 기달티가 라이시를 데려오고 아야라가 그를 눕혀 보살폈다. 그때까지도 라이시는 깨어나지 못했고 나는 울상이 되어 아야라에게 물었다.

"왜 이러는 거예요?"

내가 안절부절못하자 아야라는 나를 안심시키려고 가볍게 미소 지었다.

"그건 공주님께서 가장 잘 아실 것 같은데요?"

"네?"

아야라가 대수롭지 않게 말했지만 나는 너무 당황해서 알아듣지 못했다. 그러자 아야라는 부드럽게 부연했다.

"별일은 아니에요, 공주님."

사람이 갑자기 쓰러졌는데 별일이 아니라니. 내가 초조해하자 아야라는 뜸 들이지 않고 말했다.

"일사병이라고 하셨죠."

"네?"

"더위를 먹었다는 뜻이에요."

예쁜 표정으로 언젠가 내가 했던 말을 반복하는 아야라를 보며, 나는 그만 할 말을 잃었다.

아아, 그랬다. 라이시는 일사병으로 쓰러진 거였다. 게다가 보통 일사병이 아니라 수면 부족과 과로가 겹친 졸도였다. 수면 부족과 과로라니, 요 며칠 데면데면하게 구느라 나는 그의 근황을 전혀 모르고 있었다. 시로니를 만나고 온 후 라이시는 무아카와 대련하고 계획서를 검토하며 체파르데아의 기록을 조사하느라 이래저래 피로가 쌓인 상태였다. 거기에다 여름의 무더위가 갑작스럽기는 라이시도 마찬가지라서 아무래도 몸이 안 좋았다는데, 어제는 중앙의 식민지로 혼자 답사까지 다녀왔단다.

답사 얘기는 금시초문이었다. 내가 답사에 대해 까맣게 모르고 있자 기달티와 아야라는 오히려 어리둥절해했다. 남자 친구가 거기 다녀오는 걸 왜 모르고 있냐는 표정이었다. 알고 보니 라이시는 어제 혼자 중앙까지 날아가서 상황을 살펴보고 오늘 새벽에 도착한 상태였다. 기달터가 라이시를 너무 괴롭히지 말라고 한 것도 그 때문이었다. 타지에서 만 하루를 보내고 돌아와 기진맥진한 상태일 테니까. 그런데 나는 그걸 까맣게 모르고 진짜 별짓을 다 했다.

생각해 보면 라이시는 처음부터 상태가 안 좋았다. 방에 갔을 땐 책상에서 졸고 있었고 무아카한테도 영 힘을 못 썼다. 말하는 도중 계속 인상 쓰며 머리를 짚기도 했고. 아, 그런데 난 눈치도 못 챘어. 심지어 엄청 화냈어. 얼굴에 타르트를 던졌어. 나쁜 놈이라고 욕도 했어! 나는 결국 자괴감에 빠졌다. 대체 왜 미리 얘기 안 한 거야. 알았으면 안 그랬잖아. 근데 라이시가 내게 말하지 않은 이유도 알 것 같다. 싸운 직후라 따로 얘기할 기회가 없었고, 괜히 답사 얘길 들으면 내가 더 서두를까 봐 비밀로 한 모양이다. 거기까지 생각이 미치자 나는 더욱 더 면목이 없어졌다. 아⋯⋯.

그렇게 침울해하는데 누워 있던 라이시가 천천히 눈을 떴다. 나는 그가 깨어난 것을 보고 황급히 물었다.

"라이시, 괜찮아?"

라이시는 대답하는 대신 멍하니 주위를 둘러보았다. 자기가 왜 누워 있는지 몰라 혼란스러워하는 것 같았다.

"아까 쓰러졌었어. 기억 나?"

라이시는 나를 멍청하게 쳐다보더니 기억을 하나둘씩 떠올리며 천천히 한숨을 내쉬었다. 정신을 차린 모양이다. 머릿속에서 막 정리를 끝낸 그가 나를 보며 물었다.

"이제 화 풀렸어?"

눈 뜨자마자 잠긴 목소리로 이렇게 묻는데, 아, 정말 어쩌면 좋아. 나는 울상을 가리기 위해 그의 가슴에 얼굴을 파묻고 기어들어가는 목소리로 말했다

"아픈데 화내서 미안해."

라이시는 말없이 나를 다독였고 나는 부끄러워서 고개를 들 수가 없었다. 그런 내게 라이시가 넌지시 물었다.

"힘들었어?"

나는 얼굴을 댄 채 끄덕여 답했다. 라이시는 뭐가 힘들었냐고 되묻지 않았다. 항상 함께 있었으니까 물을 것도 없었다. 그는 이미 알고 있었다. 온실에서도 북쪽 도시에서도 내가 힘들어했다는 걸. 그리고 그 고민을 아직 해결하지 못했다는 걸. 어쩌면 아까 그렇게 모질게 말한 것도 혼자 꾹 안고만 있는 내가 답답해서 그랬는지 모른다.

침묵이 무겁게 흘렀다. 그래서 나는 뒤늦게 말을 바꿨다.

"그런데 괜찮아."

"나한테는 괜찮다는 소리 하지 마."

라이시는 내 말을 믿지 않았다. 그 나직한 한마디로 나는 숨을 쉴 수 없게 되었다. 내가 숨을 참자 라이시는 다시 내 머리를 쓰다듬었다. 그래, 차라리 울어라, 하고 탄식하면서.

지금까지 잘 참았는데, 그래서 괜찮다고 생각했는데 아니었다. 사실은 하나도 괜찮지가 않았다. 몇 번의 승리에 들떠 있었다. 이대로만 하면 모든 문제가 해결될 거라 믿었다. 하지만 아니었다. 그동안

정말 많이 했다고 생각했는데, 어느 정도는 세상을 구했다고 생각했는데, 돌아보니 아무것도 없었다. 모든 것이 제자리였고 세상은 조금도 변하지 않았다.

여전히 많은 사람이 상처 입고 억압받으며 죽어 간다. 악당을 혼내 주면 모든 문제가 해결될 줄 알았지만 그건 소설 속에서나 가능한 일이었다. 이 세상에 악당은 없었다. 아니, 모든 사람이 악당이었다. 자기 아이를 죽여야 하는 여자들을 구하고 싶었지만 그들은 그것을 바라지 않았다. 그들은 자기 아이를 죽이는 편을 택했다. 억압받는 사람들을 구해 냈다고 생각했지만 그들은 또 같은 일을 반복했다. 억압받던 자들은 억압하는 쪽이 된 것을 좋아했다. 나는 눈앞에서 죽어버린 한 아이 때문에 이 세상에 남았는데, 이 세상은 지금도 스스럼없이 누군가를 죽인다. 세상을 구하고 싶은데 정작 이 세상은 그것을 원치 않는다. 그래서 나는 길을 잃었다. 어디로 가야 할지 알 수 없게 되었다.

내 숨죽인 흐느낌이 길어지자 라이시는 푸념했다.

"진짜 너 괜히 데려왔다."

나는 고개를 들어 그를 노려보았다. 위협하려는 의도였지만 눈물 범벅이라서 아무 소용이 없었다. 아니나 다를까 그는 도리어 헛웃음을 터트렸다. 나는 다시 고개를 돌리며 서러운 기분으로 물었다.

"정말 후회해?"

"어."

"왜?"

"계속 울잖아."

잘 참고 있는 사람 자기가 울려 놓고선. 나는 다시 한 번 그를 노려봤다. 그러자 내 마음을 읽기라도 한 양 그가 말했다.

"참고 안 우는 건 더 싫어."

나는 더 노려보지 못하고 황급히 얼굴을 돌렸다. 이것 봐, 너 때문에 또 울잖아. 그런 나를 지켜보며 라이시가 후회하듯 말했다.

"이렇게 힘들어할 줄 알았으면 안 데려오는 건데."

그 말에 나는 고개를 저었다. 그리고 며칠 전 그가 한 것처럼 단호히 말했다.

"그런 말 하지 마."

같은 건 거기까지만이다. 이어 내가 그의 가슴에 대고 웅얼댄 말은 그가 했던 말과 반대였다.

"나는 후회 안 하니까⋯⋯."

후회는 하지 않는다. 이 세계에 오게 된 것도, 여기 남기로 결정한 것도. 비록 온 힘을 다해도 웃을 수 없는 지경까지 왔지만, 그래도 나는 후회하지 않는다. 다만 길을 잃어 혼란스러울 뿐이다. 그리고 혼자 길을 찾아야 한다는 게 버거울 뿐이다.

내 머리에 놓인 손이 머릿결을 따라 흘러내렸다. 이윽고 그 손이 내 턱을 들어 올리며 눈가를 쓸었다. 눈물을 닦아 주려는 행동이었지만 너무 많이 젖어 있어 도리어 번지기만 했다. 게다가 그 상냥함에 또 눈물이 흘러 내 얼굴은 더 엉망이 되었다. 나를 지켜보던 라이시의 얼굴에 안타까움이 번졌다. 그의 두 눈에는 날 향한 연민과 후회가 가득 담겨 있었다.

그가 나의 고통을 이해하듯 나도 그의 고통을 이해했다. 이것 때문에도 나는 그에게 힘든 내색을 할 수가 없었다. 나는 그가 내게 죄책감을 갖는 게 싫었다. 하지만 그는 이미 잔뜩 상처받은 얼굴이다. 그가 바늘을 삼킨 표정으로 내게 속삭였다.

"지켜 줄게."

내 눈에서 하염없이 흐르는 눈물을 닦아 내며 그가 다시 말했다.

"내가 지켜 줄게."

이미 몇 번이고 한 약속을 그가 되뇌었다. 그래서 나는 그의 품에 다시금 얼굴을 파묻었다. 그리고 조금 더 울었다.

소동이 끝나고 레나나가 나를 찾아왔다. 레나나는 당황한 얼굴로 내게 옷을 잘못 줬다고 고백했다. 완성된 옷과 시침질만 해둔 미완성 상태의 옷을 헷갈렸단다. 덕분에 남자 친구 앞에서 엄청난 치태를 보였지만, 나는 그냥 레나나를 용서했다. 실수였다는데 뭐 어떡해.

무아카를 데려가며 나를 사자 입에 집어넣었던 타누도 슬그머니 나를 찾아왔다. 그는 와서 이것저것 경과를 물어봤는데, 말하는 뉘앙스를 보니 아무래도 멀리서 우리를 지켜본 모양이다. 놀리고 싶어서 안달하는 게 여실히 느껴져서 나는 그냥 발을 밟아 주고 문전박대해 버렸다.

라이시는 그날 하루 푹 쉬고 다음 날 건강하게 일어났다. 다음 날 다시 만났을 때 우린 서로 좀 어색했다. 그게, 아무래도 얼굴 보기가 좀 민망했다. 하루 지나서 생각해 보니 전날 우리는 참 대단한 짓들을 했다. 홧김에 타르트를 던져 버리고 쫓고 쫓기며 옷을 찢고 울다 구역질하며 기절하고. 그 하루 동안 우리의 추태는 무지갯빛만큼이나 다채로웠다.

그 상태로 우리는 기달티의 집무실에 모였고 라이시는 어제 다녀온 답사를 보고했다.

"중앙의 움직임이 이상했습니다."

기달티와 아야라 앞에서 라이시가 꺼낸 첫마디였다. 그에 아야라가 되물었다.

"이상하다니, 어떤 점이?"

"자세히는 모르겠습니다. 기밀인지 군인들도 구체적으로 아는 게 없었습니다만 뭔가를 준비하는 모양이었습니다. 그래서 메트로폴리스 거물들의 산책도 한동안 중단될 거라고 합니다."

중단된다는 말에 나는 깜짝 놀랐다. 중단이라니, 그럼 우리 계획은 다 물거품이 되는 거야? 내가 당황해서 쳐다보자 라이시도 나를 바라보았다. 그리고 이내 덧붙였다.

"이번 일정을 마지막으로 말입니다."

이번 일정을 마지막으로? 나는 그 말뜻을 정확하게 파악할 수가 없었다. 모호하기는 아야라도 마찬가지였는지, 아야라가 다시 의미를 물었다.

"그렇다면 보름 후 일정은 그대로인 거니?"

"네."

"그럼 연구소에 잠입할 기회는 이번이 마지막인 거구나."

아야라의 정리에 라이시는 묵묵히 고개를 끄덕였다. 라이시의 표정은 조금 무거웠다. 두 사람의 대화를 따라가던 나는 그저 얼떨떨했다. 라이시와 하던 긴긴 실랑이가 너무 쉽게 해결됐는데, 이걸 과연 좋아해야 할지 말아야 할지 갈피가 잡히지 않았다. 그래서 라이시를 바라보았지만 그는 내 시선을 피한 채 기달티와 아야라에게 말했다.

"시로니 씨에게는 이미 상황을 전달했습니다. 그쪽에서는 다음 주 잠입을 기준으로 준비하겠다고 합니다."

"그렇다면 이제 우리가 결정하는 일만 남았구나."

"네."

라이시의 긍정과 함께 세 사람의 시선이 내게 모였다. 그들은 나의 결정을 기다리고 있었다.

나는 집무실에서 나오며 라이시에게 넌지시 물었다.

"어제는 왜 아닌 척했어?"

"아닌 척한 게 아니라 고민 중이었던 겁니다."

라이시는 그렇게 대답하고 빠른 걸음으로 앞서갔다. 나는 그가 또 화를 내는 줄 알고 머뭇대며 그 뒷모습을 바라보았다. 그러자 라이시는 우뚝 멈춰 서더니 도로 돌아와서 내 손을 붙잡았다. 그러곤 나를 잡아끌며 다시 걷기 시작했다. 걸음은 여전히 급했지만 날 잡은 손은 친절했다. 그래서 나는 안심하며 그를 따라 걸었다.

옆에서 눈치를 좀 봤는데, 라이시는 패배자의 얼굴을 하고 있었다.

마음 같아서는 부득부득 4개월 후로 일정을 잡고 싶은데 마지못해 양보해야 하는 상황이라 꽤 불만인 모양이다. 사실 어제 그렇게 우는 바람에 서두르자는 얘기는 이제 못 하겠구나 생각했는데, 이런 결말은 예상하지 못했다. 역시 하늘은 내 편?

"좋습니까?"

내가 슬그머니 웃는 걸 보고 라이시가 물었다. 그래서 나는 웃음을 삼키고 고개를 설레설레 저었다. 하지만 라이시는 믿어 주지 않았다. 그가 눈을 가늘게 뜨며 한마디 내뱉었다.

"불안하다고 징징거려 놓고."

나는 곧장 반박했다.

"내가 언제 징징거렸어?"

"불과 어제 그랬죠."

"그런 적 없거든!"

"그 정도면 가히 절망적이네요."

"뭐가?"

"기억력이요."

그 매몰찬 몇 마디에 나는 뚱하니 볼을 부풀리며 걸음을 늦췄다. 라이시는 신경도 쓰지 않고 나를 잡아끌었다. 질질 끌려가고 있지만 불만은 생기지 않았다. 오히려 웃음을 참느라 힘들었다. 심기는 불편하신데 또 싸울까 봐 내 손을 놓지 못한다. 여러모로 신경 쓰는 게 보이니까 나도 얌전히 따라 줘야겠다.

나는 종종걸음으로 바쁘게 따라가며 다시 그의 눈치를 살폈다. 아까 우리는 결정을 내렸다. 다음 주에 중앙에 잠입하기로. 무슨 일이 생겼는지는 모르겠지만 정황상 다음 주가 마지막 기회라고 하니 더는 시간을 지체할 수 없었다. 결국 내가 바라던 대로 연구소 잠입 일정이 정해졌다. 참 아이러니하다. 결과적으로 날 도운 것은 계속해서 나를 막아서던 라이시다.

라이시는 무슨 일이 있어도 넉 달 후에 계획을 진행할 생각이었다. 내가 울며불며해도 그것만은 양보할 마음이 없었다. 그러면서도 만전을 위해 정기적으로 중앙의 동태를 살펴볼 생각이었고 엊그제도 그런 생각으로 답사를 다녀온 거였다. 그랬는데 거기서 그는 중앙의 분위기가 심상치 않다는 걸 알게 되었다. 묵과할 수 없는 정보에 결국 우리의 일정은 내가 원하는 대로 급히 결정되었다.

만약 라이시가 답사를 다녀오지 않았다면 우린 서로 참 곤란해질 뻔했다. 라이시는 끝내 뜻을 꺾지 않았을 테고, 그럼 나는 나대로 기회를 놓쳐 발을 동동, 라이시는 라이시대로 일을 그르친 것에 책임감 동동. 정말 천만다행이다.

그런 정황과 별개로 나는 라이시가 무리하면서 답사까지 다녀왔다는 데 놀랐다. 그런 줄도 모르고 나는 라이시가 날 막아선다고만 생각했으니 아, 이 배은망덕을 어찌할꼬. 생각해 보면 그에게 고마워해야 일이 정말 많다. 그런데 고마워하기는커녕 나는 어제 너무 심했다. 적게나마 보답을 하고 싶은데 어쩌면 좋을까? 고맙다, 미안하다 말로 해봐야 알면 됐다고 퉁명스럽게 대꾸할 게 뻔한데.

나는 이렇게 저렇게 궁리하다가 공주님이니까 공주님답게 감사할

방법이 있다는 걸 떠올렸다. 앗, 근데 그거 공주님다운 거 맞나? 왕
자님 쪽 아닌가? 음, 아무래도 왕자 쪽 특기 같지만 그냥 넘어가자.
굳이 남녀를 가를 필요는 없잖아. 나는 결심하며 한 발 앞서가던 라
이시를 불렀다.

"라이시!"

그가 멈춰 서며 나를 돌아보았고 나는 그의 얼굴을 마주 보았다.

"이거 엄마한테 혼날 거 각오하고 해주는 거야."

라이시가 무슨 소리냐는 듯 나를 쳐다보았다. 이때다 싶은데, 생각
보다 위치가 높다. 이대로는 안 되겠다 싶어서 나는 그의 어깨를 잡
고 끌어내렸다. 그리고 까치발을 들었다. 그가 한 뼘 낮아지고 내가
한 뼘 높아지며 우리는 중간에서 만났다. 그 순간 가슴이 터질 듯 뛰
었지만 나는 당황을 숨기고 조심스레 그를 다독였다. 뜻밖인 건 그가
미동도 하지 않았다는 거다. 그 덕에 더 민망했지만 그래도 나는 그
에게 보답하는 걸 멈추지 않았다. 그에게 감사를 표현하기 위해 내가
택한 것은 처음으로 먼저 시작한 입맞춤이었다.

잠시 후 치켜들었던 고개를 조신하게 내리며 생각했다. 잘했을까?
내가 도로 한 뼘 아래로 내려올 때까지 앞에서는 아무런 말이 없었
다. 그래서 나는 용기를 내서 다시 고개를 들었다. 라이시는 등을 굽
힌 채 굳어 있었다. 엉거주춤 한 뼘 아래로 내려온 그는 놀란 듯 얼떨
떨한 얼굴이었다. 입을 맞추니 남자 친구가 굳어 버렸다. 창피한데 어
떡하지? 음, 도망쳐야겠다.

그 여름날은 무더위가 낯설고 연인이 낯설고 나 자신마저 낯설었던 그런 날이었다. 낯설다는 건 새로운 것, 새로운 것은 배울 수 있다는 것. 새로 배우게 된 오늘은 어제보다 눈금 하나라도 더 자랄 수 있다. 그러니 우리의 긴 다툼도 전혀 의미 없는 일은 아닐 거다.

"라이시!"

내 부름에 라이시가 뒤를 돌아보았다. 나는 기다리다가 물을 끼얹었다. 왕창 물을 뒤집어쓴 그를 보며 웃었다. 그가 잔뜩 신경질을 낼 것을 예상하면서. 하지만 라이시는 젖은 머리카락을 쓸어 넘길 뿐 아무런 말도 하지 않았다. 웬일로 관대한데? 의아해할 때였다. 계곡이 일렁이더니 내 키만 한 물결이 일어나며 내 위로 쏟아졌다. 으악, 엄마야! 머리부터 발끝까지 쫄딱 젖어 버린 나는 어처구니가 없어서 라이시를 바라보았다. 그는 의기양양하게 나를 마주 보고 있었다.

"다 젖었잖아!"

"덕분에 조금은 야해졌네요."

나는 입술을 깨물고 그를 째려봤다. 그러자 라이시는 피식 웃으며 내게 손을 내밀었다. 얄밉네, 진짜. 얜 정말 여자 친구 대하는 예절을 배울 필요가 있어. 라이시는 나를 훌쩍 들어 바위에 내려놓았다. 그리고 반지로 옷을 말려 주고 머리엔 수건을 얹어 줬다. 나는 그에게 머리를 맡긴 채 하늘을 올려다보았다. 오늘따라 하늘이 화창하다. 이젠 정말 한여름이다. 나는 파랗고 쨍한 하늘을 바라보며 한숨을 내쉬었다.

"아, 벌써 내일이야."

드디어 내일 우리는 연구소로 출발한다. 이것저것 준비하는 동안에는 시간 참 안 간다 싶었는데 지나고 보니 눈 깜빡할 새였다.

"실수로 라이시라고 부르면 어떡하지?"

"궁금하면 해보시죠."

그건 사양해야겠다. 나는 시로니 같은 과학자가 아니니까. 우리는 거기서 가명을 써야 한다. 그리고 우리가 사용할 가명은 바로······.

"이르이트?"

나는 아직 익지 않은 이름을 입 밖으로 꺼내 보았다. 그러자 라이시는 자기를 부른 줄 알고 대답했다.

"왜, 리브나."

윽, 라이시가 저 이름으로 부르는 건 언제 들어도 소름이 끼친다.

이르이트와 리브나. 시로니가 우리에게 준 가명이다. 우리한테 너무 극악한 이름이 아니냐고 투덜댔지만 시로니는 그저 웃었다. 메트로폴리스에서 비라의 일은 그저 전설이나 신화로 여겨지니 그 이름을 사용하는 게 전혀 어색한 일이 아니라면서. 다들 조금 독특한 가명이라고만 여길 거라고 했다.

나는 이르이트라는 이름을 몇 번이나 중얼대다가 기분이 복잡해졌다. 라이시는 자기가 이르이트라고 불릴 때 과연 어떤 기분일까? 나는 그렇게 생각하다 한숨을 내쉬었다.

"잘할 수 있겠지?"

"걱정돼?"

"조금."

내 머리를 말려 주던 라이시의 손길이 잠깐 멈춰서, 나는 단호하게 덧붙였다.

"아주 조금!"

뒤늦게 그래 봤자 라이시의 손이 다시 움직이는 일은 없었다. 대신 수건이 덮여 있는 내 머리 위로 그의 턱이 내려앉았다.

"괜찮아."

그렇게 안아 주며 그가 말했다.

"지켜 줄게."

그 약속은 잦았지만 단 한 번도 가볍게 느껴진 적이 없었다. 나는 웃으며 등을 기댔다. 그가 지금까지 해준 것처럼 날 지켜 줄 것을 믿으면서.

다음 날, 믿음으로 서로를 연결한 채 우리는 중앙으로 향했다. 하지만 그곳에서 내가 만난 것은 모든 믿음을 깨트리는 검정색 죽음이었다.

4
흑암의 왕

숨이 막혀서 의식적으로 호흡해야 했다. 그래 본들 좁은 상자 안의 탁한 공기는 나의 갈증을 조금도 해갈하지 못했다. 나는 지금 혼자다. 묶였고, 갇혔으며, 어디론가 옮겨지고 있다.

폭발이 있었다. 식민지에서 군인에게 이송되던 중 우리가 탄 수송 차량에 포격이 가해졌다. 처음엔 무슨 일인지 깨닫지 못했다. 굉음과 함께 차가 뒤집혔고 가까스로 차에서 나와 보니 하늘에서 포탄이 쏟아지고 있었다. 직후 차량이 폭발하며 나는 정신을 잃었다.

라이시는 무사할까? 폭발이 일어나는 순간 그가 나를 끌어안았다. 나는 그의 어깨 너머로 화염이 솟구치는 것을 보았다. 아, 과연 무사할까? 그는 폭발 속에서 나를 지켰다. 자신의 몸으로 나를 보호했다. 그게 내가 기억하는 그의 마지막 모습이었다.

정신을 차렸을 때 나는 혼자였고 소독약 냄새 나는 곳에 누워 있었다. 그곳엔 흰 가운을 입은 사람들이 지나다니고 있었다. 그들은 나를 다시 어디론가 끌고 갔다. 그들이 날 데려간 장소는 경매장이었다. 손에 끼고 있던 네벨라의 반지도 어디론가 사라졌다. 무방비하게 외따로 떨어진 나는 그저 침착하려 애썼다. 라이시가 걱정돼서 미칠 지경이었지만 이를 악물고 참았다. 시로니를 기다렸다. 라이시를 찾기 위해서라도 우선 시로니를 만나야 했다. 하지만 약속 장소에 시로니는 나타나지 않았다. 오래 기다릴 수도 없었다. 나는 곧 옥션 관계자들에게 발각되어 다시 상품 보관소로 끌려갔다. 그리고 상자에 갇혔다.

너무 깜깜해서 아무것도 보이지 않는 좁은 상자였다. 어깨를 웅크리게 하고 무릎도 펴지 못하게 하는 비좁은 상자였다. 그대로 시간이 얼마나 흘렀는지 모르겠다. 한 시간인지 하루인지, 영원인지 찰나인지. 밀봉한 상자 속 공기가 점점 탁해져서 나는 어지러웠다. 이대로 질식해 죽어도 이상할 것 같지 않았다. 재갈을 문 턱이 뻐근했다. 자해하지 못하도록 온몸이 묶여서 나는 이마에 흐르는 땀조차 닦을 수 없었다. 가쁘게 숨을 몰아쉴수록 정신이 혼미해졌다. 나는 깨어 있으려고 애쓰며 눈을 질끈 감았다.

라이시는 무사할까? 시로니는 어떻게 된 걸까. 번지는 불안이 나를 더 힘겹게 만들었다. 아, 라이시. 내 마지막 기억이 차라리 환상이라면 좋겠다. 나를 지키고 너는 어떻게 된 거니. 설마, 제발…… 불안을 넘어 고통이 몰아닥쳤다. 마주하기 괴로운 고통에 어느 순간 멍해

지며 나는 비현실감에 시달렸다. 지금 이게 정말 현실일까? 아주 나
쁜 꿈을 꾸고 있는 건 아닐까? 생각을 이어 가는 것도 벅찼다.

모든 것이 희미해진 순간, 어둠이 반으로 갈라지며 기묘한 형상이
나타났다. 그것은 별처럼 빛나더니 완전한 암흑이 되었고, 짐승의 형
상을 이루곤 도로 안개가 되었다. 그것은 뿔이 되기도 하고 뱀이 되
기도 하며 내게로 다가왔다. 그 모습을 모두 뒤섞은 끝에, 그것은 우
아한 귀부인이 되어 내 앞에 섰다. 귀부인은 고운 얼굴로 인자하게
말했다.

"많이 놀랐구나, 아가. 걱정 마. 이제 괜찮아요. 엄마가 왔으니."

그가 왜 거짓말을 하는지 알 수 없었다. 나를 놀리려는 걸까? 나는
이미 그 눈동자 속의 무저갱을 알아보았는데. 내가 가만히 바라보자
귀부인이 웃으며 말했다. 아니, 뱀이 말했다.

"속지도 놀라지도 않는군요."

뱀은 느긋하게 웃으며 내 옆에 웅크렸다. 그러곤 나를 찬찬히 살펴
보며 교태를 부리기 시작했다.

"아, 공주님. 이게 대체 무슨 꼴이랍니까. 이런 곳에 갇혀 계시다
니. 결코 이 오물 같은 어둠에 파묻혀 계실 분이 아닌데!"

뱀은 연극을 하듯 과장되게 말하며 얼굴을 가까이 내밀었다.

"정녕 통탄할 일이지요. 내가 비록 당신들께 반역하고 추방되었지
만 그래도 숭고함을 경외할 줄 안답니다. 나는 아직 기억합니다. 저
하늘에서 뵈었던 공주님의 고귀한 모습을."

뱀이 허공에 대고 손짓하자 장면이 바뀌었다. 어둠이 갈라지며 희

고 푸르른 왕궁이 나타났다. 그 가운데엔 티 없이 새하얀 내가 있었다. 그곳에 선 나는 이어지는 뱀의 말을 따라 머리에 왕관을 쓰고 드레스를 입으며 하나둘씩 모습을 바꾸어 갔다.

"당신은 높은 왕좌에 앉아 영광스러운 왕관을 쓰고 빛나는 드레스를 입었죠. 당신의 구두는 세상 어떤 보석보다 눈이 부셨습니다. 어디 그뿐입니까? 세상은 당신을 경배했지요. 당신의 손짓에 동물들은 머리를 조아렸고 당신의 걸음에 식물들은 열매를 맺었습니다. 당신이 미소 지을 때 물은 하늘과 땅을 연결하며 순환했습니다. 당신이 노래할 때엔 바람이 불어 세상에 향기를 퍼트렸죠."

모든 것이 뱀의 말대로 이루어졌다. 동물과 식물, 물과 바람뿐 아니라 하늘의 해와 달과 별들도 환희하며 함께 춤췄다. 그것은 착한 마술사의 마법처럼 반짝반짝 아름다웠다. 뱀이 두 팔을 펼치며 그 광경을 내게 보였다.

"보시어요, 공주님. 얼마나 조화롭습니까? 당신은 그 중심에서도 빛이 바래지 않는 그런 분이셨죠. 내가 이제 와 이런 말씀 올리기도 우습지만, 나는 사실 당신을 동경했습니다. 그래서 그 높은 자리를 취하기 위해 당신의 아버지께 반역했죠."

반짝이는 세상을 바라보며 뱀이 달뜬 목소리로 말했다. 그는 별의 움직임을 따라 우아하게 돌더니 별안간 우뚝 멈춰 섰다. 넓게 펼쳐진 치맛자락이 가라앉는 순간 주변은 다시 칠흑으로 뒤덮였다. 어둠 속에서 그가 나지막하게 물었다.

"그런데 지금 당신의 모습은 어떻습니까? 진흙탕에서 고군분투한

끝에 노예의 신분에까지 이르렀습니다. 아, 처참하여라. 이런 비극이
또 있을까요."

뱀의 눈에서 눈물 한 방울이 뚝 떨어졌다. 악어의 눈물이었다.

"나는 당신을 동정합니다. 내가 한때 공주님을 시기했다곤 하지만,
당신의 비참한 처지에는 가슴이 저밉니다. 그러니 공주님, 제 손을
잡으시어요. 이 세상의 주인으로서 공주님께 영광을 돌려 드리겠어
요. 세상의 모든 것을 드리겠어요."

뱀은 서글픈 표정으로 허공에 손가락을 튕겼다. 그러자 또다시 마
법이 일어났다. 그는 램프의 요정처럼 온갖 호화로운 것들을 반짝이
는 금가루와 함께 대령하기 시작했다.

"부유함을 원하신다면 차고 넘칠 재물을, 명예를 원하신다면 모두
가 우러러볼 성취를, 아름다움을 원하신다면 영영 시들지 않을 미모
를, 안전을 원한다면 누구도 범접 못 할 힘을. 이 모든 것을 드리지
요. 전부 이루어 드리겠어요. 그러니 부디 제게 손을, 제게 공주님의
그 손을……."

뱀이 달콤하게 웃으며 손을 뻗었다. 그 손은 창백하고 가늘었으며
차가워 보였다. 내 몸을 속박하던 것은 어느새 사라지고 없었다. 내
가 원한다면 손을 잡을 수 있을 터였다. 하지만 나는 그 손을 잡지 않
고 먼저 물었다.

"그걸 받으면 나는 뭘 해야 하죠?"

"아무것도."

뱀이 내 귓가에 상냥하게 속삭였다.

"아무것도 하지 않아도 돼요, 공주님."

또 덧붙였다.

"아무것도 하지 않으면 돼요. 내 세계에 관여하지 말고 당신의 행복을 누리면 돼요. 그게 내 조건이에요."

뱀이 말하는 순간 저 구석에 한 아이의 모습이 나타났다. 그 어린 아이는 등을 돌린 채 눈이 닿는 가까운 곳에, 하지만 손은 닿지 않는 먼 곳에 가만히 서 있었다. 여전히 내 눈에 밟히는 그 아이였다. 뱀이 왜 그렇게 장황하게 떠들어댔는지 나는 비로소 알 수 있었다. 아이의 뒷모습을 바라보며 나는 자그맣게 말했다.

"저 아이를 죽게 내버려 두란 말이군요."

"그래요, 공주님. 하지만 생각해 봐요. 당신의 그 작은 손으로 구해 봐야 얼마나 구할 수 있을까요? 당신이 하나를 구할 때 나는 열을 죽일 거예요. 당신이 둘을 구하면 나는 이미 백을 죽이겠죠. 무의미해요, 공주님. 고집 그만 부리고 당신의 하늘로 돌아가요."

"그럴 순 없어요."

"그럼 이건 어때요?"

그 순간 아이의 모습이 지워지고 낯익은 사람들의 모습이 떠올랐다. 그것은 아야라, 기달티, 그리고 라이시였다.

"이들을 죽일 거예요."

가슴이 철렁 내려앉았다. 나의 동요를 눈치챈 뱀이 가느다랗게 웃었다.

"가장 수치스럽게 죽여 버릴 거예요. 태어난 것을 저주하도록. 이렇게."

뱀이 기다란 손톱으로 기달티와 아야라를 찔렀다. 그러자 그 둘의 형상이 피를 뒤집어쓰며 일그러졌다. 내가 신음하자 뱀이 말했다.

"저울을 빌려 드리겠어요. 어느 쪽을 택하실 텐가요?"

그렇게 묻고 대답을 기다리던 뱀은, 오래지 않아 눈웃음치며 되물었다.

"선택할 수 없나요? 아아, 당신의 연인은 이미 죽었으니 이마저도 의미가 없나요?"

또 한 번 피가 식는 기분에 나는 입술을 떨었다.

"무슨 소리……."

"모른 척 말아요, 공주님. 봤잖아요. 그는 불탔어요. 살갗은 재가 되었고 뼈는 녹아 버렸죠. 이렇게."

뱀의 손톱이 라이시의 형상을 마저 찔렀다. 일렁이는 화염이 단숨에 그를 삼켰고 나는 결국 비명을 질렀다. 번지던 불빛이 사라지고 사방은 다시 깜깜해졌다. 어둠 속에서 뱀이 또 한 번 속삭였다.

"공주님. 나는 죽음의 주인, 흑암의 왕. 그를 돌려받기 원한다면 내게 빌어 보세요. 내게 엎드려 애원해 보세요. 당신의 연인을 죽음에서 돌려보내 드릴게요. 하지만 거절한다면 나는 죽음 속에서 그의 창자를 파먹겠어요."

등에서부터 소름이 끼치며 몸이 떨려 왔다. 더는 참을 수가 없었다. 이 길도, 저 잔혹한 뱀도. 참다못한 눈물이 솟구쳤다. 내 눈에서 막 눈물이 흐르려는 순간, 누군가가 뒤에서 나를 끌어안았다. 하얀

게 빛나는 따스한 사람이었다. 그는 순백의 공주 리브나 키브사였다.

"괜찮아, 내가 도와줄게."

나를 부드럽게 끌어안고 키브사가 속삭였다. 그 속삭임에 나는 가까스로 입술을 깨물고 울음을 삼켰다. 키브사는 그렇게 내 눈을 가린 채 뱀에게 말했다.

"그대는 오늘도 저울의 기울기를 속이는구나."

키브사의 말에 뱀은 흥분을 감추지 못하고 소리쳤다.

"드디어 오셨군요, 고귀하신 순백의 공주님!"

"나는 항상 여기에 있었어."

"그런 말 말아요. 당신의 어린아이 같은 모습을 참기 힘들었답니다. 이제 겨우 재미있겠네요."

"그대는 정작 겁을 먹었으면서."

키브사의 잠잠한 목소리에 뱀이 큰 웃음을 터트렸다. 미친 여자처럼 깔깔대는 그 소리가 천둥 같아서 나는 귀를 막았다. 한참 후 그가 웃음을 뚝 그치며 으르렁댔다.

"농담 마세요, 공주님. 당신이야말로 내 죽음으로부터 도망쳤으면서."

"피네하스."

키브사가 침착하게 이름을 불렀다. 피네하스는 말이 없었다. 대답이 돌아오지 않았지만 키브사는 조용히 말을 이었다.

"그대와 그대의 죽음은 나의 적이 아니야."

그에 피네하스는 또 한 번 매몰찬 웃음을 터트렸다.

"무슨 말씀이신가요, 공주님? 나의 죽음은 이미 온 세상을 적시고 있는걸요. 나는 그렇게 당신을 모욕하지만 그럼에도 당신은 나를 해치지 못하죠. 왜냐하면 내가 이 세상을 인질로 잡고 있으니까! 이런 내가 당신의 적이 아닌가요? 이제껏 당신에게 나만큼 큰 적이 있었던가요?"

피네하스가 큰 소리로 되물었다. 그 목소리엔 여유가 없어서 도리어 허풍을 떠는 것처럼 들렸다. 그런 피네하스에게 키브사가 조용히 말했다.

"그대는 늘 높은 자리에 앉기를 원했지. 그것이 불가능한 것을 알고는 적어도 대등해지기 위해 반역했고. 그대의 성정에 대해 이제 와서 뭐라 하진 않겠어. 하지만 정말 그대가 나의 적이라고, 나와 내 아버지가 그대를 감당하지 못한다고 생각해?"

키브사의 목소리는 실바람처럼 부드러웠지만 그로 인한 피네하스의 침묵은 폭풍처럼 거칠었다. 키브사는 목소리를 높이지 않고 잔잔히 말했다.

"그대를 멸하는 것이 먼지를 터는 것과 다르지 않다는 걸 정녕 모르지 않을 텐데."

조용한 음성에 피네하스의 호흡이 더 거칠어졌다. 가느다래진 숨소리에 나는 눈을 가린 키브사의 손을 잡아 내렸다. 귀부인처럼 곱던 피네하스는 흉측한 노파의 모습으로 숨을 몰아쉬고 있었다. 홍채가 확장되어 눈이 온통 검게 변한 뱀은 나와 눈이 마주치는 순간 이빨을 세우며 괴성을 내질렀다. 내가 놀라자 키브사가 피네하스를 향해 손을 뿌리쳤다.

"그만 물러나, 그대의 때가 올 때까지."

달려들던 피네하스가 먼지처럼 사라졌다. 그와 함께 어둠도 멀찍이 물러나 새하얗게 빛나는 공간이 나타났다. 세상이 변했지만 나는 아직 깨닫지 못하고 두려움에 떨며 숨죽여 울었다. 그러자 키브사는, 나는, 내게로 다가오며 내 이마에 이마를 대었다.

"괜찮아. 울지 마."

나는 고개를 저었다. 흐르는 눈물을 멈출 수가 없었다. 가슴에 번진 통증이 견디지 못할 만큼 슬프고 비참했다. 나는 흐느낌 속에서 간신히 목소리를 짜냈다.

"아파서 죽을 것 같아."

"나도 그래."

"라이시가 죽었어."

"그래, 죽었지."

"나 때문에 죽었어."

"맞아, 내가 죽였어."

담담한 대답이 또다시 아팠다. 나는 숨도 제대로 쉬지 못하며 신음했다.

"너무 아파……."

"이 길은 아파. 네가 생각하는 것보다 훨씬 더."

나는 괴로움에 입술을 잘근 깨물었다. 그런 내게 나는 다시금 속삭였다.

"하지만 웃어."

"못 하겠어."

"할 수 있어, 이 길의 끝에 무엇이 있는지 알면."

그렇게 말하며 나는, 키브사는 다시 내게서 멀어졌다. 한 걸음 물러나 나를 바라보는 키브사의 눈이 슬퍼 보였다. 나는 그 눈빛에 담긴 많은 의미를 읽을 수 있었다.

그는 나이기에 나를 가장 사랑했지만, 나이기에 나를 가장 아끼지 않았다. 그 때문에 키브사는 내 눈물을 가릴지언정 닦아 주지는 않는다. 내가 이렇게 울더라도 이 길의 끝을 가리킨다.

"그 끝에서 너는 모든 것을 얻게 될 거야. 하지만 그 전에 모든 것을 잃어야 할 거야."

아, 그것이 바로 나의 이야기. 피해 갈 수 없는 우리의 이야기. 나는 아직 다 모르는, 하지만 내 안의 나는 누구보다 깊이 알고 있는 비밀에 쌓인 이야기. 그것이 바로 아나하라트.

"죽음을 두려워하지 마."

슬픔에 잠긴 내게 키브사가 마지막으로 속삭였다. 하얗게 웃는 공주를 보며 나도 마지막으로 눈물을 떨어트렸다.

눈을 떠보니 깨끗한 천장이 보였다. 몸은 푹신한 침대에 파묻힌 상태였다. 내가 부스럭대며 고개를 돌리자 옷을 정갈하게 갖춰 입은 여자들이 다가왔다.

"깨어났네."

"빨리 서둘러. 시간이 없어."

여자들이 나를 일으키며 샤워 부스 안으로 떠밀었다. 나는 그 안에 들어가기 전에 주변을 황급히 둘러보았다. 평범한 방이었다. 그리고 거울 앞에는 드레스 한 벌이 걸려 있었다. 그 드레스가 익숙해서 나는 눈을 크게 떴다.

나는 결국 샤워 부스로 떠밀려 들어가 마지못해 몸을 씻었다. 식민지와 연구소, 그리고 경매장을 전전하며 더러워진 몸을 씻자 여자들이 나를 바쁘게 치장했다. 그들은 내 머리를 다듬며 드레스를 입혔고 나는 어지러운 기분으로 그들이 하는 것을 지켜보았다. 잠시 후 나는 등이 깊게 파인 드레스를 입게 되었다. 직접 입어 보며 나는 확신했다. 이 드레스는 이전에 내가 봤던 그 옷이 맞다. 단순한 우연의 일치? 그게 아니면⋯⋯.

노크 소리가 들리더니 정장을 입은 남자가 방으로 들어왔다. 그 남자는 밋밋한 가면으로 얼굴을 가리고 있었다. 남자가 내게 팔을 내밀었다. 내가 머뭇대자 그가 작게 말했다.

"안심하셔도 됩니다. 접니다."

그 목소리에 나는 깜짝 놀라 고개를 들었다. 특유의 시원스러운 목소리를 곧장 알아들어서. 드레스에 이어 이 사람까지? 나는 반신반의하며 그의 팔에 손을 얹었다. 그러자 그가 나를 에스코트하며 복도로 나섰다.

"어떻게⋯⋯."

내 놀란 물음에 그가 목소리를 낮춘 채 답했다.

"자세한 설명은 나중에 해주실 겁니다. 지금 위에서 기다리고 계십니다."

나는 얼떨떨했지만 잠자코 그를 따라갔다. 잠시 후 우리는 화려한 연회장에 들어섰다. 그곳은 화려하다 못해 아찔할 만큼 휘황찬란한 장소였다. 모든 것이 호화로웠다. 테이블엔 온갖 술과 음식이 놓여 있었고 수많은 웨이터가 그것을 나르느라 분주했다. 사중주의 재즈 연주 사이로는 사람들의 말소리와 웃음소리가 어지럽게 섞여 있었다.

수많은 부류의 사람들이 있었지만 이것을 누리는 사람은 오직 한 부류였다. 그것은 화려한 가면을 쓰고 이 장소에 군림한 자들이었다. 내가 현기증 나는 연회장에 막 발을 디딜 때였다. 가면을 쓴 비대한 남자가 다가오더니 내 옆에 선 이에게 물었다.

"이거 마음에 드는군. 얼마지?"

그가 가리킨 것은 나였다. 내가 당황하자 옆에서 재빨리 말했다.

"죄송합니다. 이미 예약된 상품입니다."

남자는 혀를 차며 돌아섰고 그제야 나는 내 입장을 다시 자각했다. 나는 사람이 아니라 상품이었다. 주위를 다시 둘러보니 우리처럼 밋밋한 가면 쓴 사람과 화려하게 꾸민 여자가 함께 다니는 모습이 곳곳에서 발견되었다. 아니, 여자만이 아니었다. 상품으로 끌려다니기는 남자도 마찬가지였다.

나는 옆 사람의 안내를 받으며 그 복잡한 곳을 헤치고 지나갔다. 연회장의 중심부에 갔을 때 나는 한 무리의 사람을 보게 되었다. 그들은 모두 화려하고 느긋했으며 이 연회의 주인처럼 행동하고 있었다.

그 사이에서 단연 한 사람이 눈에 띄었다. 모두가 근사하게 차려입은 그곳에 그 여자만은 자유분방하게 흰 가운을 걸치고 있었다. 그럼에도 전혀 위축되지 않고 자신을 둘러싼 가면들을 향해 스스럼없이 말을 던졌다. 그 말엔 익살도 독설도 섞여 있었지만 주변에서는 그마저 감지덕지하며 기꺼이 허용하고 있었다.

"불사에 영생이라니, 아직도 그런 소릴 하고 있나요? 여러분은 정말 질리지도 않나 봐요. 단순한 게 단세포 급? 뭐, 안 그래도 다시 연구를 시작해 볼까 생각하던 참이었어요."

그 과학자, 시로니의 한마디에 주변이 웅성거리며 흥분했다. 하지만 시로니는 호응을 달가워하지 않고 도리어 귀찮다는 투로 그들의 입을 막았다.

"아아, 미안한데 헛물켜지 말아요. 그 연구는 이미 임자가 있으니까요."

고매한 신사들이 원성과 항의를 쏟았지만 시로니는 당차게 웃었다. 그러고는 옆에 있던 신사의 팔짱을 끼며 말했다.

"소개할게요. 제 스폰서인 이르이트 씨예요. 제 연구물을 독점하기로 한 분이죠."

그 순간 나는 귀를 의심했다. 제대로 들은 게 맞나? 이르이트라는 이름을 듣고 나는 눈을 크게 뜬 채 그 남자를 쳐다보았다. 정장 차림에 화려한 가면을 쓴 남자는 이 파티장과 이질감 없이 어울렸다. 그래서 바로 알아보지 못했다. 하지만 그 모습을 찬찬히 뜯어보는 순간 나는 그가 누구인지 깨달았다. 비록 얼굴을 가렸어도 알아볼 수 있었다. 내가 그에게 달려가고 싶어 하는 걸 느꼈는지 옆에서도 지체하지 않았다.

"시로니 박사님 맞으십니까?"

"네, 이 몸이죠."

"주문하신 상품입니다. 확인해 보시겠습니까?"

날 여기까지 안내한 남자, 디브리가 시로니와 남인 척하며 나를 앞으로 내세웠다. 시로니 또한 나를 모른 척하며 내 모습을 찬찬히 살피더니 이내 흡족한 미소를 지었다. 그가 바라보는 건 내 드레스였다. 시로니는 일전에 내게 입히려다 실패했던, 축제 때 나에게 권했던 드레스를 이번에 기어이 입히고서 만족하고 있었다.

"어머, 왔네요. 어때요, 이르이트 씨? 나들이는 처음이라고 하셔서 브로커에게 대리 경매를 시켜 봤는데. 마음에 드시나요? 아니면 이것보다 좀 더 야한 취향?"

시로니의 장난기 섞인 물음에 옆에 선 남자, 이르이트는 고개를 저었다. 가면 속에서 나직한 목소리가 흘러나왔다.

"나쁘지 않소."

목소리를 듣는 순간 나는 완전히 안도했다. 라이시였다.

시로니는 연회장에 남았고 우리는 디브리의 안내를 받아 룸으로 이동했다. 함께 복도를 걷는 동안 나는 조심히 라이시의 뒷모습을 살펴보았다. 그의 걸음걸이가 온전해서 나는 다시 한 번 안심했다. 룸에 도착하자 디브리는 문 앞에서 멈춰 섰다.

"잠시 이야기할 시간을 드리겠습니다."

디브리의 배려에 우린 단둘이 방에 남게 되었다. 나는 그때까지 아무 말도 못 하고 라이시를 바라만 보았다. 하고 싶은 말이 너무 많아서 무슨 말을 먼저 해야 할지 고를 수가 없었다. 내가 침묵하는 사이 라이시가 상의를 벗어 내 어깨에 걸쳐 주었다. 내가 그대로 멀거니 서 있자 그가 가면을 벗으며 물었다.

"또 울었어?"

그 순간 마음에 쌓인 불안이 와르르 무너져 내렸다.

"이 바보야……."

내가 지금 어떤 기분인지 스스로도 알 수 없었다. 기쁜지 슬픈지, 아니면 화가 나는지. 나는 그렇게 복잡한 심정으로 그를 노려보았다. 그가 난처한 표정을 지을 땐 참지 못하고 그에게 안겨 들었다. 품 안에서 나는 원망을 잔뜩 쏟아 냈다. 대체 어딜 갔었냐고, 이렇게 걱정시키면 어떻게 하냐고. 그러자 라이시는 나를 달래며 미안하다고 사과했다. 걱정하게 해서 미안하다고, 혼자 있게 해서 미안하다고 연거푸 사과했다. 그럼에도 나는 오래도록 화를 냈다. 그가 살아 있는 게 다행이라서, 말로 표현 못 할 만큼 다행이라서.

그가 한참 다독여 준 끝에야 나는 간신히 진정하고 고개를 들었다. 다시 보게 된 그의 얼굴이 이제야 겨우 반가웠다. 그의 행방을 알 수 없던 때 느낀 불안과 그가 죽었다는 말을 들었을 때의 절망은 다시 떠올리고 싶지 않을 만큼 끔찍했다. 이 사람을 다시 볼 수 없다는 생각은 정말 두렵고도 두려웠다.

나는 가까스로 비켜 간 그 비극을 떠올리며 다시 고개를 파묻었다.

"라이시."

"응."

"우리 무사히 돌아가자."

"그래."

"꼭, 약속이야."

나는 그에게 몇 번이나 다짐을 받았다. 그리고 스스로에게도 몇 번이나 다짐했다. 반드시 살아서 돌아가겠다고. 설령 칠흑 같은 죽음이 우리를 위협할지라도.

5

유령 사냥

    라이시에게 안겨 마음을 가다듬고 있을 때였다. 갑자기 벌컥 문이 열리더니 시로니와 디브리가 방으로 들어왔다. 그들의 다급한 출입에 나와 라이시는 놀라서 몸을 일으켰다. 쉿, 시로니가 우릴 보자마자 손가락을 입에 댔다. 내가 얼떨결에 입을 다물자 디브리는 무전기 같은 기계를 들고 방 안을 돌아다니기 시작했다.

    잠시 후, 그가 침대 밑에서 작은 기계 장치를 발견했다. 저게 뭐지? 내가 놀라서 바라보는데 디브리가 그걸 테이블에 올려놓았다. 그러자 시로니가 라이시에게 고갯짓했고, 라이시는 두말 않고 반지를 꺼내 그 작은 장치에 전격을 가했다. 그걸 보고 나는 또 한 번 놀랐다. 저 반지, 네벨라의 반지는 내가 기절한 사이에 잃어버린 거다. 그렇게 장치를 태워 버린 후 시로니가 비로소 입을 열었다.

"이제 말해도 괜찮아요. 참, 알트 군은 그 반지 사용법 우리 비서님
한테 알려 주는 거 잊지 말고요."

그렇게 말하는 시로니의 목소리는 여느 때처럼 명랑했다.

"그게 뭐예요?"

"도청기요. 별건 아니에요. 어느 높으신 분이 떨어진 동전 줍듯 남
의 이야기 챙겨 듣는 버릇이 있거든요."

시로니의 태연한 대답에 나는 세 번째로 화들짝 놀랐다.

"우리 방금 여기서 얘기했어요."

"걱정 마요, 우리 비서님이 밖에서 주파수 조정했으니까. 낭만을
아는 과학자가 재회의 기쁨을 나누시도록 배려해 드렸죠."

시로니의 목소리는 역시나 밝았다. 나는 더 어리둥절해졌다. 시로
니도 디브리도, 라이시까지도. 어째선지 그들은 이 상황에 태연히 어
울리고 있었다. 이 분위기 뭐지? 나는 상자에 갇혀서 라이시가 죽은
줄 알고, 시로니에겐 무슨 일이 생긴 줄 알고 엄청 걱정했는데. 그런
데 이 사람들 무사하다 못해 완전 활기차다. 나는 점점 억울해지기
시작했다.

"어떻게 된 거예요?"

내가 심통을 내며 따지자 시로니는 태연하게 되물었다.

"어디서부터 듣고 싶어요?"

"약속 장소에 안 나타난 것부터요! 그리고 라이시는 왜 여기 있어
요?"

듣고 싶은 얘기가 너무 많다. 나는 나만 살아남고 다들 어떻게 된

줄 알았는데, 그래서 우리 계획이 모두 틀어진 줄 알았는데, 그런데 다들 이렇게 멀쩡하다. 안도가 끝나니 이제 배신감이 느껴졌다. 내가 발끈 소리치자 시로니는 예상했다는 듯 빙긋 웃었다.

"혼자 둔 건 미안해요. 중간에 일이 좀 생겼거든요. 역시나 인생은 격변이랄까."

"일이라뇨?"

"자이 씨가 방해한 것도 있는데, 그것보단 유령이 따라붙어서 골치가 아팠어요."

자이트? 유령? 이건 또 무슨 소리? 나는 놀라서 시로니를 재촉했고 시로니는 지난 며칠간 겪은 일을 풀어 놓기 시작했다.

며칠 전, 시로니는 라이시에게 연락을 받고 중앙으로 향하려 했다. 그런데 낌새를 챈 자이트가 디브리를 체포하고 시로니를 억류했다. 아무래도 그는 내가 수용소를 습격하고 동상을 파괴한 일에 원한을 품은 모양이었고, 그래서 내 일을 그르치고 싶어 했다. 우리 계획은 시작도 못 한 채 뒤집어질 위기에 처했다.

사택에 갇힌 시로니는 초조해하며 이 난관을 돌파할 방도를 모색했다. 하지만 혼자서 수용소에 갇힌 디브리를 구출하고 도시에서 빠져나갈 길은 요원해 보였다. 그래서 홀로 고뇌하며 어떻게든 방법을 궁리할 때였다. 깊은 새벽, 불쾌하고도 반가운 손님이 찾아왔다. 시로니를 암살하러 온 유령이었다.

"유령이 찾아왔다고요?"

나는 시로니의 말에 깜짝 놀라 되물었다.

"네. 얄실하게 생긴 어린 녀석, 맞죠? 밤중에 찾아와 날 죽이려고 했어요."

나는 당황해서 라이시를 돌아보았다. 라이시는 이미 들은 이야기인 듯 침착했다.

"그래서 어떻게 했어요?"

"어쩌긴요. 총으로 쏴버렸죠."

시로니의 말투는 가벼웠지만 나는 간담이 서늘해졌다. 나는 아야라에게 들은, 그가 이요브의 권속일 수도 있다는 이야기를 다급히 전했다. 그러자 시로니는 알 만하다는 듯 고개를 끄덕였다.

"맞아요. 의심할 것도 없어요. 정신 지배, 그딴 버르장머리 없는 능력이 있는 건 그 녀석들뿐이니까. 뭐, 그래도 덕분에 도시에서 빠져나올 수 있었어요."

시로니가 쏜 총알은 유령의 어깨에 박혔다. 부상을 입은 유령은 후퇴했고 난장판에 혼자 남은 시로니는 재빨리 생각했다. 깊은 밤 간부의 관사에서 총성이 울려 퍼졌으니 곧 사람들이 몰려올 거다. 시로니는 이 상황을 차라리 기회로 삼기로 했다. 그래서 복도로 나왔는데, 유령이 벌인 술수 때문인지 시로니를 감시하던 군인이 모두 쓰러져 있었다. 그리고 그 옆엔 낯선 청년 몇 명이 우두커니 서 있었다.

어둠 속이었지만 그들을 알아보는 건 어렵지 않았다. 도시의 정규 복식이 아니라 옛 사복을 입은 그들은 지하로 숨어든 반정부군이었다. 누가 봐도 부자연스러운 광경이다. 이 혁명가들이 여기 웬일인가, 게다가 이 넋이 나간 모습이라니. 유령의 짓으로밖엔 설명할 수 없었다. 아마도 유령은 시로니를 죽이고 이들에게 뒤집어씌울 생각이었던 모양이다.

시로니는 이를 갈며 그 청년들의 뺨을 후려갈겼다. 그러고는 막 깨어나 얼떨떨해하는 그들에게 단도직입적으로 말했다. 너희들은 이제 빼도 박도 못하게 군인들을 살해하고 간부 사택을 습격했다는 누명을 뒤집어썼다. 어차피 이렇게 된 거 구치소나 같이 밀어 버리자. 시로니는 그렇게 막무가내로 청년들을 닦달해 기어이 구치소 하나를 습격, 거기 갇혀 있던 혁명가들과 디브리를 구출해 냈다.

"과학자인 이 몸에게 그런 중노동을 시키다니, 이만하면 비서가 아니라 상전이죠. 어떻게 생각해, 상전님?"

"덕분에 고향에서 반역자로 찍혔는데 이런 걸로 욕하시면 억울합니다."

디브리의 호쾌한 대답에 시로니는 낄낄대며 웃었다. 두 사람은 정든 도시로 영영 돌아갈 수 없게 된 게 전혀 아쉽지 않은 모양이었다. 그 태연한 대화도 정상은 아니지만 나는 그보다 다른 부분이 더 이상했다.

"그게 밀자고 하면 밀리는 거예요?"

나는 시로니가 구치소를 털었다는 얘길 듣고 어처구니가 없어 되물었다. 멍청한 질문이었다. 내 앞에 계신 이분이 누구시던가. 시로니는 자신만만하게 어깨를 으쓱이는 걸로 대답을 대신했다.

"이 몸의 천재성에 설명이 더 필요한가요? 원한다면 해줄 수 있지만 시간 관계상 그건 나중을 기약하고, 어쨌든 초장부터 그런 문제가 있었어요. 하지만 그게 끝이 아니었죠."

시로니와 디브리는 자이트의 눈을 피해 도시를 빠져나올 수 있었다. 그러나 유령의 추적은 그 뒤로도 계속되었다. 유령은 집요하게 시로니를 죽이려 들었고 그 바람에 경매장에서 우리와 은밀히 합류하는 계획은 점점 위태로워졌다. 유령은 우리 계획에 아주 사사건건 간섭했는데, 알고 보니 식민지에서 우리가 당한 포격도 그 유령의 소행이었다.

시로니는 우리가 군인들에게 이송될 때 멀리서 지켜보고 있었다. 여기까지는 당초의 계획대로였다. 그런데 유령은 어떻게든 우리 일에 훼방을 놓고 싶어 했고, 결국 그가 다른 군대를 이용해 포격을 가하면서부터 우리의 계획은 엉망으로 틀어지고 말았다.

"아, 그땐 두 사람 다 죽어 버리는 줄 알았다니까요? 우리 알트 군이 튼튼하니 망정이지."

시로니의 눈빛이 의미심장하게 빛났지만 라이시는 모르는 척 그 눈을 피했다. 뭐야, 이 두 사람?

다시 이야기로 돌아와서, 우리가 타고 있던 차가 폭발한 걸 보고 시로니와 디브리는 언덕에서 다급히 내려왔다. 한바탕 포격이 몰아닥친 그곳은 이미 초토화, 차는 검은 연기를 내며 불타올랐고 사방은 잿더미가 되어 있었다. 그런데 그 난장판에서 우리 둘만은 기적적으로 무사했다. 그때 나는 기절한 상태였고 라이시는 날 보살피고 있었다.

그런 우리에게 먼저 도달한 것은 시로니와 디브리가 아니라 유령이었다. 유령은 우리를 곧장 공격했다. 라이시가 막아섰고 그렇게 싸움이 시작되었다. 그런데 멀리서 그 광경을 지켜보던 시로니는 직접 보고도 믿을 수가 없었다. 라이시가 너무 쉽게 유령을 제압해 버린 것이다.

"유령의 전투력은 사실 별거 없어요. 기껏해야 조금 훈련받은 소년병, 그러니 장정이 싸워 이길라치면 못 이길 것도 없죠. 하지만 이것 봐요."

시로니는 말하던 중 소매를 걷으며 왼팔을 보여 주었다. 붕대가 감겨 있었다.

"다쳤어요?"

"직접 그었어요. 책상에 있던 만년필로. 그래서 엉망이에요. 차라리 칼로 그었으면 자국은 깔끔할 텐데."

시로니의 대답은 담담해서 더 끔찍했다. 내 표정을 보고 시로니는 소매를 다시 내렸다.

"처음 유령이 찾아왔을 때 나는 계속 헷갈렸어요. 날 죽이겠다는 분위기를 풀풀 풍기는 놈이 내 비서로 보여서 미칠 것 같았죠. 그래서 냅다 그어 버리고 놈을 쏜 거예요."

시로니의 말처럼 유령은 기묘하게 사람을 뒤흔들었다. 유령의 무기는 바로 착각, 그리고 혼란. 유령은 사람을 헷갈리게 만든다. 자신을 정든 친구나 가족으로 여기게 만들어 접근하고 암살을 시도한다. 그러니 어떤 무장이나 단련도 그 앞에선 무용지물이다.

시로니도 유령을 보는 순간 착각할 뻔했다. 하지만 모든 현상을 끊임없이 의심하는 그 과학자는 정황에 맞지 않는 믿음에 위화감을 느끼고 가까스로 저항했다. 그래서 혼란을 떨쳐 내기 위해 들고 있던 펜으로 팔을 그었던 거다.

그로써 간신히 위기를 넘겼건만 유령의 추적은 집요했다. 그리고 디브리라는 호위 병사는 그 앞에서 속수무책이었다. 디브리는 유령과 마주할 때마다 계속 혼란스러워하며 제대로 싸우지 못했다. 군인으로서 오랜 시간 단련한 몸은 유령의 공격을 피하고 막는 데만 급급했다.

그런데 라이시는 유령을 보며 일말의 동요도 하지 않았다. 그저 길거리의 소년을 제압하듯 잡아 버렸다. 시로니는 놀라면서도 이제야 겨우 유령을 포획했다는 생각에 들떴다. 하지만 그 마음은 곧 진창으로 곤두박질치고 말았는데, 함께 당도했던 디브리가 기절한 내게 달려든 탓이었다. 유령에게 조종당한 디브리가 나를 덮쳤고, 라이시는 어쩔 수 없이 유령을 뿌리치고 디브리를 막았다. 그사이 유령은 다시 자취를 감췄다.

"그랬죠. 다 잡은 걸 놓쳤죠. 비서님 때문이었죠. 우리 비서 놈, 아니. 비서님 때문에……."

"교수님, 불가항력이었다는 걸 참작해 주셔야 합니다."

시로니의 아련한 독백에 디브리가 헛기침을 하며 대꾸했다. 그러자 시로니가 문득 생각난 듯 되물었다.

"그땐 정황이 없어서 못 물어봤는데, 왜 그랬어요?"

"쓰러져 계신 공주님이 유령으로 보였습니다. 그래서 재빨리 숨통을 끊으려고 한 건데, 착각이었지 뭡니까. 하하하!"

잠깐. 웃지 마요, 아저씨. 그거 웃으면서 할 말 아니야. 웃지 마!

유령을 놓친 자리에서 라이시와 시로니는 예정에 없이 만나게 되었다. 거기서 그들은 차후 계획을 다급히 논의했다. 유령이 계속 기승을 부리는 한 우리 계획에 계속해서 차질이 생길 테고, 그래서 시로니는 라이시가 유령을 전담해야 한다고 주장했다. 혼란을 겪지 않는 라이시는 유령의 유일한 대항마이자 천적. 그러니 그가 유령을 맡아야 했다. 다만 여기엔 한 가지 중대한 문제가 뒤따르는데, 그렇게 되면 라이시는 이번 잠입 작전에서는 제외된다.

유령을 쫓게 되면 잠입 루트에서 이탈하는 건 당연하다. 그건 즉 나 혼자서 중앙의 놀이터와 연구소로 잠입해 들어가야 한다는 뜻. 라이시는 나를 혼자 보낼 수 없었지만 시로니가 그를 설득했다. 내 옆에 붙어 있어도 지금처럼 유령이 멀리서 공격해 온다면 속수무책이라고, 게다가 잠입 이후 우리가 할 일은 싸우고 때려 부수며 사고를 치는 게 아니라 은밀하게 실험실 아이들을 빼돌리는 일이라고. 그건 여자 둘이서도 충분하니 라이시는 차라리 유령이라는 큰 변수를 담당하는 게 더 낫다고 시로니는 말했다.

라이시는 고민 끝에 그 설득을 받아들였다. 날 혼자 두는 게 불안했지만 그 편이 더 안전하다면 어쩔 수 없다. 그는 그렇게 나를 지키기 위해 유령을 쫓는 편을 택했다. 내가 혼자가 된 건 바로 그때부터였다.

나는 내가 기절한 사이에 벌어진 일을 듣고 좀 놀랐다. 많은 일이 있었구나. 그래서 라이시가 갑자기 사라진 거였구나. 뒤늦게 이해할 수 있었다. 그렇다고 모든 게 이해되는 건 아니었다.

"그렇게 된 거 나한테도 좀 알려 주지 그랬어요."

나는 눈을 떴을 때 혼자였던 기억을 떠올리며 불평했다. 그때 얼마나 놀랐는데, 또 얼마나 걱정했는데. 내가 볼을 부풀리며 불만을 표했지만 시로니는 웃으며 고개를 저었다.

"물론 우리도 그러고 싶었어요. 근데 그럴 겨를이 없었네요."

갑자기 급변한 상황을 내게 전달할 수 있으면 좋았을 텐데, 그러기엔 시간이 너무 촉박했다. 후송 차량이 곧 따라왔기 때문이다. 그래서 시로니는 급한 대로 내 손에서 반지를 빼냈다. 반지는 도중에 뺏기기도 쉽고, 뺏기지 않더라도 내가 동요해서 난동을 부리면 그것도 난감하니까.

그 후 나는 연구소로 이송되었고 시로니는 거기 놀러온 척하며 나를 지켜보았다. 하지만 정신이 혼미하던 나는 곁에 있던 시로니를 미처 알아보지 못했다. 그대로 하루가 지나 경매장에서 우리가 만나야 하는 때가 되었다. 나는 시로니를 만나기 위해 혼자 약속 장소로 찾아갔었다. 그리고 같은 시간, 시로니도 분명 그곳으로 오고 있었다. 거기서 우리가 만났다면 잠입은 예정대로 성공이었다.

그런데 이번에도 유령이 훼방을 놓았다. 그는 라이시에게 자기 힘이 통하지 않는 걸 알고는 한 소대의 군인을 끌고 왔다. 그 덕에 우리의 계획은 또다시 어긋나고 말았다.

나는 기가 막혀서 한탄했다.

"그래서 못 온 거였어요?"

"네, 살아남기도 벅찼어요."

나는 더 할 말이 없었다. 중요한 순간마다 등장해서 우릴 방해한 그 유령 때문에. 걘 도대체 우리랑 무슨 원수를 진 거지? 나도 그 유령을 본 적이 있다. 북쪽 도시에서 그는 디브리의 이름을 훔쳐 쓰고 우리 앞에서 친절하게 웃었다. 귀엽게 농담도 했다. 내가 기억하는 그 모습과 전해 듣는 유령의 실체는 참으로 달랐다.

유령 탓에 나는 결국 상품으로 넘어갔다. 도중에 시로니를 만나 빠져나오지 못한 나는 옥션에 정식으로 등록되었고, 그로써 원래 계획대로 나를 상품 목록에서 빼내는 것이 불가능해졌다. 시로니는 차선으로 나를 구입하는 방법을 선택했다. 신분이 메트로폴리스 명문가의 자제에서 노예로 전락하긴 하겠지만, 그래서 행동에 제약이 생기겠지만 어쩔 수가 없었다. 다른 누군가의 수중으로 넘어가는 것만은 막아야 했다.

일이 이 지경이 되자 시로니는 짜증을 참을 수가 없었다. 계획은 꼬일 대로 꼬였고 제대로 돌아가는 일은 하나도 없다. 이 와중에 유령은 여전히 미꾸라지처럼 도망 다니며 틈틈이 훼방을 놓는다. 시로니는 모든 게 최악이라고 생각했다. 하지만 그보다 더 안 좋은 국면은 아직 남아 있었다.

유령이 스스로를 옥션에 등록하며 놀이터에 들어가 버린 것이다. 안 그래도 엉망진창인 상황이 또 한 번 거창하게 꼬여 버렸다.

그 말을 듣고 나는 놀라서 되물었다.

"유령이 여기 들어왔다고요?"

"네. 그놈을 잡으려고 알트 군을 밖에 남겼는데 그렇게 들어가 버리다니. 닭 쫓던 개 꼴이었죠. 뒷목 잡고 쓰러질 뻔했어요."

"그럼 그 유령은 지금……."

"이 놀이터 안에 있어요. 상품으로 등록됐으면 옥션에 분명 있을 텐데, 공주님을 살 때 같이 찾아봤지만 헛수고였어요. 하기야, 숨는 게 특기니까 어디 꼭꼭 숨었겠죠."

잠입만으로도 벅찬데 유령이 여기에 있다니, 정말 반갑지 않은 소식이다.

"하여튼 말도 안 되는 상황이었어요. 공주님은 노예로, 두 남정네는 바깥에. 결국 저 혼자 유령을 상대해야 할 판이었죠."

나는 시로니의 말을 듣고 고개를 기울였다. 안 그래도 계속 궁금했는데, 그 말대로라면 바깥에 있어야 할 이 두 남정네는 대체 어떻게 여기 있는 거지? 놀이터로 들어올 수 있는 다른 방법이 있었나? 그런 거면 나는 왜 상자에 넣은 건가요, 여러분.

"그래서 이 천재님도 사실 꽤 난감했어요. 하지만 공주님의 훌륭한 애인 덕분에 살았죠."

시로니가 활기차게 웃으며 라이시를 바라보았고 나도 덩달아 고개를 돌렸다. 라이시는 시선을 받고도 모른 척했다. 침묵하는 라이시를 대신해서 시로니가 그의 무용담을 펼쳐 놓았다.

이대로라면 유령이 활개 치는 걸 종잡을 수 없기에 라이시도 놀이터에 들어가야 했다. 하지만 옥션 루트가 막혀 버린 후라 방법이 없었다. 그때 라이시가 제안했다. 하늘에서 저 거대한 놀이터 건물로 직격해 들어가면 안 되냐고.

말 같지도 않은 소리였다. 지하부터 공중까지 철저한 방비를 갖춘 놀이터에 그런 식으로 접근하는 건 자살 행위다. 너무 위험해서 시로니도 처음엔 말렸다. 사정거리에 들어오면 지나가던 새 한 마리도 벌집으로 만들어 버리는 보안 시스템에 도전한다니, 목숨을 걸고서나 해볼 짓이었다.

이 방비를 뚫기 위해 네벨라는 공중 요새를 만들었다. 그 말은 즉이 놀이터가 공중 요새와 맞먹는 군사 기지라는 뜻이다. 그런데 단신으로 거기에 뛰어들겠다니. 시로니는 너무 무모하다고 생각했다. 하지만 결과부터 말하자면 라이시는 시도했고, 성공했다.

라이시의 요청에 마지못해 협조하게 된 시로니는 지푸라기라도 잡는 심정이었다. 그나마 라이시의 비행 실력이 비범하다는 것에 위로를 얻었다. 그리고 그가 일전에 요새의 공격 시스템을 회피해 낸 것을 떠올리고 실낱같은 믿음을 걸었다.

그래서 시로니는 연구소에서 빼돌린 괴수 컨트롤러로 하늘을 날아다니는 괴수들을 한데 모았다. 그리고 라이시, 디브리와 함께 공중에서부터 놀이터로 돌진시켰다. 괴수들이 방비 시스템을 교란시키는 사이, 라이시와 디브리는 총알이 빗발치는 하늘을 가로질렀다.

그 얘길 듣고 나는 입을 크게 벌렸다. 아, 상자에 넣어 줘서 고마워요. 상자로 옮겨 줘서 고마워요. 이제 옆 사람과 비교하지 않고 감사하는 마음으로 살아갈게요. 내 놀란 얼굴을 보며 시로니가 웃음을 터트렸다.

"정말 대책 없는 짓이었죠. 하지만 두 사람 다 기적적으로 무사했어요."

시로니의 태연한 말에 디브리가 억울해하며 대꾸했다.

"알타쉬헤트 씨야 날개가 있다지만, 저는 대체 어쩌라고 같이 떨구신 겁니까?"

"시끄러워요, 비서님. 알트 군이 상냥하게 에스코트해 줬잖아요?"

"친절하게 대해 주신 건 감사하지만 남자한테 그런 식으로 안기고 싶진 않았습니다."

그때까지 가만히 듣고만 있던 라이시가 나지막하게 대답했다.

"저라고 좋았을까요."

괴수가 쏟아져 내리는 바람에 놀이터에선 난리가 났다. 갑작스러운 소란에 내부가 발칵 뒤집힌 사이 라이시와 디브리는 재빨리 몸을 숨겼다. 그리고 시로니가 알려 준 지점에서 옷을 갈아입고 각자 상류층 인사와 옥션 브로커로 위장했다. 그 후 상품으로 주문된 나를 만난 게 그들이 겪은 사건의 전말이었다.

"이게 이쪽의 우여곡절이에요. 아직 유령은 못 잡았지만 그래도 잠입은 성공, 역시 난 천재?"

시로니가 가볍게 말을 맺었지만 나는 멍청하게 얼어서 눈을 깜빡거렸다. 아, 우리 정말 대단히 헤매면서 여기까지 왔구나. 거의 매 순간이 위기여서, 약간만 어긋났어도 엉망이 되었을 거라는 생각에 가슴이 철렁했다. 상자에 갇혀 있던 내가 상전이었어, 내 팔자가 상팔자였어.

"이제 설명이 좀 됐나요? 혹시 더 궁금한 거 있어요?"

시로니의 말에 나는 도리도리 고개를 흔들었다. 내가 이해하자 시로니도 홀가분하게 웃었다.

"보통 난리가 아니었지만 어쨌든 겨우 여기까지 왔네요. 공주님도 잘 버텼어요. 혼자 견디기 쉽지 않았을 텐데, 두 사람 재회의 키스는 했나요?"

멍하니 있던 나는 화들짝 깨서 또 한 번 고개를 가로저었다. 시로니는 언제나 노골적이고 덕분에 나는 항상 난감하다. 내 다급한 부정에 시로니는 짓궂게 말했다.

"그래요? 하긴, 시간 많은데 서두를 필요 없죠. 이제 밤마다 단둘이 있을 텐데요, 뭐."

"무슨 소리예요?"

나는 깜짝 놀라서 시로니를 쳐다보았다. 시로니는 오히려 당연한 것 아니냐는 얼굴이었다.

"공주님, 아니, 이젠 리브나 양이죠. 리브 양은 아까 이르 씨한테 팔렸어요. 그러니 이제부터 주인님을 모셔야죠."

아니, 대외적으로 그렇게 된 건 나도 안다. 그런데 밤에 단둘이라니, 그건 또 무슨 말? 나는 절망적인 기분으로 되물었다.

"설마 같은 방 써야 돼요?"

"그럼 혼자인 남자가 여자 노예에게 각방을 줄까."

시로니의 말에 나는 온몸에 싸한 한기를 느꼈다. 나는 초점을 잃은 눈으로, 빙글빙글 웃고 있는 시로니와 굳은 얼굴로 말 한마디 없는 라이시를 번갈아 보았다. 같은 방? 단둘이? 나는 눈만 동그랗게 뜬 채 할 말을 잃었다. 이런 걸로 불평할 상황이 아닌 건 충분히 알지만 난감한 건 난감한 거다. 그런 내 마음을 헤아렸는지 시로니가 너스레를 떨었다.

"너무 싫어하지 마요. 유령이 언제 나타날지 모르니 안전을 위해서라도 필수 불가결이에요. 저도 우리 비서님이랑 한 방 쓰는데요, 뭐. 이 몸과 밤을 보낼 우리 비서님의 각오는?"

"병풍이 되겠습니다, 교수님."

"바람직해요. 그러니 공주님도 이상하게 생각하지 말고 건전하게 받아들여요."

내가 언제 이상하게 생각했어! 난 항상 건전한 사람인데! 나는 마음으로만 반박하며 라이시를 돌아보았다. 무슨 말이라도 좀 해주길 바라면서. 아, 그런데 앤 도통 무슨 생각을 하는지 모르겠다. 라이시가 잠자코 있어서 나도 결국 마지못해 고개를 끄덕였다. 그러자 시로니가 가볍게 박수를 치며 말을 맺었다.

"좋아요. 상황 전달 끝났으니 오늘은 이만 쉬어요. 벌써 자정이네. 본격적인 건 내일부터예요. 우리가 가장 먼저 해야 하는 건 그 유령을 잡는 것. 내일부터 수색할 테니 애먼 짓 하지 말고 푹 쉬어요, 두 사람."

애먼 짓이라니, 본인의 발언이 가장 애먼 일이란 걸 왜 모르죠? 이야기를 마친 시로니는 자리에서 일어나며 디브리에게 눈짓했다. 그러자 디브리는 우리가 둘러앉은 테이블에 뭔지 모를 기계를 펼쳐 놓았다. 그건 전화기 같기도 하고 컴퓨터 같기도 했다.

이게 대체 뭘까 생각하는 사이 시로니와 디브리는 휘적휘적 문으로 걸어갔다. 디브리가 먼저 나가 복도를 살폈고 시로니는 아무도 없는 걸 확인한 후 우리에게 손을 흔들었다.

"그럼 내일 만나요. 좋은 시간 보내요, 어린 연인!"

시로니는 그렇게 말하며 들어왔을 때처럼 바삐 퇴장했다. 그로써 방엔 아까처럼 우리 둘만 남았다. 아니, 언제 찾아왔는지 모를 어색함도 함께 남았다.

유령의 예상치 못한 방해, 그로 인해 우리의 잠입은 계획보다 훨씬 더 다사다난하고 파란만장했다. 그럼에도 결국 위기를 넘어 여기까지 왔다. 목적을 전부 달성한 것은 아니지만, 게다가 유령은 아직 우릴 위협하지만 그래도 놀이터 입성이라는 가장 큰 난관을 넘었다. 그러니 지금은 잠시 숨을 돌려도 좋은 시점이다.

그런데 왜일까, 왜 숨 돌릴 틈도 없이 곧장 다른 위기가 들이닥치는 걸까? 아, 다들 잊으셨나 본데 저 아직 사춘기거든요? 이렇게 막 대해도 괜찮은 사람 아니거든요! 나는 패닉에 빠져 멍하니 생각했다. 이 상황에서 라이시와 단둘이 밤을 보내는 게 신경이 쓰이는 나는, 철딱서니가 없는 걸까?

시로니와 디브리가 나간 지 한참이 지났지만 우린 아까 그 자리에서 미동도 없었다. 생각해 보면 전에 시로니의 사택에서도 이런 분위기였다. 시로니는 대체 정체가 뭘까. 사랑의 전령? 아니면 그냥 악당? 그 사람은 왜 항상 나를 궁지로 몰아넣는 거지? 나는 옆에 앉은 라이시를 곁눈질하다가 한없이 작아지는 기분으로 고개를 숙였다. 그는 여전히 아무런 표정이 없었다. 내가 혼자 마른침을 삼키는데, 침묵하던 라이시가 갑자기 한숨을 쉬며 나를 돌아보았다. 그리고 덤덤히 툭 말했다.

"씻고 옷 갈아입어."

갑자기 튀어나온 그 말에 나는 멀뚱거리다가 얼떨결에 고개를 끄덕였다. 사실 약간 놀랐다. 그래, 자려면 씻어야지. 이 드레스 차림 불편하기도 하고.

"응, 너는?"

"너 씻으면 그다음에……."

라이시는 말하다가 심기가 불편한 얼굴로 입을 다물었다. 듣던 나도 좀 난감했다. 이런 연상 별로 하고 싶지 않는데, 이거 신혼 첫날밤 느낌……. 아, 여기서 이런 생각을 하는 나는 바보 멍청이인 걸까? 나는 울적한 기분으로 머뭇대다가 자리에서 일어났다.

이후로도 불편함은 계속되었다. 씻는 내내 가슴이 콩닥콩닥 뛰어서 욕실 문이 제대로 잠겨 있는지 몇 번이나 확인했다. 다 씻고 나서는 최대한 덜 방탕한 잠옷을 찾느라 또 진땀을 뺐다. 겨우겨우 무난한 것을 찾았는데 그걸 입고도 밖으로 나오기 위해선 상당한 용기가 필요했다. 내가 돌아왔을 때 라이시는 침대 밑에 이불을 펴고 있었다. 바닥에서 잘 생각인가 보다.

"소파에서 자는 게 낫지 않아?"

내가 다가가며 말했지만 라이시는 쳐다보지도 않고 대답했다.

"너무 멀어."

기껏 생각해서 한 말인데 돌아온 대답은 무뚝뚝했다. 그 바람에 나는 조금 뚱해지고 말았다. 아까부터 계속 이런 식으로 나오는데 이럼 나 더 불편하잖아, 자꾸 눈치 보게 되잖아. 하지만 라이시는 신경 쓰지 않고 내게 눈짓했다. 서 있지 말고 침대에 올라가라고. 거의 성가시다는 투여서 나는 더 시무룩해진 채 고분고분 침대에 올라가 누웠다.

그 후 라이시도 욕실로 들어갔는데 그때부터 나는 다시 번뇌에 시달렸다. 내가 잠들 때까지 라이시가 안 나왔으면 좋겠다. 아니다, 여기선 잠들어도 문제다. 잠꼬대하면 어떡하지? 그보다 라이시가 나쁜 짓 안 하겠지? 우리 언니는 남자 친구를 절대 믿지 말라고 했다. 백날 천 날 만나도 그놈들은 다 똑같다고 했다. 그럼 지금 내가 해야 하는 행동은? 씻고 나온 라이시를 기절시킨 후 포박. 이보다 나은 게 있을까?

묶여 달라고 부탁하면 과연 뭐라고 할까 생각하는 사이, 라이시가 욕실에서 나왔다. 내 심장 박동이 조금 더 부지런해졌다. 밖으로 나온 라이시는 벽으로 가서 불을 껐다. 그러곤 곧장 도로 켰다. 형광등을 끄니까 야시시한 붉은 조명이 켜져서. 아, 여기 정말 위험하다. 하나부터 열까지 다 너무 노골적이야. 라이시도 비슷한 생각인지 스위치 옆에 서 있다가 결국 그냥 돌아왔다.

"불 안 꺼?"

"그냥 켜놓죠."

라이시는 그렇게 대답하며 바닥에 누웠다. 우린 이렇게 불 켜놓고 자나 보다. 그대로 침묵이 내렸다. 빨리 자야지 하고 눈을 감았는데 잠이 오질 않았다. 너무 밝아. 게다가 난 깨어난 지 얼마 되지 않아서 별로 졸리지 않다. 그래서 가슴에 손을 모은 채 멀뚱멀뚱 누워 있다가 라이시에게 말을 걸었다.

"전에 온실 있을 때 생각난다."

"그러네요."

돌아오는 대답이 참 무뚝뚝하다. 게다가 갑자기 존댓말이다. 이후 내가 다른 이야기를 해봐도 마찬가지였다. 말은 존댓말인데 덤덤하다 못해 흥미 없다는 목소리. 그래서 나는 조금씩 의심하기 시작했다. 아까부터 좀 수상한데, 이 반응 대체 뭐지? 새로운 가능성이 고개를 들었고, 나는 혹시나 하는 마음에 그를 몇 번 더 찔러 봤다. 그때마다 돌아오는 대답은 짧고, 낮고, 정중하며, 경직되어 있었다. 의심은 점차 확신에 가까워졌다. 나는 조심히 그를 불렀다.

"라이시."

"네."

이런 거 확인해 봐도 될까? 망설임이 없지는 않았지만 저지르기는 쉬웠다. 나는 침대 밑에 있는 그에게 넌지시 속삭여 보았다.

"혹시 긴장했어?"

대답이 없다. 나는 몸을 굴려 침대 가장자리에 엎드렸다. 그리고 의혹 가득한 눈으로 밑에 있는 라이시를 내려다보았다. 내가 고개를 내밀었지만 그는 나를 못 본 척하고 있었다. 딱딱하게 정색한 얼굴로. 나는 살금살금 올라오는 웃음을 일단 삼키고 다시 한 번 속삭였다.

"너 지금 야한 생각 하지."

라이시가 비로소 나를 돌아보았다. 하지만 아주 잠깐이었다. 그는 거의 화난 얼굴로 날 노려보더니 이내 신경질을 내며 돌아누웠다. 매몰차게 타박하면서.

"헛소리 적당히 하고 주무시죠."

나는 결국 웃음을 터트리고 말았다. 내가 배를 잡고 웃었지만 그는 등을 돌린 채 꼼짝도 하지 않았다. 아, 세상에. 아까부터 설마설마했다. 비가 오나 눈이 오나 한결같은 내 불굴의 연인이 절대 그럴 리 없다고 생각했다. 그런데 이게 웬일이니? 진짜 긴장했나 봐. 안 돼, 이런 거 너답지 않아.

그의 동요를 깨닫는 순간 나는 오히려 이제까지 불편해하던 것을 싹 잊었다. 우리가 가진 못된 습성 중 하나가 한쪽이 의기소침해지면 다른 한쪽은 의기양양해진다는 거다. 물론 평소 작아지는 건 항상 내 쪽. 그런데 오늘 웬일로 역전이다. 나는 이 상황이 너무 유쾌해서 침대 밖으로 고개를 더 내밀었다. 그러곤 나의 연인을 향해 생글생글 웃으며 말했다.

"들켜서 소리 지른 거야? 아닌데 왜 화를 내시는지?"

그렇게 말한 후 나는 꾹 참다가 다시 웃음을 터트렸다. 아, 행복하다. 이래서 평소에 날 그렇게 놀렸구나. 세상엔 이런 재미가 있었구나! 부끄러워하는 남자 친구라니, 내 평생 볼 수 없는 광경이라고 생각했다. 무뚝뚝한 내 남자 친구는 좀처럼 틈을 보여 주지 않으니까. 그런 라이시가 이렇게 약한 모습을 보이는 건 고백 이후 처음. 그래서 나는 지나치게 들뜨고 말았다.

그랬다, 정녕 지나쳤다. 적당히 까불었어야 했는데 간만에 기고만 장해진 나는 침대 끝에 매달려서 열심히 그를 괴롭혔다. 등을 돌린 채 버티는 그를 잡아당기고 조르며 우롱하고 희롱하고 농락했다.

언니가 그랬다. 매사가 그렇지만 특히나 연애할 땐 멈출 때를 알아야 한다고. 그 말을 마음에 새겼어야 했는데, 나는 미련하게도 천지분간을 못 하고 날뛰다 결국 넘지 말아야 할 선을 넘고 말았다.

"괜찮아, 사람은 누구나 극복해야 할 어려움이 있어."

내 웃음기 섞인 놀림, 비극은 거기서부터 시작되었다. 그때까지 돌아누워 참고 있던 라이시가 갑자기 한숨을 훅 내쉬었다. 그러더니 몸을 일으키며 말했다.

"그럼 빠르게 극복하죠."

나를 노려보며 한 그 말에 나는 조금 놀랐다.

"어?"

갑작스런 태도 전환에 내가 당황하는 사이 그가 일어나서 침대로 올라왔다. 그래서 나도 흠칫 놀라 몸을 일으켰다. 거리를 좀 벌리려고 했는데 라이시가 내가 물러난 만큼 성큼 따라왔다. 나는 또 한 번 당황했다.

"뭐야, 왜 이래."

내가 뒤늦게 경계했지만 그는 아랑곳하지 않았다. 오히려 굳은 얼굴로 거리를 더 좁혀 올 따름이다.

"자, 장난하지 마."

무마해 보려 했지만 소용없었다. 그는 오히려 내 탓이라는 듯 나직이 말했다.

"그러게 가만히 있는 사람 건드리지 말았어야지."

그러면서 어두컴컴한 분위기로 다가오는데, 잠깐, 농담이지?

"야, 오지 마. 아! 오지 마!"

나는 안달하며 뒤로 물러났지만 얼마 못 가 침대 헤드에 등이 부딪혔다. 더 물러날 공간이 없었다. 라이시는 이미 내 지척까지 다가와 있었다. 불빛을 등져서 어두워진 그의 모습에 나는 심장이 철렁 내려앉았다.

"진짜 미안해."

진지하게 사과했지만 그는 내 사과를 휴지 쪼가리처럼 던져 버렸다.

"늦었어."

나는 울고 싶은 기분으로 라이시를 바라보았다. 어떡하지? 이렇게 된 거 죽을 각오로 정면 돌파? 아냐, 그랬다간 정말 죽을지도 몰라. 이제라도 싹싹 빌면 용서해 줄까? 그래 줄까? 으앙, 누가 좀 도와줘! 내가 오들오들 떨고 있을 때였다. 내 마음의 소리를 듣기라도 했는지 어디선가 시로니의 목소리가 들려왔다.

—사랑하는 알트 군.

갑자기 들려온 그 느긋한 목소리에 우린 화들짝 놀라 고개를 돌렸다. 소리가 들려온 방향엔 아무도 없었다. 다만, 거긴 아까 디브리가 놓고 간 기계가 있었다. 처음엔 설마 했다. 그런데 거기서 또 한 번 시로니의 목소리가 울렸다.

─진정해요. 누나랑 형이 옆방에서 다 듣고 있어요.

그 순간 우린 둘 다 쨍하니 얼어붙었다. 경직과 더불어 경악이 휘몰아쳤지만 기계 너머의 시로니는 나른하게 말을 이었다.

─그리고 공주님, 아무리 남자 친구라지만 혈기왕성한 청년을 그렇게 놀리면 안 되죠.

─맞습니다. 그거 정말 몹쓸 짓입니다.

옆에서 같이 듣고 있었는지 디브리의 목소리도 함께 들려왔다. 방금 대화가 모두 유출됐다는 사실에 등에서부터 소름이 끼쳤다. 아, 왜요. 왜 미리 말 안 해줬어요. 왜 지금까지 듣고만 있었던 건데요! 나는 두 사람에게 따지고 싶었지만 차마 목소리를 낼 수 없었다. 하지만 묻지 않아도 그들이 침묵한 이유는 알 수 있었다. 그들은 숨죽여 웃고 있었다. 시로니는 웃는 걸 숨기지 않고 우리에게 말했다.

─자, 두 어린이 모두 원위치. 그리고 빨간 조명도 끌 수 있으니까 불 끄고요. 불 켜고 자면 키 안 큽니다, 아가들.

그렇게 발랄하게 말하지 마!

우리 사이엔 어쩔 수 없이 긴 적막이 흘렀다. 한참 후 먼저 움직인 건 라이시였다. 그가 침대에서 내려갔고 나는 다시 바르게 누웠다. 라이시는 터벅터벅 걸어가 불을 제대로 끄고 돌아왔다. 그 후 우린 한층 겸손해진 자세로 제자리에서 침묵했다.

어둠에 깔린 채 나는 간절히 생각했다. 10분 전으로 돌아가 내 입을 꿰매 버리고 싶다고. 아, 이 세상에서 사라져 버리고 싶다. 아무도 날 기억 못 하게, 이 순간을 아무도 모르게. 왜 세상은 항상 이렇게 가혹한 거죠? 내가 숨죽여 흐느낄 때 침대 밑에서도 한이 서린 한숨 소리가 들려왔다. 아, 라이시……

나는 미안한 마음에 침대 밑을 슬쩍 내려다보았다. 마침 라이시도 날 쳐다보고 있었다. 그는 내가 고개를 내민 것을 보더니 나를 잡아당겼다. 그 바람에 나는 밑으로 떨어지고 말았다. 얼떨결에 그의 이불 속에 들어가게 돼서 나는 기겁하며 속삭였다.

"뭐 하는 거야!"

"어려움을 극복 중입니다."

어떤 깨달음이 있었는지 되돌아온 라이시의 답은 여느 때처럼 태연했다. 나는 말 같지도 않은 대답을 무시하며 그를 밀쳤다.

"놔, 바보야!"

"조용히 계시죠. 옆방에 들리면 피차 곤란한데."

"애당초 곤란한 짓을 안 하면 되잖아!"

"그 말 그대로 돌려 드리죠."

윽, 죄인은 지은 죄 앞에서 겸손해지는 법. 내가 할 말을 잃자 라이시는 나를 다시 당겨 자기 옆에 푹 눕혔다. 그래서 나는 결국 그의 옆 자리, 피부는 닿지 않지만 온기가 닿는 거리에 나란히 눕게 되었다. 아아. 어둠 속이지만 그가 바라보는 시선이 느껴졌다. 그래서 나는 두 손으로 얼굴을 꼭 가렸다. 이건 고문이야. 그렇게 나를 바라보며 그가 물었다.

"나한테 할 말 없나?"

왜 없겠어.

"미안합니다."

"앞으로 조심해."

나는 꼬리를 내린 채 사과했고 라이시는 그걸 꽤나 얄밉게 받아주었다.

"다친 덴 없어?"

이어 그가 꺼낸 말은 아까 둘이 있을 때, 시로니와 디브리가 방에 들어오기 전에 하던 이야기다. 그 목소리가 조금 자상해서 나는 일부러 투덜댔다.

"엄청 다쳤어. 방금 어떤 변태 때문에 침대에서 떨어졌어."

그러자 어둠 속에서 피식 웃는 소리가 들려왔다. 동시에 라이시의 손등이 내 이마에 닿았다. 그는 내 열을 재고 있었다. 나는 가만히 있다가 조용히 그를 불렀다.

"라이시."

"응?"

"죽는 건 어떤 걸까?"

대답은 돌아오지 않았다. 당연하다. 아직 죽어 보지 않은 우리는 죽음을 모른다. 그러니 그에 대해 말할 수 없다. 내가 갑자기 이런 얘기 꺼낸 이유는 죽은 줄 알았던 그가 여기 살아 있는 게 꿈 같아서. 불과 몇 시간 전 내 마음속에서 죽었던 그가 내 옆에 있다. 그게 얼떨떨하게 신기하고 가슴 아플 만큼 다행이라서 나는 서글퍼졌다. 죽음을 말하는 내가 불쌍했는지 라이시의 손길이 뺨으로 내려왔다. 그

온기에 안심하며 나는 또다시 물었다.

"죽으면 다 끝나는 걸까?"

내 물음에 라이시는 침묵했다. 그 침묵도 답을 가져오지는 못했다.

"모르겠어. 죽음을 보는 게 항상 괴롭다는 것밖엔."

나는 끄덕이며 동의했다. 우린 죽음을 모른다. 그럼에도 그것을 괴로워한다. 이유조차 모른다. 어째서인지 죽음은 우리에게 그렇다. 생각해 보면 날 이곳에 붙잡은 것도 죽음이었다. 나는 죽음에 빼앗긴한 아이 때문에 여기 남았다. 아직 그것이 무엇인지 모른 채, 다만 슬퍼하며.

나는 한숨과 함께 그의 손에 볼을 기댔다. 그리고 속삭였다.

"살아서 돌아갈 거야."

"당연한 소릴."

"너도, 죽지 마."

"그래."

"절대 죽으면 안 돼."

그렇게 깊어 가는 밤, 우리는 다짐했다. 죽지 않기로. 죽음으로부터 서로를 지키기로. 죽음의 정체를 모른 채 괴로워하는 우리는, 그렇게나마 살아 있음을 확인했다.

다음 날 아침, 나는 거울 앞에 섰다. 오늘부터 나는 리브나다. 불모지에서 어렵사리 살아오다 군인들에게 끌려온 비운의 소녀. 그 가련한 리브나는 경매장에서 거래되었고 이르이트라는 낯선 남자의 노예가 되었다. 나는 오늘부터 리브나, 그리고 내 뒤로 다가오는 그는……

"준비 끝났으면……."

"꺄악, 이 짐승!"

내가 질겁하며 소리치자 라이시이자 이르이트인 내 주인님의 표정이 황당해졌다.

"뭐야, 왜?"

"리브나는 억지로 끌려온 노예라서 널 싫어해."

내가 말짱한 목소리로 말하자 라이시는 내가 장난친 걸 알고 고개를 저었다. 그는 내 이마를 톡 치며 실수를 정정했다.

"존댓말."

"요, 이르이트 주인님."

나는 곧장 말을 덧붙였고 라이시는 결국 피식 웃었다. 여기까지 오는 데 우여곡절이 잔뜩 있었지만, 아직 유령의 문제가 남아 있고 나는 신분까지 달라졌지만 어쨌든 오늘부터 우리는 리브나와 이르이트다. 우리가 준비를 마치자 마침 테이블의 기계에서 시로니의 목소리가 울렸다.

—좋은 아침이에요, 여러분!

우리는 시로니와 대화하기 위해 소파에 앉았다. 그러자 이 공간을 한없이 건전하게 만들어 주는 고마운 기계, 하지만 둘만의 시간을 철저히 방해하는 그 야속한 기계가 또 한 번 시로니의 목소리를 낭랑하게 전했다.

―잘 잤어요? 오늘은 하루 종일 바쁠 텐데 컨디션 어때요?

"좋아요. 시로니는요?"

―난 비서 놈 코 고는 소리 때문에 한숨도 못 잤어요. 내일은 저거 못 자게 세워 두기라도 해야지, 원.

시로니가 혀를 차자 조금 멀리서 디브리의 웃음소리가 들려왔다. 그 웃음소리는 곧 그쳤다. 직전에 둔탁한 소리가 났는데, 시로니가 무언가를 집어 던져 디브리를 맞춘 듯했다.

―자, 그럼 시간이 됐으니 갈까요? 오늘 목표는 숨어 있는 유령을 찾는 거예요. 알죠?

"네!"

드디어 놀이터에 첫발을 내딛는다. 오늘부터 나는 리브나. 노예인 척하지만 그 정체는 연구소에 갇힌 아이들을 구하러 온 공주님이다.

놀이터. 이곳은 메트로폴리스라는 거대 도시의 상류층이 이용하는 유흥 공간, 평범한 시민은 존재조차 모르는 꿈의 공간이다. 백문이 불여일견이라고, 나는 막연하게 상상하던 놀이터를 눈으로 직접 확인하며 다시금 감탄했다. 어제 내가 다닌 곳은 연회장뿐이어서 그 인상은 고급 호텔 정도였다. 그래서 그 호화 파티가 전부인 줄 알았는데 순진한 오해였다. 어제 내가 본 건 놀이터의 극히 일부, 말하자면 현관에 불과했다.

이 거대한 놀이터는 지하로 5층, 지상으로는 30층의 규모를 자랑한다. 중앙 관리소나 군사 시설, 객실을 제외해도 수십 층이 남는데 거기가 다 방문객을 위한 놀이 공간이다. 그곳에서 사람들은 원하는 모든 것을 가장 사치스럽게 누릴 수 있다. 연회장에서의 탐식과 미식은 기본이고 테마별로 조성된 들판이나 해변에서 사냥이나 보트를 즐기는 것도 가능하다. 도박과 공연, 사우나, 남색과 여색, 때로는 지적 탐미, 원하는 것은 무엇이든 있었다. 그리고 이 놀이가 지겨워지면 질 좋은 마약으로 다시금 황홀경에 빠져들 수 있었다.

이 모든 것을 누리기 위해 손님들이 지불해야 하는 대가는 따로 없다. 이곳에 발을 들일 자격을 가진 것으로 충분했다. 이곳은 그야말로 특권층을 위한, 특권층에 의한, 특권층의 놀이터였다.

"촌스럽게 자꾸 두리번거릴래요?"

나는 시로니의 질책에 찔끔했다. 예쁘게 차려입고 이르이트 주인님 옆에서 총총 걷던 노예 리브나는 이 별세계가 마냥 신기했다. 그래서 과학자의 말마따나 촌스럽게 두리번대고 있었다.

"하긴 노예니까 그 편이 더 자연스러울 수도? 이렇게 보니 차라리 노예가 된 게 다행이네요. 소탈한 게 아주 잘 어울려요."

저 소탈하다는 말은 과연 칭찬일까 욕일까? 그리고 자꾸 잊으시는데 저 일단 공주거든요? 시로니의 지적에 나는 늦게나마 우아하고 도도한 척을 해봤다. 하지만 그것도 잠깐이다. 나는 이 별천지가 도무지 적응되지 않는다.

나는 지금까지 내가 이 세계보다 훨씬 월등한 문명 수준을 경험했다고 생각했다. 전기도 없는 우리 성은 말할 것도 없고, 시믈라의 온실이나 북쪽 도시도 내 기준에선 그냥저냥 별로였다. 하지만 이 중앙

놀이터는 속으로 끊임없이 감탄사를 내뱉고 있다. 우와, 신기해. 우와, 대단해. 우와, 엄청 좋아!

단언컨대 이 놀이터는 내가 가본 어떤 장소보다, 심지어 텔레비전이나 영화를 통해 본 모든 장소보다도 좋았다. 방금 탄 엘리베이터부터가 그랬다. 어느 정도냐면 엘리베이터가 움직이기 전까지 나는 거기가 아쿠아리움인 줄 알았다. 그래서 움직일 때 깜짝 놀랐다. 엘리베이터 처음 타본 사람처럼. 아, 나는 정말 노예가 되어 다행인지도 모른다.

이어 도착한 오찬 장소도 격조 높은 실내 정원으로 호화롭기 그지없었다. 얼마나 넓은지 까마득한 천장을 유심히 살펴보지 않으면 여기가 실내라는 것을 알아차리지 못할 정도다. 잘 정돈된 숲에는 대리석 식탁이 놓여 있었는데, 사람들은 그 주변에 눕듯이 앉아 하인들이 썰어 주는 음식을 맛보고 있었다. 그야말로 신들의 낙원이라고 해도 손색이 없어 보였다.

우리는 빈자리를 찾는 척하며 정원을 쭉 돌아보았다. 그러면서 혹시나 있을지 모르는 유령을 찾았다. 워낙 규모가 컸기 때문에 정원을 둘러보는 건 산책하는 것과 다름이 없었다.

"재미있는 얘기 하나 해줄까요?"

호수를 지나 인적 드문 오솔길에 들어서는데 시로니가 속삭였다. 그때 나는 호수 한가운데 있는 정자를 보며 감탄하던 중이었다.

"여기서 먹는 식사 한 끼를 돈으로 환산하면 메트로폴리스 소시민의 연간 수입 정도 돼요. 그 사람들은 여기 들어올 수도 없지만, 만약 기회를 준다면 밥 한 끼에 1년간 번 돈을 다 털어야 하죠."

시로니의 말에 나는 입을 떡 벌렸다. 날 그렇게 놀라게 한 시로니는 자신의 업적에 기뻐하며 말했다.

"그러니 잔뜩 누려요. 공주님이 계신 그 빈곤한 성에서는 꿈도 못 꿀 호사니까요."

누리라고? 황송해서 소화나 할 수 있을까? 메트로폴리스는 내가 살던 곳처럼 경제 논리로 돌아가는 도시라고 했다. 그 두 곳이 완전히 같지는 않겠지만 어느 정도 비슷하다면, 여기서 먹는 식사는 내 평소 한 끼와 얼마나 차이가 나는 걸까? 아, 계산도 못 하겠다. 나는 얼떨떨해서 시로니에게 물었다.

"여기 있는 사람들은 이런 밥을 어떻게 먹어요?"

그들은 정말 신인가? 그런 건가?

"글쎄요, 어떻게 먹을 것 같아요?"

시로니가 짓궂게 웃으며 되물었다. 학생을 시험하는 선생님처럼. 그래서 나는 궁리하고 궁리하다가 결국 멍청하게 말해 버렸다.

"이요브의 권속⋯⋯인가?"

"푸핫, 그럴 리가!"

나는 체파르데아의 권속들이 그 성 주민들에게 행패를 부리던 것을, 그리고 아크제리유트의 측근들이 요새를 장악했던 것을 떠올리고 답했다. 그러자 시로니는 가당치도 않다는 듯 웃음을 터트렸다.

"전혀, 그냥 보통 사람들이에요."

"그런데 어떻게 그래요?"

나는 평범한 사람이 영주처럼 높게 군림할 수 있다는 게 이해되지 않았다. 그러자 시로니는 다시 한 번 고개를 가로저었다.

"순진하고 순진하신 우리 공주님, 이 사람들이 영주처럼 높게 군림하는 것처럼 보여요? 아니요, 이들은 영주보다 높이 군림하고 있어요. 훨씬 더, 감히 올려다볼 수도 없게. 직접 봤으니 알잖아요? 유치원 원장님 같은 길터 씨는 그렇다 쳐도 개구리 군이나 요부 언니, 심지어 우리 폭군 나리도 사람들과 옹기종기 지냈어요. 높낮이는 달라도 어쨌든 같은 장소에 있었죠. 그런데 이들은 보다 극명하게 선을 그었어요. 자신들의 공간에 서민들은 감히 침범할 수 없게 만들었죠."

"왜요?"

"같은 인간이니까."

시로니는 분명 천재다. 그래서 나 같은 보통 사람은 그 사고 전환을 따라갈 수가 없다. 나는 설명이 더 필요했고 시로니는 고맙게도 내 한계를 헤아려 주었다.

"같은 인간이지만 그 안에도 강자와 약자는 있어요. 단 한 뼘만큼이라도. 그리고 고작해야 한 뼘 차이기 때문에 앞서가는 사람은 더욱 간격을 벌려야 하죠. 안 그러면 언제 역전당할지 모르니까."

시로니는 그렇게 말하며 하늘, 아니. 천장을 바라보았다.

"인간이 만든 특권은 정말 특별해서 갖는 권리가 아니에요. 특별해지려고 만든 권리죠. 열심히 현실을 도피하는 이들에겐 미안한 말이지만, 그들은 전혀 특별하지 않아요. 다만 특별해지려고 노력할 뿐이죠."

그렇게 그는 저 가짜 하늘을 비웃었다. 정녕 우습다는 듯이.

"정말 다른 존재라면 구태여 이렇게 구분 짓지 않을 거예요. 구분
하지 않아도 저절로 구별될 테니까. 하지만 이들은 아무리 날고 기
어 봐야 고작 인간. 그래서 스스로 특별해지기 위해, 그리고 특별함
의 근거가 되는 돈과 권력을 사수하기 위해 안간힘을 쓰죠. 그 노력
의 결과가 짜잔, 이 놀이터란 소린데. 어때요, 재미있죠? 아니, 재미없
나?"

시로니의 말은 분명 흥미진진했지만 재미가 있는지 없는지는 잘 모
르겠다. 그래서 나는 웃을 수도 찡그릴 수도 없었다. 이야기를 하는
동안 우리는 솔잎 냄새가 향긋한 오솔길을 통과했다. 세상이 혹한이
던 때에도 어떤 사람들은 가벼운 옷을 입고 이 길을 거닐었을까? 그
렇게 생각하니 조금 소름이 끼쳤다.

오솔길이 끝나자 나타난 장소는 조각 공원이었다. 거기엔 사람이
많이 있었는데, 앞서가던 시로니가 그들을 보더니 갑자기 돌아섰다.
그리곤 썩은 얼굴로 내게 속삭였다.

"리브 양."

"네?"

"혹시 키 작고 느끼하게 생긴 늙은이가 날 보고 있나요?"

나는 갸웃대며 그의 어깨 너머를 바라보았다. 그리고 그 묘사와 딱
맞아떨어지는 한 남자를 발견했다. 중년에서 노년 사이의 남자는 언
뜻 보기에도 대단한 거물처럼 보였다. 사람 자체는 소탈하고 평범해

보이는데, 그 뒤로 수행원들이 병풍처럼 서 있었다. 그 남자는 확실히 시로니를 보고 있었다. 아니, 보고 있을 뿐만 아니라 이쪽으로 걸어오고 있다.

"여기로 오는데요?"

"이런 젠장."

시로니는 욕을 하면서도 생글 웃는 표정으로 돌아서더니, 다가오는 남자를 향해 밝은 목소리로 인사했다.

"안녕하세요, 원수님! 간만에 뵙네요. 여전히 경호원들 엉덩이 주무르고 다니시나요?"

시로니의 농담에 키 작은 아저씨는 자지러질 듯 웃었다. 함박웃음을 지으며 킥킥대는 얼굴이 익살스럽고 친근해 보였다.

"정말 오랜만이에요, 박사. 대체 어디 갔었어요? 내가 그렇게 찾았는데."

"딴 동네에 좀 있었어요. 하늘을 떠다니는 요새에서 망아지로 변하는 폭군 나리랑 좀 놀다 왔죠."

"여전히 재미있는 말을 하네요. 과학자 말고 작가를 해도 좋겠어요."

시로니는 어깨를 으쓱이며 옆으로 비켜섰다. 그리고 라이시에게 앞에 선 남자를 소개했다.

"인사하세요. 워낙 유명하셔서 소개는 필요 없겠지만, 실물은 좀 낯설죠? 지엄하신 파르젤 각하세요."

이름을 듣는 순간 나는 속으로 흠칫했다. 파르젤, 메트로폴리스의 대통령 이름이다. 우리는 아무래도 이 도시의 정점과 마주친 모양이다. 노예인 리브나는 그렇다 쳐도 메트로폴리스의 이르이트 씨는 대통령을 어떻게 대해야 할까? 나는 긴장한 채 라이시의 대응을 기다렸다. 그런데 파르젤이라는 그 대통령이 먼저 라이시의 손을 잡으며 반색했다.

"안 그래도 꼭 인사하고 싶었어요. 이르이트 씨라고 했던가요? 반가워요, 가면을 쓰고 있을 때도 눈길이 갔는데 벗은 모습은 더 멋지네요."

대통령이 호의가 가득한 눈으로 라이시를 바라보며 그의 손을 어루만졌다. 그런데 왜지? 라이시의 손등을 슬금슬금 만지는 저 손길이 은근하고도 농밀하게 느껴지는 건? 시로니도 나와 비슷한 느낌이었는지 웃음 섞인 말로 대통령을 밀어냈다.

"제 스폰서가 잘생기긴 했지만 그렇게 더듬지는 말아 주시겠어요?"

"아, 미안해요. 초면인데 실례했네요."

대통령은 사람 좋게 웃으며 재빨리 손을 뗐다. 그러더니 이번엔 라이시의 가슴팍을 토닥토닥 두드리기 시작했다.

"미안해요, 반가워서 그랬어요. 식사는 했나요? 괜찮다면 합석하고 싶어요."

내가 과민한 건가? 대통령의 말투나 표정은 분명 편안한 옆집 아저씨인데, 빙빙 맴도는 저 손은 이번에도 어째 수상하다. 그 때문에 나는 저 아저씨가 조금씩 불편해졌다. 이미 대단히 거북해하던 시로니는 웃는 낯으로 라이시를 끌어당겼다.

"아, 유감이네요. 우린 이미 배 터지게 먹고 산책 중이거든요. 존엄하신 각하와 함께할 수 있는 절호의 기회였는데, 정말 유감."

그 바람에 아직 식전이던 우리는 최대한 배부른 척을 해야 했다. 시로니가 노골적으로 거부했지만 대통령은 전혀 아랑곳하지 않았다. 눈치가 있다면 불쾌해하거나 적당히 물러날 텐데 그는 아무것도 모르는 양 방글방글 웃기만 했다.

"그럼 저녁엔 어때요? 긴히 하고 싶은 말이 있어요."

"무섭게 왜 이러실까? 저와 이르이트 씨 중 어느 쪽에 볼일이죠?"

"둘 다예요, 박사."

"아하하, 욕심도 많으셔라. 뭐, 약속은 할 수 없지만 생각은 해두죠."

시로니의 말장난에 대통령이 화를 내도 이상할 건 없었다. 하지만 그는 여상히 사람 좋게 웃기만 했다. 시로니의 말을 전혀 이해 못 한 사람처럼. 그 반응은 도리어 시로니를 열 받게 만들었다.

"그럼 이만 실례해도 될까요, 각하? 배가 너무 불러서 좀 더 열심히 걸어야 할 것 같은데."

시로니가 간신히 웃는 낯으로 말했고 대통령은 그제야 우리를 놓아주었다. 여전히 속없이 웃으면서.

"그래요. 더 이야기하고 싶지만 어쩔 수 없죠. 저녁 때 꼭 보도록 해요."

대통령은 그렇게 말하며 돌아섰고 나는 그 땅딸막한 뒷모습에서 찝찝한 여운을 느꼈다. 아니나 다를까 대통령과 그의 수행원들이 멀어지자 시로니가 자그맣게 속삭였다.

"아, 짜증 나."

시로니는 그렇게 신경질을 내며 라이시에게 말했다.

"방금 성희롱당한 거예요."

그러자 딱딱하게 굳어 있던 라이시가 신음했다. 그는 저 대통령이 손등을 더듬을 때부터 이미 창백하게 질려 있었다.

"역시 그런 겁니까?"

"네, 젊은 남자만 보면 발정하거든요. 저런 게 국가 원수라니."

시로니가 혀를 끌끌 차며 고개를 내저었다.

"웬만하면 안 마주치게 조심해요. 더듬거리는 건 둘째 치고 우습게 볼 사람이 아니니까. 게다가 지금 나한텐 이를 갈고 있으니 피하는 게 상책이에요."

긴 얘기를 할 상황이 아니어서 시로니에게 들을 수 있는 말은 거기까지였다. 잘은 모르겠지만 불편한 사람인 건 확실하다. 라이시의 순결을 위해서라도 피하는 게 좋을 것 같다.

하지만 매사가 어디 내 생각대로 돌아가던가. 우린 머지않아 저 호색한 노인과 질척하게 엮이고 말았다. 그건 우리가 이미 거절한 만찬에서의 일이었다.

결국 우리는 점심도 못 먹고 오찬 정원에서 빠져나왔다. 아, 배고파. 이게 바로 풍요 속의 빈곤인 걸까? 호화로운 식탁을 뒤로하고 방에 돌아와 보니 디브리가 샌드위치로 점심을 해결하고 있었다. 그때 나와 시로니는 그의 식사를 빼앗는 데에 아무런 거리낌이 없었다. 그리고 배고플 때 먹는 샌드위치는 우리가 구경만 하다 온 산해진미를 잊게 할 만큼 맛있었다. 우린 강탈한 샌드위치를 야금야금 뜯어 먹었고 그런 우릴 보며 디브리는 진지하게 물었다.

"혹시 이번 작전 중에 살찌우는 미션도 있습니까?"

"그런 말 말아요, 비서님. 우리 아무것도 못 먹고 왔으니까."

시로니의 대답에 디브리 고개가 기울어졌다.

"혹시 밖에서 유령을 찾으셨습니까?"

"아뇨, 그림자도 못 봤어요. 옥션 쪽은 어때요?"

"마찬가집니다. 상품 목록을 아무리 뒤져도 없는데 도통 어딜 갔는지 모르겠습니다."

우리가 밖에 나간 동안 디브리는 방에서 옥션의 상품 목록을 살펴보고 있었다. 그는 시로니가 만들어 준 브로커 신분으로 경매장의 상품을 열람하는 게 가능했다. 그래서 일부 상품을 선행 구매할 수도 있었는데 나도 어제 그렇게 빼돌려진 거였다.

나처럼 상품으로 들어온 유령은 아직 옥션에 남아 있을 확률이 높다. 물론 정신 조작 능력이 있는 유령은 상품 보관소에서도 쉽게 빠져나올 수 있을 거다. 다만 이미 전산으로 등록되었기 때문에 흔적이 남는다. 실종이든 사망이든 표시가 생긴다. 그런데 지금 그런 흔적조차 없어서 우리는 난감해하고 있다.

"분명 저곳에 있다, 하지만 볼 순 없다. 이름값 톡톡히 하네요. 이 정도면 검색 목록을 조작했다고밖엔 생각할 수 없어요. 관리자를 조종하면 사진을 바꾸는 것쯤이야 어렵지 않으니까."

그렇게 말하며 시로니는 영 마뜩치 않다는 표정으로 디브리를 닦달했다.

"어떻게 방법이 없을까? 지금 옥션에 참여하는 거 썩 유쾌하지 않은데."

"그렇게 말씀하셔 봤자 경매 오픈까지 한 시간밖에 남지 않았습니다. 시간이 많다면 보관소에 가서 직접 열람이라도 해볼 텐데 이미 한참 늦었습니다. 이젠 경매장에서라도 발견하면 감지덕지할 일입니다."

비서의 가감 없는 보고에 시로니의 얼굴은 더욱 구겨졌다. 디브리의 말에 틀린 것은 없다. 만약 유령이 옥션에서 탈출했다면 그를 찾는 건 모래사장에서 바늘 찾기. 하지만 유령이 아직 옥션에 남아 있다고 판단되는 지금, 경매로 그를 낙찰받을 수 있다면 우리 입장에선 충분히 선방이다. 그러니 경매장에서라도 유령을 찾으면 다행인데 시로니는 아까부터 그 경매를 탐탁지 않아 한다.

"결국 경매밖에 답이 없나?"

"네. 그리고 참여하시려면 서둘러야 합니다."

시로니가 미간을 찌푸린 채 팔짱을 끼는 걸 보고 나는 옆에서 조심히 물어보았다.

"경매가 힘들어요?"

"딱히요. 그런데 이번엔 유독 좀 신경 쓰이네요."

"왜요?"

"왜긴요, 공주님 때문이죠."

"저요?"

뜻밖의 지목에 나는 시로니를 멀뚱하게 바라보았다. 시로니는 그런 나를 마주 보더니 곧 염려스러운 표정으로 말했다.

"공주님이 거길 안 봤으면 좋겠어요."

이건 또 무슨 소리? 나는 시로니의 근심 어린 눈초리에 조금 놀랐다. 전엔 내 머리카락 싹둑 자르고 폭군한테 보냈잖아요. 그렇게 굴릴 땐 언제고 갑자기 왜 이래요? 나는 시로니가 나를 걱정하는 줄 알고 당황했다. 아, 물론 인간 경매가 편치는 않겠지만, 게다가 바로 어제까지 상품으로 배달되던 입장이라 더 그렇겠지만, 나 그렇게 보호받을 정도는 아닌데?

"저 괜찮아요."

나는 얼떨떨해하면서도 씩씩하게 대답했다. 하지만 시로니는 걱정을 전혀 덜지 않았다. 애당초 시로니의 걱정은 내 생각과 전혀 달랐으니까.

"그래서 문제죠, 괜찮아서. 차라리 겁먹고 팍 찌그러지면 좋겠는데."

뭐지, 신경 써주는 줄 알고 감동했는데. 시로니의 반응에 나는 더 어리둥절해졌다. 그는 내가 경매장에 가는 게 영 불편한 기색인데, 나를 걱정하지는 않는다. 그럼 대체 뭐가 문제지? 궁금했지만 시로니는 아무것도 알려 주지 않고 입술을 잘근거렸다. 그의 고민이 끝난 건 마지못한 한탄과 함께였다. 과학자는 곧 무언가를 결심한 듯 나를 돌아보았다.

"뭐, 좋아요. 옥션에 참여할 수밖에 없다면 참여해야죠. 하지만 공주님, 경매장에 가기 전에 하나만 약속해요."

"무슨 약속이요?"

뜻밖의 제안에 나는 의아해하며 되물었다. 그러자 시로니가 진지한 투로 대답했다.

"본분을 잊지 말 것."

갑자기 본분이라니, 그렇게 말하니까 시로니가 무슨 생각을 하는지 더 모르겠다. 나는 설명이 필요했지만 시로니는 설명하지 않았다. 평소 가르치는 걸 좋아하던 과학자는 어쩐 일로 대답을 삼킨 채 나를 다그쳤다.

"공주님이 여기 온 이유, 우리의 목적. 잊지 말아요. 뭘 보든, 뭘 알든 간에."

나는 다짐을 받아 내고 싶어 하는 과학자를 가만히 바라보았다. 갑자기 왜 이런 말을 하는 걸까? 그건 마치 이제부터 우리가 참여하게 될 옥션에 대한 암시 같았다. 내가 그 광경을 보면 무언가가 바뀔 거라고 생각하는 걸까? 아는 것이 없기에 나는 별수 없이 고개를 끄덕였다. 그러나 시로니는 끝내 안심하지 못했고, 무지한 나는 그의 염려를 헤아리지 못한 채 경매장으로 향했다.

온갖 즐거움을 모아 놓은 호화찬란한 놀이터. 이곳에서 사람들은 원하는 모든 것을 가장 사치스럽게 누릴 수 있다. 그러나 아무리 좋은 것이라도 넘치면 흥미가 식는 법, 지나친 풍요는 인간에게 도리어 결핍을 불어넣었다. 그리고 비대한 그 결핍은 정상적인 방법으로는 해결할 수 없을 만큼 어그러져 인간을 또 다른 극단으로 몰아넣었다. 놀이터에서 이러한 극단을 대변하는 것, 그러니까 대단한 인기로 이들의 타락을 증명하는 것은 두 가지였다. 하나는 옥션, 다른 하나는 콜로세움. 이것은 고매한 인사들이 놀이터를 찾는 가장 큰 목적이기도 했다.

엘리베이터에서 내려 경매장에 도착했을 때 나는 또다시 주춤하고 말았다. 조금 익숙해졌다고 생각했는데 이 놀이터는 각 층과 장소마다 내게 새로운 면모를 보여 준다. 엘리베이터가 심해 같았다면 경매장은 마치 우주 같았다. 대체 어떻게 조성한 건지 광활한 천장에서 번뜩이는 별들이 회전했다. 때론 별똥별이 꼬리를 끌며 떨어지기도 했다. 우주 한가운데엔 널따란 무대가 마련되어 있었다.

우리는 섬광을 품은 성운을 밟으며 무대 근처에 마련된 자리로 이동했다. 경매장의 관람석은 일행 단위로 착석할 수 있는 박스였는데 재미있게도 내부는 고풍스러운 고딕풍이었다. 아무래도 이들이 그리고픈 그림은 저 우주의 향연 앞에서 우아함을 뽐내는 신사 숙녀인 모양이다.

배정된 박스로 들어가 우리끼리 남게 되자 시로니가 나직이 속삭였다.

"재수는 없겠지만 그래도 참아요. 공주님이 사랑하는 그 양 꼬맹이들을 생각해서라도."

시로니의 경고 직후 경매가 시작되었다. 가장 처음 무대로 올라온 것은 여자들이었다. 여자들은 어제 내가 그랬듯 예쁘게 치장하고 있었다. 그들이 상품으로 나왔을 때 경매장의 분위기는 화기애애했다. 매너 좋게 양보하는 사람도 있었고 어쩌다 붙는 입찰 경쟁은 다소 장난스러웠다. 그들끼리는 인정이 넘친다고 해도 과언이 아니었다.

분위기가 부드러운 데엔 이유가 있었다. 이미 놀이터엔 시믈라의 온실만큼이나 규모가 큰 여인들의 처소가 마련되어 있었다. 그래서 사람들은 원하기만 하면 온갖 여인을 품에 들일 수 있다. 그러니 옆에 세워 둘 인형은 굳이 필요하지도 않은 것이다. 그럼에도 여흥의 일환으로 소녀나 아가씨를 구매하려는 이들이 있었다. 놀이가 끝나면 버리고 갈 거면서 그들은 잠시 잠깐의 즐거움을 위해 가지고 놀 인형을 고르고 골랐다. 그 인형이 바깥에서 끌려온, 하루아침에 가족과 생이별하게 된 여인들임은 말할 것도 없다.

여자들의 경매가 지나가자 뒤이어 건장한 남자들이 상품으로 나왔다. 그때부터 경매는 치열해졌다. 대부호들은 남녀노소 가릴 것 없이 혈안이 되어 입찰했다. 이들이 다 남색가라서? 아니, 저들은 콜로세움에서 싸울 노예들이다. 옥션에서 구입한 남자들로 하는 콜로세움 토너먼트는 이 놀이터의 가장 큰 이벤트였다.

"불편해요?"

시로니가 내게 물었다. 편할 리야 없지만 나는 고개를 저었다. 사실이 경매장에 들어서는 순간부터 기분이 좋지 않았다. 놀이터에서 노예 경매를 한다는 건 이미 알고 있었다. 그게 우리의 잠입 루트 중 하나였으니까. 하지만 어렴풋이 아는 것과 모든 것을 낱낱이 헤쳐 보는 것은 많이 달랐다. 게다가 콜로세움에 대해서는 지금까지 금시초문이었다.

새로이 알게 된 이곳의 실상은 생각보다 훨씬 더 이상했다. 우주를 바닥에 내리깐 이곳에서 어떤 사람은 귀빈석에 앉고 어떤 사람은 무대에 선다. 귀빈석에서 가격을 책정하면 무대에선 그 가격으로 사람이 팔려 나간다. 그들은 다른 부류였다. 같은 사람이지만 같다는 말은 무색했다. 대체 무엇이 저들을 저렇게까지 갈라놓았는지 나는 알 수 없었다. 예의도 존중도, 최소한의 배려도 없는 저들의 관계가 내겐 그저 기묘했다.

그것이 이제 와서 새삼스러울 것은 없다. 나는 이 세계에서 이미 많은 일을 보고 겪었다. 그래서 사람의 고통이 사람에게서 비롯된다는 사실을 뼈저리게 잘 안다. 살아남기 위해 사람을 잡아먹은 것은 누구던가. 생활을 보존하기 위해 태내의 아기를 죽인 것은 누구던가. 제 가족을 지키기 위해 남의 일족을 몰살시킨 것은 누구던가. 욕심을 채우기 위해 전쟁을 일으키고 사람들을 억압한 것은 또 누구던가. 그들도 역시나 사람이었다. 자기 자신을 위해 타인을 짓밟은 그들은 악마나 괴물이 아니라 사람이었다.

사람은 그렇게 무엇이든 될 수 있는 존재다. 그리고 사람이 타인을 짓밟는 이유는, 다른 듯 보여도 어김없이 똑같다. 자기 자신을 위해. 오직 그뿐이다. 자신의 생존을 위해, 자신의 편의를 위해, 자신의 가족을 위해, 자신의 욕심을 위해.

그렇다면 여기 모인 사람들은 자신의 무엇을 위해 저러고 있는 걸까? 놀이터에 찾아온 신사 숙녀 때문에 상품인 여자는 유린당하고 노예인 남자는 싸움터로 내몰릴 것이다. 그런데 타인의 자존심과 삶, 생명까지 짓밟으며 저 우아한 사람들이 얻어 내는 건 하루치의 즐거움, 아지랑이만큼이나 덧없는 쾌락뿐이다.

아, 그랬다. 인간이란 이렇게나 공정치 못한 존재다. 자신의 하루를 위해 한 생명을 잡아먹고, 자신의 편의를 위해 생명의 뿌리부터 잘라 내고, 자신의 언니를 위해 수백 명을 몰살시키고, 자신의 욕심을 위해 수천 명을 억압한다. 그리고 이제 여기선 자신의 쾌락을 위해 또다시 타인을 이용한다. 사람들은 자신의 무게가 너무 중해서 타인의 무게는 그토록 경하게 여긴다.

나는 잠자코 그들의 작태를 지켜보았다. 상자에 갇혔을 때 꿈처럼 만난 키브사가 생각났다. 내 마음 깊은 곳에서 때를 기다리고 있는 그는, 이런 세상을 과연 어떻게 구할 생각인 걸까? 나는 아직 그 답을 찾지 못했다. 내 고민은 끝나지 않았지만 그럼에도 경매는 계속되었다.

사람들은 진정 콜로세움에 열광했다. 한없이 불어나는 입찰액으로 알 수 있었다. 남자들에게 걸리는 돈은 여자들과 비교도 할 수 없이 컸다. 경쟁도 훨씬 치열했다. 경매가 과열되자 진행자는 남자들의 진열을 멈추고 다시 여자들을 내보냈다. 여자들 사이엔 소년들도 간혹 섞여 있었다. 아직 어려서 싸우지 못하는 소년의 용도는 여자와 같았다.

소년들이 무대로 나오자 우리는 다시 집중했다. 저기서 유령을 찾을 수 있길 바라면서. 유령이 여기서 순순히 모습을 드러낼지는 미지수다. 아니, 실은 유령에 관한 모든 것이 미지수다. 이요브의 권속인 유령은 시로니를 죽이려고 여기까지 따라붙었다. 그러면서도 틈틈이 나를 노렸고 결국 놀이터까지 따라 들어왔다. 아무래도 유령의 표적은 시로니뿐만 아니라 나까지인 듯한데, 대체 목적이 뭘까? 짐작도 못 하겠다. 그래서 우리는 더욱 더 그 유령을 찾아야 했다. 수많은 상품이 무대로 올라오고 내려갔다. 한참이나 그 광경을 살펴보다가 나는 드디어 무대에서 한 소년을 발견했다.

"저기 봐요."

나는 반신반의하며 라이시와 시로니를 불렀다. 그들은 이미 무대에 시선을 고정하고 있었다. 몇 번이나 유령과 조우했던 그들은 소년을 진즉에 알아본 모양이었다.

"저 애 맞아요?"

"네, 맞아요. 이 몸을 노린 건방진 녀석, 못 알아볼 리가 없죠."

시로니는 유령을 확인하고는 좌석에 놓인 스크린을 바쁘게 두드렸다.

"드디어 찾았네요. 당장 사버리죠."

시로니는 그렇게 말하며 곧장 입찰했다. 유령이 속한 상품군은 앞전에 비해 시작가가 많이 낮았다. 주변의 흥미도 그리 크지 않아서 무리 없이 낙찰받을 수 있을 것 같았다. 그랬는데, 역시나 유령은 녹록지 않았다.

"이 가격에 재입찰?"

시로니가 스크린을 바라보며 미심쩍게 말했다. 유령의 입찰액이 방금 시로니가 올렸던 액수의 두 배로 뛰어 있었다. 시로니는 의아해하며 다시 입찰했다. 그러자 같은 일이 또 한 번 반복됐다. 그 바람에 유령의 입찰액은 여자들의 평균 낙찰가를 훌쩍 뛰어넘었다.

그것만으로도 심상치 않은데 그 후로도 몇 번이나 같은 일이 반복되었다. 시로니가 입찰하면 누군가도 곧장 거금을 올렸다. 경쟁은 귀찮다는 듯, 무슨 일이 있어도 저 소년을 손에 넣을 거라는 듯이. 이제 유령의 입찰가는 앞선 남자들만큼이나 높아졌다. 보잘것없는 소년의 입찰액이 한없이 올라가자 주변도 웅성대기 시작했다. 시로니는 결국 신경질을 냈다.

"미치겠네. 나 정말 궁금해서 묻는데 저 유령이 그렇게 매력적이에요? 아무리 개인의 취향이라지만 영혼까지 바쳐서 입찰할 정도는 아니잖아?"

뭐라고 할 말이 없었다. 내 눈에도 유령은 그저 평범한 소년이었다. 나는 높아진 입찰가를 보며 물었다.

"우리, 돈은 충분해요?"

"연구소 법인 카드 있어요."

대답하며 시로니는 다시 한 번 유령에게 입찰했다. 그러자 우릴 비웃기라도 하듯 입찰가가 또 한 번 뛰었고 사방에서는 탄성이 터져 나왔다. 유령의 입찰액은 최고가를 기록하고 있었다. 상황이 거기까지

치닫자 시로니도 심각해졌다. 이해할 수 없다는 표정이었다.

"이거 아무래도 이상해요. 비정상이야. 우리야 그렇다 쳐도 이 액수로 유령을 사려는 사람이 있을 리 없어요. 이 돈이면 건물 몇 채를 살 텐데. 제길, 놈이 또 수를 쓴 것 같아."

시로니는 그 가격에서 더 입찰하지 못했고 진행자는 카운트를 시작했다. 이제 다른 입찰자가 없으면 마감하겠다는 공고였다. 나는 초조해져서 시로니를 돌아보았다.

"더 안 해요?"

"이 이상은 무리예요."

"그럼 어떡해요?"

"어떡하긴요. 낙찰해 간 놈까지 묶어서 치워 버려야지."

그렇게 말하며 시로니는 자리를 털고 일어났다.

"놈이 경매장에서 판매된 걸 확인한 것만으로도 충분해요. 소재가 파악됐으니 반격할 수 있어요."

시로니의 말은 허세가 아니라 진심이었다. 그는 이미 다른 사람에게 판매된 유령을 어떻게 처리할지 바쁘게 궁리하고 있었다. 결국 유령 경매는 실패했다. 하지만 수확이 전혀 없지는 않았다. 유령에 대한 것도, 그리고 또 다른 것도. 나는 이 경매장에서 본 광경을, 그리고 알게 된 것을 마음에 새긴 채 그곳에서 돌아섰다.

방에 돌아와서 우리는 한동안 말이 없었다. 그 점에서 두 남자는 무고했다. 그런 분위기를 조성한 건 남자들이 아니라 나와 시로니였다. 우린 서로 눈치를 보고 있었다. 나는 경매장에 다녀와서 시로니가 내게 요구한 약속의 의미를 어렴풋이 깨달았다. 시로니는 내가 어떻게 나올지 미리 짐작하고 있었던 거다. 게다가 시로니가 지금도 신경 쓰고 있다는 걸 알지만, 나는 모르는 척 넌지시 물어보았다.

"콜로세움은 언제부터예요?"

"관심 갖지 말아요, 공주님."

"3일 후부텁니다."

시로니가 잘라 내듯 말할 때 디브리도 눈치 없이 함께 대답했다. 그래서 시로니가 그를 째려보았지만 디브리는 무전기를 손보고 있던 터라 미처 알아채지 못했다. 나는 정신이 딴 데 팔린 채 무심코 대답한 디브리에게 다시금 물었다.

"거기선 뭘 해요?"

"아, 알아 봐야 해롭기만 하고 좋을 것 하나 없습니다, 공주님."

그 말은 거절이 아니라 뒤이어 하게 될 말을 꾸미는 강조였다. 서글서글하게 성격 밝은 디브리는 말하기를 좋아하는 사람이었고, 말을 아끼지 않았다.

"저도 흥미가 있어서 좀 봤는데 콜로세움은 쉽게 말해 생존 경기입니다. 마지막까지 살아남는 팀이 우승하는 것이지요. 경기는 토너먼트로 진행되는데 노예 다섯 명으로 한 팀을 만들어서 참여할 수 있습니다."

"사람이 죽기도 해요?"

"죽기도 하는 게 아니라 죽이는 게 목적이라고 보는 편이 맞습니다. 애당초 볼거리를 만들려고 여자들로 팀을 구성하는 경우도 있다니 말입니다. 거참 아가씨들까지 그렇게 사지로 내몰아 볼거리로 삼다니, 어처구니없는 일 아닙니까? 하지만 경기에 진지하게 임하는 사람들은 또 대단히 진지해서 전략 매니저라는 직업이 따로 있을 정도랍니다. 경기가 대인전만 있는 게 아니라 괴수를 상대로 하는 서바이벌이나 트랩 돌파 미션 같은 것도 있어서 상황에 맞는 전략이 필요한데 그걸 전문가에게 의뢰……. 저, 혹시 제가 지금 무슨 실수를 하고 있습니까?"

막힘없이 이야기하던 디브리가 뒤늦게 시로니의 시선을 깨닫고 말을 멈췄다. 다 저질러 놓고서 어리둥절해하는 그의 모습에 시로니는 결국 넌더리를 냈다.

"저걸 해고할 수도 없고 미치겠네요."

디브리의 눈초리가 가련해졌다. 자신이 왜 욕을 먹었는지 모르겠다는 표정이었다. 나는 그를 구해 줄 요량으로 시로니의 말을 받았다.

"여기에 그런 곳이 있을 줄은 몰랐어요."

그러자 예상대로 시로니의 시선이 내게로 옮겨졌다. 시로니는 언짢은 얼굴로 나를 돌아보며 말했다.

"하고 싶은 얘기가 뭔데요, 돌려 말하는 거 싫어하니까 본론만 말해요."

그래서 나는 사양하지 않고 말했다.

"그 사람들을 구해야 해요."

"아니요, 안 돼요."

반대는 잠깐의 틈도 없이 되돌아왔다. 시로니는 내가 무슨 말을 할지 이미 예상하고 있던 터라 고민도 없이 반대했다. 자신의 말대로 시로니는 돌려 말하기 싫어하는 사람이었고, 화제를 피할 수 없게 되자 단도직입적으로 주장하기 시작했다.

"공주님은 연구소에 갇힌 아이들을 구하겠다고 온 거지 경매장의 노예를 구하러 온 게 아니에요."

"하지만 모르는 척할 순 없잖아요."

"모르는 척해야 해요, 더 큰 일을 위해서라도. 공주님은 본분을 잊지 않겠다고 저랑 약속했어요. 그리고 지금 공주님의 본분은 연구소에 갇힌 아이들을 구하는 거예요. 경매장 노예에게 관심 갖는 게 아니라."

시로니는 그렇게 말하며 경매장 노예의 수와 각 연구소에 갇힌 아이의 수를 내게 읊었다. 그리고 노예들을 구하기 위해 그보다 두 배는 많은 아이를 구하는 계획에 차질을 빚을 거냐고 물어보았다. 내가 대답하지 못하자 시로니는 기다리지 않고 단호하게 말했다.

"비정하게 느껴지겠지만 어쩔 수 없어요. 구명정엔 인원 제한이 있어요. 태울 수 있는 인원을 다 태웠다면 설령 눈앞에서 사람이 빠져 죽어도 내버려 둬야 해요. 그마저도 구하겠다고 고집을 부리다간 결국 배가 뒤집힐 테니까."

시로니의 말은 논리적이었다. 하지만 타당하지는 않았다. 그 말은 지금 내 앞에서 죽음을 예약받은 사람들을 모르는 척하라는 말이었다. 대의, 더 많은 사람, 우리의 큰 계획을 위해서. 만일 그렇다면 내

가 구하는 세상은 그들을 제외한 세상인 걸까? 누군가를 **빼놓은** 그
것은 진정 세상이라 칭할 수 있을까? 내가 이해하지 못하자 시로니는
결국 신경질을 냈다.

"여기서 와, 구하자! 와, 힘내자! 하면 모든 게 해결될 것 같아요?
정신 차려요, 공주님. 불과 어제 어땠죠? 혼자가 된 줄 알고 벌벌 떨
었던 거 기억 안 나요?"

시로니의 목소리가 매서웠다. 문득 시하의 결혼식 전날에 시로니
가 했던 말이 떠올랐다. 그때 시로니는 내게 약한 소리 하지 말라고
했었다. 흔들리지도 말라고 했다. 나는 그래선 안 된다고 했다. 지금
시로니가 하는 말은 그것과 정반대지만 결국은 같았다. 이번에도 역
시나 시로니는 궁지에 몰린 사람처럼, 자신이 이해할 수 없는 사실을
앞에 두고 몸부림치고 있었다.

"용감한 건 좋지만 만용은 독이에요. 상냥한 것도 좋지만 우유부
단한 건 차라리 못돼 먹은 것만 못해요. 진짜 구세주라면 마음 편히
다 죽는 쪽이 아니라 마음에 짐을 얻더라도 최대 인원을 살리는 쪽
을 선택해요. 그 가혹함마저 짊어지는 게 당신의 역할이에요."

시로니가 단정 짓는 것을 마지막으로 우리 사이엔 침묵이 흘렀다.
그랬다. 이게 바로 시로니가 경매를 꺼림칙한 이유였다. 그는 내가
경매장의 노예들을 외면하지 못하리라는 걸 알았다. 그러나 그들을
외면하지 않고서는 당초의 목적은커녕 우리의 안전조차 보장할 수
없다. 그래서 내게 그 일들을 숨기고 싶어 한 거다. 시하의 결혼식을
앞두고 자이트의 만행을 감춘 것처럼. 하지만 그의 직업은 진실을 폭

로하는 과학자, 무언가를 숨기는 것엔 도무지 소질이 없다.

"공주님, 당신은 착해요."

시로니가 내 눈을 피한 채 씁쓸하게 속삭였다.

"그러니 당신의 아버지도 물론 그렇겠죠. 하지만 나는 당신들이 전능하다고는 생각하지 않아요. 이 세상을 만든 당신들은 스스로가 선하고 전능하다고 말하죠. 그런데 정작 세상은 악하고 비참해요. 그건 모순이에요. 그 두 가지는 양립할 수 없어요. 이 세상이 성립하려면 당신들이 선하지 않거나, 전능하지 않거나, 아니면 둘 다이거나 해야하죠."

시로니가 나를 바라보지 않는 이유, 그는 나의 한계에 실망하지 않으려 애쓰고 있었다.

"당신들이 착하다는 건 이제 알겠어요. 당신들은 아주 상냥해요. 하지만 결코 전능하진 않아요. 그러니 모든 것을 해낼 수 있다고 생각하지는 말아요. 한계를 아는 것도 지혜예요."

나는 시로니가 누구한테 말하고 있는지 조금 헷갈렸다. 시로니의 말은 내가 아니라 스스로를 향해 있었다. 세상을 비웃고 만인을 얕잡아 보는 자신만만한 과학자는, 나를 이해하기 위해 애쓰고 있었다. 그것은 진리를 냉철하게 파헤치는 과학자에게 몸부림과 같은 타협이었다.

대화를 마치고 시로니는 자리를 비켜 주었다. 만찬 때까지 잠시 쉬라면서. 소파에 앉아 골똘히 생각하는 내게로 라이시가 다가왔다.

그는 이미 아까부터 나를 염려하고 있었다. 나는 그에게 머리를 기댔고 그는 말없이 곁을 지켜 주었다.

시로니. 진실을 원하는 과학자, 사랑을 궁금해하는 연구자. 더 알기 원하는 그 과학자가 던지고 간 말은 나를 오랫동안 고민하게 만들었다. 하지만 고민 끝에 깨달은 것이라곤 내가 이 세상을 어떻게 구해야 할지 여전히 모른다는 것뿐이었다.

"라이시."

"응."

"처음 날 데리러 왔을 때, 세상을 구하면 된다고 했잖아. 기억나?"

나는 황당했던 첫 만남을 떠올리며 말했다. 라이시도 기억해 낸 듯 고개를 끄덕였다. 나는 나와 같은 추억을 그리는 그에게 가만히 물어보았다.

"날 보면서 그게 정말 가능할 거라고 생각했어?"

라이시의 대답은 한동안의 침묵 후, 조금 천천히 돌아왔다.

"그땐 널 몰랐으니까."

많은 것을 함축한 말이다. 그땐 날 몰랐기 때문에 당연히 가능할 거라고 생각했나 보다. 아야라에게 전해 들은 '리브나 키브사'의 명성을 의심하지 않았나 보다. 하지만 날 알게 되고 그는 이제 내게 세상을 구할 것을 종용하지 않는다. 그래서 나는 기분이 꽤 복잡하다.

"그리고 세상에 대해서도. 그땐 다 몰랐어."

라이시가 마저 덧붙였다. 앞선 대답처럼 많은 의미가 담긴 말이었다. 그땐 몰랐다면, 이제는 다 알게 되었다는 의미일까? 문득 나는 그가 이 세상을 어떻게 생각하는지 궁금해졌다. 하지만 구태여 묻지는 않았다. 그의 어두운 얼굴에서 충분히 짐작할 수 있었으니까. 내 생각과 똑같지는 않아도 아마 비슷하지 않을까? 그래서 나의 실의는 깊다.

나는 한숨을 삼키며 라이시에게 조금 더 기댔다. 시로니의 말처럼 우리의 구명정에는 인원 제한이 있어서 한계를 더듬듯 이 망망대해를 헤매야 하는 걸까? 두 사람을 살리기 위해 한 사람을 죽게 내버려 두는 것이 정말 구원일까? 내가 이루어야 하는 구원은 정말 그토록 편협한 것일까? 나는 여전히 답을 모른다. 다만 이 어그러진 세상이 내게 조만간 답을 요구하리라 생각할 따름이다.

나는 상자 속에서 만났던 리브나 키브사를 떠올렸다. 내 안에서 침묵하는, 내가 아직 다 모르는 나. 때를 기다리는 그와의 만남은 희미한 실마리와도 같았다. 나는 그와 나눴던 대화를 곱씹으며 라이시에게 다시금 물었다.

"라이시, 아나하라트가 뭔지 알아?"

라이시가 고개를 끄덕였다. 내가 더 묻자 그도 더 대답했다.

"아야라에게 들은 적 있어."

"무슨 뜻이야?"

"좁은 길."

좁은 길, 나는 라이시의 대답을 곰곰이 되뇌었다. 그리고 연상되는 것을 숨기지 않고 솔직하게 투덜댔다.

"불편한 느낌이야."

라이시가 낮게 웃었다. 그에 나도 조금은 홀가분한 기분으로 마주 웃었다. 다행히 아직은 웃을 수 있었다.

내가 구하고자 하는 세상은 여전히 자신을 구할 방법을 내게 알려 주지 않는다. 그저 아나하라트, 좁은 길이라고 한다. 나는 여전히 그 답을 모른다. 다만 이 어그러진 세상이 내게 조만간 답을 요구하리라 생각할 따름이다.

"더 시무룩할 줄 알았는데."

만찬 장소로 이동할 때 시로니가 내 얼굴을 훑어보고 한 말이다. 좀 딱딱한 말투여서 나도 볼을 부풀리며 뚱하니 대답했다.

"남자 친구가 달래 줘서 풀렸어요."

내 새침한 대답에 시로니는 결국 웃음을 터트렸다. 그래서 나도 함께 웃었다. 그것으로 시로니는 조금이나마 안심했다. 나는 시로니의 안심에 딱히 불만을 품지 않았다. 물론 그렇다고 노예 문제를 양보한 건 아니다. 지금은 그보다 먼저 할 일이 있을 뿐이다.

"만찬회에 가면 누가 유령을 데려갔는지 바로 알 수 있을 거예요. 어떤 정신 나간 놈인지 개인적으로도 꼭 보고 싶네요."

시로니가 바쁘게 걸어가며 말했다. 화제 전환 빠른 그 과학자는 이미 유령을 잡을 생각에 불타오르고 있었다.

"곧장 찾을 수 있을까요?"

"물론이요. 만찬 때 낙찰 상품을 자랑하는 게 관례이기도 하고, 무엇보다 아까 유령은 입찰가가 높았잖아요. 우리 아니어도 이미 다들 관심 갖고 있을 거예요. 달리 말하면 화제의 주인공, 금방 찾을 수 있어요."

시로니가 장담했지만 나는 아직 한 가지가 더 걱정스러웠다. 찾는 건 그렇다 쳐도 근본적인 문제가 남아 있다.

"그런데 우리가 마음대로 손댈 수 있어요?"

리브나는 비록 노예지만 아무도 건드리지 못한다. 놀이터의 스태프들은 물론 다른 대부호들도 내게 무례하지 않다. 그건 이르이트라는 주인 때문이다. 노예에게 손대는 건 주인에 대한 도전, 따라서 이르이트가 허락하지 않는 한 그 누구도 내게 함부로 행동할 수 없다. 그건 이제 유령도 마찬가지이다. 누군가의 노예가 된 그도 주인의 비호를 받을 것이다. 게다가 그렇게 거금을 들여 구입한 노예인데 호락호락하게 다른 사람에게 넘길까? 그럴 것 같지는 않다.

"걱정 말아요. 여기 사람들은 내가 무슨 억지를 부려도 다 들어줄 사람들이거든요. 그 정도로 이 몸에게 열광한다는 말씀."

자신만만한 시로니를 보며 나는 어제 연회장의 풍경을 떠올렸다. 많은 사람이 시로니에게 몰려들어 환심을 사려고 비위를 맞추고 있었다. 이유는 모르겠지만 말 그대로 그들은 시로니에게 열광했다.

"그러니 아무 문제 없어요. 대통령 같은 능구렁이면 몰라도, 나머진 일도 아니니까."

그렇게 큰소리치는 시로니에겐 대단한 확신이 있었다. 하지만 사람 일이라는 게 그렇게 만만하지만은 않은 법, 그리고 말은 씨가 되는 법이다.

잠시 후 우리는 만찬회에서 유령을 발견했다. 우리의 예상대로 유령은 고액의 낙찰 상품으로 화제의 중심에 있었다. 와자한 사람들의 틈바구니에서 유령의 소재를 파악했지만 우리는 전혀 기쁘지 않았다. 그 이유는, 유령이 대통령의 옆구리에 달라붙어 있었기 때문이다. 그랬다. 시로니가 그토록 보고 싶어 하던 '어떤 정신 나간 놈'은 메트로폴리스의 대통령 각하셨다.

"아니요, 절대 아니에요. 대통령의 취향은 저런 소년이 결코 아니에요. 대통령이 사랑하는 건 이르이트 씨라고요!"

시로니의 패닉 섞인 외침에 물을 마시던 라이시는 사레가 들리고 말았다.

우리는 지금 만찬을 등지고 돌아와 긴급회의를 하고 있다. 대통령이 유령의 주인인 걸 확인하고 우린 꽤 당황했다. 그러니 거기서 여유롭게 만찬을 즐길 수도 없었다. 대통령만 아니면 된다고 했는데 하필 대통령이다. 아, 우리의 앞날은 대체 어디까지 꼬일 셈일까?

"다른 영감이 데려갔다면 그냥 취향이 지저분하다고 생각했을 거예요. 하지만 대통령은 결코 그럴 리 없어요. 방금 전에도 말했지만 대통령의 타입은 이르이트 씨니까요."

시로니의 강조는 라이시를 거북하게 만들었다. 그래서 라이시는 조심스레 반박했다.

"그건 말씀하신 대로 개인의 취향 아닙니까."

"하, 그러니까 이해가 안 된다는 거예요. 이르이트 씨는 대통령이 자길 왜 좋아한다고 생각해요?"

"저도 좀 알고 싶습니다."

라이시가 정색했지만 시로니는 웃지도 않고 말을 이었다.

"대통령이 관심 갖는 건 알트 군이 아니라 이르이트 씨예요. 무슨 말인지 알아요? 그는 이르이트라는 사람의 됨됨이보다 내 스폰서라는 배경에 흥미를 갖는 거라고요."

시로니는 단언하며 자신이 아는 대통령을 설명했다. 아래를 굽어볼 줄 모르는 대통령은 강한 사람을 좋아했다. 대통령이기에 만인에게 웃음을 보이긴 하지만 그는 사실 약자를 혐오했다. 서민은 말할 것도 없고 상류층 인사 중에서도 어리석고 모자라게 느껴지는 사람은 거들떠보지도 않았다. 그 특별한 사람은 자신처럼 특별한 사람하고만 어울리길 원했다. 그가 이르이트에게 관심을 보인 것도 같은 맥락에서였다. 대통령의 흥미를 잡아끈 것은 그가 시로니의 연구를 독점한 스폰서라는 것. 저 만만찮은 과학자를 수중에 넣은 베일에 싸인 인사라니, 대통령이 호감을 느낀 건 바로 그런 탓이다.

"그렇게나 인간의 귀천을 따지는 인간이 보잘것없는 노예를 옆에 둔다? 말도 안 되는 소리예요. 내가 아는 대통령은 결코 그럴 인간이 아니에요."

"그럼 이게 유령이 조작한 상황이란 말입니까?"

"네, 경매 때부터 이상하다고 생각했는데 이걸로 확실해졌어요. 대통령은 아마 무대와 가장 가까운 정면 객석에 앉았을 거예요. 그 거리라면 유령이 홀리기에도 충분해요. 결국 유령은 경매에 나올 때부터 거기 앉은 사람이 자길 구입하게 만들 생각이었던 거죠. 젠장, 쓸데없이 영리해가지곤."

아무래도 유령은 이런 식으로 신분을 확보할 생각이었나 보다. 유령이라면 옥션에서 빠져나와 놀이터의 스태프로 위장하는 것도 가능하다. 하지만 그 방법을 선택하지 않은 건 아마도 시로니 때문에. 유령도 바보가 아닌 이상 이 한정된 공간에서 시로니가 자신을 추적할 상황은 만들지 않을 것이다. 그래서 유령은 어느 거물의 소유가 되는 쪽을 택했다. 실패할 걱정은 없었다. 무대 정면, 가장 좋은 자리에 앉는 사람에게 최면을 걸면 되니까.

아, 상황이 너무 복잡해졌다. 우리는 위장 신분을 가진 상류층, 그리고 유령은 대통령의 노예. 이로써 우리는 서로의 주변을 맴돌며 눈치만 보게 생겼다.

"이제 어떡하죠?"

"방법을 찾아봐야죠. 호락호락한 영감이 아니라 골치는 아프겠지만요."

그렇게 말하면서 시로니는 짜증을 냈다. 유령과의 악연이 도무지 끝나지 않아 진저리가 난다는 얼굴이었다. 한편 라이시는 무언가를 고민하는 표정이었다. 그는 잠자코 무언가를 생각하더니, 이윽고 시로니에게 물었다.

"그런데 유령은 이요브의 권속이 맞습니까?"

"질문이 모호하네요. 뭐가 궁금한 거죠?"

"메트로폴리스가 이요브의 도시고 유령이 이요브의 권속이라면 왜 이렇게 번거롭게 구는 겁니까?"

무슨 뜻이지? 나는 라이시의 물음을 이해하지 못하고 멀뚱히 그를 쳐다보았다. 하지만 눈치 빠른 시로니는 말뜻을 단숨에 이해하곤 되물었다.

"그냥 우리 정체를 대통령에게 까발리면 될 거 아니냐는 거죠?"

앗, 그게 그렇게 되나? 나는 뒤늦게야 라이시가 뭘 지적했는지 깨달았다. 생각해 보니 그렇다. 유령도 대통령도 이요브에게 속한 사람이라면, 그래서 그들이 한편이라면 구태여 이런 연극을 할 필요가 없다. 시로니의 말마따나 대통령에게 그냥 우리의 정체를 이르면 되니까. 그런데 유령은 그렇게 하지 않았다. 어째서?

"하긴, 메트로폴리스를 잘 모르면 그런 의문을 갖는 것도 무리는 아니죠. 결론부터 말하자면 유령은 그렇게 못 해요. 우리의 정체는 물론 자신의 정체도 밝힐 수 없죠. 왜냐하면 메트로폴리스는 영주도 피네하스도, 심지어 아본의 존재조차 모르니까."

시로니의 말에 나는 더 얼떨떨해졌다. 라이시와 디브리도 놀라기는 마찬가지였다. 우리를 패닉에 빠트린 시로니는 찬찬히 설명했다.

"이요브의 영토는 크게 두 개로 나뉘어요. 하나는 중앙, 다른 하나는 메트로폴리스. 중앙은 메트로폴리스를 지키는 울타리예요. 메트로폴리스가 외부의 존재를 깨닫지 못하게 그 주변을 안팎으로 차단하죠. 그래서 메트로폴리스 사람들은 자신들의 도시가 세상의 전부인 줄 알아요."

"왜 그런 짓을 한 거죠?"

"그 편이 관리하기 수월해서죠. 사람을 가둬 놓는 가장 좋은 방법이 뭔 거 같아요? 그건 자신이 갇혀 있다는 사실을 모르게 하는 거예요. 그런 의미에서 이요브는 영주들 중에서 가장 영리하다고 할 수 있겠네요. 사람들을 속였기 때문에 다른 영주들처럼 번거롭게 사람들을 가두거나 끌어모을 필요가 없으니까요."

나는 시로니의 말을 멍청히 듣고 있다가 되물었다.

"대통령은요? 대통령도 몰라요?"

"네. 본인이 세계의 정점이라고 생각하는 그 양반도 결국은 불쌍한 꼭두각시죠. 메트로폴리스 출신 중 세계의 실체를 알 수 있는 건 딱 두 부류예요. 이요브의 권속으로 선택받아 중앙을 관리하게 된 자와 나삭의 연구원으로 발탁된 자. 덧붙이자면 저는 후자 쪽이고요."

그렇다면 유령은 이요브의 권속이니 메트로폴리스 소속이 아니라 중앙의 소속. 이 말은 곧, 유령은 메트로폴리스에서는 활개를 칠 수 없다는 소리가 된다.

"그러니 유령의 입장도 우리와 같아요. 여기서는 철저히 신분을 감춰야 하죠. 자, 이해가 좀 됐나요?"

나는 가까스로 이해하고 고개를 끄덕였다. 하지만 라이시는 아직 궁금한 게 남아 있었다.

"질문이 하나 더 있습니다."

"뭐죠?"

"메트로폴리스는 대체 어디 있는 겁니까?"

라이시의 두 번째 질문은 첫 번째 질문만큼이나 이해하기 힘들었다. 그래서 그는 이번에도 다시 설명해야 했다.

"중앙을 둘러봤지만 어디에서도 도시의 흔적은 찾을 수 없었습니다. 이 놀이터와 연결된 연구소를 제외하면 몇 개의 병영과 부대가 전부였습니다."

라이시의 부연에 나와 디브리는 또 한 번 당황했다. 시로니만 짙게 웃을 뿐이었다. 그렇게 웃는 시로니에게 라이시가 다시금 물었다.

"메트로폴리스는 대체 어디에 있는데 세상의 존재조차 모르는 겁니까?"

"좋은 질문이에요. 메트로폴리스가 어디에도 없다는 걸 깨달은 외부인은 아마 알트 군이 최초일 거예요."

어디에도 없다고? 그 말이 우릴 더 놀라게 했지만 진실을 밝히는 시로니는 담담했다.

"말하자면 기니까 일단 이거 하나만 알려 드릴게요. 그건 과학자의 플라스크 안에 있어요."

과학자는 그렇게 말한 후 조용히 웃었다.

곤히 잠든 한밤중이었다. 우당탕하는 소리에 나는 화들짝 잠에서 깼다. 소리의 근원지는 테이블에 놓인 스피커였다. 그 소릴 듣고 침대에서 내려오다가 나는 밑에 있던 라이시를 밟고 말았다.

"읔!"

"아, 미안!"

라이시에게 급히 사과하고 곧장 곧장 테이블로 달려가 스피커에 대고 물었다.

"시로니, 괜찮아요?"

나는 무슨 일이 있나 가슴 졸이며 시로니의 대답을 기다렸다. 멀쩡한 목소리가 돌아온 건 잠시 후였다.

—네, 괜찮아요. 비서님이 처리했어요.

"뭐였는데요?"

—야밤의 습격. 정체는 웨이터랑 엘리베이터 안내하는 친구네요. 몽유병 환자처럼 굴던데 유령 짓 같아요. 대체 그 새낀 왜 날 못 죽여서 이 안달이지?

습격을 당했다는 말에 나는 어떡해, 하고 그들을 염려했다. 하지만 그런 팔자 좋은 짓을 할 틈은 우리에게도 없었다. 웨이터와 웨이트리스가 찾아와 칼을 휘두른 것은 그로부터 5분 후였다.

다음 날, 우리는 모두 퀭한 눈으로 다시 만났다. 정말 긴 밤이었다. 밤새 한 시간에 한 번꼴로 습격이 왔다. 아무래도 유령은 이런 식으로 우리의 피를 말릴 작정인가 보다.

갑자기 들이닥친 스태프들은 우릴 공격하더니 한 대 얻어맞고서 정신을 차렸다. 그들은 소스라치게 놀라며 사색이 되었다. 엎드려 모셔도 시원찮을 손님의 침실에서 난동을 부리다니, 목이 달아나도 할 말이 없는 상황이니까. 우리는 영문도 모른 채 이용당한 그들을 동정했다. 그래서 정신을 차린 그들을 안심시키고 돌려보냈다. 처음 한두 번은 우리도 그렇게 상냥했다. 그런데 같은 일이 세 번째 반복될 땐 짜증이 났고, 일곱 번째가 되었을 때 사정 봐주지 않고 그냥 바자크로 기절시켜 버렸다. 밤새도록 잠도 못 자고 시달리는 건 고문이나 다름이 없었다. 문을 잠그는 것도 소용없었다. 그들에겐 마스터키가 있었으므로.

"어쩔 셈인가 했더니 이렇게 나오네요. 깜찍하네, 망할 자식."

말과 다르게 시로니의 표정은 험악했다. 예민한 과학자는 수면 시간을 방해받은 일에 상당히 분노하고 있었다. 시로니와 함께 우리 방으로 건너온 디브리는 이미 소파에서 쪽잠을 자는 중이었다. 피곤하기는 우리도 마찬가지였다. 라이시가 자기한테 맡기고 자라고 했지만 도저히 잘 수가 없었다. 바로 옆에서 우당탕 쿵쾅 퍽퍽 으악 소리가 나는데 어떻게 자냐.

"직원들을 조종한 것처럼 대통령을 조종할 가능성은 없습니까?"

라이시가 염려스럽게 물었다. 그 말처럼 대통령이 회까닥 돌아서 덤빈다면 그야말로 대 위기다.

"그렇겐 못 할 거예요. 너무 위험하니까. 스태프야 식탁 냅킨처럼 금방금방 갈아치울 수 있지만 대통령은 잘못 건드리면 메트로폴리스 전체가 흔들리거든요. 게다가 정신 조작은 만능이 아니에요. 지배당하는 순간은 몰라도 지배가 끝나면 위화감을 느끼죠. 그러니 대통령에게 그런 짓을 하진 않을 거예요."

듣던 중 다행이다. 우리가 조심스러운 것처럼 유령도 꽤나 조심하고 있다. 중앙과 메트로폴리스 사이의 경계를 무너뜨리지 않기 위해서. 하지만 밤새 스태프들을 보내는 방법, 즉 발각되어도 그들의 몽

유병 혹은 정신병으로 치부할 수 있는 그 습격은 메트로폴리스의 존망과 관련 없이 우리를 괴롭힐 수 있다. 아, 정말 만만치 않게 똑똑한 유령이다.

하지만 우리 쪽에도 똑똑하기로는 둘째가라면 서러운 과학자가 있다. 게다가 그 과학자는 유령에게 이것저것 쌓인 것이 많다.

"어젯밤엔 실컷 당해 줬으니 오늘에야말로 유령을 잡도록 하죠."

"방법이 있습니까?"

"물론, 그깟 유령 자식 도망 다니지만 않으면 잡는 건 금방이에요. 그리고 그 멍청한 녀석이 도망 다닐 길을 스스로 막았죠. 대통령 옆에 붙어 있으면 안전할 줄 알았나 본데, 이 몸이 얄보여도 한참 얄보였네요. 이미 계획은 세워 놨어요."

"계획이라면?"

"간단해요. 대통령 각하의 이목을 다른 곳으로 돌리고 유령을 처리하자는 거죠."

말은 정말 쉽다. 나는 걱정이 돼서 시로니에게 물었다.

"이목을 어떻게 돌려요?"

"그거라면 역시 미인계."

"네?"

"미인계라고요."

나는 생경한 얼굴로 시로니를 바라보았다. 미인계? 내가 고개를 갸웃대자 시로니가 내 옆으로 시선을 돌렸다. 나는 자연스럽게 시로니를 따라 고개를 돌렸고, 그 결과 시로니와 함께 라이시를 바라보게 되었다. 시선을 받은 라이시는 대단히 심각해져서 되물었다.

"누가 말입니까?"

"지금 눈치챘으면서 말 돌리는 거죠?"

더는 현실을 부정할 수 없게 된 라이시는 결국 침묵했다. 그가 무겁게 가라앉았지만 시로니는 사정 봐주지 않고 독촉했다.

"우리의 운명은 이르이트 씨의 손에 달렸어요. 부디 대통령 각하를 꼬셔 주세요."

"그걸 제가 어떻게 합니까?"

난감해하는 라이시의 목소리는 좀처럼 듣기 어려운 거다. 아, 잠깐만. 이 와중에 나 조금 웃어도 되니? 웃으면 혼낼 거니? 웃지 않으려고 짐짓 엄숙해진 나와 달리 시로니는 꽤 진지했다.

"어려울 것 있어요? 공주님이 어느 때에 치명타를 날리는지 떠올려 봐요. 남자 마음은 남자가 잘 알잖아?"

"저더러 그런 짓을 하란 소립니까?"

와, 기분 나빠. 그런 짓이 뭔데. 내가 뭘 어쨌는데.

"여자처럼 굴라는 게 아니에요. 그런 게 좋으면 그냥 여자를 좋아했겠죠. 남녀를 떠나서 사람을 설레게 하는 말, 행동, 생각해 볼 수 있잖아요? 게다가 어제 대통령이 먼저 관심을 보였으니 이건 다 잡은 고기나 다름없어요."

다 잡은 고기라는 말에 라이시는 오히려 깊이 탄식했다.

"지금은 반쯤 홀려서 유령 놈을 끼고 있지만 대통령은 원래 '강한 남자' 취향이에요. 그러니까 짐승 같은 박력으로 대통령의 혼을 쏙

빼놔요. 알겠죠?"

시로니의 주문은 부탁이 아니라 지시에 가까웠다. 라이시에겐 그 지시를 거부할 대안이 없었고 그는 세상 끝난 얼굴로 괴로워하기 시작했다. 시로니는 소파에서 졸던 디브리를 걷어차 깨웠다.

"일어나요, 비서님. 오늘 밤 편히 자려면 유령을 잡아야죠. 비서님은 이르이트 씨가 대통령과 밀회를 나누는 사이에 공주님하고 유령을 상대해 줘요."

밀회라는 말로 라이시를 다시 한 번 질겁시키고도 시로니는 아무런 가책이 없었다. 한편 졸다 깬 디브리는 덩달아 기겁했다.

"제가 말입니까?"

디브리는 더는 유령과 못 싸우겠다고 이미 여러 차례 선언한 바 있다. 그는 유령을 만날 때마다 대단히 농락당했고 심지어 날 죽일 뻔한 전적 탓에 유령과 대치하기를 두려워했다.

"교수님, 저는 유령과 눈이 마주치면 최면에 걸립니다."

"훈련된 군인은 눈 감고도 싸울 수 있지 않나?"

"초능력자와 헷갈리시는 것 같은데 훈련된 군인은 눈을 감지 않는 법을 배웁니다."

디브리가 어려움을 호소했지만 시로니는 눈도 깜빡하지 않았다.

"걱정 마요, 비서님의 한계는 잘 알고 있으니까. 그러니까 공주님과 함께 유령을 잡으란 거예요."

난감해하던 디브리가 나를 돌아보았다. 갑작스러운 지명에 놀라긴 나도 마찬가지였다.

"공주님과 말입니까?"

"네. 공주님도 조작당하지 않을 거예요. 정신 조작도 결국 피네하스의 검은 힘. 그게 공주님께 통할 리 없어요. 그러니 공주님과 협력하면 유령을 잡을 수 있을 거예요."

시로니는 정말 똑똑하고 당당하다. 그래서 조금만 어렵게 말하면 나나 디브리 같은 사람은 입 벌리고 끄덕일 수밖에 없다. 우리를 설득시킨 시로니는 다시 한 번 당차게 말했다.

"그러니까 걱정은 접고 내가 하는 말 잘 들어요. 이번에야말로 유령을 붙잡을 테니까."

―이르이트 씨, 카메라 좀 다시 만져 봐요. 방향이 틀어져서 잘 안 보여요.

귀에 꽂아 둔 소형 이어폰에서 시로니의 목소리가 울렸다. 그러자 마찬가지로 이어폰을 끼고 있던 라이시는 걸어가며 겉옷에 꽂힌 손수건을 매만졌다. 안에 숨긴 카메라가 정면을 보게 되어 시로니가 됐다고 할 때까지.

아침과 점심 사이의 나른한 시간, 우리는 하루 중 가장 한가한 그 시간을 노려 대통령을 찾아가고 있다. 나와 라이시는 대통령의 방으로, 디브리는 아직 대기 중, 시로니는 우리 방에서 관제탑 역할이다. 아, 살다 살다 무전기와 카메라를 몸에 붙이고 첩보 영화를 찍게 될 줄이야.

우리는 대통령이 머무는 층으로 들어가자마자 경호원 몇 명과 마주쳤다. 카메라로 그 장면을 함께 본 시로니가 라이시에게 조언했다.

─경호원이 막으면 말하지 말고 거만하게 쳐다봐요. 그럼 알아서 대통령한테 보고할 거예요.

역시 똑똑한 시로니 언니. 시로니의 말대로 경호원은 즉각 대통령에게 이르이트 씨의 방문을 보고했고 곧 대통령이 우리의 출입을 허락했다. 우리는 접견실에서 대통령과 유령을 만날 수 있었다. 대통령은 유령을 꽤나 마음에 들어 하는 것 같았다. 그렇지 않고서야 손님을 맞는 자리까지 노예를 데리고 올까. 하긴, 우리도 할 말이 없기는 마찬가지다. 이르이트 씨는 무려 대통령을 뵈러 오는데 여자 노예를 대동했으니까. 그럼에도 대통령은 이르이트 씨의 방문을 대단히 반가워했다.

"웬일인가요? 시로니 박사도 없이 혼자서."

시작이다. 가라, 라이시!

"긴히 할 말이 있어서 왔습니다."

라이시는 다리를 꼬고 앉으며 말했다. 중년 남자를 꼬시기로 마음먹은 내 남자 친구의 분위기는 평소보다 좀 거만했다. 그렇게 낯선 태도를 보이며 그는 자신이 혼자인 이유를 밝혔다.

"그 여자가 있으면 또 방해가 될 것 같아서 말입니다."

"방해라니……."

대통령이 말꼬리를 흐리며 웃었다. 다음 말을 기대하는 것처럼 보였다. 하지만 라이시는 그 기대를 채워 주지 않고 별안간 물었다.

"제게 하고 싶은 말이 있다고 하지 않으셨습니까?"

"아, 별건 아니었어요. 그냥 낯선 얼굴이라 친해지고 싶어서 그런 거였죠."

대통령이 그렇게 말하며 한발 물러나자 접견실엔 침묵이 내렸다. 그때 이르이트 씨의 얼굴은 냉정했고 대통령은 인자한 표정을 연기하고 있었다. 그리고 두 노예는 아무것도 모르는 척 서로를 의식했다. 미묘한 공기를 가르며 먼저 행동한 건 이르이트 씨였다. 이 정적에 진저리를 내듯 그가 매몰찬 태도로 일어났다.

"죄송합니다. 제가 착각한 모양입니다."

그 태도는 성급하고 살벌하게 날이 서 있었다. 그래서 대통령은 조금 당황하고 말았다.

"착각이라니 무슨 소리죠?"

대통령도 이르이트 씨를 따라 소파에서 반쯤 일어났다. 그를 잡으려다 멈춘 자세였다. 그러면서 무슨 착각을 했느냐고 묻는 대통령을, 이르이트 씨는 그윽하게 바라보았다. 그의 입에서 건조한 목소리가 흘러나온 건 그로부터 한참 후였다.

"저를 원하시는 줄 알았습니다."

으악, 자기야……. 나는 소름이 돋은 것을 티내지 않으려고 두 주먹을 꼭 움켜쥐었다. 아, 대통령에게 무려 미인계를 써야 한다는 말을 듣고 라이시는 돌처럼 굳었었다. 그래서 부단히 걱정했는데 괜한 기우였다. 생각해 보면 그는 이 일의 적임자였다. 고스란히 경험했으면서 왜 잊고 있었던 걸까? 나도 저렇게 넘어갔다. 저 자식은 사람을 들었다 놨다 쥐었다 폈다 하는 데 능숙했다!

시치미를 떼던 이르이트 씨가 직구를 던지자 대통령은 오히려 겸연쩍어했다. 아니, 쑥스러워했다. 부끄러워했다. 소녀처럼 설레고 있다! 으앙! 그는 딴청을 피우더니 이내 뒤에 선 나를 가리켰다.

"이르이트 씨는 저런 아가씨를 좋아하지 않나요?"

아, 저 대통령 넘어올 것 같으면서 넘어오지 않는다. 대통령의 물음에 이르이트 씨의 눈초리는 다시 차가워졌다. 아무리 강한 남자라지만 시도 때도 없이 좀 심한 거 아냐? 이르이트 씨는 대통령에게로 한 걸음 성큼 다가갔다. 그러고는 대통령의 어깨 너머 소파의 등받이를 손으로 거칠게 내리쳤다. 아아, 벽 치기라니. 벽 치기라니.

대통령을 내려다보며 이르이트 씨가 나직이 말했다.

"신경 쓰이신다면 노예는 내보내죠."

그와 함께 이어폰에서는 시로니의 감탄이 터졌다.

—좋아, 자연스러웠어! 그렇게 유령이랑 같이 리브 양을 내보내요!

"저 노예도 같이 말입니다."

이르이트 씨는 아닌 척하며 고분고분 시로니의 지시에 따랐다. 그러자 대통령의 눈길이 자연스레 유령을 향했다. 유령과 눈이 마주치게 하는 건 위험하다. 이르이트 씨도 그렇게 생각했는지 대담하게도 대통령의 턱을 들어 고개를 돌리지 못하게 만들었다. 아아, 턱 들기라니, 턱 들기라니.

아까부터 참 도덕적이지 못하다. 아저씨한테 그러는 것도, 여자 친구 앞에서 그러는 것도. 하지만 이제 두 번째 문제는 해결될 것이다. 나는 곧 퇴장할 테니까. 이르이트 씨의 제안은 단둘이 있자는 말과 같았다. 대통령은 젊은이의 성마른 패기가 마음에 들었나 보다. 그는 곧 경호원 한 명을 불러서 나와 유령을 맡겼다.

유령과 함께 접견실 밖으로 나가게 되었지만 나는 기뻐할 수 없었다. 왜냐하면 주인에게 버림받은 노예답게 시무룩한 표정을 지어야 했기 때문이다. 하지만 시로니는 아무것도 거리낄 것이 없기에, 내 귀가 아플 정도로 환호했다.

라이시, 무사해야 해.

나는 눈물을 머금으며 접견실에서 나왔다. 내 옆에는 유령이 나란히 섰다. 그렇게 우리를 이끌어 가는 건 경호원 한 명. 한 명쯤이야, 문제될 게 없다. 시로니도 같은 생각인지 느긋한 목소리로 말했다.

—순조롭네요. 대통령 각하가 이르이트 씨의 어깨를 더듬거리고 있긴 하지만.

라이시, 널 잊지 않을게.

이르이트 씨는 나를 방에 데려다 놓을 것을 부탁했고, 그래서 대통령의 경호원은 이르이트 씨의 방까지 가야 했다. 마찬가지로 잠시 동안 돌봐야 할 유령을 대동하고서.

우리가 탈 엘리베이터의 문이 열렸는데 그 안에는 이미 한 사람이 타고 있었다. 그 사람은 우릴 보고 시원스럽게 웃었다. 영문을 모르는 경호원은 그냥 무시했다. 불쌍하게도 그는 이제부터 벌어질 일을 짐작도 못 하고 있었다. 엘리베이터는 문이 닫힌 후 잠시 움직이더니 곧 덜컹하며 멈춰 버렸다. 시로니의 짓이었다.

—자, 지금이에요!

시로니의 신호가 떨어졌고 나와 디브리는 곧장 유령을 덮쳤다. 유령도 이미 준비를 하고 있었다. 그는 먼저 내가 날린 바자크를 막기 위해 옷에 있던 브로치를 뜯어 공중에 던졌다. 그것은 피뢰침 역할을 하며 내가 계산한 경로를 어긋나게 만들었다. 그사이 디브리가 달려들자 유령은 옆에 선 경호원을 대신 떠밀었고 디브리는 가차 없이 그 경호원부터 해치웠다.

디브리는 순식간에 경호원을 기절시켰다. 매일 시로니에게 구박받는 그 비서는 사실 무시무시한 기술을 몸에 익힌 군인이었다. 잘 훈련받은 군인은 곧바로 유령에게 달려들었다. 2대 1의 상황, 숨을 곳도 피할 곳도 없는 엘리베이터 안. 이제 정말 유령을 잡아야 한다. 만약 여기서 유령을 놓치면 라이시에게 면목이 없어!

디브리가 달려들자 유령은 숨기고 있던 단검을 꺼내 들었다. 그로써 어른 대 소년의 싸움은 맨손 대 무기의 싸움으로 역전되었다. 유령이 단검으로 허공을 베며 섬광을 흘리길 몇 번, 시선을 내리깐 채 피하던 디브리의 팔에 긴 상처가 생겼다. 애당초 상대를 보지 않고서 싸우는 건 무리였다. 결국 디브리는 고개를 들며 손날로 유령의 손목을 후려쳤다. 그걸로 단검이 튕겨져 나갔지만 동시에 디브리는 유령과 눈이 마주치고 말았다. 눈이 마주친 순간 디브리가 주춤했고 유령은 그새 멀찍이 물러났다. 디브리는 유령과 나를 번갈아 보며 입술을 깨물었다.

"헷갈립니다!"

디브리는 또 조작당하고 말았다. 하지만 상관없다. 이미 예상한 일이니까. 유령에게 너무 잘 속는 디브리를 위해 우리는 대안을 준비했다. 나는 이실직고한 디브리에게 외쳤다.

"디브리, 고양이!"

"야, 야옹!"

디브리는 내 외침에 대답하며 단숨에 유령의 목덜미를 붙잡았다. 최면 상태에서 자신을 구분한 것에 놀랐는지 유령이 주춤했다. 하지만 그것도 잠깐, 유령은 다시금 디브리의 눈을 쏘아보았다. 혼란스러워진 디브리가 또다시 소리쳤다.

"과학자!"

"우리의 친구!"

나는 단숨에 대답하며 그의 혼란을 깨트렸다. 이 바보 같은 짓은 디브리가 유령과 제대로 싸우게 하기 위한 우리의 작전이다. 유령이 싸울 때 쓰는 술수는 피아의 구분을 모호하게 하는 것. 그러니 암호를 정해서 계속해서 알려 주는 거다. 내가 아군이라는 걸, 암호를 모르는 저쪽이 적이라는 걸.

"비서!"

"멍청이!"

참고로 이 암호는 시로니가 정해 줬다. 우리가 완벽하게 암기할 수 있는 최적의 연상 단어라면서. 어쨌든, 암호를 외치며 디브리는 눈앞의 소녀를 꾸준히 공격했다. 유령은 꽤나 당황했다. 속수무책으로 당해야 하는 디브리가 자신을 꾸준히 압박하고 있으니 말이다. 게다가 말이 점잖아 압박이지 디브리의 공격은 무자비했다. 아직 어린 소년에 불과한 유령이 건장한 청년에게 얻어맞는 광경은 잔인하다 해도 좋을 정도였다. 유령은 이미 피투성이에 만신창이였고 그 몰골은 아무리 적이라도 끔찍했다. 물론 디브리도 소년을 그렇게 학대하고 싶진 않았을 것이다. 이제 그만 기절해 주면 좋을 텐데, 유령은 악착같이 버텼다.

우리가 세 번째 암호를 외치자 유령은 뭔가 낌새를 채고 디브리와 거리를 벌렸다. 그를 감당할 수 없다고 판단한 걸까? 유령이 별안간 내게로 달려들었다. 나는 질겁하며 바자크를 외쳤고 디브리는 유령의 돌진을 막으려 함께 달려들었다. 그때 유령과 디브리는 또 한 번 눈이 마주쳤다. 나는 그에게 암호를 말해 주려고 준비했다. 그런데 디브리가 꺼낸 말은 암호가 아니라 난감한 하소연이었다.

"암호가 생각 안 납니다!"

—이 멍청한 비서 자식! 진짜 뇌까지 근육이야?

시로니의 욕설이 울려 퍼지는 사이 유령이 나에게 당도했고 디브리는 이러지도 저러지도 못해 머뭇거렸다. 아, 유령이 암호를 잊는 암시를 불어넣은 모양이다!

—거의 몰아넣었으니까 나머지는 스스로 판단해서 해봐요. 여태 많이 때렸고 그래서 피 흘리며 지쳐 버린 쪽이 유령이에요!

시로니가 다급히 디브리를 닦달했다. 하지만 지금 그의 판단은 대단히 모호하고 위험했다.

"메트로폴리스!"

유령이 갑자기 소리쳤다. 그러자 디브리는 그게 자신이 까먹은 암호 중 하나인 줄 알고 나를 대차게 공격했다.

"꺄악! 저예요!"

유령 대신 디브리에게 걷어차일 뻔한 나는 몸을 숙이며 비명을 질렀다. 아, 하마터면 맞을 뻔했어! 보다 못한 시로니가 디브리에게 소리쳤다.

—비서님, '공주님' 하고 소리쳐 봐요!

"공주님!"

"구세주!"

"여자애!"

디브리가 공주님을 외치자 나와 유령도 뒤이어 소리쳤다. 아니나 다를까 눈치 빠른 유령은 우리가 어떻게 암호를 주고받는지 정확히 파악하고 있었다. 그 바람에 디브리는 더 혼란스러워졌고, 시로니는 이어폰을 통해 디브리에게 답을 알려 줬다.

—구세주 쪽이에요!

"젠장, 곧장 구분 못 하면 또 섞인단 말입니다!"

디브리가 버럭 소리쳤고 이어폰에선 시로니의 기막힌 외침이 되돌아왔다.

—이건 지가 멍청한 걸 가지고 누구한테 성질이야?

시로니의 도움마저 소용없자 디브리는 나와 유령을 번갈아 보며 심각하게 고민했다.

"어느 쪽이……."

"여기 반지 봐요!"

나는 네벨라의 반지를 보여 주며 증명하려고 했다. 그러자 유령도 반대편에서 바로 외쳤다.

"방금 뺏겼잖아요!"

디브리는 냉큼 속아 넘어갔다. 그는 유령의 암시에 따라 직전의 모든 상황을 의심했고 그로써 한 발도 내디딜 수 없는 지경에 처했다. 그사이 유령이 또 한 번 내게 달려들었다. 디브리가 너무 강하니 날 먼저 처리할 생각인 것 같았다. 나는 그의 돌진을 반지로 간신히 막았다. 많이 다치긴 했지만 유령은 내가 싸워 이길 수 있는 상대가 아니었다. 반지로 만드는 뇌전도 기껏해야 그를 견제하는 수준이었다.

나와 유령이 뒤엉키자 디브리가 소리쳤다.

"잠깐, 둘 다 간격 벌리십시오! 먼저 공격하는 쪽을 유령으로 간주하겠습니다!"

디브리의 엄중한 경고에 우린 일단 거리를 벌렸다. 멈춘 엘리베이터 안에서 우린 삼각형으로 대치했다. 하지만 유령은 언제든 날 덮칠 것이다. 그러고 또 시치미를 떼면 그만이다.

나는 이 상황이 너무 답답해서 디브리에게 소리쳤다.

"내가 진짜예요!"

"아니요, 나예요."

유령도 지지 않고 소리쳤다. 나는 입술을 깨물며 무슨 방법이 없을지 궁리했다. 이어폰에선 시로니의 온갖 조언이 난무했지만 지금은 오히려 우릴 혼란스럽게만 했다. 그렇게 고민하는데, 머릿속에 퍼뜩 생각이 떠올랐다. 아, 이거라면 혹시 통할지도 모른다.

"디브리, 병아리!"

나는 디브리를 향해 다급히 외쳤다. 그는 역시나 기억 안 난다는 듯 고개를 가로저었다. 하지만 상관없다. 이건 우리가 외웠던 암호가 아니니까. 나는 달려가며 다시 소리쳤다.

"과자!"

디브리는 나를 공격할지 말지 고민하기 시작했다. 나는 아직 혼란스러워하는 그에게 쐐기를 박았다.

"귀여워서 못 먹어요!"

디브리는 깜짝 놀란 표정을 지었다.

시로니와 디브리는 중앙에 오면서 유령에게 끊임없이 습격받았다. 그때 시로니는 디브리를 돕기 위해 둘이 한 해가 넘도록 쌓아 온 이런저런 기억을 외쳤다. 상황을 제대로 인지할 수 없다면 과거에 축적한 기억을 토대로 판단하라고. 그래서 나도 예전 일 하나를 떠올렸다. 내가 귀여워서 못 먹겠다고 한 병아리 과자, 디브리는 친절하게도 그것을 바꿔 주었었다. 불과 한 달 전 일이니 분명 기억하고 있을 거다.

나는 확신하며 디브리에게 달려들었고 아니나 다를까 그는 두 팔을 벌렸다. 이렇게 대답하면서.

"그럼 바꿔 드리겠습니다!"

우리는 그 상태로 서로를 와락 안았다. 나를 확인한 디브리는 곧장 유령에게 돌진했다. 이것이 마지막 기회라는 걸 알고서. 나는 그의 어깨에 매달린 채 거친 흔들림과 유령의 터질 듯한 숨소리를 느꼈다. 직후 주변이 고요해졌을 때 그가 넌지시 말했다.

"이야기 나온 김에 말씀드리는데 그때 사실 좀 성가셨습니다."

"윽, 제가 바꿔 달라고 한 거 아니잖아요."

내가 투덜대자 디브리는 나를 정중히 내려 주었다.

"방금 일 알타쉬헤트 씨한테 이르시면 안 됩니다."

"괜찮아요. 걔도 지금 딴 남자랑 있으니까."

바닥으로 내려오며 나는 뒤를 돌아보았다. 내 뒤에는 한 소년이 기절해 쓰러져 있었다. 성공이다. 우리는 드디어 유령을 포획했다.

아나하라트_공주와 구세주 3

타누

"지긋지긋하네."

여주인의 새된 비명을 들으며 시종은 나른하게 중얼댔다. 와장창 깨지는 소리도 요란했지만 그는 편히 누운 채 꼼짝도 하지 않았다.

"이번엔 또 얼마나 가려나."

시종 타누는 하품을 하며 유리 천장을 바라보았다. 하늘을 가린 뿌연 유리가 오늘따라 더 갑갑해 보였다. 그 와중에 시믈라의 비명 소리가 귀에 쟁쟁 울려서 타누는 참다못해 귀를 틀어막았다.

세상에서 가장 아름답다고 칭송받는 시믈라는 장미에 가시가 있 다는 걸 증명하듯 때때로 대단한 히스테리를 부린다. 영문은 알 수 없다. 멀쩡히 있다가도 갑자기 옷을 찢고 거울을 깨며 정원을 짓밟는 다. 저러고 나면 이제 애꿎은 고양이들이 경을 치겠지. 여주인의 난동을 피해 옥상에 숨은 타누는 끌끌 혀를 찼다. 고양이란 창녀가 되기 싫어서 뒷골목으로 도망친 여자아이들인데 시믈라가 날뛴 후엔 어김없이 포획이 시작된다. 순전한 분풀이다.

원체 예민했지만 최근 시믈라는 정말 미친 여자 같다. 타누는 그 이유가 얼마 전에 다녀간 공주 때문이라고 확신했다. 순진한 공주님이었다. 여러 이야기를 해주면 놀라서 눈을 깜빡이던, 세상 풍파라곤 모르는 어린 아가씨였다. 처음 온실에 왔을 때 공주는 독을 마시고 죽어 가는 상태였다. 그때 시믈라는 자기 손으로 직접, 밤새도록 공주를 보살폈다.

타누는 놀랄 수밖에 없었다. 평소 시믈라는 손가락도 까딱 않던 여자니까. 그런 시믈라가 누군가를 돌보다니, 게다가 다음 날 불러 이런저런 얘기를 한 것도 그의 입장에선 꽤나 호의를 보인 셈이었다. 정작 공주는 독설을 당했다고 불평했지만, 그걸 보며 타누는 시믈라가 공주를 각별히 여긴다고 생각했다. 그런데 이후 소식이 전해졌을 때 타누는 생각을 바꿔야 했다. 공주가 무아카와 아크제리유트에게 승리했다는 소식이 전해진 날, 시믈라의 낯빛이 창백하게 질렸기 때문이다. 여주인은 두려움인지 분노인지 모를 감정에 몸을 떨었고, 그 밤부터 지독한 히스테리를 부리기 시작했다.

대체 왜 저러는지 모르겠다. 일평생 비위를 맞추고 살았지만 타누는 여전히 시믈라의 속을 알 수 없었다. 그가 지독하게 예민하고 뒤틀려 있으며 음흉하다는 것 말고는. 그렇다, 시믈라는 음흉하다. 겉은 눈부신 미녀지만 속은 거미줄에 앉은 거미 같다. 자신의 감정도 주체 못 해 몸부림치는 주제에 이따금 실을 뻗어 인형놀음을 하는 거미.

다시 생각해도 지긋지긋하다. 저 여자는 대체 왜 저러는 걸까? 누가 와서 이 거미줄 같은 온실을 좀 부숴 줘. 숨이 막혀 미치겠어.

"타누."

몸부림치던 타누의 머리 위로 한 여자가 고개를 내밀었다. 자신과 똑 닮은 얼굴의 쌍둥이 누이 첼라였다. 첼라를 보자마자 타누는 귀찮은 일이 생길 것 같았고, 예감은 틀리지 않았다. 첼라는 엉거주춤 일어나는 그의 품에 대뜸 옷 한 벌을 떠넘겼다.

"이게 뭐야?"

"내일 저녁에 손님 온대. 네가 시중들어야 돼."

갑작스런 소식에 타누는 얼굴을 찡그렸다. 그러고 보니 시믈라의 비명도 어느새 멈춰 있었다.

"갑자기 누가 오는데?"

첼라는 고개만 설레설레 저었고 타누는 혀를 찼다. 항상 이런 식이다. 미친 여자처럼 난동을 부리더니 언제 그랬냐는 듯 또 수상한 짓을 시킨다. 타누는 질색하며 옷을 펼쳐 보았다. 이 도시와 전혀 어울리지 않는 격식 차린 정복이었다. 이걸로 대체 어쩌라는 거지? 타누가 미심쩍어하자 첼라가 옆에서 말했다.

"그 옷을 입고 알타쉬헤트 공으로 변신하래."

"뭐? 왜?"

"몰라. 그 속을 누가 알겠어?"

타누는 또 한 번 기가 막혔다. 알타쉬헤트라니, 이번엔 또 무슨 꿍

꿍인데?

시믈라는 예전부터 기달티 성에서 온 알타쉬헤트라는 청년에게 지대한 관심을 보였다. 하지만 타누는 그게 순수한 호의나 연정은 아니라고 확신했다. 100년도 더 산 닳고 닳은 여자가 이제 갓 스무 살인 애송이에게 호감을 느낄 리 없다. 시믈라의 그런 호의는, 그보다는 차라리 어떤 간계에 가까웠다. 시믈라는 그런 여자다. 겉으로는 웃음을 팔며 뒤로는 냉정하게 계산하는. 타누가 시믈라의 본색을 깨달은 건 10년 전, 네벨라를 통해서였다.

네벨라는 온갖 선물과 구애를 시믈라에게 퍼부었고 시믈라는 언제나 그를 환영했다. 시믈라는 네벨라를 보며 늘 환하게 미소 지었는데, 그래서 타누는 그가 네벨라를 사랑한다고 믿었다. 돌이켜 생각하면 순진하기 짝이 없는 오해였다. 시믈라는 얻어 낼 것을 모두 얻어 낸 후 그를 죽여 버렸다.

네벨라의 죽음은 그가 기달티에게 무모한 도전을 했기 때문이라고 알려져 있지만, 사실 그 배후에는 시믈라가 있었다. 그가 기달티를 건드리도록 부추긴 것이 바로 시믈라였다. 10년 전 네벨라의 요새가 막 완성됐을 때, 네벨라는 첫 번째 사냥감으로 이요브의 메트로폴리스를 겨냥하고 있었다. 그때 시믈라가 은밀히 속삭였다. 그 전에 최근 빼앗긴 성을 먼저 되찾아야 하지 않겠냐고, 그 악명 높은 영주에게 여자와 자식이 생겼다는 소문이 돌던데 마침 좋은 기회가 아니냐고. 네벨라는 속절없이 넘어갔고 결국 죽음을 자처했다. 그 후 네벨라가 죽었다는 소식이 전해졌지만 시믈라는 비통해하지도 자책하지도 않았다. 그저 당연한 소식을 전해 들은 양 끄덕이고 말 뿐이었다.

타누는 눈 하나 까딱 않고 애인을 잘라 버린 시믈라에게 경악하고 감탄했다. 비난하고 싶은 마음은 없었다. 그저 놀라울 따름이었다. 다정한 척 비정하며 나긋한 척 교활한, 그 지긋지긋한 면모가.

바로 그런 여자가 이번엔 알타쉬헤트라는 청년에게 공을 들인다. 게다가 그 모습은 꽤 여러 가지가 네벨라 때와 비슷하다. 네벨라에게도 온갖 호의를 보이더니 그를 죽이기 전엔 저렇게 난동을 부렸다. 분에 못 이겨서 몸서리치며 비명을 쏟아 냈다. 이번에도 그렇게 발악을 하더니 알타쉬헤트의 모습으로 손님을 맞이하라고 한다. 이쯤 되면 감이 좋지 않아도 알 수 있다. 조만간 어떤 일이 벌어지리라는 걸, 시믈라가 또 어떤 음모를 꾸미고 있다는 걸.

정말 숨 막히게 지긋지긋하다. 하지만 별수 있나? 주인이 시키니 따르는 수밖에. 네벨라가 그랬듯 쓸모가 없어지면 헌신짝처럼 내버려질 게 분명하니까. 생각이 거기까지 미친 타누는 모습을 바꾸며 머리를 쓸어 올렸다. 그래, 내쳐지기 전에 어서 쓸모를 보여야지. 순식간에 알타쉬헤트로 변한 그는 첼라가 가져다준 정복을 갖춰 입었다. 그리고 자신이 접대해야 할 누군가를 위해 최고의 미소를 연습했다.

손님을 맞기 위해 바쁜 사람은 타누만이 아니었다. 자신의 정원을 짓밟았던 시믈라는 언제 그랬냐는 듯 말짱한 얼굴로 접객을 준비했다. 마치 연인을 초대한 아가씨처럼 들떠서, 바로 몇 시간 전에 난리를 친 게 다 거짓말인 것처럼.

이윽고 다음 날 저녁이 되어 타누는 응접실 구석에 몸을 숨겼다. 어느 때보다 호화롭게 꾸며진 응접실은 그 자체로 이미 함정 같았다. 거기서 타누는 시믈라가 부를 때 알타쉬헤트의 모습으로 나오라는 명령을 받았다.

그렇게 공들여서 손님을 기다렸지만 정작 그 손님은 저녁 시간을 훌쩍 넘기고도 오지 않았다. 그대로 몇 시간이 더 지났다. 타누가 지칠 때쯤, 밤이 다 되어서야 손님이 찾아왔다. 시믈라는 기쁜 목소리로 그를 맞이했다.

"어서 와, 언니."

오랜 기다림에 지치지도 않았는지 시믈라가 즐겁게 말했다. 안에서 기다리던 타누는 그 말을 듣고 깜짝 놀랐다. 언니라니?

"이게 얼마 만이지? 오랜만에 보는데 조금은 반가워하면 어때? 20년 만이잖아, 우리."

시믈라가 애교 섞인 목소리로 말했지만 돌아오는 음성은 모래처럼 건조했다.

"치포라는?"

한 여자의 낮은 목소리 뒤로 시믈라의 웃음소리가 울려 퍼졌다.

"그거라면 편지에 쓴 대로야. 읽어 봤지?"

콰앙! 굉음이 울려 퍼졌다. 무언가 우수수 부서지는 소리도 함께 들려왔다. 그 살벌한 소리에 타누는 숨을 죽이고 분위기를 살폈다. 그럼에도 시믈라의 목소리는 여전히 느긋했다.

"왜? 거짓말 같아? 내가 그런 일로 거짓말한 적이 있던가?"

주인의 나른한 목소리에 애꿎은 시종만 숨이 막혔다. 아무리 동생이라지만 저 위험인물을 도발하다니. 게다가 타누가 알기로 시믈라는 이미 한 번 언니에게 버림받은 몸이다. 그런데 대체 뭘 믿고? 타누는 입안이 말랐지만 정작 시믈라는 태연했다.

"못 믿겠으면 보여 줄게. 자, 이리 나올래요?"

자신을 부르는 걸 알아채고 타누는 입술을 질끈 깨물었다. 뭐가 뭔지 모르겠지만 어설프게 했다간 끝장이다. 타누는 그렇게 생각하며 태연한 척 밖으로 걸어 나왔다. 밖에 나와서 본 광경은 생각보다 더 가관이었다. 벽 한 면이 쩍 갈라져 있었다. 아까 그 굉음의 정체였다. 그 옆엔 한 여인이 서 있었는데, 듣던 대로 머리카락이 석양처럼 붉었다. 타누는 꽤 벅찬 기분으로 눈앞의 인물을 바라보았다. 여인의 이름은 이요브, 피네하스의 첫 번째 영주이자 시믈라의 언니인 원죄의 이요브였다.

기달티와 더불어 세계 최고의 위험인물인 여자를 보며 타누는 부드럽게 웃었다. 알타쉬헤트의 얼굴로 표현할 수 있는 가장 근사한 미소로. 그런들 저 철혈의 여제는 끄떡도 않겠지만, 주인의 원대로 꼭 두각시 노릇을 해드릴 작정이었다. 그런데 뜻밖의 일이 벌어졌다. 이요브의 눈길이 타누에게 닿는 순간 그 얼굴의 평정이 깨져 나간 것이다. 그는 놀란 듯 눈을 크게 뜨며 타누의, 아니 알타쉬헤트의 얼굴을 바라보았다. 예상 밖의 반응이라 타누도 적잖이 놀랐다. 하지만 의문을 품을 틈이 없었다. 시믈라가 그를 불렀기 때문이다.

"이리 와요."

그 목소리엔 노곤한 교태가 섞여 있었다. 네벨라의 애첩 행세를 할 때 외엔 들어 본 적이 없는 목소리였다. 타누는 기가 막혔지만 순순히 돌아서서 시믈라에게 다가갔다. 그는 이 연극의 실체도 알지 못한 채 주인의 명령에 따랐다. 타누가 다가오자 시믈라는 그의 뺨에 손을 대고 상냥하게 눈을 감았다. 입맞춤을 원하듯이. 타누는 주인의 이런 모습이 당황스러웠지만 내색하지 않고 다가갔다. 그대로 둔다면 곧 서로 맞닿을 모양새였다.

하지만 그런 일은 벌어지지 않았다. 두 사람의 얼굴 사이로 한 줄기 섬광이 내리꽂혔기 때문이다. 갑자기 들이닥친 칼날에 타누는 황급히 몸을 일으켰다. 사납게 날아와 의자에 틀어박힌 것은 이요브가 허리에 차고 있던 검이었다. 옆을 돌아보니 이요브가 살벌한 표정으로 그들을 노려보고 있었다. 그가 다른 검을 빼 들며 성큼성큼 다가왔다. 그러더니 검을 늘어트린 채 타누에게 말했다.

"본 모습을 보여."

타누는 겁에 질려서 이요브의 명령을 따르려 했다. 그러자 시믈라가 끼어들었다.

"그냥 있어. 모습을 바꾸면 죽일지도 몰라."

타누가 덜컥 군자 시믈라는 웃으며 그에게 손짓했다. 이만 물러가라는 듯이. 반가운 신호였지만 타누는 기세가 흉흉한 이요브 때문에 꼼짝도 할 수가 없었다. 몸을 돌리면 곧장 공격당할 것만 같았다. 그래서 타누는 허락을 구하듯 이요브를 바라보았다. 그때 이요브의 눈빛은 송곳처럼 날카로웠고 타누의 눈빛은 비굴하다고 해도 좋을 만큼 공손했다. 하지만 정작 눈이 마주쳤을 때 시선을 피한 건 이요브 쪽이었다. 이요브는 황급히 고개를 돌렸고 본의 아니게 이요브를 위협한 타누는 울고 싶었다.

이요브가 고개를 돌린 몇 초가 타누에게는 영원처럼 길었다. 그의 입안이 타들어 갈 즈음에 이요브는 눈을 감았다. 그러곤 누그러진 목소리로 말했다.

"당장 내 앞에서 사라져."

타누는 반신반의하며 이요브를 바라보았다. 이요브는 타누를 보지 않으려는 듯 눈을 감은 채 이를 악물고 있었다. 눈치를 살피던 타누는 재빨리 몸을 피했다. 돌아서는 등 뒤에서 다시금 시믈라의 목소리가 들려왔다.

"이제 들어 볼 마음이 생겼어?"

겁을 한 움큼 집어먹은 타누는 그들이 무슨 이야기를 할지 궁금하지도 않았다. 누가 쫓아올 새라 부리나케 걸음을 옮겼다. 복도를 돌아 옷을 벗어 던지고 원래 모습으로 돌아간 후에야 겨우 마음이 놓였다. 이마를 쓸어 보니 진땀이 흐르고 있었다.

아까 이요브는 알타쉬헤트의 얼굴을 보고 동요했다. 게다가 그 모습에 칼을 대지 못하고 분노를 참았다. 말도 안 되는 일이다. 그 철혈의 여제가, 사람을 벌레 죽이듯 한다는 그 마녀가 대체 왜? 시믈라에 이어 이요브라니, 알타쉬헤트는 대체 정체가 뭐야? 그렇게 물어본들 타누는 답을 알아낼 수 없었다. 그가 알 수 있는 건 오직 하나였다. 또다시 무슨 일이 벌어지려 한다는 것. 아아, 정말로 지긋지긋하다.

이요브

온실 천장에 앉은 이요브는 먼 하늘을 바라보고 있었다. 100년 만에 보는 푸른 하늘이다. 혹한이 몰아치던 때엔 늘 흐렸는데 요즘은 항상 저렇게 맑다. 이요브는 그 까닭을 충분히 짐작할 수 있었지만 그럼에도 아무런 표정을 짓지 않았다.

그의 얼굴은 언제나 차갑다. 일부러 표정을 지우는 건 아니다. 사실은 표정을 어떻게 지었는지 기억나지 않는다.

그날, 꿈에서도 지울 수 없는 그날을 시작으로 이요브는 모든 표정을 잃었다. 발밑이 무너지는 절망 속에서 견디기 위해 그는 감정을 감췄고 이제는 웃는 것도 우는 것도 어떻게 했었는지 도무지 기억나질 않는다. 창공을 하얀 날개로 날던 시절, 그때는 항상 웃을 수 있었건만.

그의 마음은 심해에 가라앉은 용암 같았다. 소리 없이 미동하며 가까스로 숨이 붙어 있는…… 그랬는데, 긴 세월 일정한 박자로만 울리던 심장 고동이 아주 오랜만에 흔들렸다. 까맣게 잊었던 옛 감각이 하나둘씩 살아나는 것 같았다.

"안 올 줄 알았는데."

이요브는 돌아보지도 않고 말했다. 그러자 등 뒤에서 한 남자의 목소리가 되돌아왔다.

"묻고 싶은 게 있어서 왔습니다."

파고드는 목소리에 이요브는 통증을 느꼈다. 저 목소리의 주인이 바로 이 설렘의 원인이었다. 이요브는 사무치는 아픔을 느끼며 돌아보았다. 뒤에 선 남자의 얼굴을 보는 순간 그는 또 한 번 감정이 북받쳤다. 그럼에도 얼굴은 여전히 가면처럼 적막했다.

"알타쉬헤트라고 했나?"

그 남자, 라이시가 고개를 끄덕였다. 이요브는 그 모습을 빤히 쳐다보다가 자신의 검 하나를 그에게 던졌다. 라이시가 반사적으로 검을 받아 잡자 이요브는 다른 검도 뽑아 들었다.

"내게서 다섯 합을 받아 낸다면 대답해 주지."

그에 라이시의 표정이 바뀌었다. 황당하다는 표정이었다.

"대답할 마음이 없는 겁니까?"

"검은 힘은 쓰지 않겠다."

이요브는 묵살하며 달려들었다. 맹렬한 돌진에 라이시는 자기도 모르게 검을 들었다. 쾅! 검과 검이 부딪쳤지만 천둥이 치는 소리가 울렸다. 팔목에서 울리는 통증에 라이시는 얼굴을 일그러뜨렸다. 압도적인 힘에 팔이 부러질 것 같았지만 토로할 틈이 없었다. 이요브가 연달아 공격을 퍼부었기 때문이다.

이요브가 검을 흘리며 빈틈을 찔러 왔다. 막을 수도 피할 수도 없었던 라이시는 날아오는 칼끝을 내리찍어 쳐냈다. 이요브의 검은 궤도를 바꾸며 아슬아슬하게 그의 옷자락을 베었다. 허공을 벤 이요브는 춤추듯 빙글 몸을 돌렸다. 붉은 머리카락이 화려하게 펼쳐졌다. 라이시가 강렬한 색채에 눈길을 빼앗긴 사이 날카로운 세검이 또 한 번 날아들었다. 손아귀의 힘만으로는 막아 낼 수 없다는 걸 알고 라이시는 칼날을 눕혀 왼팔에 대었다. 콰앙! 또 한 번 무지막지한 충격이 가해졌다. 검이 아니라 바위를 막아 낸 기분이었다.

뼈가 지끈거렸지만 신경 쓸 겨를이 없었다. 라이시는 이를 악물고 다음 공격에 대비했다. 곧이어 아래에서부터 번뜩이는 칼날이 치켜 올라왔다. 자세가 흐트러진 채로 다급히 받은 탓에 검을 쥔 라이시의 손이 찢어졌다.

이로써 네 합을 받았다. 남은 건 마지막 한 합, 하지만 중심은 흐트러졌고 손바닥은 찢어져서 힘이 들어가질 않았다. 그 마지막 합은 받아 내지 못할 것 같았다.

이요브의 검이 다시 한 번 날아들었다. 이 상태로 이요브의 무거운 진공을 막아 내는 건 역부족이었다. 그걸 깨닫는 순간 라이시는 소름이 돋았다. 무아카와 대치했을 때와 비슷한 느낌이다. 그때, 무아카의 날카로운 이빨이 덮쳐 올 때도 이랬다. 최후가 몰아닥치는 기분에, 그 위기의 순간에 몸 안에서 무언가가 폭발했다. 그러고 나서 무슨 일이 벌어졌지? 라이시가 막 그때의 감각을 떠올릴 때, 드디어 이요브의 검이 라이시의 검에 부딪혔다. 무척이나 평화롭게, 충격도 굉음도 없이.

쨍강, 가벼운 금속성 소리가 울렸다. 술잔을 부딪치는 것과 다를 바 없는 가벼운 접촉이었다. 극한의 시간을 경험하던 라이시는 순간 얼이 빠졌다. 죽일 듯 덤벼들다가 마지막에 힘을 뺀 이요브 때문에. 이요브는 부하를 치하하듯 가볍게 검을 맞부딪치더니 미련 없이 무기를 거뒀다. 라이시는 그 의미를 헤아릴 수 없었다. 여전히 얼음조각 같은 이요브의 눈빛은 그에게 어떤 단서도 전해 주지 않았다.

이요브는 자신의 검을 갈무리하곤 라이시에게도 손을 뻗었다. 라이시는 어색하게 들고 있던 검을 내밀었다. 그의 손에서 흐른 피가 손잡이에 얼룩져 있었지만 이요브는 신경 쓰지 않고 자신의 검을 회수했다.

검을 돌려주고 라이시는 할 말을 잃었다. 한 팔은 부러진 것처럼 아팠고 한 손은 찢어져서 피가 뚝뚝 떨어졌다. 이렇게 만신창이인데 얻은 것이 없다. 이요브가 마지막에 봐준 사실을 어떻게 받아들여야 할지도 모르겠다. 그렇게 서 있는 라이시에게 이요브가 물었다.

"불쾌했나?"

라이시는 물음의 주어를 파악할 수 없었다. 봐준 걸 얘기하는 걸까, 갑자기 공격한 걸 얘기하는 걸까. 둘 다 아니라면 아까 했던 입맞춤을 말하는 걸 수도 있다. 무엇에 대해 묻는지 정확히 알 수 없었지만 라이시는 고민하지 않았다. 세 가지 다 답이 같았기 때문이다.

"유쾌하진 않습니다."

솔직하게 답한 후 라이시는 이요브의 가면 같은 얼굴을 향해 물었다.

"회담을 연 이유가 뭡니까?"

"글쎄."

석연치 않은 대답이지만 라이시는 항의할 수 없었다. 마지막 한 합이 무효라는 걸 서로가 안다. 그러니 저쪽에서 대답할 의무는 없다. 이런 식이라면 차라리 팔이 부러지더라도 제대로 된 공격을 받는 게 나았을 텐데. 라이시는 답답한 마음에 재차 물었다.

"치포라를 정말 빼앗을 생각이었습니까?"

뜻밖의 물음에 이요브의 시선이 조금 흔들렸다.

"무슨 말을 하고 싶은 거지?"

"당신의 의도가 궁금합니다."

이요브는 가만히 그를 바라보다가 먼 하늘로 고개를 돌렸다. 그러곤 대답과는 상관없는 이야기를 꺼냈다.

"하늘을 언제부터 날아 봤지?"

이해할 수 없는 물음에 라이시의 얼굴이 굳었다. 하지만 이요브의 귓가엔 먼 예전의 목소리가 들려오는 듯했다.

—하늘을 언제부터 날아 보셨습니까?

까마득한 옛날, 아직 탁하지도 무감각하지도 않았던 자신의 목소리가 저절로 귓가에서 울렸다. 이어서 그때 받은 대답 또한 함께 떠올랐지만, 돌아온 라이시의 답은 그것과 달랐다.

"2년 전입니다."

내용도 표현도 많이 달랐다. 이요브는 그 사실에 서운함을 느끼며 다시금 물었다.

"하늘을 나는 건 어떤 기분이지?"

─ 하늘을 나는 건 어떤 기분입니까?

또 한 번 귓가에 울리는 소리가 있었다. 그에 대한 답도 자연스럽게 떠올랐다.

─ 편해.

기억 속에 새겨진 간결한 대답이 이요브의 마음 깊은 곳을 간지럽혔다. 그 강하고 올곧은 음성을 다시 떠올린 게 대체 얼마 만인지. 떠올리고 싶어도 떠올릴 수 없었던 그 목소리가 이제는 절로 귓가에 맴돈다. 밑바닥에 가라앉은 기억이 하나둘씩 떠올라 잔잔한 수면 아래까지 접근했다. 이제 앞으로 조금이면 그것들은 100여 년간 흔들려본 적도 없는 이요브의 평정을 깨트릴 것이다.

라이시는 이요브의 내면에서 일어나는 변화를 까맣게 모른 채 대답을 고민했다. 본인도 하늘에 대고 날개를 펼치면서 그 기분을 물어보다니. 자신을 떠보는 듯한 질문이 마음에 들지 않았지만 라이시는 별수 없이 답했다.

"편합니다."

대답을 얻은 이요브는 라이시를 돌아보았다. 눈이 마주치는 순간 라이시는 당황했다. 눈앞에 있는 건 말로만 듣던 철혈의 여제. 그런데 그런 여자의 눈빛이 너무 연했다. 독기도 냉기도 없이 잔잔했다. 아니, 애잔했다.

그 눈을 마주하며 라이시는 점점 초조해졌다. 애당초 그가 이요브의 호출에 응한 것은 수수께끼를 풀기 위해서였다. 몇 달 전부터 그를 괴롭힌 의문을 이제 그만 해결하고 싶어서, 그 실체를 파악하고 주변에서 벌어지는 영문 모를 연극을 그만 중단시키고 싶어서.

"회담을 연 이유가 뭡니까."

그래서 그는 아까 무시당한 질문을 재차 꺼냈다. 하지만 이요브는 여전히 답이 없었다. 라이시는 입이 마르는 걸 느끼며 찢겨진 손을 꽉 움켜쥐었다.

"나를 만나고 싶었던 겁니까?"

이요브는 묵묵히 고개를 끄덕였다. 그 긍정에 라이시는 깊게 탄식했다.

"어째서입니까."

라이시가 다급히 되물었다. 그러나 이요브는 입을 열지 않았다. 아까부터 그는 말을 할 줄 몰랐다. 고압적이고 사나운 여제는 이제 그곳에 없었다. 마치 벌을 받는 아이처럼 입을 꾹 다문 한 여자가 있을 뿐. 놀라운 일이었지만 자신의 문제가 버거운 라이시는 추궁을 이었다.

"혹시 내가, 당신이 알던 사람입니까?"

이요브의 눈빛이 깊어졌다. 그 여자는 이제 울 것 같은 눈을 하고 있었다. 라이시는 가슴이 터질 것만 같았다. 난생 처음 보는 여자가 왜 저런 눈빛으로 자신을 보는지 알 수가 없었다. 아니, 사실은 알고 있다. 이미 전부 다, 이 상황의 내막과 저 여자가 저런 눈으로 바라보는 까닭까지 모두 다. 다만 그걸 받아들일 수가 없었다. 그래서 대답이 필요했다. 확실한 말로 이 모든 혼란을 그만 정리하고 싶었다. 라이시는 속이 타는 기분으로, 낮게 잠긴 목소리로 다시금 말했다.

"당신은 정말 나를 압니까?"

짜내듯 묻고 라이시는 이요브를 바라보았다. 그렇게 한참이 흐르고, 이요브를 향하던 라이시의 눈이 점점 커졌다. 라이시가 놀란 만큼 이요브도 당황스러웠다. 이 모든 감각이 너무나 오랜만이었다. 당신을 아느냐고? 이요브는 물음에 곧장 대답하고 싶었다. 모를 리 없잖습니까, 라고 옛날처럼 당차게 말하고 싶었다. 그런데 입술이 떨어지지 않았다. 입을 열면 말이 아닌 다른 것들이 입 밖으로 쏟아져 나올 것 같아서. 그래서 이요브는 울컥 치민 마음을 삼키고 삼킨 끝에 어렵사리 입을 열었다.

"오랜만이네요."

이요브는 입술에서 짠맛을 느꼈다. 목구멍을 비집던 울음은 간신히 참았지만 절로 쏟아지는 눈물만은 막을 도리가 없었다. 눈가에 눈물이 차오른 만큼 입가에는 웃음이 번졌다. 자기도 모르는 사이 그려진 그 웃음 또한 지울 길이 없었다.

이요브의 미소 위로 눈물이 흘러내렸다. 그는 두 눈에 기쁨과 슬픔을 함께 담은 채 앞에 선 이를 바라보았다. 그는 존재하는 것만으로도 이요브를 울게도 하고 웃게도 하는 유일한 자였다. 그가 사무치는 그리움을 넘어 눈앞에 섰는데 어찌 울지 않을 수 있을까, 또 어찌 웃지 않을 수 있을까. 더는 자신을 가장할 수 없었다.

"보고 싶었어요."

그래서 그는 예전처럼, 아주 예전에 그랬던 것처럼 눈앞의 남자를 불러보았다.

"대공님."

자이트

문을 박차는 소리에 자이트는 고개를 들었다. 기별도 없이 찾아온 과학자가 그를 매섭게 노려보고 있었다. 자이트는 무던하게 그를 마주 보았고 그러자 부아가 치민 과학자, 시로니가 책상을 걷어차며 소리쳤다.

"너 대체 뭐야?"

"네 비서 건은 유감이야."

"유감이고 나발이고, 대체 왜 체포한 건데?"

"도시 밖으로 나가려 했으니까. 내 허락 없이."

자이트의 대답에 시로니는 매몰찬 웃음을 터트렸다.

"무슨 헛소리야! 네 허락 없인 나가지도 못해?"

"물론 그런 건 아니야. 하지만 이번엔 안 돼."

"어째서?"

"공주님과 연관된 일일 테니까."

그렇게 말하는 자이트의 눈은 냉담했다. 시로니가 설핏 인상을 찌푸리자 그는 다시금 차분히 말했다.

"공주님은 이제 우군이 아니야. 너와 무슨 작당을 했는지 몰라도 그냥 봐줄 수는 없어."

그 말에 시로니는 다시 한 번 책상을 내리쳤다.

"이 도시와는 관련 없는 일이야. 그러니까 내 비서나 얼른 풀어 줘!"

"상관이 있건 없건 앞으로 공주님은 돕지 않아. 수용소를 습격하고 도주한 죄인이니까."

"죄인?"

시로니는 기가 막힌다는 듯 헛웃음을 터트렸다.

"영웅, 우상, 그다음엔 죄인? 뒤집어씌우는 재주가 참 대단하네."

잔뜩 비꼬았지만 자이트는 아무런 말도 하지 않았다. 그저 다시 책상으로, 보고 있던 문서로 눈길을 돌릴 뿐. 그런 자이트의 정수리를 보다가 시로니는 진저리를 냈다.

"아, 관둬. 댁이랑은 이제 아무것도 못 해먹겠어. 아크 놈보다 더 악질이야. 다 때려치울래. 관두고 떠날 테니까 빨리 내 비서나 내놔."

시로니가 신경질을 냈지만 자이트는 미동도 않고 덤덤히 답했다.

"이 도시엔 아직 네가 필요해."

"꺼져. 필요고 뭐고 이젠 질렸어!"

"가면 안 돼."

그렇게 붙잡는 자이트의 기색에 절박함은 없었다. 절박하기는커녕 그는 시로니를 쳐다보지도 않았다. 시선조차 두지 않은 채 단조롭게 다음 말을 이을 뿐.

"가면 네 비서가 죽을 거야."

시로니는 화내던 것도 비웃던 것도 다 잊고 얼빠진 표정을 지었다. 멍하니 자이트를 바라보던 과학자는 이내 놀란 목소리로 물었다.

"너 정말 미쳐 돌았니? 아니면 원래 이런 인간이었니?"

그 말엔 제발 정신 좀 차리라는 설득이 담겨 있었지만 자이트는 알 고도 모른 척했다. 그래서 시로니의 눈꼬리는 더욱 날카로워졌다.

"정말 끝까지 가는구나, 이 쓰레기 자식."

"나한테 이래 봐야 소용없어. 정말 비서가 걱정된다면 일이나 해, 쓸데없는 신경 끄고."

시로니의 눈에 환멸이 차올랐다. 그럼에도 자이트는 여전히 냉정했 고 그곳엔 숨 막히는 정적이 흘렀다.

"망할 새끼."

시로니는 욕설을 내뱉으며 들어올 때와 똑같이 문을 박차고 뛰쳐 나갔다. 발소리가 멀어지자 굳은 듯 버티던 자이트는 그제야 한숨을 내쉬었다. 쭉 태연한 척했지만 사실은 입이 썼다. 하나둘씩 자신의 곁을 떠나가는 게 여실히 느껴져 마음이 좋지 않았다.

친구였던 과학자는 방금 일로 완전히 돌아섰다. 존경했던 지도자 는 제 손으로 가두었다. 자신의 삶을 바꿨던 공주는 이제 만날 수 없을 것이다. 그는 덮쳐 오는 고독을 감내하며 의자에 몸을 파묻었다. 점차 고립되어 가는 걸 알면서도 그는 이 길을 포기할 마음이 없었다. 포기할 수 없었다. 왜냐하면, 세상을 사랑했으니까.

자이트는 정녕 세상을 사랑했다. 세상이 합당하게 돌아가고 사람들이 그 안에서 잘 살아가기를 진심으로 바랐다. 그래서 기달티 성에서 돌아왔을 때는 희망에 부풀어 있었다. 사람들이 함께 살아간다는 건, 그리고 사랑한다는 건 정말 아름다운 일이어서 이 도시도 사랑으로 가득 채워지길 진심으로 바랐었다.

그러나 현실은 녹록지 않았고 그의 사랑은 배반으로 보상받았다. 그가 도시에 돌아온 지 사흘째 되는 날이었다. 사무실 바깥이 소란스러워서 복도로 나가 보니 비서가 한 중년 부인을 막아서고 있었다. 비서가 자이트를 보고 당황하는 사이, 남루한 차림의 부인은 바닥에 엎드리며 자이트를 붙잡았다.

"집정관님, 도와주세요. 제 아들이 없어졌어요!"

자이트는 놀란 채 옛 호칭으로 자신을 부르는 여인을 바라보았다. 낯이 익은 게 아마 탑에서 일하던 여인인 듯했다. 자이트는 비서를 물리며 여인을 일으켰다.

"무슨 일이죠? 천천히 말해 보세요."

자이트의 온정 어린 물음에 여인이 울먹이기 시작했다. 며칠 전부터 아들이 돌아오질 않는다고, 시경에 신고했지만 바쁘다는 핑계로 찾아 주질 않는다고 하소연했다. 여인은 절박해 보였고 자이트는 그

탄원을 거절할 만큼 냉정한 사람이 아니었다. 또한 바쁘다는 핑계로 한 사람의 어려움을 외면하는 건 공주에게 배운 바가 아니었다.

"너무 걱정 마세요, 제가 찾아보겠습니다."

자이트는 업무가 밀려 있었지만 여인을 돕기로 했다. 우선 여인의 진술을 상세히 듣고 젊은 장교 하나를 여인이 사는 곳으로 보냈다. 시청에서 직통으로 하달된 임무는 신속하게 처리되었다. 시경은 실종 자를 바삐 탐색했고, 불과 반나절 만에 여인의 아들을 발견했다. 불 행하게도 그는 이미 숨을 거둔 상태였다. 여인의 아들은 방치된 공사 현장에 떨어져 있었는데 근처엔 위험하게 덜그럭대는 난간이 있었다. 그 정황은 '혼자 발을 헛디뎌 떨어져 죽었다'고 설명하는 것 같았다. 아니, 설득하는 것 같았다. 그것은 마치 그렇게 쓰여 있기라도 한 것 처럼 부자연스러웠다.

파견된 장교는 의심스러워하며 시체를 살펴보았다. 두부가 함몰되 어 있었는데 바닥엔 핏자국이 한 뼘도 되지 않았다. 만약 머리가 깨 져 죽은 거라면 땅에 핏자국이 흥건해야 하는데, 이건 시체를 공사 장 구덩이에 던졌다고 보는 편이 타당했다. 그는 청년의 온몸에서 멍 자국도 발견했다. 단순한 사고가 아님은 이미 명백했다. 장교는 그 시 체를 보며 범인이 퍽 어리석게 느껴졌다. 마치 제 눈만 가리면 세상 이 깜깜한 줄 아는 어린애처럼. 그리고 그의 생각은 정확히 들어맞았 다. 청년을 죽인 범인들은 실제로 어리석었고 또 어렸다.

장교는 범인을 잡을 생각이었지만 수배령은 내리지 않았다. 대신 그 공사장이 잘 보이는 곳에 방을 잡고 하루 정도 그곳을 지켜보았다. 아니나 다를까, 시경에서 시체를 수습한 그날 밤 웬 인영이 두리 번대며 안으로 들어가는 모습이 보였다. 쫓아가서 붙잡고 보니 열대 여섯 살쯤 된 소년이었다. 소년은 겁에 질려 횡설수설했다.

"그냥 지나가던 길이었어요. 형들과 만나기로 했는데 길을 착각했어요. 여기로 가면 빨리 갈 수 있을 줄 알고⋯⋯."

아직 아무것도 묻지 않았는데 소년은 필사적으로 변명했다. 이후 그 가련한 소년을 심문하는 일은 쉬웠다. '네 짓인 거 다 안다' 한마디에 소년은 겁에 질렸고 결국 모든 사실을 실토했다. 소년의 입을 통해 밝혀진 사건의 전말은 한 달 전으로 거슬러 올라갔다.

이 새 도시에는 해방감에 들뜬 젊은이들이 있었다. 그들은 아크제리유트의 독재 시절 탑의 군인이 될 만큼 수준 있지도, 혁명을 꿈꿀 만큼 기개 있지도 않았다. 그저 삶에 불평할 뿐인, 자유와 권리를 원하지만 책임은 알지 못하는 어리석은 젊은이들이었다. 그들은 탑이 폭발하는 순간 누구보다 흥분했다. 인파에 휩쓸려 해방을 외칠 땐 모든 것을 집어삼킬 듯 뜨겁게 타올랐다. 그들은 불나방처럼 불길에 날아드는 경솔한 성정마저 지니고 있었고, 열기를 그만 가라앉혀야 할 때를 알지 못했다.

혁명이 끝나고 도시를 재건하는 때에도 그 철없는 청년들은 짜릿한 쾌감에만 빠져 있었다. 그런 그들에게 도시 건설을 위한 노동은 지루하기 짝이 없었다. 그들이 원하는 건 그날과 같은 폭발과 화염이었다. 달리고 싶었고 소리치고 싶었고 영웅이 되고 싶었다. 그들이 동년배의 한 청년을 학대해서 죽음에 이르게 한 것은, 바로 그 때문이었다.

그들은 지루했고, 작업장에는 마침 어수룩하고 비위에 거슬리는 녀석이 하나 있었다. 물론 처음부터 죽일 작정은 아니었다. 작업 중 신경질을 내며 던진 몇 번의 욕설이 한 번의 손찌검으로 변했고 습관이 된 손찌검은 곧 발길질이 되었다. 그때 그들은 공을 가지고 노는 어린아이 같았다. 사내아이들은 발로 차면 재까닥 튀어 오르는 공을 몇 시간 내내 쫓아다녀도 지치지 않는다. 그 청년들도 그렇게 자신의 무료함을 달랬다. 한 젊은이의 몸에 상처가 늘어 가는 걸 알면서도, 종종 피 흘리며 신음하는 것을 들으면서도, 비참함에 혼자 숨죽여 우는 걸 보았으면서도 그들은 멈추지 않았다. 그들 중 거리낌을 느낀 사람이 한 명도 없었던 것은 물론 아니다. 하지만 그걸 내색한 사람은 단 한 명도 없었다.

이 일에는 주동자가 있었다. 그는 무리에서 가장 강했고 또 난폭했다. 청년들은 그의 눈치를 보기 바빴고 괜히 그의 심기를 거슬러 험한 꼴을 당하고 싶지 않았다. 그래서 부지런히 가담하고 관망하며 자신들의 평화를 도모했다. 어쩌면 다들 두려워했는지도 모른다. 그래서 더 과격하게 행동했는지도 모른다. 그래서 멈출 때를 깨닫지 못했는지도 모른다. 끝을 모르는 그들의 패악에 시달리던 청년은 점차 시들다 종국엔 숨을 거두었다.

여느 때처럼 만신창이로 쓰러진 청년의 얼굴에 가래침을 뱉던 한 놈이, 그가 죽은 것을 가장 처음 깨닫고 소리쳤다. 그들은 자신들이 한 짓은 잊은 채 눈앞에 놓인 결과물에 난감해했다. 덜컥 겁을 집어

먹은 그들은 오래 고민하지 않고 그것을 치워 버리기로 결심했다. 이 모든 일을 은폐하기로 했다. 자유와 권리는 원하지만 책임은 알지 못하는 어리석은 젊은이들이었으므로.

그 일은 무리의 가장 어린아이, 잔심부름이나 하며 부려지던 소년이 떠맡았다. 애초에 영리함도 용의주도함도 없던 그들은 그저 눈앞의 문제가 빨리 사라지기만을 바랐던 것이다. 그래서 소년은 겁에 질린 채 시체를 질질 끌고 가 공사장 구덩이에 던져 버렸다. 그게 이 사건의 비루한 전말이었다.

장교로부터 보고를 받은 자이트의 얼굴이 밀랍처럼 창백해졌다. 그의 두 주먹이 쥐어지고 풀어지길 몇 차례나 반복했고, 젊은 장교는 상사에게 시간이 필요한 걸 알고 경례 후 사무실을 나왔다. 혼자가 된 자이트는 탄식하며 가슴을 움켜쥐었다. 가슴 한가운데가 송곳에 찔린 양 고통스러웠다. 그곳이 너무 아파서 그는 한동안 숨도 제대로 쉴 수가 없었다.

한참 후 그는 마음을 추스르고 시장실로 찾아갔다. 테루아는 시체처럼 핏기가 없는 자이트를 보며 깜짝 놀랐고, 자이트는 안부를 묻는 시장에게 이 도시에서 벌어진 첫 번째 살인 사건을 보고했다. 어렵사리 말을 마친 자이트는 상처받은 심정으로 시장의 의견을 기다렸다. 이윽고 테루아가 착잡한 목소리로 말했다.

"끔찍한 일이군."

틀린 말은 아니지만 생각보다 너무 밋밋한 대답이었다. 그래서 자이트는 무거운 목소리로 말했다.

"재판을 열어야 합니다."

"좋은 방법이 아닐세."

외면에 이어 거절이 돌아오자 안 그래도 창백하던 자이트의 얼굴이 더 딱딱하게 굳었다.

"무슨 말씀이십니까?"

"이 일은 덮게. 대신 같은 일이 반복되지 않도록 각 작업장에 지도 감독을 추가하고 군기와 규율을 강화하게."

자이트는 머리를 세게 맞은 사람처럼 어안이 벙벙해졌다.

"어째서입니까, 이런 일을 어떻게……."

자이트가 반박하려 했지만 테루아는 그의 말을 끊었다.

"예견된 일이었네. 자네도 보고받지 않았나. 갑작스러운 해방에 사람들이 술렁이고 있다고. 자넨 모르겠지만 10년 전 네벨라에게 해방됐을 때도 이런 일이 많았네. 혈기왕성한 청년들이 억압받아 온 만큼 폭발했지. 그들은 막 올가미에서 풀려난 상태일세. 다시 궁지로 몰면 주변을 닥치는 대로 물어뜯을 걸세."

테루아의 담담한 말에 자이트는 필사적으로 고개를 저었다.

"그건 말이 안 됩니다. 그들의 범죄를 어물쩍 넘기자는 말씀이십니까?"

"자네가 무슨 말을 하고 싶은지 나도 아네. 하지만 당장 우리에게 재판을 열 만한 입지가 있나? 그렇지도 않네. 시민들은 마지못해 우리를 따르고 있을 뿐이네. 심지어 그들은 우리를 아크제리유트와 겹쳐 보고 있어. 이런 때에 재판 같은 사법 처리는 너무 위험해."

"하지만 시장님, 그렇다고 해야 할 일을 하지 않다니 말이 안 됩니다. 시민들의 반응이 문제입니까? 그건 이번에 조달해 온 중앙의 자원으로 해결할 수 있습니다. 그걸로 우리가 대중을 위해 일하고 있다는 걸 증명하면 되지 않습니까?"

"제발 냉정하게 생각하게. 대중만이 우리의 문제인가? 요새 외곽에서 버티고 있는 유지들은 어쩔 셈인가. 그들은 여전히 우릴 견제하고 있네. 어떤 빌미든 제공해선 안 돼. 그들이 움직이면 도시가 갈라질 수 있다는 걸 자네도 잘 알잖나."

테루아는 의문으로 달아오른 자이트를 식히기 위해 침착하게 말을 이었다.

"나도 그들이 처벌받아 마땅하다고 생각하네. 하지만 아직은 때가 아닐세. 이 도시는 살얼음판 같고 우리에겐 지금 여력이 없어."

자이트는 목에 걸린 말을 몇 번이고 삼켰다. 그러다 주먹을 꾹 움켜쥔 채 어렵사리 차선책을 제시했다.

"우리가 재판을 열 수 없다면 사건의 전말을 밝히고 그 지역 주민들에게 판단과 처우를 맡기겠습니다."

"제발 그러지 말게. 결국 마찬가지가 아닌가. 이 사건이 일으킬 파장이 너무 커. 지금 우리에겐 그걸 수습할 힘이 없네."

반복되는 거절에 자이트는 울분을 참지 못하고 시장의 책상을 내리치며 소리쳤다.

"결국 지금 시장 자리를 뺏기는 게 두려워서 몸을 사리겠다는 말씀입니까?"

그때 그의 눈시울은 붉게 달아올라 있었다. 그 정직한 청년은 범죄 앞에서 손익을 재는 시장의 태도에 화를 참을 수가 없었다. 그는 눈물을 떨어트리지 않으려고 한참 눈에 힘을 주다가 이내 낮은 목소리로 물었다.

"만약 시장님의 아드님이 변을 당했어도 이러실 겁니까?"

"아들이 없어 모르겠네."

테루아의 대답에 자이트는 비웃음을 머금었다. 그러나 그 조소는 이어진 말에 지워졌다.

"하지만 아내는 잃어 보았지."

자이트는 할 말이 없어졌다. 그랬다, 테루아는 아내를 잃었다. 그럼에도 마지막까지 탑에 손을 내밀었다. 그 손을 잡고 구제된 게 바로 자이트 자신이었다. 그런 테루아가 시장 자리에 욕심이 나서 이 사건을 모르는 척한다고 볼 수는 없었다. 그는 진정으로 공리를 따지고 있었다. 한 생명의 죽음을 드러내는 것보다 은폐하는 것이 도시를 안정시키는 데 나았으므로 그런 선택을 한 것이다.

테루아는 그런 사람이었다. 그래서 아내를 부당하게 빼앗긴 분노도 삼키고 자신을 서기관이라는 높은 자리에 앉혔다. 아내를 빼앗은 폭군의 옆에서 비열하게 아첨하던 자신을. 자이트는 가슴이 꽉 막힌 기분으로 테루아를 바라보았다. 그를 마주 보는 테루아의 눈은 깊었다. 테루아의 심정을 헤아리다가, 자이트는 결국 도망치듯 돌아서고 말았다.

한 과부의 청으로 알게 된 사건은 자이트의 마음을 온통 헝클어 놓았다. 그날 밤 자이트는 늦게까지 퇴청하지 않고 사무실에서 혼자 고뇌했다. 테루아의 말을 따라야 하는지, 그게 정말 옳은 일인지 쉽사리 판단할 수 없었다. 만약 기달터 성에 다녀오기 이전이라면 그도 시장에게 동의했을 것이다. 사건에 분노할지언정 머리를 차게 하며 손익을 계산했을 것이다. 그러나 그 성에 다녀온 지금, 한 인간이 한 세계임을 알게 된 지금 그는 미아가 된 기분이었다.

무엇보다도 그 잔악한 청년들에게 경악을 금할 수가 없었다. 차라리 욕정이 일어 처녀를 괴롭혔다면 손톱만큼은 이해하겠다. 짐승 같은 놈들이지만 그래도 이해는 하겠다. 그런데 아무 이유 없이 동료를 죽인 그들은 도대체 무엇이란 말인가. 순전히 재미로 사람을 때려죽인 그들을 어찌 이해해야 한단 말인가. 차라리 어떤 욕망에 휩쓸려 죄를 범했다고 해라. 그래서 짐승 같은 인간이라도 돼. 짐승만도 못한 인간이 아직 이 도시에 남아 있다고는 생각도 하고 싶지 않다.

그들을 향한 경악과 분노는 결국 자이트의 눈에 눈물을 터뜨렸다. 그는 두 손으로 입을 틀어막고 숨죽여 울었다. 서로 사랑하라는 공주의 말이 떠올라 그를 미치게 만들었다. 이 도시의 모두를 사랑하려 했는데 그들을 대체 어떻게 사랑해야 할지 알 수가 없었다.

한참을 울던 자이트는 가까스로 마음을 가라앉혔다. 실수, 실수일 수 있다. 누구나 실수를 한다. 그러니 그들에게 기회를 줘야 한다. 자이트는 무아카를 떠올렸다. 아야라를 통해 전해 들은 무아카와 제미라의 이야기는 그에게 용서의 숭고함을 알려 주었다. 그렇다. 그러니 용서하자. 스무 살 남짓의 청년들, 그들은 아직 젊다. 그리고 어리다. 그러니 그들에게 새로운 기회를, 속죄할 기회를 줘야 한다.

눈을 감은 채 숨을 몰아쉬던 자이트는 간신히 숨통이 트이는 것을 느꼈다. 그들이 진정으로 반성하며 사죄한다면, 과오를 돌이킨다면 어렵게나마 사랑할 수 있을 것 같았다. 자이트는 그 밤에 사건이 벌어진 지역으로 혼자 찾아갔고, 시경을 통해 그 청년들을 불러들였다.

한밤중에 갑자기 끌려 나온 청년들은 다 순진해 보였다. 성미가 거칠어서 반항이라도 할 줄 알았는데, 두 손을 앞으로 모아 쥐고 자이트를 바라보는 그들의 눈망울은 겸손하고 가련했다. 어린아이처럼 겁에 질려 있었다. 그들을 보는 자이트의 마음에 연민이 밀려왔다. 젊은 혈기를 이기지 못해 동료를 괴롭혔다. 하지만 설마 정말 죽일 생각이 있었겠나? 이들은 그저 무지하고 무모했던 것뿐이다. 그래서 실수로 살인을 저질렀던 것이다. 그 후 불안감에 시달렸겠지, 양심에 가책을 느끼며 몸부림쳤겠지. 분명히 그랬겠지.

자이트는 그 청년들을 불쌍하게 여기며 잘 타일렀다. 앞으로는 이러지 말라는 말에 그들은 용서받은 것을 알고 머리를 깊이 조아렸다. 감사하다는 말과 죄송하다는 말을 연거푸 되풀이하는 그들을 보며 자이트는 씁쓸함을 간신히 삼켰다. 다짐을 받고 자이트는 청년들을 돌려보냈다. 이걸로 마음의 짐이 완전히 덜어진 것은 아니지만, 그래도 어느 정도 매듭지은 기분이었다. 그리고 다시 시청으로 돌아가는데, 그가 운전하는 차량 앞으로 불현듯 한 소년이 달려들었다. 자이트가 놀라서 차를 세우자 소년이 운전석 창문을 똑똑 두드렸다. 그는 창문에 대고 대뜸 이렇게 말했다.

"속지 마세요, 뉘우치지 않았어요."

소년이 누구인지, 지금 무슨 말을 하는지 되물을 겨를도 없었다. 어둠에 얼굴을 가린 그 소년이 다시금 자이트를 재촉했다.

"다시 돌아가서 보세요. 몰래 찾아가면 그들의 본모습을 볼 수 있을 거예요."

그렇게 말하며 소년은 자이트에게 손짓했다. 자신을 따라오라고. 자이트는 일순 갈등했지만 곧 차에서 내려 소년을 따랐다. 잠시 후 그는 어느 작업장에 도착했다. 불이 켜져 있었고 두런대는 사람 소리가 들렸다. 자이트를 안내한 소년은 이미 사라지고 없었다. 그 소년이 도시를 배회하는 정체불명의 유령이라는 사실을, 자이트는 미처 알수 없었다.

자이트는 홀린 기분으로 작업장에 다가갔다. 반신반의하며 안을 들여다보았다. 그곳엔 불과 몇십 분 전 자이트에게 용서를 빌었던 청년들이 모여 있었다. 그런데 그들은 아까와는 전혀 다른 사람처럼 보였다. 조금도 불쌍해 보이지 않았다.

"이 새끼가 처리를 등신같이 해가지고!"

청년 하나가 무리의 가장 어린 소년을 걷어차며 소리쳤다.

"들켰으면 혼자 뒤집어썼어야 할 거 아냐, 이 개자식아."

"형, 잘못했어요. 형……."

"입 닥쳐, 새끼야."

청년은 소년의 몸을 가차 없이 짓밟았고 무리의 나머지는 둘러앉아 그 광경을 지켜보았다. 간혹 웃기도 하고 떠들기도 하면서. 작업장 밖으로 구타 소리와 함께 소년의 숨죽인 비명이 간간이 울려 퍼졌다.

그 광경을 지켜보던 자이트는 이내 몸을 돌렸다. 그는 발밑이 꺼지는 기분을 느끼며 비틀비틀 시청으로 돌아갔다.

인간은 과연 어디까지 비열해질 수 있을까? 자이트는 자신이 만나고 온 청년들을 떠올렸다. 강자 앞에서 한없이 선하고 순했던 그들은 약자 앞에서 다시 악하고 무자비하게 돌변했다. 보기 좋게 놀아난 기분이었다.

그들은 왜 그래야만 했을까? 자이트는 필사적으로 그들의 심정을 헤아려 보았다. 교육, 아야라는 교육에 대해서 이야기했다. 맞다, 그거다. 그들은 배우지 못했고 억압받았다. 그러니 이건 당연한 결과다. 요새에 갇혀 있는 동안 부당하게 폭행당했을 것이다. 보고 배운 것이 그것뿐이니 그럴 수밖에 없었던 것이다. 만약 그들이 부모로부터 세심하게 보호받고 좋은 교사에게 교육받았다면 어땠을까. 요새에 갇혀 노동을 강요받지 않았다면, 경솔한 또래들과 무리 짓지 않았다면 어땠을까. 그랬다면 과연 이토록 야비한 건달이 되었을까? 아, 이것은 저들의 잘못이 아니다. 다만 연약했을 뿐, 그들을 둘러싼 환경이 좋지 않았다. 좋은 환경에 있었다면 다정함도 정직함도 모른 채 저렇게 비틀리지 않았을 것이다. 분명 그랬을 것이다!

자이트는 옆에 놓인 유리컵을 집어 힘껏 내던졌다. 파열음과 함께 파편이 사방으로 튀었다. 깊은 밤이어서 그 소릴 듣고 찾아오는 이는 없었다. 자이트는 적막함 속에서 거친 숨을 몰아쉬었다.

환경 탓이라고? 그렇다면 아크제리유트는? 악의 축이던 그 쓰레기 자식은, 뭐든 제 멋대로 하고 싶어서 인간을 물건처럼 써먹고 버리던 그 폭군 자식은? 그래, 그도 방탕한 성격이 될 만한 환경에서 자랐다. 아비는 황금과 여색을 즐기던 영주, 그는 수많은 첩실의 자식 중 하나, 물질로는 모든 것을 받았지만 정신으로는 아무것도 받지 못했다. 그가 그렇게 되바라진 것도 어쩔 수 없는 결과였다. 아, 인간은 결국 환경에 지배당할 수밖에 없는 동물인가? 아니, 아니다. 공주는 세상을 바꾸겠다고 말했다. 그리고 실제로 그렇게 했다. 인간은 환경에 지배당하는 동물이 아니라 환경을 정복하는 존재다.

그렇다면 그들은 도대체 왜? 자문하던 자이트는 결국 항복하고 말았다. 그들이 어리석고 방탕하며 남 탓만 하는 버러지 같은 존재이기 때문이라고, 쓰라린 마음으로 시인했다. 그리고 그 자백으로 그는 인간을 어떻게 사랑해야 할지 모르게 되었다. 혼란 속에서 자이트는 기로에 섰다. 이제 무엇을 해야 할지 숙고하고 또 숙고했다. 그는 기달티 성에서 공주에게 했던 말을 떠올렸다.

'저는 지금까지 세상을 바꿀 수 없다고 생각했습니다. 정말 잘못된 세상이지만 너무 크고 강해서 일개 개인의 힘으로는 결코 어찌할 수 없다고 말입니다. 하지만 그때 공주님은 제게 약속하셨죠. 세상을 이기겠다고.'

그때 그는 희열에 차서 말했었다.

'그 순간 제 세상이 변했습니다. 할 수 없다고 생각한 일들이 모두

가능해졌습니다. 잘못된 세상을 부수고 새로운 세상을 만들 힘이 생긴 것 같았습니다. 저는 그때의 벅찬 기분을 잊지 못합니다. 그래서 그것을 우리 도시에 또다시 전하고 싶습니다. 우리가 뭐든지 할 수 있음을 모두가 알도록 말입니다.'

아, 그렇다. 우리는 뭐든지 할 수 있다. 우린 그런 존재다. 하지만 테루아는 지나치게 신중해서 아무것도 하지 못한다. 자이트는 지난날 자신이 테루아와 마찬가지로 눈치만 살폈던 것을 떠올렸다. 그것은 잘못된 행동이다. 눈치 볼 필요 없다. 옳다고 생각하면 달려들어야 한다. 그래, 바꿀 것이다. 잘못된 것은 바꿀 것이다. 그럼 이제 판결을. 사랑해야 하지만 사랑할 수 없는 이들에 대하여 이제 그만 판결을.

한 사람이 한 세계다. 사람이 망가지면 한 세계가 망가지는 것이다. 사람이 타락하면 하나의 세계가 타락하는 것이다. 타락한 세계에 필요한 것은 무엇인가. 그것은 심판이다. 잘못된 세상을 부수고, 새로운 세상을 만들어야 하는 것이다.

서슬 퍼런 결론 앞에서 자이트는 눈을 감았다. 암담한 피로가 느껴졌다. 그는 어지러움을 느끼며 마음속으로 물었다. 아, 공주님. 나의 공주님. 당신은 이런 나를 보고 뭐라 하실 텝니까?

그로부터 꼭 3일 후, 자정이 지난 심야였다.

"왜……."

한 녀석이 용기 내어 물었다. 그에 자이트는 노여워하지도 않고 안타까워하지도 않으며 담담히 말했다.

"너희가 변하지 않는다는 걸 알았다."

그러자 낌새를 챈 청년들이 곧장 애걸하기 시작했다.

"다시는 안 그럴게요, 정말이에요."

"잘못했어요, 제발 살려 주세요!"

자이트는 깊게 한숨을 내쉬며 청년들을 바라보았다. 그날도 작업장에서 시시덕대던 그 젊은이들은 자이트를 보좌하는 장교들에게 붙잡혀 도시 외곽으로 끌려왔다. 그들은 거세게 저항했지만 사슬에 꽁꽁 묶이는 순간부터 얌전해졌고 머리에 휘발유가 쏟아질 땐 반쯤 넋을 놓았다. 그들은 공포에 질려 오들오들 떨고 있었다. 울먹이는 모습이 며칠 전처럼 가련했다. 그 모습을 보며 자이트는 그때보다 더한 연민을 느꼈다.

"너희들만의 잘못이 아니야."

자이트가 그들을 달래듯 잠잠하게 말했다.

"너희를 잘못 키운 세상의 잘못이지. 그래서 잘못을 인정하고 너희라는 오점을 정리하기로 했다."

자이트는 그들이 이해해 주길 바라며 침착하게 말했다. 하지만 청년들은 그 말뜻을 전혀 이해하지 못했다. 그저 겁에 질려 숨만 헐떡일 뿐이었다. 자이트는 그들이 참으로 불쌍했다. 이제 기회를 줄 마음이 없기에 더욱 그랬다. 자이트는 요 며칠 조사한 것을 떠올리고 물었다.

"너희가 혁명을 누구보다 기뻐했다는 이야기를 들었다. 내 말이 맞니?"

　그중 하나가 황급히 고개를 끄덕였다. 그러자 나머지 일곱도 함께 열심히 주억거리기 시작했다. 그 모습마저 한심하고 딱했다.

　"그 탑에 불을 지른 건 나였어."

　그 말에 청년들은 모두 얼어붙었다. 현실감이 와락 느껴졌기 때문이다. 하지만 자이트는 아랑곳 않고 여상히 속삭였다.

　"매일 대면하던 인사들과 내 명령에 따라 화약을 나른 병사들이 불타 죽을 걸 알면서도 나는 불을 질렀다. 왜 그랬는지 아니?"

　청년들은 겁에 질려 이를 딱딱거리기 시작했다. 오줌을 지린 놈도 있었지만 코를 찌르는 휘발유 냄새 때문에 아무도 눈치채지 못했다. 가련한 젊은이들을 바라보며 자이트는 담담히 말했다.

　"나는 세상을 바꾸고 싶었어."

　그랬다. 세상과 맞서기로 결심한 순간, 가장 극단적인 방법을 제안한 건 다름 아닌 자이트였다. 탑을 산 채로 불태운 것은 아이러니하게도 혁명군이 아닌 그 탑의 중추였다. 아무리 경멸스러운 인간이어도 몇 해를 함께 보낸 자들이었다. 어찌 정이 생기지 않았겠는가. 게다가 아크제리유트는 그를 친우처럼 여기며 좋아했다. 제멋대로인 폭군이지만 자이트의 말엔 귀 기울이며 그를 가깝게 대했다. 하지만 자이트는 거리낌 없이 탑을 불태웠다. 세상을 바꾸기 위해서, 썩어서 악취를 내는 그 세계를 바꾸기 위해서.

　자이트는 그 일을 후회하지 않는다. 그건 이번에도 마찬가지. 자이트는 옆에 선 장교에게 라이터를 건네받았다. 그걸 보고 청년들이 비명을 지르기 시작했다. 그때 그들의 귀엔 아무 소리도 들리지 않았지만, 자이트는 담담히 하던 말을 이었다.

"탑을 불태워서 세상이 변했지. 이번엔 너희를 불태워서 또 한 번 세상을 바꿀 생각이다. 너희에겐 오히려 감사하게 생각한다. 너희 덕분에 이제부터 내가 뭘 해야 할지 알았으니."

손톱만 한 불씨가 어둠에 잔상을 남기며 바닥으로 추락했다. 아찔한 휘발유 냄새가 노린내로 바뀌는 것은 순식간이었다. 비명 소리가 처절했지만 핥는 불길에 살이 타들어 가는 소리도 그 못지않았다. 청년들이 고통을 이기지 못해 날뛰었지만 쇠사슬은 화염에도 끊어지지 않고 도리어 붉게 달구어져 그들에게 눌어붙었다.

자이트의 측근들은 눈을 돌렸지만 자이트는 그러지 않았다. 눈조차 깜빡이지 않고 그들이 불살라지는 것을 지켜보았다. 그렇게 살아 있던 것을 태워 죽이며 자이트는 공주를 떠올렸다.

아, 공주님. 나의 공주님. 당신은 이런 나를 보고 뭐라 하실 텝니까?

자이트는 그들의 사체를 다시 작업장으로 옮겨 놓았다. 그리고 작업장을 불태워 그날의 사건을 은닉했다. 왜 그런 짓을 했느냐고 묻는다면 자이트가 할 말은 단 하나였다. 이 세상을 사랑해서 그리했노라고, 잘못된 것을 부수고 바로잡으려 했노라고. 물론 아무도 그 말을 이해해 주진 않을 것이다. 그를 여기까지 이끌었던 공주마저도.

의자에 기대어 상념에 빠져 있던 자이트는 이내 고개를 저었다. 한

가하게 이럴 틈이 없다. 바삐 일해야 한다. 상황도 인간도 환경도 모조리 통제해서 잘못된 세상 따위, 잘못된 인간 따위 탄생하지 않도록 해야 한다. 비록 모두가 비난하더라도, 떠나더라도.

시로니, 꿈을 좇는 자유분방한 천재. 테루아, 신중하고 사려 깊은 지도자. 그리고 공주님, 사랑을 이야기하는 낭만주의자. 자이트는 그들을 모두 좋아했지만 그들에게 이 세상을 맡길 수는 없었다. 그들은 세상을 바꾸지 못할 테니까.

그래서 그는 고독 속으로 몸을 던진다. 오직 세상을 구하기 위해.

나삭

아본에 연구소가 세워진 지 50년. 그동안 나삭과 그의 제자들은 과학 기술을 마술과 같은 수준으로 발전시켰다. 비약적인 과학의 발전은 나삭의 인생 그 자체. 그는 세상의 구조와 성질을 분석하고 원리를 탐구하는 것을 평생의 업으로 삼았다. 비밀을 파헤칠 때의 전율을 무엇보다 사랑했기에 그는 연구에만 몰두했고, 거기서 비롯된 업적을 모두 나열하자면 하루가 모자랄 정도다. 대신 그의 역작이라 할 만한 것을 꼽자면 세 가지로 추려진다. 메트로폴리스, 시체 인형, 그리고 뇌파 조종기.

그중에서 나삭이 가장 좋아하는 것은 단연 메트로폴리스다. 이요브의 명령으로 만든 그 작은 세계는 거대한 플라스크에 담겨 있다. 거대하다고 해봐야 성인 남자의 팔로 세 아름밖에 되지 않는 둥근 플라스크가 하나의 세상을 품고 있다. 그 안에선 현미경으로만 볼 수 있는 세미한 인간들이 바삐 살아간다.

메트로폴리스는 중앙이 기르는 어항인 동시에 중앙의 보금자리, 경제와 문화의 중심, 그리고 중앙 그 자체다. 이 뫼비우스의 띠와 같은 관계를 한마디로 어떻게 규정할 수 있을까. 이 때문에 나삭은 메트로폴리스를 좋아했다. 오묘함을 품은 크고도 작은 세계, 장난감 같지만 거대한 실체인 플라스크 속의 세계를.

나삭은 연구가 막히거나 피로할 때 의자에 앉아서 그 플라스크를 바라본다. 그럼 그 조밀하면서도 광대한 세계는 그에게 영감을 제공한다. 상상해 보라, 수억 명의 인간이 바지런히 살아가는 모습을 느긋하게 내려다보는 기분을. 그야말로 신이 된 기분이리라. 스스로를 세상의 정점이라 믿는 지배자들도 그의 입장에선 기껏해야 여왕개미. 그들은 놀이터에 방문할 때마다 과학자들이 자신을 스포이트로 빨아올린다는 걸, 잠든 사이 약물을 주입해 크기를 키운다는 걸 까맣게 모른다. 그걸 지켜보자면 나삭은 마냥 우습다.

메트로폴리스의 주인은 이요브지만 관리자는 나삭이다. 아침을 밝히는 것도 밤을 내리는 것도 그의 일이다. 계절과 기후를 설정하고 지진이나 해일을 일으키며 심지어는 시간도 빠르거나 느리게 한다. 나삭은 허둥대는 인류를 이렇게 관망할 수 있다는 게 몹시 즐거웠다. 그렇기에 그는 과학을 숭상했다.

아는 것, 그것은 힘이다. 만물의 이치를 깨달았기에 세상을 지배하고 내려다볼 수 있다. 우매한 인간의 틈바구니에서 탈출해 높고 높은 신들의 옥좌에 앉았다. 이러니 어찌 과학을 사랑하지 않을 수 있을까. 이러니 어찌 그것을 독점하지 않을 수 있을까.

많이 알수록 많은 것을 볼 수 있다. 반면 모르면 모를수록 그 시야는 좁아져 아둔함에 갇히고 만다. 눈을 가리고 헤매는 인간들은 어리석고 가련하다. 그 사이에서 홀로 안대를 벗고 자유롭게 활개를 치는 것은 대단한 특권. 그렇기에 그는 정녕 과학을 숭상한다. 그렇기에 그는 오늘도 이렇게 되뇐다.

진리여, 너는 진정 놀랍고 신비하다.

내게 조금 더 그 실체를 허락해 다오.

열대의 아지랑이처럼 허상만 남기지 말고 내 손에 붙잡혀 낱낱이 해부되어 다오.

너를 거머쥐어 뼈까지 씹어 먹기를 나는 매일 열망한다.

그러기 위해서라면 모든 것을 바칠 수 있다.

시간도, 인생도, 목숨까지도.

그러니 내게 조금 더, 그 실체를 허락해 다오.

—교수님, 시체 인형의 수신기 설치가 끝났습니다.

기계음 섞인 남자의 목소리가 나삭의 명상을 깨트렸다. 메트로폴리스를 바라보던 나삭은 느릿한 동작으로 고개를 돌렸다. 전면 스크린에 조수 요테르의 얼굴이 비춰졌다. 그 얼굴 옆엔 막 업데이트된 자료들이 열람을 바라며 삑삑대고 있었다.

메트로폴리스가 있는 곳은 헥사곤 중심부의 지하. 이곳에 들어올 수 없는 요테르는 통신으로 자료를 전송했다. 나삭은 손끝으로 스크린을 훑으며 자료를 살펴보기 시작했다. 그것은 메트로폴리스의 뒤를 잇는 그의 또 다른 역작, 시체 인형과 뇌파 조종기에 관한 자료였다.

오랜 시간 공들인 거대한 프로젝트가 드디어 완성을 향해 박차를 가하고 있다. 이것은 나삭 개인의 프로젝트가 아니라 10년 전 피네하스가 직접 내린 사명, 뱀이 오랜 시간 학수고대한 계획이다. 그러니 나삭은 반드시 성공해야만 했다. 수십 년간 단 한 번도 중단한 적 없는 메트로폴리스의 나들이를 중단시킨 것도 이것을 위해서다.

나삭은 가운 앞주머니에 넣어 둔 안경을 끼며 스크린을 유심히 살펴보다가 화면 속 조수에게 물었다.

"전송 뇌파와 수신 뇌파의 반응 일치율은 어떤가?"

—전송된 명령에 대한 수행 반응은 98퍼센트로 매우 양호합니다. 다만 명령과 수행 사이에 평균 4초가량의 지연이 있습니다.

"실전에서 어떨 것 같나?"

—일상생활에는 크게 문제될 것이 없지만 부대 편성을 염두에 두신다면 조정이 필요합니다. 각기 다른 반응 지연 때문에 인형끼리 부딪히거나 밟혀 전열이 흐트러질 수 있습니다.

"그렇군. 양산형은 버퍼링이 일치하도록 조정해 주게. 반응 지연이 늘어나도 좋네, 어차피 그것들의 용도는 따로 있으니까."

나삭은 그렇게 지시하며 스크린에 대고 손을 구겼다. 펼쳐진 자료를 구겨서 삭제한 후 그는 다음 자료로 눈길을 돌렸다.

"고급형의 능력 발현은 어디까지 확인됐나?"

―고급형은 가형과 나형이 각기 28퍼센트와 41퍼센트까지 생전의 능력을 발휘했습니다.

"차이가 많이 나는군."

―가형의 시체 훼손 정도가 나형보다 심한 탓으로 추정됩니다.

"하긴, 그 난도질을 당했으니. 그래도 절반도 되지 않는 수치라니 이거 심각하군."

교수의 우려에 조수가 덧붙였다.

―능력 발현 도중 실험이 중단되었기 때문에 이것을 최종 수치로 보기는 어렵습니다.

"중단된 까닭은?"

―가형과 나형을 끝까지 컨트롤할 수 있는 연구원이 없었습니다. 실험에 참여한 연구원 여덟 명 중 두 명이 즉사, 세 명은 아직 의식 불명이고 깨어난 세 명 중 한 명은 원인 불명의 정신 착란을 보이고 있습니다. 이에 대한 원인은 아직 밝혀지지 않았지만……

"그야 검은 힘 때문이겠지. 알 만하군. 아무래도 가형과 나형은 내가 직접 조종해야겠네."

맡겨진 일에 실패하고 요테르가 송구스러워했지만 나삭은 대수롭지 않다는 듯 손을 내저었다. 시행착오야말로 과학자의 양분이라 생각하기에 그는 조수의 실패를 관대하게 용서했다. 설령 그 때문에 몇 명의 연구원이 재기 불능이 되었다 하더라도. 수두룩한 후임 연구원 몇 명으로 미지의 현상이 확인되었다면 그건 결코 밑지는 일이 아니다.

"그보다 시체가 언어를 사용한 후 재로 무너지는 문제는 해결됐나?"

—아니요, 말씀하신 현상은 여전히 나타나고 있습니다.

요테르의 보고에 나삭의 이마가 주름으로 쪼그라들었다. 언급한 현상은 시체 인형의 제작자인 나삭 본인도 이해할 수 없는 현상이었다. 인간의 시체를 작동이 멈춘 고물 기계쯤으로 여기는 그 과학자는 별 거리낌 없이 시체 인형을 제작했다. 인체란 고성능의 하드웨어, 죽음이라는 소프트웨어 증발로 포기하기엔 너무 아까운 구조물이다. 그래서 그는 시체를 재활용했다. 방법은 간단하다. 시체를 방부 처리하고, 기능이 멈춘 뇌에 전기 자극을 가해서 오체의 근육을 움직인다. 괴수를 조종하기 위해 개발된 뇌파 조종기가 여기서 함께 사용된다.

나삭은 이 기술을 좀 더 세련되게 가공한 후 메트로폴리스의 불쌍한 지도자들에게 '불사에 대한 연구 결과요' 하고 내밀어 볼 생각이었다. 죽었던 사람이 말짱하게 살아난 걸 보면 그들은 분명 나삭의 연구소에 투자를 아끼지 않을 것이다. 나삭은 그 잔망스러운 계획을 하루빨리 착수하고 싶었지만 어째선지 시체 인형은 말하는 순간 무너지고 말았다. 매운재가 되어서 폭삭. 이래서야 부활을 연기할 수가 없다. 나삭은 비죽한 손톱으로 자신의 매끈한 이마를 긁적였다.

"이상한 일이야. 팔다리를 움직이는 것처럼 혀와 성대를 움직이는 것뿐인데 왜 구축이 무너지는 걸까? 잘 써먹긴 하겠지만, 이해할 수 없는 현상이라 영 찜찜하군. 요테르 군, 혹시 짐작되는 바가 있나?"

스승이 모르는 걸 제자가 알 리는 만무했다. 그러나 질문에 모르쇠로 답하는 건 성실한 그에게 견디기 힘든 일이었고, 요테르는 결국 시답잖은 말을 덧붙이고 말았다.

—잘은 모르겠지만, 신임 연구원들 사이에서 유행하는 괴담이 하나 있습니다.

"괴담?"

—억지로 말하는 게 비통해서 시체가 무너지는 거라고 저들끼리 말하는 걸 들었습니다.

"몹쓸 일이군. 내 연구소에 무당이 있다니."

나삭이 짜증을 내며 혀를 찼고 요테르는 더욱 송구스러워졌다.

"팔다리를 움직이는 건 괜찮고 혀를 움직이면 비통하단 말인가? 어디서 그런 발상이 나왔는지 당최 모르겠군. 연구원이라면서 그런 같잖은 소리를 떠드는 치가 있다니, 전두엽을 찔러서 잡생각을 모조리 긁어내고 싶구먼."

나삭은 그 비이성적인 사고가 영 못마땅했다. 아직 젊고 어린 저들끼리 농담 반 진담 반 떠들어 댄 모양인데 나삭은 그들에게 모두 과학자 실격이라는 도장을 찍어 주고 싶었다. 아직 훈련 중인 피라미들이라는 생각에 참고 참을 뿐. 나삭은 못마땅함을 감내하며 화제를 넘겼다. 하지만 이어지는 이야기는 그를 더 답답하게 만들었다.

"그 건은 넘어가고, 연구원들의 양산 인형 컨트롤 시험은 어떻게 됐나?"

―이것도 개인차가 있습니다만 연구원 한 명이 컨트롤할 수 있는 시체 수는 평균 30구 정도입니다.

"터무니없군, 터무니없어. 명색이 연구원이면서 뇌 용량이 그렇게 작아서야. 체파르데아의 무식한 권속들도 괴수들을 그만큼 컨트롤하지 않았나."

나삭이 또 한 번 한탄했다. 시체 인형, 혹은 괴수를 조종하는 뇌파 조종기는 사용자의 역량에 따라 움직일 수 있는 개체의 수가 달랐다. 헤드셋 형태의 조종기는 별도의 장치 없이 사용자의 뇌파로 작동된다. 사용자는 자신의 뇌파로 수신기가 설치된 시체 혹은 괴수를 움직일 수 있는데 지능이 높을수록, 뇌의 활용 능력이 뛰어날수록 많은 수의 개체를 정밀하게 조종하는 것이 가능하다.

그러니 나삭의 한탄은 어느 부분 타당하다. 체파르데아의 야만스러운 권속들도 평균 수십 기의 괴수를 컨트롤했다. 그런데 일평생 연구가 업인 연구원들의 두뇌 역량이 그와 별반 다르지 않다니, 총책임자 입장에선 한숨을 쉴 만한 대목이었다.

"어쩔 수 없군. 조종기에 시체를 300구씩 묶어서 모두 내 앞으로 세팅해 놓게. 전부 내가 조종할 테니."

―괜찮으시겠습니까?

"연구원 200명에게 일일이 명령하고 보고받는 것보단 차라리 낫네. 그보다 이렇게나 인재가 없다니 통탄한 일이군, 통탄할 일이야."

나삭의 푸념에 요테르가 움찔했다. 이어 보고해야 할, 그의 입장에선 달갑지 않은 사안이 떠오른 탓이다.

─말씀하시는 인재라면 한 명 있습니다.

"누구 말인가?"

─시로니입니다.

요테르는 썩 달갑지 않은 표정으로 후배의 이름을 입에 담았다. 마침 보고할 것도 있었기에 어쩔 수가 없었다. 그러자 나삭의 얼굴엔 요테르와 반대로 화색이 돌았다.

"아아, 그렇지. 내 바보 제자. 그 친구라면 이쯤이야 우습겠지."

나삭은 입매를 찢으며 웃었고 요테르는 스승의 만족을 지켜보며 묵묵히 열등감을 삼켰다. 시로니는 요테르보다 기수도 나이도 까마득하게 낮은 후배다. 동시에 요테르가 10년간 노력해서 얻은 수석 연구원 자리를 단 3년 만에 위협한 무서운 경쟁자이기도 하다. 아니, 더 객관적으로 판단하자면 경쟁자가 아니라 추월자다. 시로니가 나삭과 싸우지 않고 연구소에 남았다면 그는 분명 수석 연구원 자리를 차지하고도 남았을 거다.

천재들만 모여 있는 나삭의 연구소에서도 시로니는 특출한 천재였다. 그는 유능하고 기발하며 대담했다. 그래서 저 잘난 맛에 날뛰는 천방지축이었고, 종국엔 스승의 등을 걷어차고 도망친 괴짜 중의 괴짜였다.

요테르는 시로니가 경쟁자로 인식된 순간부터 마음에 들지 않았다. 새파랗게 어린 후배에게 위협을 느껴야 하다니, 자존심이 상하다 못해 비참했다. 심지어 그 시건방진 후배의 안중에 요테르는 있지도 않았다. 그런 까닭에 그는 한동안 시궁창에 빠진 기분을 경험했었다.

그래서 그는 되도록 시로니에 대한 이야기는 하지 않는다. 특히나 나삭 앞에선.

아니나 다를까 시로니를 높게 산 나삭은 몇 해 전 그가 저지른 만행은 이미 없는 셈 치고 있었다. 심지어는 너그럽게 웃는다. 만약 다른 연구원이 그렇게 행동했다면 평소 말버릇처럼 이미 반으로 쪼개 놓았을 텐데.

"오래간만에 들으니 더 반갑군. 집 나간 내 탓아. 얼마 전까지 아크제리유트의 요새에 있었다고 들었는데, 지금은 어디서 뭘 하는지 모르겠군."

— 지금 놀이터에 있다고 합니다.

예상 밖의 대답에 나삭의 한쪽 눈썹이 들렸다.

"또 스폰서를 구해서 개인 연구를 하려는 건가?"

— 그건 아닌 것 같습니다. 아크제리유트의 요새가 무너진 이후 공주와 몇 차례 접촉한 것이 확인됐습니다.

"공주?"

나삭의 이마 가죽이 밀려 올라가며 이번엔 양쪽 눈썹이 들렸다. 놀란 스승을 보며 요테르도 약간 들떴다. 만약 교수가 그 얄미운 후배에게 노여워한다면 해묵은 체증이 내려갈 것 같았다. 하지만 요테르는 곧 자신의 바람이 빗나간 걸 깨달았다. 나삭의 얼굴에 웃음이 더 풍성해졌기 때문이다.

"결국 그리로 붙었군. 참 명석한 친구인데 그 부분이 아쉬워. 감정적인 건 여자라 어쩔 수 없는 건가?"

나삭은 대수롭지 않게 웃어넘겼고 그 때문에 요테르는 속이 답답해졌다. 아무리 편애하는 제자라지만 나삭의 관대함은 지나치다. 시로니가 정말 공주에게 가담했다면 나삭은 이보다 심각하게 반응해야 한다. 공주는 연구소의 주요한 적이고 지금 준비하는 프로젝트의 표적이니까. 하지만 나삭은 수석 조수의 불만을 눈치채고도 모른 척했다. 나삭이 은연중에 보이는 그런 태도가 요테르를 더욱 좌절시켰지만, 그래도 교수는 단호했다.

"그래, 놀이터에서 뭘 하던가?"

—놀이터에 입장할 수 없어서 정확한 움직임은 파악할 수 없었지만…….

놀이터로 초대받지 못했다는 점에서 요테르는 다시 한 번 굴욕을 삼켜야 했다. 상류층에게 초청받아 놀이터를 마음껏 드나들 수 있는 과학자는 나삭을 제외하곤 시로니가 유일했다.

—수상한 일을 꾸미는 건 확실해 보입니다. 이틀 전 비행형 괴수 500여 기가 놀이터 옥상으로 돌진하는 일이 있었습니다. 표면적으로는 조종기의 작동 이상으로 처리됐지만 때마침 시로니가 놀이터에 있었던 게 우연의 일치로 보기 어렵습니다. 아무래도 그의 소행으로 보입니다.

요테르는 자기도 모르게 시로니를 매도했다. 물론 확신에 가까운 의심이지만, 평소의 그라면 그럴 가능성이 매우 높다는 정도로 점잖게 보고했을 것이다. 하지만 지금 그는 어떻게든 시로니를 끌어내리고 싶었고, 그 탓에 전혀 과학자답지 않은 발언을 하고 말았다. 그럼에도 나삭은 조수의 심정에 관심이 없었다.

"괴수 500기라. 요테르 군, 괴수와 시체 인형의 컨트롤 난이도는 얼마나 차이가 나지?"

요테르는 외면당했으면서도 담담히 물음에 대답했다.

—비행형 괴수와 시체 인형을 대조하면 괴수 10기당 시체 인형 7구로 치환할 수 있습니다.

"7할이라, 그렇다면 그 바보 제자는 시체 인형 350기를 일괄 조종할 수 있는 거군."

나삭이 이를 드러내며 키들키들 웃었다. 이것은 시로니의 역량이 자신보다 뛰어나다는 암시였지만 그럼에도 나삭은 분한 기색이 없었다. 오히려 순수하게 제자의 우수함을 기뻐했다. 시로니는 나삭에게 진저리를 냈지만 나삭은 그를 무척이나 아꼈다. 물론 그것은 인간적인 애정이 아니라 우수한 도구를 향한 일종의 감탄, 경이, 혹은 소유욕에 가까웠다.

과학을 숭상하고 진보시키는 것이 나삭에겐 삶의 이유이자 목적. 그리고 피네하스의 영주로서 무한한 시간을 선물 받은 그는 조급함 없이 그것에 매진할 수 있었다. 다만 이따금씩 지루할 뿐. 과학의 발전은 투자한 시간에 비례되는 것이 아니라 예상도 못 한 어느 시점에 폭발적으로 일어난다. 그건 우연과도 같고 운명과도 같으며 연달아 일어날 수도 있고 영원히 일어나지 않을 수도 있다. 그가 후학 양성에 심혈을 기울이는 건 그 때문이다. 과학의 도약이 주사위 굴리듯 작위적인 거라면, 주사위의 개수를 늘리는 게 확률 면에서 유리하니 말이다.

그런 나삭에게 시로니는 일종의 히든카드, 자갈 속에서 찾아낸 보석과도 같았다. 남들이 간신히 도달할 수 있는 경지가 시작점인 월등한 천재는 분명 얼토당토않은 방법으로 수십, 혹은 수백 년을 압축시켜 과학의 진보를 이룰 것이다. 그러니 어찌 아끼지 않을 수 있을까, 그에게 새로운 지평을 열어 줄 소중한 연구 재료를.

—중요한 건 시로니가 지금 어떤 공작을 펴고 있다는 겁니다. 이대로 묵과해선 안 됩니다. 중앙에 연락해서 조치를 취해야…….

또한 그러니 어찌 가소롭지 않을까, 저 평범한 과학자의 질 낮은 시샘이.

"요테르 군, 내 군의 마음은 이해하네. 하지만 주제를 알게나. 천재에겐 범인이 이해할 수 없는 고충이 있는 거라네."

천재는 일개 범골의 고충에 관심이 없고. 나삭은 뒷말을 삼키며 히죽 웃었다. 요테르 또한 우수한 연구원이지만 굴러다니는 돌멩이들 중에서 그나마 낫다는 거지 시로니처럼 특별하지는 않다. 그러니 두 사람의 무게를 가늠할 때 나삭의 저울은 언제나 시로니에게로 기운다. 요테르가 아무리 충성해도, 아무리 발버둥을 쳐도.

"그러니 지금은 놀게 놔두게. 어차피 곧 알게 될 걸세. 자신이 무지개를 좇고 있다는 걸."

나삭은 진정 시로니를 높이 샀다. 동시에 그가 너무 감정적이라고도 생각했다. 시로니는 절대선과 사랑, 정의, 희망 따위를 믿었다. 나삭과 마찰을 빚게 된 것도 그 때문이었다.

아직 연구원이던 시절에 시로니는 메트로폴리스 세계의 진실을 대중에게 공개해야 한다고 주장했다. 나삭의 입장에서는 말도 안 되는 헛소리였다. 만약 대중에게 플라스크와 아본의 존재를 밝혔다간 연구소는 관제탑 역할을 할 수 없게 된다. 인간들도 더는 플라스크 안에 얌전히 있지 않을 테고 대중을 계몽시킨 대가로 그는 온갖 손실을 떠안게 된다. 당연히 나삭은 시로니의 철없는 주장을 들은 척도 하지 않았다. 그런데도 시로니는 거기서 그치지 않고 나삭이 허락한 인체 실험에 윤리적 잣대를 들이대며 또다시 이의를 제기했다. 정녕 배짱 좋은 태도였다.

메트로폴리스에서 정규 교육을 받던 중 연구소로 발탁된 시로니는 갑작스레 마주한 현실에 저항했다. 다른 교육생처럼 가르치는 대로 받아들이는 고분고분함도 없었다. 그는 세계의 실체가 잘못되었다고 생각했고, 자신의 알량한 양심과 정의감을 동기로 투쟁했다. 나삭이 그 시건방진 연구원을 직접 상대해 준 건 시로니에게 그만한 가치가 있는 탓이었다. 만약 그가 보통 사람이었다면 나삭은 진작 그를 해부해서 표본으로 만들어 놨을 테다.

그걸 아는지 모르는지, 시로니는 연구소가 독점한 세계의 비밀을 시민에게 공개하고 비윤리적인 인체 실험을 멈춰야 한다고 주장했다. 그 까닭은 그것이 옳기 때문에, 의도적으로 타인을 속이고 생명을 조작하는 건 잘못됐기 때문에.

그 유치찬란한 주장에 나삭은 조소를 금할 수가 없었다. 옳고 그르다는 기준을 과연 어디에 둘 수 있나. 절대선? 나삭은 그것을 인정하지 않았다. 정말 절대선이 존재한다면 피네하스는 이 세상을 거머쥐고 있을 수 없다. 게다가 나삭은 피네하스가 완성한 이 세계에 나름대로 동의한다. 이 세상은 혼란 속에서 간신히 균형을 잡은 모빌과 같다. 모든 것은 상대적이고 본능적이며 한없이 부정不定적이다. 그러니 인간은 그 속에서 적당하고 유연하게 합의하면 되는 것이다.

세상의 주인께서 매일 한 명의 피를 잡수시길 원한다. 그래서 잉여 인력을 가져다 바쳤는데 대체 무슨 문제가 있나? 계산상으로 전혀 문제될 것 없는 합리적인 판단인데 시로니는 그것마저도 반대했다.

이렇듯 다른 가치관으로 나삭과 시로니는 끝없이 논쟁했다. 나삭은 시로니의 착한 감성을 사회에서 주입받은 일종의 족쇄라 표현했다. 시로니는 이것이 선천적인 정서와 양심이라며 반박했다. 시로니가 연구소를 뛰쳐나가던 날에도 그들은 이 언쟁을 도돌이표처럼 반복하고 있었다.

'군이 슬슬 불쌍해지기 시작했네. 군은 대체 그것이 세상 어디에 있다고 그렇게 우기는 거지? 그건 과학자가 아니라 철학가나 소설가의 일일세. 눈에 보이지도 않는 것에 집착하려거든 전공을 바꾸는 게 어떤가?'

그에 아직 어렸던 시로니는 지지 않고 반박했다.

'과학자가 언제부터 보이는 것만 믿었죠? 그럼 교수님은 지금 대기나 원소를 눈으로 직접 보고 계신가요? 눈에 보이지 않으니 그것들도 없다고 하실 건가요?'

'그래, 보이지 않아도 존재하는 것이 분명 있지. 그것들은 언제든 관찰되는 객관적인 현상일세. 하지만 군이 말하는 그 착한 것들은 대체 무언가. 사랑과 정의라니, 그건 관념일 뿐이지 않나.'

'거의 모든 사람에게 실존하는데 그게 어떻게 관념이죠?'

'증명할 수 없지 않나. 그러니 그건 개념이 아니라 관념일세. 과도한 의미 부여의 허상이지. 코를 파거나 엉덩이를 긁는 것처럼 인간이 가진 여러 가지 습관 중 하나란 소릴세.'

위대한 스승의 다그침에 제자는 코웃음을 터트렸다.

'저야말로 교수님이 슬슬 불쌍해지고 있네요. 왜 흔적이 있는 걸 없다고 우기시죠? 그건 과학자가 아니라 역사가나 정치가가 할 일 아닌가요? 본인의 가설을 주장하려고 현상을 삭제하다니, 이거야말로 연구자 실격이죠.'

나삭은 천지 분간을 못 하는 제자를 향해 혀를 끌끌 찼다.

'더는 논리적인 대화가 불가능하군. 자네는 이미 그게 존재한다고 철석같이 믿고 있어.'

나삭이 타박하자 시로니도 녹록지 않게 나삭을 걸고 넘어졌다.

'그리고 교수님은 그게 없다고 철석같이 믿고 계시죠.'

나삭은 대드는 제자를 보며 이 언쟁이 지리멸렬하다고 느꼈다. 그래서 넌지시 논점을 정리했다.

'그래, 그렇다 치지. 하지만 그것이 존재하고 말고가 우리와 무슨 상관인가? 그것은 심리학자와 사회학자에게 맡겨 둘 영역이 아닌가. 군의 역할은 현미경을 들여다보고 세포를 연구하는 걸세.'

그 말은 시로니를 도리어 광분케 했다. 시로니가 길고 긴 말씨름을 시작한 건 스승을 이해하기 위한 노력이었다. 그것을 나삭이 잘라 냈을 때 시로니는 그를 향한 반감을 가감 없이 드러낼 수밖에 없었다.

'대체 왜 상관이 없죠? 그 세포 관찰이 살아 있는 아이의 멀쩡한 생니와 손톱인데! 난 이 일이 옳다고 생각하지 않아요, 하지만 교수님은 배양액으로 기른 모르모트의 처분에 거리낌이 없으시죠. 그래서 난 이게 단순히 가치관의 문제인지 아니면 절대적인 기준이 존재하는지 알아야겠어요!'

시로니는 그저 따지는 것이 아니라 진심으로 해명을 바라고 있었다. 이 연구소의 일과 세상의 실체가 혼란스러워서 그 속에서 길을 잡아 줄 스승이 필요했다. 그러나 나삭은 그 길을 없는 셈 치는 인물이었다.

'어리군, 지나칠 정도로 어려. 군은 명석함과 낭만, 둘 중 하나만 가지고 있는 편이 나았을 텐데. 너무 여럿을 가진 것이 오히려 독이 됐군.'

나삭은 그렇게 힐난하며 굳어 버린 시로니에게 말했다.

'내 말 잘 듣게. 군이 할 일은 이런 시시콜콜한 고민이 아닐세. 그보단 역량이 닿는 대로 할 수 있는 것을 하게. 그래서 지배하고 독점하게. 대체 무엇의 눈치를 보는가. 거리낌이 있다면 그마저 손에 넣고 흔들면 그만일세. 윤리와 도덕을 수호하라고 학교에서 배웠나? 잊게, 그건 대중을 주무르기 위해 꾸민 낭설이자 사탕발림일세. 그게 바로 군이 생각하는 사랑과 정의의 실체라네.'

나삭의 신랄한 가르침이 시로니의 심정을 파고들었다. 어린 제자는 바보처럼 얼어붙었고 나삭은 그를 등진 채 돌아섰다. 그가 막 두어 걸음을 떼던 찰나였다. 나삭의 발치로 무언가가 달그락대며 떨어졌다. 시로니의 명찰이었다.

'이건 무슨 의미지? 연구원을 그만두겠다는 건가?'

명찰을 내던진 제자를 돌아보며 나삭이 물었다. 그는 곧장 대답을 얻었다. 온몸을 던진 시로니의 발차기를 통해서. 도약하며 스승의 등을 걷어찬 시로니는 나삭과 함께 바닥에 나동그라졌다. 꽤 아플 법도 한데 그 패기 넘치는 과학자는 재빨리 일어나며 나삭에게 가운데 손가락을 치켜들었다.

'그래, 관둔다! 이 해골 뒤집어쓴 대머리 영감아!'

시로니가 소리칠 때 나삭을 비롯한 모든 연구원은 그가 미친 줄 알았다. 하지만 시로니는 아주 말짱한 얼굴로 당당히 말을 이었다.

'과학자로서의 사명은 눈곱만치도 모르고 궤변이나 늘어놓는 주제에 잘난 척하지 마, 이 게을러빠진 삼류야! 내가 어리면 댁은 관에 들어가기도 늦을 만큼 늙었어. 낭만 운운하기 전에 본인의 진부한 고정관념이나 살펴보시지!'

시로니는 동료 연구원들에게 질질 끌려가면서도 기세를 꺾지 않고 소리쳤다.

'기다리고 있어. 당신이 없다고 한 것들 내가 반드시 증명해서 올 테니까! 제대로 반박해 줄 테니까, 그 해골이나 잘 닦으면서 기다리라고!'

그게 무려 4년 전, 나삭이 기억하는 시로니의 마지막 모습이었다.

그날로 시로니는 연구소를 뛰쳐나갔고 나삭의 눈을 피해 연구소를 들락거리며 이곳저곳을 전전한다는 소문만 남기고 있다.

다시 생각해도 어처구니없는 제자다. 그래도 그는 간만에 듣게 된 시로니의 소식이 반가웠다. 게다가 공주와 함께 있다니 오히려 잘된 일이다. 그럼 이번 프로젝트는 바보 제자를 되찾아오는 기회도 될 것이다.

나삭은 확신했다. 호언장담하며 뛰쳐나간 탕자는 환상이 깨지는 날 되돌아올 거라고. 지금 그 바보 제자는 어린아이처럼 인간이 날 수 있다고 믿는다. 그래서 날개를 찾지만 머지않아 깨닫게 될 것이다. 인간에게는 날개가 없다는 것을, 인간은 결코 이 땅에서 벗어날 수 없는 운명이라는 것을. 환상에 배반당한 어린아이는 어른이 될 것이다. 환상을 버리고 현실을 받아들일 테지. 그때부터 그는 진정한 과학자가 될 것이다.

나삭은 시로니의 좌절 또한 확신했다. 왜냐하면 이 세상엔 비극이 충분하니까. 어린아이의 하얀 꿈 따위 얼마든지 짓밟을 수 있을 만큼 충분하니까. 나삭은 그날을 상상하는 게 더욱 즐거워지기 시작했다. 기고만장했던 제자가 의기소침하여 돌아온다면 그건 꽤나 볼만하리라.

나삭은 그날을 마음껏 기대했다. 그날 무슨 일이 일어날지, 꿈이 좌절된 제자가 가장 처음 할 행동이 무엇인지는 까맣게 모른 채로. 요테르의 보고서를 마저 훑어보고서 나삭은 몸을 일으켰다.

"제자님께서 놀이터에 계시다니, 가서 문안이라도 드려야겠군."

─놀이터로 올라가실 겁니까?

나삭의 혼잣말에 요테르가 놀라서 물었다. 나삭은 조수의 참견에 선선히 고개를 끄덕였다.

"누가 뭐래도 내 애제자가 아니던가."

나삭은 시로니를 다시 만날 생각에 조금 들떠 있었다. 제자를 향한 스승의 애정은 오늘도 그렇게 건재했다.

라이시

사람을 잡아먹던 영주는 많은 저작물을 남겼다. 그가 쓴 역사서와 논설, 백과서, 그리고 인명사전은 100여 권에 이른다. 그 방대한 자료는 저작자의 사망 이후 한 청년의 소유가 되었다. 그리고 그 청년, 라이시는 오늘 밤도 자료 조사에 여념이 없다.

그가 조사하는 목적은 20년 전 리브나 키브사에게 일어난 일을 알아보기 위해서다. 진상을 밝히기 위해 이 방대한 기록물과 씨름한 지석 달째, 이제 슬슬 끝이 보인다. 그의 손길이 아직 닿지 않은 책은 서너 권에 불과하다.

목적은 아직 달성하지 못했지만 그렇다고 그간 허탕만 친 건 아니다. 라이시는 여러 가지 유익한 정보를 얻었고, 그중에서도 치포라에 대한 정보는 특히 유용했다. 생각난 김에 책장에 꽂아 둔 메모를 다시 꺼내 보았다. 그 낱장짜리 메모는 치포라의 정보를 간략히 적어 둔 것이다.

치포라.

낙원 시대에 이르이트 대공이 만든 것. 사용자에게 대공의 날개를 부여.

치포라를 사용하려면 대공의 허락이 필요하며 허가받은 것은 리브나 공주와 이슈라 둘뿐.

세계와 시간을 건널 수 있음. 시간의 횡단은 이르이트 대공 외에는 불가능.

이 내용을 처음 봤을 때 라이시는 어리둥절했다. 앞뒤가 안 맞으니까. 기록상 치포라를 사용할 수 있는 건 리브나 공주와 이슈라뿐인데 라이시는 보란 듯이 사용하고 있다. 또한 시간의 횡단도 이르이트 대공만 가능하다고 되어 있는데 라이시는 공주를 데리러 갔을 때 이미 한 차례 시간을 건넜다. 어떻게 했는지는 모르지만, 그저 일주일 전으로 가라는 공주의 말을 듣고 시간을 거슬렀다.

동시에 라이시는 시믈라가 까닭 없이 치포라를 선물한 일이 마음에 걸렸다. 하지만 이 일을 고민하고 있을 틈이 없었다. 직후 두미야의 마을이 습격당하고 늑대와 폭군이 싸움을 거는 사건사고가 연달아 터졌기 때문이다. 그러고 나서는 마을 건설로 또 한 번 바빴다.

그래서 그는 이것을 의식 속에만 담아 두었다. 아니, 사실은 굉장히 신경 쓰여서 의식 속에 가둬 두었다. 그랬는데 최근 두 여자가 그의 고민거리를 보란 듯 끄집어내 흔들었다. 불과 며칠 새에 연달아서. 라이시는 문서를 내려다보며 지난번 영주 회담을 떠올렸다.

이요브에게 입맞춤을 당한 후 라이시는 이 문제를 더는 외면할 수 없었다. 체파르데아의 기록을 보며 가졌던 의문들이 다시 솟구치며 마음을 두드렸고 그래서 이요브의 호출도 거절하지 않았다. 그리고 그곳에서 결국 믿을 수 없었던 사실을 확인했다.

"오랜만이네요."

그 목소리는 이제까지와 다르게 작고 담담했다.

"보고 싶었어요."

이요브는 전혀 어울리지 않는 말과 행동으로 라이시를 당황시켰다. 그런데도 이요브는 멈추지 않고 그를 충격에 빠트릴 한마디를 기어이 속삭였다.

"대공님."

벼락을 맞는 기분이었다. 그 자그마한 한마디에, 그리고 눈물 어린 시선에 라이시는 돌처럼 굳었다. 머릿속이 텅 비는 기분에 호흡조차 느려졌다. 그는 제대로 나오지도 않는 목소리를 쥐어짜서 물었다.

"나를 정말 아는 겁니까?"

라이시의 절박한 물음에 이요브는 눈물진 얼굴을 손으로 닦아 냈다. 이윽고 그가 눈을 들어 마주 볼 때 라이시는 재차 채근했다.

"정말 내가 이르이트 대공입니까?"

이요브는 묵묵히 고개를 끄덕여 긍정했다. 엉켜 있던 실이 싹둑 잘려 나가는 기분이었다.

그 후 라이시는 도망치듯 자리를 피했다. 몰아치는 혼란을 도무지 감당할 수가 없어서. 마음을 가라앉힌 후 다시 이요브를 찾아갈 생각도 있었지만 그가 자신을 데려가려 한다는 걸 알고는 접근하지 못했다.

그때 일은 생각하면 아직도 골치가 아프다. 그 여자는 울면서 존댓말을 썼다. 그러는 한편 강제로 입을 맞추고 자신의 신병을 요구했다. 대공의 부관이었던 걸로 아는데, 대체 어떤 상관과 부관 사이였기에 그런 짓을 하는 거지? 더군다나 대공은 공주의 약혼자였다. 불쾌한 추측이 난무하는 가운데 라이시는 깊게 한숨을 내쉬었다. 공주가 키브사의 일로 난처해하는 모습을 옆에서 종종 보는데, 설마 자신이 똑같은 상황을 겪게 될 줄은 꿈에도 몰랐다.

어쨌든 이요브는 라이시에게 물음표를 던졌다. 그의 고독한 의혹에 근거를 덧붙였다. 그 덕에 시로니와 대화할 때는 한결 침착할 수 있었다. 바로 이틀 전, 시로니도 이요브처럼 대공에 대한 이야기를 했다.

"가련하게 잠들었네요, 우리 공주님."

커피를 내려 온 시로니가 피식 웃으며 말했다. 그의 시선은 라이시의 어깨에 기대 꾸벅꾸벅 조는 공주에게 향해 있었다. 시로니는 라이시에게 커피를 건네고 방에서 담요를 가져왔다. 담요를 덮어 주니 공주의 몸은 저절로 기울어졌다. 라이시는 공주가 편히 누울 수 있게 무릎을 내주었다. 그리고 잠든 얼굴을 바라보며 머리카락을 쓸어 넘겼다. 시로니는 의외라고 생각하며 바라보았다. 무뚝뚝해서 좀처럼 감정을 드러내지 않는 청년이라고 생각했는데, 저런 애틋한 모습을 보여 줄 줄은 몰랐다.

물론 낮이었다면 라이시도 이런 행동을 하지 않았을 거다. 지금은 깊고 어두운 새벽, 자기도 모르게 마음이 풀어지고 말았다. 그래서 보는 사람이 있다는 걸 알면서도 조용히 연인을 보듬었다. 시로니는 그 모습을 바라보다가 넌지시 말했다.

"북쪽 사람들이 그러던데 낙원 시대에 공주님은 이르이트 대공의 연인이었대요."

시로니는 안경 너머로 힐끗 라이시를 쳐다보며 물었다.

"어떻게 생각해요?"

"무엇을 말입니까?"

시로니는 잠시 궁리하더니 이내 명료하게 말했다.

"돌려 말하는 건 취향이 아니라 그냥 본론을 말할게요. 요즘 내 최고 관심사는 알트 군의 정체예요."

"무슨 뜻입니까?"

"알트 군이 이르이트 대공이라고 생각한단 뜻이에요."

시로니의 직접적인 말에도 라이시는 별로 놀라지 않았다. 그저 피곤한 얼굴로 커피를 한 모금 머금을 뿐. 그가 무시했다고 생각한 시로니는 뾰족하게 말했다.

"헛소리라고 생각한다면 그 판단 잠시 보류해요. 모든 진실은 한때 헛소리였으니까."

그렇게 이견을 막은 후 시로니는 차분히 말을 이었다.

"나는 피네하스가 우리와 같은 차원의 존재라고 생각하지 않아요. 만일 그렇다면 진작 잡아서 족쳤을 테니까요. 그는 우리의 물리 법칙에 구애받지 않고 나타나고 사라지면서 우리에게 간섭하죠. 나는 그가 우리보다 상위 차원의 존재라서 그게 가능한 거라고 봐요. 우리가 속한 공간과 시간에 지배받지 않는 거죠."

비유하자면 이런 거다. 평평한 도화지에 그려진 2차원의 사람에게 인지가 가능하다면, 그는 자신이 속한 도화지가 세상의 전부라고 생각할 것이다. 그때 만약 누군가가 도화지에 그림을 그려 넣는다면, 그리고 지워 버린다면? 그 2차원적 존재는 이해할 수 없는 현상으로 세상이 변했다며 놀랄 것이다. 시로니의 견해로 인간과 피네하스의 관계가 딱 그렇다. 열 받는 건 인간이 도화지 속 존재라서 피네하스라는 고차원적 존재가 건드릴 때 속수무책으로 당할 수밖에 없다는 것, 그래서 도화지 밖으로 뛰쳐나가지 않는 한 반격은 꿈도 꿀 수 없다는 것이다. 시로니는 그 사실이 정말 언짢았지만 최근 희망을 발견했다. 그것은 소리 없이 잠든 저 공주.

"같은 맥락에서 피네하스의 검은 힘도 이 세계의 법칙을 뛰어넘어요. 아무 질량도 없는 에너지가 실체화되고 물리력을 행사하다니, 있을 수 없는 일이에요. 게다가 앞서 말한 것처럼 보다 상위 차원의 힘이라 우리로서는 어찌해 볼 수도 없고요. 그런데 공주님은 바로 그 검은 힘을 없앨 수 있죠."

라이시는 묵묵히 고개를 끄덕였다. 그러자 시로니는 목소리를 더 낮췄다.

"그건 공주님이 피네하스와 동등하거나 그보다 상급 존재이기 때문이에요. 그게 아니라면 설명할 길이 없죠. 시간마저 뛰어넘는 그런 존재가 우리랑 왜 이렇게 오순도순 지내는지는 알 수 없지만요."

시로니는 말하면서도 조금 우스웠다. 누구에게나 스스럼없이 웃어 주는 저 어린 공주님이 피네하스 이상의 존재라니, 참으로 아이러니하다.

"물론 공주님은 하늘의 따님이시니 그렇게 높은 차원에 있어도 이상할 게 없어요. 그런데 재미있는 건 공주님처럼 검은 힘을 소멸시킬 수 있는 사람이 하나 더 있다는 거예요."

시로니는 옅게 웃으며 라이시에게 물었다.

"알트 군, 무아카와의 싸움이 어떻게 끝났는지 설명할 수 있나요?"

"아니요."

"나는 할 수 있어요."

돌아온 부정에 시로니는 기다렸다는 듯 냉큼 말을 주웠다. 그때 그의 눈은 철야의 피로도 잊은 채 반짝이고 있었다.

"그때 무아카의 검은 힘은 소멸했어요. 알타쉬헤트, 바로 당신에 의해서. 당신이 무아카와 충돌하던 순간에 말이에요."

시로니는 빛나는 눈으로 라이시의 경악을 기대했다. 하지만 그는 침착했고 시로니의 눈은 반짝임을 잃고 가늘어졌다.

"지금 내가 한 말 이해했나요?"

"네, 이해했습니다."

"근데 이 반응 뭐지? 되게 짜증 나는데?"

시로니가 무엇을 기대하는지 알지만 라이시는 호응하지 않았다. 당황하고 놀라는 건 얼마 전에 다 했으니까 여기서 또 반복할 이유는 없었다. 그가 계속해서 덤덤한 모습을 보이자 시로니는 오히려 궁금해지기 시작했다.

"그래서 결론은 알트 군의 정체가 적어도 하늘의 대공님쯤 된다는 건데, 반응이 왜 이렇게 밋밋하죠? 혹시 이미 알고 있었나요?"

과학자는 놀랄 만큼 예리했고 라이시는 이요브와 있었던 일을 그에게 말해 볼까 잠시 고민했다. 그러다 이내 속으로 고개를 저었다. 신중한 그는 그것을 아직 입 밖으로 꺼내고 싶지 않았다. 하지만 시로니가 방금 전해 준 지식은 유익했다. 그래서 라이시는 넌지시 입을 열었다.

"아는 사람이 이런 얘길 한 적이 있습니다. 세 사람이 다른 장소에서 같은 증언을 하면 그것은 대개 진실이라고."

두미야가 한 말이다. 첫 번째 말은 듣는 사람에게 물음표를 던져 고민을 시작하게 만든다. 두 번째 말은 느낌표로 이어져 그가 걸음을 내딛게 하고 마지막 세 번째는 비로소 마침표를 찍어 결론에 도달한다.

"방금 시로니 씨는 두 번째였습니다."

라이시의 말에 시로니는 피식 웃었다. 그러더니 김샜다는 얼굴로 느긋하게 답했다.

"그렇군요. 그럼 세 번째도 어서 만나길 빌어 줄게요."

라이시의 입장에서도 세 번째 마침표가 어서 찍혔으면 좋겠지만 마냥 기다리고 있을 수는 없다. 공주가 연구소로 행보를 정했기 때문이다. 어떤 위험이 있을지 모르는 그곳에서 그는 공주를 지켜야 하지만 지금 가진 힘은 턱없이 부족하다. 그러니 쓸 수 있다면 끌어 써야만 한다. 대공의 힘이든 무엇이든 간에.

게다가 저 어린 공주도 스스로 제자리를 찾아가는데 자신이 이렇게 머뭇댈 수는 없는 노릇이다. 라이시는 회담이 끝나고 돌아와서 공주에게 넌지시 물어보았다. 이 세계의 공주라는 이야기를 듣고 기분이 어땠는지. 자신과 똑같은 일을 이미 겪은 공주가 그것을 어떻게 받아들였는지 듣고 싶었다.

아니, 사실 공주의 상황은 그보다 훨씬 무지막지했다. 아무것도 모르는 상태에서 잡혀 와 다짜고짜 다른 세계의 구세주가 되는 경험을 했다. 그에 비하면 라이시 본인은 훨씬 나은 입장이다. 그럼에도 이토록 혼란스러운데 저 어린 공주는 과연 어땠을까?

그런데 공주는 뜻밖에도 자신에게 고맙다는 말을 전했다. 그 대답에 라이시는 한동안 멍해질 수밖에 없었다. 원망을 받으면 받았지 고맙다는 인사를 듣게 될 줄은 꿈에도 몰랐으니까. 그의 연인은 이 고통뿐인 세상에 오게 되어 다행이라고 말했다. 이곳에서 진짜 자신을 발견했으니 데려와 줘서 고맙다고 했다. 그러고는 착하게 웃었다.

그 순간 라이시는 자신을 흔들던 문제가 해결된 걸 느꼈다. 눈앞을 가리던 안개가 사라지는 것 같았다. 이르이트 대공이라니. 여전히 실감이 나지 않는다. 하지만 이젠 아무래도 좋다. 그것에 잠식될까 두려워했지만 공주를 보고 그게 무의미한 걱정임을 깨달았다. 공주는 그 이름을 짊어졌지만 변하지 않았다. 아니, 오히려 아름다워졌다. 그것을 증명 삼아 그도 더는 머뭇대지 않기로 결정했다.

라이시는 결단하며 자신을 위로한 공주를 떠올렸다. 그 어린 연인을 생각하면 저절로 떠오르는 웃음을 감출 수가 없었다. 자신의 그런 모습이 낯설고 난감했다. 헤픈 모습을 보이고 싶지 않아 애써 참지만 이미 주변에선 뭔가 달라졌다는 걸 느끼는 것 같다. 사실 막 사랑을 시작한 청년은 자신의 연인이 예뻐서 견딜 수가 없었다. 그냥 있을 때도 가만 둘 수가 없는데 웃거나 떠들기라도 하면 이걸 어떡하나 싶을 정도로 심정이 곤란해진다. 스스로가 바보처럼 느껴질 정도로 청년은 소녀가 좋았다.

어쩌면 정말 바보가 된 것 같다. 한없이 진지한 고민을 하면서도 그는 대공이 공주의 옛 연인이라는 점이 내심 신경 쓰였다. 전엔 공주에게 약혼 상대가 있었다는 게 짜증 났는데 그게 자신이라고 생각하니 이젠 그들의 파혼 사실이 거슬린다. 이래저래 난관인데 어쩌나, 그냥 싸우고 다시 만나는 셈 쳐볼까 혼자 고뇌하다가 결국 자괴감에 빠진다. 이 와중에 그런 생각이나 하는 자신이 황당해서.

자조하면서도 그는 자신의 연인이 지금 뭘 하고 있을지 궁금했다. 아마 이미 잠들어서 좋은 꿈을 꾸고 있겠지. 방으로 들여보낸 게 금방인데 어느새 보고 싶다. 살짝 얼굴이나 보고 올까 생각하다 도로 고개를 젓는다. 기다림 끝에 다시 만나는 기쁨을 아니까 참는다.

자기도 모르게 웃던 그는 들뜬 감정을 숨기지 않고 다시 책을 펼쳤다. 그날의 진상을 어서 찾아 공주에게 알려 주고 싶었다. 그 비밀을 푸는 게 세상을 위해서인지 공주를 위해서인지는 어느덧 불분명해졌다. 마찬가지라지만 그를 더 재촉하는 것은 세상보다 연인 쪽이었다. 연인을 위해서라면 홀로 긴 밤을 보내는 것조차 그는 좋았다. 한 소녀를 향한 그의 사랑은 그렇게나 지순했다.

하지만 공주를 그토록 사랑한다면, 그리고 자신이 대공임을 인정했다면 그는 차라리 진상을 찾지 않는 편이 나았다. 단언컨대 더 파헤치지 말고 덮어 두는 편이 나았다. 아마 실상을 알았다면 당연히 그랬을 것이다. 그러나 그는 자신이 태어나던 날 무슨 일이 일어났는지 까맣게 몰랐고 아무 주저함 없이 진실을 구했다. 그래서 머지않은 미래에 그는 절망하고야 만다.

이르이트와 리브나 키브사가 서로를 죽였다는 기록을 기어이 발견하고서.

오래된 영주의 저작물은 아직 다 조사되지 않았다. 하지만 그것은 곧 발견될 것이다.

체파르데아의 기록_ 이요브

원죄의 이요브. 황혼을 막는 이요브. 철혈의 여제. 본명은 이슈라.

이슈라는 아본의 일곱 영주 중 1인으로 비라를 경험한 아본의 1세대이다. 그는 본래 하늘의 대공 이르이트의 부관으로서 그와 함께 하늘을 살피는 일을 했다. 그러나 이틀라의 선동에 넘어가 이르이트의 부관 자리를 버리고 아본으로 내려왔다. 그 후 이요브로 이름을 바꾸고 영주가 되었으며 현재는 아본 중앙의 거대 도시 메트로폴리스를 다스리고 있다.

20대 여성의 외형을 하고 있으며 붉은색 머리카락을 소유하고 있다. 비라에서 이르이트의 부관으로 있을 때는 밝고 명랑한 성격이었지만 아본으로 내려온 이후엔 냉혹하게 변했다. 또 다른 아본 1세대이자 영주인 요부 시믈라와는 자매 관계이며, 영주 균열의 나삭과는 동맹 관계이다.

이요브의 특기는 고속 비행인데 이것은 비라 시절 치포라로 날던 경험을 검은 힘으로 재현한 것이다. 권속의 능력은 정신계 능력인 세뇌로, 인간의 사고를 왜곡시켜 그의 신념, 가치관, 염원 등을 원하는 대로 바꾼다. 이것으로 이요브의 권속은 대규모의 군대를 편성해서 이끈다. 세뇌는 권속만의 고유 능력으로 이요브 본인은 사용할 수 없다. 그 증거로 아본 80년에 그의 권속 하나가 반란을 일으켰다. 반란은 실패했으나 그 권속은 생존하여 자취를 감췄다.

이요브의 거점은 중앙의 메트로폴리스로 네벨라가 건설한 거대 요새이다. 본래는 네벨라가 자신의 거점으로 삼으려 했지만 이요브가 완공 직후 강탈했다. 그는 빼앗은 도시를 기반으로 자신의 왕국을 건설했으며 그 왕국은 피네하스에게 가장 흡족히 여겨지고 있다. 오죽하면 피네하스가 그에게 '나와 같은 길을 걷는 자'라고 극찬했을까.

체파르데아의 기록_ 죽음

죽음은 비라에 없던 것이다. 그것은 아본에서 태어났으며 모든 생명에게 전염되었다. 죽지 않는 생명은 없다. 조금 더 오래 사는 생명이 있을 뿐, 모든 생명은 필연적으로 삶의 한 영역에 죽음을 마련한다. 이미 숱한 죽음이 도래했지만 그럼에도 그 정체는 베일에 가려 있다.

실이 끊어지듯 육체가 무너지면 과연 어떻게 될까? 썩어 가는 몸과 함께 정신도 부스러지는 걸까? 아니면 잠들듯 영원히 사라지는 걸까. 어쩌면 나쁜 꿈에서 깨듯 비라에서 다시 눈을 뜰 수도 있다. 죽음으로 고통에서 벗어날 수 있다면 그 자체로 이미 구원이리라.

하지만 그럴 가능성은 희박하다. 죽음은 비라에 없던 것, 결국 피네하스와 연관이 있는 것이다. 피네하스는 죽음으로 생명을 받고 배

부르다 말한다. 어쩌면 죽음이란 뱀의 위장으로 삼켜지는 것을 뜻하는지도 모른다. 그렇다면 죽음에 구원은 없다. 영원한 고통과 절망만 있을 뿐.

그게 사실이라면 결코 죽어서는 안 된다. 혀가 닿는 고통이 이러한데 뱃속의 고통이라면 대체 어떠할까. 벌거벗겨진 채 맨몸으로 끌려가면 죽음은 얼마나 섬뜩한 포옹으로 나의 피를 쏟아 낼까. 그럴 바엔 지루하더라도 삶에 머물자. 아, 하지만 이 지겨운 삶을 연명하는 건 대체 무슨 의미일까. 살고 싶지 않지만 죽고 싶지도 않다. 사는 것은 괴롭지만 죽는 것은 두렵다. 차라리 존재하지 않기를 바라도 서슬 퍼런 고통은 언제나 나의 존재를 선명하게 한다. 결국 내가 하는 것은 고통을 피하기 위해 이리저리 흔들리는 것뿐.

괴로워요, 공주님.

괴로워요. 제발 살려 주세요.

죽음이 나를 삼키지 않게 도와주세요.

▶ 4권에서 계속

아나하라트_공주와 구세주 3

초판 1쇄 발행 | 2016년 10월 21일

지은이 | 김영지
발행처 | 마음지기
발행인 | 노인영
기획·편집 | 박운희
디자인 | 박옥

등록번호 | 제25100-2014-000054(2014년 8월 29일)   **주소** | 서울시 구로구 공원로 3, 208호
전화 | 02-6341-5112~3   **FAX** | 02-6341-5115   **이메일** | maum_jg@naver.com   *이 도서의
국립중앙도서관 출판예정도서목록(CIP)은 서지정보유통지원시스템 홈페이지(http://seoji.nl.
go.kr)와 국가자료공동목록시스템(http://www.nl.go.kr/kolisnet)에서 이용하실 수 있습니다.
(CIP제어번호: 2016023801)

ISBN 979-11-86590-14-0 04810 / 979-11-86590-09-6 04810 (세트)

마음지기는 여러분의 소중한 꿈과 아이디어가 담긴 원고 및 기획을 기다립니다.

마음지기는

성공은 사람을 넓게 만듭니다. 그러나 실패는 사람을 깊게 만듭니다. 마음지기는 성공을 통해 그 지경을 넓혀 가고, 때때로 찾아오는 어려움을 통해서 영의 깊이를 더해 갈 것입니다. 무슨 일에든지 먼저 마음을 지킬 것입니다.
높은 산꼭대기에 있는 나무의 뿌리가 산 아래 있는 나무의 뿌리보다 깊습니다. 뿌리가 깊기에 견고히 설 수 있습니다. 마음지기는 주님께 깊이 뿌리내리고 그 어떤 상황에서도 주님을 찬양할 것입니다.
"하나님과 가까이 교제하고 교감하는 사람은 그렇지 못한 사람보다 더 행복하다"라고 마시 시머프는 말했습니다. 마음지기는 하나님과 교감하고 교제하기 위해서 하루 24시간을 주님과 동행할 것입니다.

───── **"모든 지킬 만한 것 중에 더욱 네 마음을 지키라 생명의 근원이 이에서 남이니라"** 잠언 4:23